おーい、竜太ァ!
ごらん、インドラの網を。

二宮英温

CIMネット

装幀　安野光雅
カバー装画　安野光雅「いぬふぐり」
©空想工房
データ提供　安野光雅美術館

おーい、竜太ァ！　ごらん、インドラの網を。

目次

第一部　赤 トマレ、青 ススメ　～富士は悲しき　9

第三部　天国に届ける本

目次

――ご縁物語――

はじめに悲嘆の縁ありき
われ 悲しみを尋ねたれば
そが悲しみに光を見出せり
光は亡き人の力なりしか
共に生きる希望なりしか

本書は私がいただいたさまざまなご縁を綴ったご縁物語であります。

ノンフィクションを幹とし、これに虚構の枝葉をちりばめたノベルであります。私はさながら写経をするかのように先人の章句をなぞり、ご縁に生かされてきました。

あちこちに先人の章句を引用し、あたかも貼り合わせのコラージュ風の作品構成になりました。

私が授かったこれら多くのご縁は、現在から未来へとつながり、過去も蘇らせる終わりのないご縁のリレーであります。その意味で、このご縁物語はプロセスに過ぎず、これからもご縁を崇拝し、広く社会とのつながりを求めて、ご縁を紡いでゆく覚悟であります。

第一部 赤トマレ、青ススメ

～富士は悲しき

一九九六年秋――割烹「田子の浦」

漆畑一郎は、割烹「田子の浦」の常連で、いつもここを得意先の接待に使っている。S精機は工作機械のFA化で急成長を遂げてきた。日進月歩のこの業界にあって、十年で株式上場を成し遂げる夢に挑戦し、いま、いよいよその時が訪れた。創業以来の取引銀行と系列の証券会社との基本合意を取りまとめ、今夜は会議後の食事会だった。

小宴を終えて銀行からもらい受けた財務部長の小野寺に客を送らせ、彼はほっと一息ついてカウンターに座り、煙草をくわえた。漆畑はこの十年間を振り返って、感無量の達成感とこの先の展望に胸のふくらむ夜だった。

「カッチャン、ありがとう。美味かった、お客さんも満足していた」

「それはどうも」

調理場の阿部和弘は漆畑から「飛び切りの料理を出してくれ」と言われていたから、地元ならではの珍しい食材を集めて腕によりをかけた。その和弘にビールを注いでやり、彼は満足げに紫煙を吐いている。

「ところで、ここには富士の中央病院の先生がよく見えるが、耳鼻咽喉科に親しい先生を知らないかね。最近、咳が出て咽喉の調子がどうもおかしいんだ。女房と娘に早く医者に診てもらえって、うるさく言われる」

漆畑は何でもないような顔をして言ったが、なぜかその一言が和弘には気になった。S精機は、従業員一〇〇人余りの会社であるが、創業以来、社長の漆畑は研究開発から営業まで一人で取り仕切っている。これでは体がもたないだろう、社長にもしものことがあったら会社は大変なことになる、と和弘は他人事とは思えなかった。

「耳鼻咽喉科なら、若いけど加納という先生がいます。腕もいいし人柄もいいです」

和弘は咄嗟に加納竜太の名前を口に出した。加納竜太は中耳炎や蓄膿や扁桃腺などの手術で患者からの評判が高く、遠くからの患者も多い。さらに中央病院に配属されてからは増えてきた頭頸部腫瘍の患者の診断・治療も一手に引き受け、他科連携のチーム医療で成果を上げている。和弘は医者ぶらない竜太には何でも気安く相談できる間柄だ。

「そうか、若くて人柄がいい、手術の腕も評判か。では頼んでみてくれるか」

「わかりました。早い方がいいですね」

「うん、今週は金曜日以外ならどの日も都合がつくから」

阿部和弘はこの時、なぜか重大な責任を負ったような気持ちになった。彼は口数が少なく、軽々に人の相談にのる性格ではないが、この時ばかりは気が急いた。

「タクシーを呼んでくれるかね」

和弘が心配してくれる様子を察して、今夜はすんなり腰を上げる漆畑だった。いつもなら客を送った後もしばらくカウンターに座る漆畑であるが今夜は様子が違った。タクシーが来て、和弘は外まで漆畑を送って行きタクシーに乗せた。

客を帰して彼は夜空を仰ぎ、しばらく腕をぐるぐるまわし肩をほぐした。冷たい晩秋の風が心地よかった。今日は火曜日だから間もなく加納竜太と笠原遥希が来る頃だとふと気が付くと、ちょうど病院の方から聞き馴れた声がして三人の人影がやってきた。和弘はそれが消化器外科の神野修一と笠原と加納であることが分かり、入り口で待った。

火曜日の夜、加納竜太は先輩の笠原遥希との勉強会を持っている。笠原と加納の勉強会は、二年前に笠原が中央病院の血液腫瘍科に配属されてきたとき、竜太はがん治療に取り組み始めた時だったから、彼は笠原の化学療法に強い影響を受けることになった。

東都大学医学部の同窓ではあっても、竜太と笠原の出会いはこの時が初めてであった。笠原が『治療の最善手は一つしかない』と、白血病の患者の化学療法に取り組む真剣な姿が眩しく、竜太に大きな感動を与え二人の関係は急接近した。そして竜太が主治医となる頭頸部がんのチーム医療は一気に熱を帯びることになった。今夜は笠原との勉強会に神野修一が加わった顔ぶれである。

「テーブル空いてる?」と竜太が訊ねた。「どうぞ」と和弘は入り口で三人を迎え入れた。

「いらっしゃいませ」女将が前菜をテーブルに置き、「お飲み物は?」と訊ねた。

「ぼくは冷酒にしてください」と笠原が、神野は「焼酎のお湯割り」と言った。

「竜太先生はウイスキーのソーダ割りですね」

「ウン、そうだね」

竜太は下戸だから、いつもウイスキーの薄いソーダ割りをゆっくり飲む。女将はそれを心得ているのだ。

「竜太、頭頸部外科学会の抄録はよくまとまっているね、学会は何時だったかな?」

テーブルに落ち着いて、神野が竜太の抄録をほめた。

「来年の一月二十四日、如水会館です」

「何しろ竜太の新しい栄養管理法はコロンブスの卵だからね、やって見せれば成程と気がつくが、これはなかなか思いつかない発想だよ」

「発明、発見というのは結果だけを見ると誰でもできるように思う、でも日頃から問題意識を持っていないと気がつかない、竜太は頭が柔らかいからできたんだ。これから症例を増やして、これを頭頸部がんの標準的な治療法にしてもらいたいね」

笠原も神野がコロンブスの卵だという「竜太の頭頸部外科における新しい栄養法」の抄録は、簡潔にうまくまとめていると感心している。

加納竜太が発想した頭頸部外科における新しい栄養法は、アメリカで研究開発されたPEG(percutaneous endoscopic gastrostomy)という胃ろうの造設手技を用いて、お腹に小さな穴を空け、そこから栄養剤を直接胃に投与する栄養法である。消化器外科の神野は当時多かった鼻からのチューブで栄養を摂る(経鼻経腸栄養)患者にPEGを施行し、経鼻チューブの患者の苦しみを解放し、その道の第一人者になった。耳鼻咽喉科にも嚥下《えんげ》障害で経口摂取できない患者が多くいたが、竜太は神野に頼んでPEGの指導を受けた。彼は患者が経鼻チューブの苦痛から解放されるのを見て大いに啓発され、さらに頭頸部腫瘍の治療に応用することを考えた。

喉のがん治療は、放射線や抗がん剤、外科手術を行い、患者は厳しい副作用のため長期に食事が摂れなくなる。放射線治療による喉の激痛、抗がん剤治療による食欲の減退、外科手術による絶食は、頭頸部がんの治療の深刻な難題である。口から食事が摂れなくなると、体力が落ちるだけでなく、免疫力も低下し、きつい合併症で治療の継続が難しくなる。そこで竜太が思いついたのが、がん治療を始める前に先回りしてお腹に穴を空け、咽頭を通らない栄養のルートを造るという術前の胃ろう造設であった。神野は後輩の竜太がこれを思いついた時、「画期的な発想だ、コロンブスの卵だ」と驚き、学会で発表するように勧めたのである。

加納竜太が東都大学の系列である中央病院に赴任した当時、頭頸部のがん治療は大学本院か実績のある地域の総合病院に紹介していたが、彼はチーム医療で、頭頸部腫瘍の治療にも取り組もうと考えた。彼には化学療法の笠原や消化器外科の神野などとチーム医療を組めば他の医療機関に負けないという勝算もあったのである。先駆的な治療もできるし、病院には最新の設備も整っている。母校の病理や同門の著名な頭頸部外科医のサポートも可能である。彼は術前に胃ろうを造設する新しい栄養療法をチーム医療の大きな武器にしたかった。

加納竜太は蓄膿や中耳炎の手術はもっぱら後輩を指導する役割に廻り、頭頸部がんの患者を一手に引き受け、頭頸部がんの専門医への道を歩み始めたのである。

阿部和弘がいつものように地魚の刺身を大皿にもってテーブルに運んできた。

「金目としゃこと赤貝です」

「うまそうだなあ」

みんなが箸を持った。

「ちょっと、竜太先生よろしいですか」間合いをはかって和弘が言った。

「うちのお客さんで、漆畑という社長さんなんだけど、竜太先生に診てもらいたいんだが、お願いできますか」

「漆畑さんね、どんな具合なの？」

「喉の通りが悪く咳が止まらないんだと……」

「歳はいくつくらい？」

「私とひと回り違うから五十二歳、とにかく、仕事一途の人で医者嫌いです」

「若いね、酒、たばこは？」

「どっちも人並み以上です」

竜太は、酒、たばこ、仕事、喉のつかえと聞いて、もしかしたら咽頭がんの心配もあると直感した。

さらに五十二歳と聞いて、竜太は咄嗟に五十二歳で逝った父親の悲惨な死を思い出した。

「わかった、早い方がいいんだろうね」

和弘の心配そうな声を感じとって竜太が答えた。

「そう、早い方がいい、明日の水曜日はどうでしょう」

「明日は午前、午後とも外来だから、四時に来られるなら予約に入れておくよ。漆畑さんに時間の連絡をしておいてください」

いつものように竜太は結論が速い。気持ちよく相談に乗ってくれて、和弘は気分がよかった。

「お話し中、お邪魔してすみませんでした。いま、太刀魚を焼いていますから、ごゆっくりどうぞ」

和弘は話の中に割って入ったことを謝った。

楽しい会食になってきた。今夜は神野が加わって話題が豊富になり、病院では得られない情報交換ができる。

「羽田部長は急遽、本院に呼び戻されるみたいだね、いよいよ後任の教授戦が始まる。羽田先生は最有力候補らしい」

神野が言った。現教授が一年後に定年退職のため、外科統括部長の羽田を助教授で本院に呼び戻し、後任教授にしたいらしいという情報を、羽田の直属の部下である神野が医局から入手してきた。東都大学の外科講座は、他の大学に先駆けて、第一外科と第二外科が合体したが、医局内には古くからの対立が続いている。温和な人柄の羽田教授の誕生で融和が図られるかもしれない。

「それはいいニュースだ、羽田先生はわれらの希望の星だからな」

笠原が言った。医局は異なるが、加納竜太にとってもそれは嬉しいニュースだった。

大学の医局を横並びにしてチーム医療をしたいというのが、笠原や竜太の将来的な希望である。羽田が外科の教授になれば、彼の人柄で他科連携のチーム医療がやりやすくなるだろう。竜太は誰も差別をしない羽田の人柄が好きなのだ。

漆畑が自宅に着いた頃を見計らって和弘が漆畑に電話を入れる声が調理場から聞こえた。

「明日の午後四時に予約を取りましたが、いいですか」

「早いねえ。もう予約を取ってくれたのか、有難う。一階で受付を済ませて、四時に耳鼻咽喉科の外来だね」

漆畑は和弘の手回しの良さに感心した。ところがこの予約が、漆畑の運命に予想もしないことが起ころうとは、このときは誰も考えてもみないことだった。

耳鼻咽喉科外来

翌日、和弘が予約してくれた午後四時前に漆畑は中央病院を訪れた。一階の受付で耳鼻咽喉科受診の手続きをし、診察カードをもらって三階の耳鼻咽喉科外来にやってきた。

午後の診療時間が終わり、混んでいた外来前の椅子はがらんとしていた。看護師が出てきて、「漆畑一郎さんですね。中に入ってください」と言った。看護師に従って診察室に入った。診察室のなかでは加納竜太が最後の患者を診ていた。間もなくその患者が出てきて、漆畑は名前を呼ばれた。

竜太と顔が会った途端、どちらも見覚えのある顔だと驚いた。割烹「田子の浦」での竜太の顔は病院で見る顔とはまるで別人だった。

「お顔は拝見していましたが、先生だとは思いませんでした」

漆畑は相好をくずして素直に言った。竜太も「そうですね」と笑みを浮かべて頷いた。一挙に両者の距離が縮まった。改めて見る竜太は、日焼け顔に白くきれいな歯をした医師だった。言葉遣いや仕草が屈託ない感じで利口そうな目をしている、それが患者漆畑の印象だった。

「喉の通りが悪いですか……、お酒は強く、ヘビースモーカーですか」

竜太は和弘から聞いた通りの話を一方的にして、漆畑をきっちりと医師の眼で睨んだ。

「お口を見せてください。あー、と声を出して」

言われるままに漆畑はアーンと口をあけた。もう割烹の客仲間の間柄ではなく、完全な医師と患者の関係になっている。なかなか出来そうな医者だなという印象を、彼はすでに持ち始めていた。

「スコープ」と竜太が看護師に言った。

すぐに細径の内視鏡が用意され、彼は内視鏡を漆畑の鼻から挿入した。咽喉の画像がモニターに映った。医師の指が巧みに内視鏡を操作し、いろいろな角度から咽頭部が映し出された。漆畑は初めて見る自分の咽頭部であった。顔は見えないが、漆畑には医師の様子がそれとなく伝わり、もしかしたら異常が見つかったのではないかと不安になった。内視鏡写真も何枚かシャッターが切られた。

内視鏡検査が終わり、竜太は執拗に首周辺の触診にこだわった。漆畑は悪い患部の発見かと不安になった。

「がんですか?」と、漆畑はたまらず口に出した。

「その疑いがあります」

竜太は落ち着いた声で言った。漆畑の体内に恐怖感が走った。これまでがんなど考えたこともなく、自分が健康管理をおろそかにしてきたことを悔やむと同時に、これから経営の舵を大きく切ろうとする人生最大の場面で、何という不運だろうかと不安になった。好事魔多しとはこのことかと、焦りと腹立たしさが湧いてきた。

竜太は、すでに中咽頭に腫瘍を見つけ、どの程度進行しているかを急いで調べなければならなかった。咽喉の腫瘍は内視鏡で確認できたし、リンパ節や他臓器に転移があるかないか先ず精密検査をしなければならない。「がんですか」と問う漆畑に、「疑いがある」と咄嗟に答えたが、それは曖昧な返事をしない竜太の性格であった。

「採血をさせてください」

竜太は看護師に採血の指示をした。同時に彼は卓上のカレンダーをにらんで、検査スケジュールを組み立てた。急がなければならないという切迫感があった。まず他臓器への転移を調べるための全身のCT検査、MRI検査、エコー検査、リンパ節の生検（生体組織診断）と病変部の細胞の検体採取の段取りを頭に描いた。さらに、検査結果に基づく治療計画のチーム医療のメンバー構成も考えた。

「明日、CTと病変部の細胞の生検をさせてください。明日の午後はいかがでしょうか」

「結構です」

「予約を入れますから、ちょっとお待ちください」

竜太はその場で電話を取って画像診断部に電話を入れた。漆畑はいまは全てのスケジュールをキャンセルして、検査を最優先にしなければならないと腹を決めた。

「では手続きをしておきますから、明日、午後二時にCT検査室に行ってください。それが終わってから、三時に外来へ来てください。明日は私、手術日で三時には終わり外来に戻っています」

「明日午後二時、CT検査室ですね」

検査を急ぐ竜太に、漆畑の心は穏やかでない。漆畑は病状について、もっと突っ込んで問いたかったが、「疑いがあります」と同じ返事が返ってくるだけだと考えて、言い出せなかった。

「漆畑さん、ともかく一通りの検査です。深く考えないでください。漆畑さん、酒とたばこはおやめになってください」

不安に追い込まれた患者は、医者の一言一句に敏感になる。何気ない言葉から最悪の事態を想像したりもする。竜太は漆畑の不安を察して穏やかなトーンで言った。漆畑は黙ってうなずいた。

「では明日、お待ちしています」

竜太はこれだけをぽつんと言って患者に笑みを見せた。

漆畑は明日の検査の事前注意事項の確認をして診察室を出た。その漆畑に病気を恐れなかったこれまでの生活の後悔がついてきた。

肩を落として出て行く漆畑に、竜太は十三年前に亡くなった父の姿が重なった。最善を尽くして漆畑を助けたいという強い思いが込み上げてきた。

漆畑一郎五十二歳、竜太の父・英爾が亡くなった歳と同じである。父親のがん告知を受けた時のショッキングな記憶は今も忘れていない。

父のがん告知は、十三年前、竜太が大学受験を目指していた高校三年の時だった。それは師走の寒い日だった。仕事先で父が吐血して救急病院に運ばれるという一大事が起きた。検査で食道にがんが見つかり、肝臓にも肺にも転移があった。患部への放射線照射、食道のがん手術、抗がん剤の化学療法と治療が続くなかで、竜太は母・節子と共におろおろし、回復の奇跡を祈るばかりであった。それまで父の病気など気にかけず、気ままな日々を過ごしていた自分が情けなく、悪化する父の病状に滅入るだけだった。

父は入退院を繰り返し、それから半年後、呆気なく逝ってしまった。若いからがんの進行が早かった。竜太は母と二人とり残されて大学進学の気力も失った。そして、遺された母ひとり、子ひとりの母子家庭に、祖母の梅子が移り住んでくれた。

年が明け、竜太は急に医者になろうと医学部志望を決断した。文系から医学部への転向は受験科目の組み換えをしなくてはならず、直前の進路変更は見事に失敗に終わった。竜太は気持ちを入れ換え、医学系の予備校に通って、翌年東都大学医学部に入学できた。

母の節子は、竜太を医師にするために、夫が創業した会社に役員に迎えてもらって勤めることになった。節子は前社長の夫人と言われることを嫌って、掃除や給仕の役割も自ら担い、馴れない経理・総務の仕事も覚えた。節子はわが子が医者になることを唯一の楽しみにした。それだけに竜太が医師免許を取得した時の喜びは例えようもなかった。

父が逝って十数年が過ぎ、今年、母は還暦を前にし、竜太は耳鼻咽喉科の外科医の道をひたすら歩んでいる。

精密検査とチーム医療

翌日、CT(コンピュータ断層撮影)の予約時間に漆畑は地下のX線検査室に行った。数項目のチェックリストに、造影剤の注射のアレルギー反応の有無や既往歴などを書き込んで呼ばれるのを待った。ベッドに寝て造影剤を注射され、全身のCT検査となった。大きなドームの中をレールに乗って滑り体を輪切りに調べる装置であった。時間はかからなかった。続けて脳のMRIも撮った。こちらは約三十分かかった。

画像診断が終わり、看護師に連れられて七階のナースステーションに上がって行った。竜太が手術着のまま待っていた。「お疲れ様でした」と竜太が言い、彼はこれから行う検査の概要を説明した。最初にエコーの検査室に連れて行った。いつもは技師に任せる検査を竜太が自ら行った。次にリンパ節の針生検をするために看護師を呼んで漆畑を手術室に連れて行った。病変部の検体採取とリンパ節の細胞採取は、看護師に手伝わせて竜太が行った。手術がうまいと和弘が言ったが、手際のよさは素人の漆畑にもよく伝わった。漆畑はすべて竜太に体をあずけている。

「検体はすぐに病理に渡します。検査の結果が出たらすぐに専門医の先生と治療計画を作ります」

「検査結果はいつわかるのですか?」

「五日後に結果が出ます。漆畑さん、ネガティブに考える必要はありません。治療は前向きにとらえてください。病気をネガティブにとらえると、別の影響が出ます」

と竜太は穏やかに言い漆畑を励ました。漆畑は竜太の真剣さと人柄の良さに引き付けられた。

頭頸部のがんは、異常を感じて検査すると、初診時にステージⅢかステージⅣの進行がんで発見されることが多い。ステージⅢはがんが他の臓器への転移がなくリンパ節で止まっているもの。ステージⅣは肺や肝臓など他の臓器への転移があるもの。漆畑のがんは、ステージⅢであってほしい。結果が出るまで竜太も不安であった。

竜太のもとに検査データがそろったのは、それから三日後だった。

漆畑の精密検査は竜太の予測した通りになった。がんは一部のリンパ節への転移があるものの、他臓器への転移は見られなかった。ステージⅢと診断された。

「よかった！　漆畑さんは強運の持ち主かも知れない」竜太は安堵した。すぐに治療計画の作成のために、院内の放射線科、化学療法の腫瘍内科、栄養療法の消化器外科、病理などベテランの専門医に集まってもらい、漆畑の治療計画のカンファレンスを行った。病状に応じて各科の専門医の知恵と技術を集めるチーム医療は、主治医がオーケストラの指揮者の役割を担うことになる。「治療の最善手は一つしかない」これは血液腫瘍科の笠原遥希の口癖であり、竜太もこの信奉者である。

治療計画は、放射線照射と抗がん剤投与の併用治療を行い、がんを消滅させる。まずこれが最優先で、がん組織が残ったとしても、縮小させて外科手術を行うというのが、カンファレンスの一致した所見であった。いずれにしても竜太の予測通り、漆畑のがんは根治可能であり、今は一刻も早く、治療を始めたい竜太であった。

チーム医療は独りの患者を他科の専門医が情報を共有して最善の医療を目指すもので、タテ割り構造の大学医局ではなかなか難しいが、人懐っこい竜太は先輩の医者仲間から好感をもたれているから、知恵と技術を集めて良い治療ができる。これは医者ぶらない竜太の謙虚な人柄によるものだと外科統括部長の羽田も大いに竜太の手腕を認めている。

検査結果とがん告知

竜太は看護師の柘植を伴って、カンファレンス・ルームに入って行った。がんの告知と治療計画の説明は、その人の人生観や死生観などによって受け入れ方は一様でないが、漆畑は淡泊で寛容な性格のようだから、自然体の雰囲気で事実をありのままに伝えようと竜太は考えていた。根治可能というチーム医療の所見であるから、気持ちは重くなかった。

がん告知で大切なことは、事実を隠さないことである。事実を曲げて告知すると、患者も医師も後で共に苦しむことになる。しかし、事実をありのままに知らせるだけでは、患者はいたずらに傷つき、また納得してくれない。告知は得てして一方的な説明になりがちだが、それでは患者は受け入れることができない。医師は十分に時間をかけて、患者・家族の問いを引き出し、答えなければならない。だから竜太は告知という言葉も決して好きではない。今でこそがん告知は当然のように行われるようになっているが、当時はまだ難しい時代であった。

部屋に入ると、そこには左に漆畑一郎、真ん中に娘、右に夫人が座っていた。竜太が部屋に入るなり、三人は立ち上がって頭を下げた。

「どうもお待たせしました」

と、竜太はどの患者・家族にもする自然な態度で、不安に身構える三人に対し柔らかく声をかけた。

「妻の玲子と娘の佐知子です」

と漆畑が二人を紹介した。

「加納です。どうぞお座りください」

竜太は病状説明のためにシャーカステン（X線写真、CT画像などを見るディスプレイ機器）に数枚のCT画像をセットした。そして、ひと呼吸おいて、ゆっくり病状の説明を始めたが、竜太は射るような佐知子の視線が気になった。年のころは二十歳を過ぎたくらいだろうか。

「中咽頭にがんがあります。幸い他の臓器への転移はないようです」

もっと自然に話せるはずなのに、なぜか今日の竜太はぎこちなかった。佐知子の鋭い視線を受ける度に窮屈さを感じた。そしてこの時、竜太の脳裏に父の仏壇脇に置かれている写真が目に浮かんだ。それはまだ加納英爾が元気だった頃の家族三人の写真で、真ん中に高校三年になったばかりの竜太が座っている。手札サイズに引き伸ばされたこの写真は、父の仏壇ができた時から何年もサイドテーブルの上に置かれて、幸せだったころを偲ぶよすがとしてきた。ところが目の前の漆畑家三人の年齢構成がその時の加納家三人とそっくり同じ構図で目の前にあった。まさに真ん中の佐知子は、父のがん告知を聞く竜太本人だった。そして竜太はいま、漆畑に病状の告知をするあの時の医者であり、不安に怯えたあの日の竜太はまさに今日の佐知子だった。

「咽頭のがんは、比較的転移が少ないんです。リンパには一部転移がありますが、悲観的にとらえることはありません」

竜太は、佐知子を安心させるために、心配しないでいい、これは治せるがんなのだと言いたかったが、担当医師として治ると断定することもためらった。

「治るでしょうか」

黙って聞いていた佐知子は、治るか治らないかを知りたがり、黒い瞳を凝らして訊ねてきた。

「もちろんです」と竜太は力を込めた。「治療の目的はあくまで根治です。こだわっているのは、声や嚥下《えんげ》の機能の臓器を温存する最善の治療法です」

竜太は佐知子の瞳に圧倒されながらも、それに押されまいと抗うかのように少しむきになって言った。そして患者本人よりも付き添う佐知子に話していることが気になり、彼の視線は漆畑と佐知子を行ったり来たりした。

「声だけは失いたくないです」

と漆畑一郎が本音を吐き、首を振った。

「そうですね、これからの長い人生で、声を失うことは耐え難い苦痛です。放射線治療と化学療法による根治治療を目指します。もし、手術になっても、手術はあくまで根治のための手術と思ってください。『がんを追いつめて取り除く根治手術』です」

竜太は検査結果をもとに、内容を解りやすく伝えた。

「根治手術ですか……」

佐知子はぱちぱちと瞬きして、真実を求める鋭い眼を竜太に向けた。

「そうです」

と、竜太は少し力んで、佐知子の視線にこたえた。

「私の方から確認したいことが一つあります。他意のないこととして聞いていただきたいのですが、漆畑さんには、セカンド・オピニオンのお考えはございませんか。私は、若くて、経験も多くありません。割烹『田子の浦』の阿部和弘さんの紹介で診断をさせていただきましたが、病気が病気だけに、全面的に私を信頼していただくには、不安もあろうかと思うのです。漆畑さんにはもっと信頼できる医師が見つかるかもわかりません。単刀直入に言いますが、この段階でセカンド・オピニオンをお勧めしたいと思います。国立のがんセンターとか、県立病院とか」

今はセカンド・オピニオンも普通に行われるようになっているが、一九九六年当時は、まだ患者にも遠慮があって言い出せない頃だった。

「ありがとうございます。実は、私もこのことを先生にご相談したいと思っておりました」

漆畑はセカンド・オピニオンについて家族で話し合っていた。それをズバリと読まれているように感じた。

「心当たりはありますか」

「ええ、娘のクラスメートのお父様が県立N病院の診療部長をされておりまして……」

漆畑が率直に返事をした。漆畑は佐知子のクラスメートの父親が県立病院の耳鼻咽喉科の診療部長をしているので、そちらの診察も受けてみることに決めていた。

「沢田靖先生ですか」

「ええ、そうです」

「沢田先生は著名な先生です。是非相談してみてください。早い方がいいです。これまでの検査データと私どもの治療計画をコピーしますから、お持ちになってください。紹介状と検査データは明日の朝までに作っておきます。最善の方法を見つけましょう」

竜太は佐知子の顔を正面から見て、自然に微笑みかけた。

「ありがとうございます」

と、三人は同時に立って深々と頭を下げた。

「明日の朝までに用意しておきますので、外来で受け取ってください」

竜太は、その日のうちにCT、MRI画像や内視鏡とエコーの画像、病理の検査データなどのすべてをまとめ、それに中央病院での治療計画と治療方針の所見も付けて、その日のうちに紹介状も書いた。本音は、治療を継続してやりたかったが、竜太はこだわらなかった。治療に最善手は一つしかない。セカンド・オピニオンでより良い治療法が見つかれば、竜太はそれに協力したかった。

セカンド・オピニオン

漆畑佐知子の対応は早かった。その日、直ぐにクラスメートの沢田寿子に連絡を取り、彼女の父である県立N病院の耳鼻咽喉科診療部長の沢田靖医師にセカンド・オピニオンを頼み、翌日午後のアポイントをとった。

加納竜太が用意してくれた紹介状と中央病院での治療計画、そして、すべての検査資料も借り出し、漆畑と佐知子は約束の時間に県立N病院を訪れた。佐知子は沢田医師とは何度も会っているが、漆畑一郎は初対面である。年恰好も同じくらいで直ぐに打ち解けた。

「中咽頭がんのステージⅢと診断されたそうですね、ご心配でしょう」

沢田医師は加納竜太の紹介状と治療計画書にまず目を通した。

「中央病院の初診は一週間前の十一月六日だったんですね」

「ええ、そうです」

沢田は目の前に置かれた検査資料を一つずつ丹念に目を通し、うんうんと頷きながら確認した。一週間で画像診断から生検まですべての検査が終わっていることに驚いた様子である。漆畑一郎と佐知子は沢田医師が確認し終わって、どんな反応が返って来るかと緊張の面持ちで待っている。三十分も時間が経過した。

「必要な検査はすべて終わっていますね。中央病院の加納先生はご年配ですか？」

「いえ、お若いです」

「そうですか。専門医で他科連携のチーム医療をされておられますね。治療計画もしっかり書かれています。主治医としてのリーダーシップが感じられます」

そうほめてから、沢田医師はさらに治療計画を読み返している。

父と娘は沢田医師からどのような意見が返ってくるかと、待ち切れずに訊ねた。

「先生のご判断をいただいて、入院する病院を決めようと思っています。いかがでしょうか」

「しっかりした検査結果と治療計画だと思います。私の判断では、うちの病院でも同じ治療になろうかと思います。もちろん、ほかならぬ漆畑さんですから、うちの病院で治療ということもお引き受けできます」

「先生、がんの転移は、もっと詳しく調べる必要はないでしょうか」

佐知子はまだ転移が気になって、その心配がぬぐえない。

「この検査を見ると、他の臓器への転移は見当たりません。見えないがんがあるかもわかりませんが、現状では脳、肺、肝臓など他臓器への転移は見当たりません。これからのフォローはもちろん重要です」

「ステージⅢというのは、一部のリンパ節にがん細胞が認められるが他の臓器への転移は認められないという説明をされましたが、治る可能性はあるのでしょうか」

佐知子は加納竜太の説明を確かめるつもりで聞いた。

「もちろんです。私はいつも思うのですが、医者と患者の出会い、病気の発見というのは、多分に運命的なものがあります。もちろん、もっと早くステージⅠかステージⅡで見つけるのがいいのですが、お仕事でお忙しい最中に、この段階で見つかったのは、むしろ運が良かったかと思います。頭頸部のがんは見つかった時は、既に手遅れということも少なくありません」

と、沢田医師は竜太と同じ説明をした。漆畑はたまたま割烹「田子の浦」で阿部和弘に相談し、竜太との出会いになったことが幸運に思えた。

「治療方針ですが、一つだけ、私にもよく分からないことがあります。ここにある『術前の胃ろう造設』というところです。このエビデンスは論文でも見たことがありません」

「エビデンス?」

と漆畑が訊ねた。

「失礼しました、『科学的な根拠』というのですが、治療を始める前に胃ろうを造るというエビデンス（evidence）はまだ見たことがありません。でも、なかなか新しい発想ではないかと思います」

治療計画にある「胃ろう」について、竜太から特段の説明はなかった。佐知子も胃ろうというのはどんな医療だろうかと疑問が湧いた。

「胃ろうというのは、どんな医療なのでしょうか」

「胃ろうは、お腹に穴を空けて、栄養を投与する栄養法です。例えば、脳卒中の後遺症などで嚥下《えんげ》

（口の中の食物を胃にのみ下すこと）の機能を失った患者さんなどに多く適用されています」

「口から食事ができるのに、どうして私の場合、それをするんですかね」

「頭頸部のがんは、放射線や抗がん剤、あるいは手術などで、一時的に口からの食事が摂れなくなります。その解決策だと思います」

「先生、新しい発想ではないかと言われましたが、それはどういうことでしょうか」

佐知子が間髪を入れず訊ねた。

「頭頸部のがんでは長期の治療になり、栄養摂取が大きな障害になります。抗がん剤治療も放射線治療も、外科手術も、過酷な副作用との戦いです。なかでも口から食事が摂れなくなる、受け付けなくなることで、栄養摂取にはとても難渋します。そのため治療中の栄養療法は、中心静脈栄養という高カロリーの輸液を血管に点滴する方法が一般的に用いられます。ただ、この栄養法は二四時間チューブにつながれることになり、患者さんに負担を強いるばかりか、十分な栄養を摂取することが難しくなります。しかし、胃ろうから投与する経腸栄養剤はバランスの良い食事と同じです。胃ろうを治療の前に造っておくというのは、なかなか理にかなった方法かと思います」

加納竜太の治療計画は、およそ一時間におよぶ沢田医師のセカンド・オピニオンで納得できるものになり、漆畑も佐知子もこれ以上は訊ねることがなくなった。あとは父の決断だと佐知子は思った。

「長時間、ご相談させていただきありがとうございました。あとは、父と相談してどこに入院するかを決めたいと思います」

「そうですね、お困りのことがあれば、いつでもご相談ください」

漆畑と佐知子は鄭重にお礼を述べて席を立った。

「佐知子さんはしばらくお目にかからないうちに、すっかりいいお嬢さんになられましたね。確か、S大の理学部でしたね。寿子と同じ、来春は三年生ですか、早いですね」

「子供の成長は早いですね、いつまでも子供と思っていましたが……」

それは同じ年頃の娘を持つ父親同士の感想だった。

病院をあとにして、漆畑はすでに竜太に治療を任せたいという気持ちを固めていた。若いが医者らしい誠実な人柄、処置の手際の良さ、屈託のない接し方、さりげない礼儀正しさと思いやりも感じられた。医者との出会いは運命的だと沢田医師は言ったが、その通りかもしれないと思った。

佐知子も父の様子からそれを察していた。沢田医師が言ったように、わずかな日時でスピード診断と治療計画を立て、さらにセカンド・オピニオンを勧めた竜太に、不思議な魅力さえを感じ始めていた。

漆畑の決断

翌日、漆畑と佐知子は入院の意思を伝えるために加納竜太と時間の打ち合わせをして中央病院を訪れた。案内されて七階カンファレンス・ルームで待っていると、間もなく加納竜太が看護師の柘植を伴ってドアをノックして現れた。

やはり竜太は佐知子の目が気になった。佐知子は清らかな目の輝きを持っている。がん告知のとき射るような目が竜太に迫ってきて、竜太はその美しさに思わず戸惑いを覚えたが、今日の佐知子の目は穏やかに透きとおっていた。

「沢田先生のご判断はいかがでしたか」

と竜太は率直に訊ねた。

「沢田先生のお考えも加納先生と同じでした。沢田先生はお借りした画像などをひとつずつ丁寧にご覧になりました。三十分くらい、うんうんと頷きながら確認されました」

漆畑は自分の命にかかわる相談事だったから、沢田医師の解説や言葉のニュアンスまで一部始終すっかり記憶していた。それを竜太に正確に伝え、最後に自分の決断を述べた。

「私の治療はこちらの中央病院でお願いします。そして加納先生を信頼して、すべてをお任せします」

「どうぞ、よろしくお願いします」

佐知子も真っ直ぐに竜太の目を見て一緒に頭を下げた。

「そうですか、こちらこそ、よろしくお願いします。最善を尽くします」

竜太は信頼されたことが嬉しく、また責任の重さも感じた。

「沢田先生に、この時点で病気が見つかってよかった、手遅れにならなくてよかった。医者と患者の出逢いは運命的なものがあると言われました。私もそう思っています」

「運命的な出会いですか。漆畑さんの運命に幸運が生まれるように努めます」

竜太は沢田医師の言葉を心に重く受けとめた。患者は体の不調を感じたときしか医者との縁は生まれない。健康診断で重篤な病気が発見されることもあるが、一般的な健康診断で頭頸部のがんを見つけることは多くはないはずだ。

「たまたま一週間前の夜、割烹『田子の浦』に行ったというのが加納先生との出会いになりましたが、私は医者嫌いだから、手遅れになるところでした」

「沢田先生が言われたのはそういうことかもしれませんね」

「沢田先生に加納先生はご年配かと訊ねられました。『若いです』とお答えしましたら、できる先生だとほめておられました」

「そうですか。光栄です」

竜太は少し照れながらも、悪い気はしなかった。彼は折角の沢田先生のセカンド・オピニオンだから、さらに肝心な治療計画について、もっと詳しく見解を訊ねたかった。

「それで、治療計画については何かご意見がありましたか」

竜太は質問を黙って聞いている佐知子に向けた。佐知子の聡明そうな視線に訊ねてみたい気持ちもあった。

「治療計画については、うちで治療してもこれと同じになるとおっしゃいました。ただ、術前の胃ろうの造設については、まだ、エビデンス（evidence　臨床結果での科学的根拠）がないのでコメントを控えたいが、喉のがんは厳しい治療による副作用で口から食事が摂れなくなるので、理に適った新しい栄養法のように思うと言われました」

竜太は新しい栄養法に、名医も反対でなかったのが嬉しかった。勇気も出た。

「胃ろうについては、治療を始める前にご説明するつもりでした」

「いいえ、沢田先生から、治療のきつい副作用のため口から食べられなくなるお話を、詳しく伺いました」

「そうでしたか、胃ろうからの栄養療法は、栄養価の高いバランスのとれた自然の食事と同じです。違いは、口から食べるか、お腹に小さなお口を造って、そこから入れるかの違いです」

「今は食事ができるのに、どうしてお腹に穴を空けるのかと、最初は疑問に思いましたがその疑問も解けました」

咽喉に腫瘍があるとはいえ、まだ食事は摂れる。口から食べられるのに、なぜ、お腹に穴を空けるような無謀なことをしなければならないのか、誰もが感じる疑問を漆畑は感じたようだ。

「胃ろうは摂食嚥下の困難を乗り越えるための『先回りの栄養法』です。咽頭と食道を通さないで、口からの食事と同じ栄養剤を直接胃に入れるバイパスは、先回りして治療の前に造っておけば圧倒的に有利です」

「先回りですね、先生はこれまで胃ろうを用いた治療をされたことはあるのですか?」

「治療前に胃ろうを造った例は、まだ数例しかありません」

「他の医療機関ではどうなんでしょうか」

「調べてみましたが、まだ他では事例が見つかりませんでした」

「よくわかりました。エビデンスの協力をさせてください。一日中チューブに繋がれなくてもいいというのはいい医療に違いありません」

漆畑の理解の速さに竜太は驚いた。

「胃ろうは、アメリカの小児科医と内視鏡外科医が研究開発しましたが、私はこれを頭頸部がんの術前・術中・術後の治療に応用できることに気が付いたのです」

「子供に使えるものなら、大人ならさらに安全、安心ですね」

「でも病気が治って口から食べられるようになったら、胃ろうは不要になりますから抜きます。胃ろうを抜去すると、お腹の口は数時間で塞がり、小さな傷が残るだけです」

「残るのは、小さな傷だけですか」

「胃ろうの手術ビデオがありますが、ご覧になりますか」

「是非、見せてください」

竜太がビデオテープをデッキにセットした。十五分のビデオであったが、父・娘は食い入るように見入った。竜太は二人が見終るのを待って、「理解していただけましたか」と、問い掛けた。

「ノープロブレムです」

と、漆畑が明るく英語で答えたのに竜太は漆畑の心の余裕を感じた。佐知子もよく理解できたようだった。竜太は漆畑の呑み込みの早さに好感を持ち、漆畑もまた竜太の率直さに信頼を深めた。

また、竜太の脳裏に父・英爾が浮かんできた。見れば見るほど、漆畑はどこか父の英爾に似ていた。父も仕事人間で、よく酒を飲み、たばこはチェーンスモーカーであった。まさに漆畑の孤軍奮闘は亡き父にそっくりである。ただ父の場合は我慢をし過ぎた。漆畑を助けたいという気持ちがまた込み上げてきた。

「治療は一日も早い方がいいです。すぐに入院の手続きを取ります」

すると、漆畑は少し困った顔をした。

特別室で仕事と治療の両立

「実は先生、私は入院前にどうしてもやっておかなければならない仕事をもっています」

「どんなお仕事ですか」

「株式公開の準備です。社員一〇〇人の夢がやっと実現できるときが来ました。これをやり遂げるまでは死んでも死に切れません。時間も限られております」

漆畑は長期入院を前に、株式公開の段取りを指示しておく時間がどうしても欲しかった。

「ちょうど大変な時なんですね」

「そうなんです。仕事と治療とどちらを優先するのかと言われると困るのですが」

「漆畑さんにとっては仕事も治療も、どちらも大事です。仕事と治療と両立させることを考えましょう」

「仕事と治療の両立ができますか」

「特別室を取りましょう。付き添い部屋がついている広い病室が一つだけあります。そこに社員を呼んで仕事を続けてはどうですか」

「病室に仕事を持ち込んでもよろしいんですか」

漆畑は仕事と治療の両立といわれて驚いた顔をして訊ねた。

「漆畑さんなら、仕事を近くに置いていた方がスピリチュアルなパワーも出るでしょう。特別室が丁度、空いたところなんです。ねえ柘植さん、空いたところでしたね？」

竜太が傍の柘植に念を押すと、彼女は反応よく内線電話で入院手続きの部署に確認をとった。

「空いています」

「よかった、漆畑さん、早速、部屋をご覧になってください。治療は急ぐ必要があります」

竜太は畳みかけるように言った。柘植は竜太の仕事のやり方を心得ている。こういう場合の竜太の一途さには誰も逆らえないだけの迫力がある。柘植は特別室の鍵を取りに出て行った。

人間は重い病気や衝撃的な事故に遭遇しても、それに適応していく力が備わっている。患者が病気をネガティブにとらえるか、ポジティブに捉えるかで、治療効果に大きな差が生じる。がん告知の怖さと不安、さらに激しい治療の副作用から、闘病意欲を失ってしまう患者も少なくない。これをがんの身体症状の悪化と医師に誤解されて、治療の変更や中止につながるケースがある。どんなに優れた治療も患者の体力と精神力が伴わなければ、良い結果に導けない。常に患者の気持ちを推し量って希望を与えながら上手に治療に導くためには、医者は患者の目標を共有する協力者でなければならない。これが竜太の治療にかける強い信条である。

まもなく柘植が鍵を持って戻ってきた。四人は最上階の特別室に足を向けた。

「漆畑さんの会社はどんな会社なんですか」

「工場の生産ラインの設計と機器の製造をしています」

「先進技術の産業なのですね」

「創業十年の中小企業ですが、優秀な技術者に恵まれています」

「十年で株式公開というのは急成長ですね。どんな技術者がおられるんですか」

漆畑は竜太が仕事のことを詳しく聞いてくるのが意外でもあり、うれしくもあった。

「いろんな奴がいましてね。手触りだけで微妙な金属板の歪みを感知する奴とか、鋼材の焼き入れ具合をぴたりと色で見分ける奴とか、金槌で叩いて機械の噛み合わせを調べたり、サブミクロン単位に金属を削ったりする職人たちです。私の父親も、小さな町工場を経営する職人でした。うちの株主はみんな下町工場の幼馴染なんです。達人の技術を厳しく叩き込まれた職人たちです」

「ものづくり日本の匠の技術者ですね。漆畑さんはそうした方たちをまとめておられるんですね」

「まあ、大工の棟梁みたいなものですかね。一芸に秀でたモノづくりの達人たちが、先のわからない会社設立に出資してくれました。腕はいいけど経営の知恵はからっきしダメな者たちです。株式上場でひと財産を作ってやりたいんです」

「いいお話ですね」

竜太は強い思いを語る漆畑に好感をもった。漆畑は話を続けた。それは竜太に協力を求めたい一心だった。彼は大学の工学部機械科を出て、ゼミの教授推薦で大手家電メーカーのＦＡ（ファクトリー・オートメーション）部門に就職した。四十歳を迎えた働き盛りに、室長に昇格し、製造ラインに組み込む生産効率の高い産業ロボットを開発した。研究開発を手伝ったのは町工場のベテラン職人たちであった。彼の父親も旋盤工場を経営する職人であったが、そうした地縁の環境に染まって育った彼は、日本の零細企業が培ってきた匠の技術を熟知していた。微細加工技術にデジタル位置決め装置を組み込む産業ロボットの開発が夢だった。

ところが町工場のベテラン技術者の力を借りて、苦心の末に開発したにも拘らず、会社は設備投資費用の余裕がないという理由であっさり採用を先延ばしにした。そのため、彼は開発を手伝った仲間に申し訳が立たず、一大決心をし、資金を集めて乗るか反るかのベンチャー企業を起業した。幸い折からのＦＡブームがやってきて、製品の受注は順調に伸び、瞬く間に事業は軌道に乗った。いよいよＳ精機も株式上場の機が熟したと、漆畑は取引銀行に話を持ち掛けた。銀行も会社の成長力や技術的な評価などから、資金需要の融資に応じることを決めた。

「まったく好事魔多しというのはこのことです」

「興味深い話です。事情はよく分かりました。是非、仲間の夢を実現してあげてください。日本の企業は中小企業の技術で支えられているという話はよく耳にします。そんな仲間と一緒に仕事ができるのは楽しいでしょうね」

話を聞いていて、竜太は漆畑が亡き父親の性格によく似ていることが可笑しかった。

父親の英爾は短編映画の制作プロダクションを経営していた。社員は二十人足らずであったが、大手企業からの受注が多く、徹夜が続く忙しさだった。あるとき竜太は父親の映画製作でエキストラに駆り出されたことがあった。そのとき、父は専門技術をもつ大勢の仲間に囲まれて大声を上げ、役割分担を持つスタッフたちは、それぞれに仕事を楽しんでいた。竜太はそんな父親の仕事現場がとても感動的に映り、いつまでもその印象が心の片隅に残っている。竜太は父親の思い出に重ねながら漆畑の話を聞いている。父は志半ばで「無念だ」と言ってあっけなく逝ってしまった。竜太はその無念のために医師になろうと思ったのだった。

「おっしゃる通りです。でも我々の仕事は大企業の下請けですから、これから大企業がどんどん海外に出て行くと、大変な時代を迎えます」

「工場の海外移転による産業の空洞化ですか。僕の高校時代の親友がM商事の機械部門におりますが、いつも海外を飛び回っております」

「M商事の機械部ですか。ぜひ、話を聞きたいですね」

「わかりました。富士にもよく来ますので、今度連れてきましょう」

後ろについていく女性二人は、竜太と漆畑の話がこぼれてくるのを面白そうに聞いている。

特別室の鍵を開けて中に入った。特別室は、二間続きで、付き添いの家族が泊まれるようになっている。北東向きの窓から、冠雪の富士が目の前に見える。富士は山梨と静岡の両県に跨る巨大な山裾を持つが、窓からはすぐ近くに北側の富士がそっくり裾野まで見えた。

漆畑はしばらく富士を眺めた。富士に住んでいながら富士をこれほど身近に感じたことはなかった。

「富士も力を与えてくれそうです。先生、治療と仕事の環境を与えていただいて感謝します。すぐに入院させてください」

漆畑は呟くようにいった。

佐知子が竜太の前に来て頭を下げた。「加納先生、ありがとうございます。父を助けてください」

「ベストを尽くします。治療を早く始めましょう。どうぞ、看護師さんと相談して、入院の手続きを取ってください。困ったことがあったら。何でも相談してください」

竜太は漆畑の治療にベストを尽くしたいという思いをさらに強くした。

入院、専門医からの治療計画の説明

二日後、漆畑は特別室に入院した。入院当日、落ち着く暇もなく、カンファレンス・ルームに呼ばれた漆畑は、佐知子を連れて現れた。

カンファレンス・ルームには、竜太の他に三人の専門医と看護師、管理栄養士が顔を揃えていた。

竜太が、腫瘍内科の笠原、消化器外科の神野、放射線科の田村と看護主任の柘植、管理栄養士の井原を紹介した。誰もが竜太よりも年上に見えた。漆畑はこうした専門スタッフがチームを組んで治療にあたってくれることに心強さを覚えた。

「娘の佐知子です」

漆畑が隣の佐知子を先生方に紹介し、佐知子は皆の顔をきらりと光る眼で見て頭を下げた。美しく知的な女性の印象を漂わせた。

「漆畑さんの治療は長丁場になりますので、お手元の治療計画書に添って、担当の先生方に治療の内容を説明していただきます。治療計画は放射線と化学療法との併用でがん細胞を消滅させる治療です。二か月の治療結果で手術をするかどうかを判断します。もし手術になったら、国立がんセンターにおられる伊藤先生にお願いします。伊藤先生は私の医局の先輩で、羽田先生とは同期の名医ですが、伊藤先生にお願いしなくてもいいように、放射線と化学療法に最善を尽くします。

では、治療計画の説明をしていただきます。わからないことがありましたら、遠慮なくお訊ねください。胃ろうの手術をしていただく消化器外科の神野先生お願いします」

竜太が最初に口を切り、順序立てて専門医が治療の方針を説明することになった。

「神野です。胃ろうはまだ、日本ではよく周知されておりませんが、今後、鼻からチューブで栄養剤を入れる栄養法や、高カロリー輸液を点滴で血管に入れる中心静脈栄養法に代わる新しい栄養法になっていくものと思います。今回、漆畑さんに適用する胃ろうは、治療を始める前に、胃に直接栄養投与のルートを確保するためです。これは加納先生が発想したもので、本邦でも、あるいは世界でも初めての試みで、すでにうちの病院では、優れた成果を出しております。漆畑さんには、加納先生から説明をされ、よくご理解もされているようですから詳しい説明は省略しますが、何かご質問があれば、どうぞ」

「一つだけよろしいでしょうか。食事と同じように、朝昼晩三食を入れるということですが、一回当たりの時間は長くかかるんでしょうか」

漆畑が訊ねた。

「いいご質問ですね、消化吸収系の機能が良くない場合はゆっくり入れますが、漆畑さんの場合は口からの食事と同じように、一食二十分くらいで投与することが可能です。副作用がきつくなって、口から食事がとれなくなったら朝昼晩、三食の投与になりますが、口から食べられるうちは投与せず、食べることに難渋するようになってから胃ろうを使います。体調を見ながら加減します」

「わかりました。食事と同じくらいの栄養を二十分で摂れるということですね」

漆畑は栄養を入れるために長時間寝かされては困ると思っていたから安心した。

このとき、診療部長の羽田がカンファレンス・ルームに入って来てテーブルについた。竜太が神野の説明を終わるのを待って羽田を紹介した。

「診療部長の羽田です。漆畑さんの治療計画は検査の結果をもとに、専門の先生方によってつくりました。うちの病院の精鋭です。このメンバーで情報を共有しながら、漆畑さんの治療をさせていただきます。何かお困りのことがありましたら、遠慮なく仰ってください。どうぞ、カンファレンスをお続けください」

診療部長の声は大きく、温厚な人柄が伝わった。部屋は専門医を横断的に繋いだチーム医療の和やかな雰囲気で満たされ、再び治療方針の説明に戻った。

「放射線科の田村です。ちょっと専門用語をつかいますが、漆畑さんの放射線療法は一回に2Gy《グレイ》、三十五回行う予定です。総線量70Gyを、土日を除いて毎日照射します。頸部リンパ節領域に40～54Gyの照射、その後、病変のある部位に16～30Gyを追加照射する予定です。この治療は、七～八週間をかけて行ないます。放射線照射は患部を焼く治療ですから、治療は回数を重ねるごとに咽喉の痛みが増してきます。この放射線による強い副作用が出現しますと、口からの食事が困難になりますので、胃ろうからの栄養は大変有効になります」

田村医師は静かにゆっくりと分かりやすく話し、質問はないかと聞いた。

「ありがとうございました。では次に、化学療法の笠原先生、お願いします」

「血液腫瘍科の笠原です。頭頸部腫瘍の治療においては、放射線と化学療法の二つの組み合わせが現段階では最も優れた治療法と考えております。

抗がん剤は、『5FU400mg/m^2, Day1-5　シスプラチン100ml』これを三週間ごとに、三コース行います。

治療では前半の二～三週間、抗がん剤の副作用が主として出現します。放射線治療との複合的な副作用ですから、漆畑さんは大変辛い闘病を強いられることになります。皮膚炎、粘膜炎、嚥下障害、倦怠感、骨髄毒性といわれる白血球と血小板の減少、貧血、口腔内の乾燥、味覚障害、感染などが懸念されます。がん治療による副作用や合併症に挫けると、治療を継続することができなくなり、治療中止が必要になることも経験しておりますが、今回は胃ろうからの栄養法を、適用しますので、最も懸念される低栄養や免疫力の低下などのダメージを免れることができると考えております。私どもは副作用と合併症を注意深く見守りながら治療を続けてまいります。よろしくお願いします」

と笠原がゆっくり、漆畑の確認をとるように説明した。

「放射線療法や抗がん剤、外科の根治手術の説明は、言葉も難しく理解できないこともあろうかと思いますが、これはそれぞれ現在わかっている最善のものとご理解いただきたいと思います。大まかな治療計画を説明していただきましたが、これらの治療は絶えず評価を見ながら、続けることになります。管理栄養士の井原さんは、治療を通して漆畑さんの栄養状態を見守ってもらいます。漆畑さんは、いま、会社経営の立場から大変多忙な中での治療になりますが、とにかく、この治療計画を乗り切っていただきたいと思います。日々の治療は、病棟看護師の案内にしたがってください。

放射線、化学療法のあとがん組織の疑いが残る場合は、状況を診て外科手術になるかもわかりませんが、できる限りこれを避けるため放射線と化学療法の治療で効果を上げるよう最善を尽くします。そのためには、漆畑さんにも辛い副作用に耐えていただかなくてはなりません。副作用の軽減にも最善を尽くします」

主治医の立場から、最後に竜太がまとめた。漆畑には、若い加納竜太がベテラン専門医の力を借りてチーム医療を取り仕切る姿は、まるで製品開発のプロジェクト・リーダーのように映った。

日進月歩の医療界にあって、専門性の高い医療技術をいち早く患者に役立てることは医師の大切なミッションである。チーム医療は、自分自身の専門分野を深め、提供するだけでなく、専門医同士の横の緊密な交流によって、総合効果を高めることにもなる。それは竜太がサッカーの部活で体験したチームプレーと同じで、各自の役割分担をゴールという目標に向けて結集することと同じである。ここには、とかく批判の対象とされる大学医学部の縦割り組織の閉鎖性はなく、自由な空気がみなぎっている。加納竜太は生来、自由奔放な職場の空気が好きだから、チーム医療もそうした竜太の性格にマッチするものだった。

佐知子は肝心なところはメモを取りながら説明を聞いた。父のがんが見つかって佐知子は怖れと不安に陥り、これまで父に対して思いやりが足りなかったことを悔いた。父にもしものことがあったらどうしようかと怖れ、もっと良い医療機関を探すため、県立N病院の専門医である親友の父親にセカンド・オピニオンをもとめた。結果は、加納竜太の素早い対応、的確な検査と治療計画を認めることになり、佐知子の不安は、いまは感謝の気持ちに変わっている。さらに佐知子は、チーム医療を取り仕切る若い医師の存在は、まるでオーケストラの指揮者のようで、佐知子の眼には非常に魅力的に映った。

胃ろう手術

翌日は土曜日であった。土曜日は病院は休みであるが、竜太は忙しい神野修一に頼んで漆畑の胃ろうの手術をしてもらうことにした。早く治療を始めたい竜太にとって、土曜日を無駄にしたくなかったからだ。

薄暗い内視鏡室に入り、漆畑がベッドに横たわると、看護師が点滴をし、口腔内を清拭《せいしょく》した。神野と竜太が入ってきた。

「十五分で終わりますからね。軽い麻酔をかけます」

と神野が言った。

咽喉に麻酔の噴霧をして、口にマウスピースを咥えさせ、胃カメラが挿入された。

点滴から軽い麻酔薬が入れられ、やがてそれが効いてきて、漆畑は竜太と神野の会話を遠くに聞いているように意識が朦朧としてきた。

「なるほど、食道にも胃にも転移は無いね」

二人はモニターで食道と胃の中を確認しながら呟き合っている。漆畑に二人の話し声が聞こえるが、夢を見ながら眠っているような感覚であった。それでも漆畑は喉の腫瘍は局所に留まっていることを知らされているように聞こえ、漆畑はいつの間にか意識が遠のいて眠ってしまった。

内視鏡から胃に空気を入れて、胃を膨らませ、空気圧で胃壁と腹壁を密着させ、胃ろう造設の場所特定、そこに局部麻酔をした。そして一センチほどのメスを入れ、胃の中まで届く長く太い針を刺す。

針の中に細いワイヤーを挿入する。胃の中で、そのワイヤーの尖端を、内視鏡の先から出てきた把持装置でつかまえて内視鏡ごとに引き抜く。そして、今度は引き抜いたガイドワイヤーにカテーテルを繋ぎ、逆にワイヤーを腹部の方に引っ張ると、カテーテルの先端が腹壁に出て来る。プル法といわれるこの胃ろうの手術はたったこれだけのもので、漆畑が眠っている間に、胃ろうの造設は終わった。

「終わりました」

と、竜太が漆畑の頬をそっと叩き、漆畑は目を覚ました。

痛みというほどのものはなかった。内視鏡室に入って、三十分ほども経ったであろうか。説明されたとおりの簡単な手術だった。漆畑はまだ軽い麻酔から醒めきらなかったが、ベッドから車椅子に移されると次第に意識がはっきりしてきた。

「病室まで送りましょう」

と竜太は車椅子を看護師に押させて、病室まで送ってきた。病室では佐知子が待っていた。

「胃ろうの手術が終わりました」

と竜太が佐知子に報告した。看護師と竜太が手伝って漆畑はベッドに寝かされた。

「先生、胃ろうの手術がこんなに簡単だとは思いませんでした。これで先回りのお腹の口ができたんですね」

漆畑が手術の感想を述べた。

「そうです、今日は食事は出ませんが、明日から通常通りの食事になります」

「お腹の口から食べたものが出てこないんですか」

「いえいえ、その心配はありません。月曜日から化学療法と放射線治療を始めます」

「いつから胃ろうからの食事になりますか」

「まだ、口から食事が摂れるうちは使いません。二週間くらい先からでしょう」

「明日一日はゆっくりお休みいただいて月曜日からの化学放射線療法に備えてください。来週月曜日から金曜日まで、毎朝、放射線治療、そのあと病室での化学療法になります。五日間通しで行います。土曜、日曜は休んで、翌週も月曜から金曜まで、同じ治療を繰り返します」

おそらく入院三週目あたりから漆畑は化学放射線療法の副作用が顕著になる筈だ。竜太はこれまでの治療経験からそのことが分かっている。

「放射線を三十五回、抗がん剤を三クール・三週間ごとに行うんですね」

漆畑はベッドに仰臥して記憶している治療計画を確認するように訊ねた。

「その予定です。お仕事が気になるんですね」

漆畑は副作用がきつくなるまでは仕事に集中しようとしているらしい。「これを成し遂げなければ、死んでも死にきれない」と漆畑は言った。竜太は手を差し出して彼の手を強く握りしめた。その握力で気持ちが通じ合った。また竜太に父の姿が蘇った。

佐知子は父が退院するまで病院に泊まって看病することに決めたようだ。母は祖母の介護で手が離せないため、佐知子が母にかわって付き添うことになり、佐知子はその間、大学を休学するようだ。

朝一番の回診

胃ろうの手術をした翌朝、通常の病院食が出された。漆畑は食べたものがお腹の口から出て来るのではないかと思いながら食事をとったが何の心配もなかった。まだ口からの食事ができるのに、治療を始める前から、お腹に穴を空けるという普通では想像できなかった医療も、いまは漆畑も納得済みである。随分大胆な治療法もあるものだと彼は感心している。

月曜日朝早く、竜太は外来が始まる前に七二〇号室にやってきた。

「漆畑さん、よく眠れましたか」

「おかげさまで、よく眠れました」

「朝食は食べられましたね。ちょっと胃ろうを見せてください」

竜太は漆畑のパジャマのボタンをはずし、被せてあるガーゼをはずして確かめた。

「まだ腫れがありますが心配ありません」

「おはようございます。お世話になります」

佐知子が竜太の声を聞いて奥の部屋から出て来た。こんなに早く加納竜太医師が一人で回診に来てもらえるとは思わなかったらしく、彼女は父のそばに立って頭を下げた。

「今日から放射線と抗がん剤の併用治療が始まります」

竜太が病室に来たのは、今日から始まる治療を確認するためだった。チーム医療を始める前にいつも竜太が行う朝の訪問であった。佐知子の肌は透きとおるように白く、黒い瞳は生々と輝いている。

細身に見える体形に匂うような胸のふくらみがある。竜太は朝のすがすがしい女性の息吹を感じた。

「九時に看護師さんが迎えに来ます。放射線室は地下一階です。放射線照射の前に、田村先生の説明を受けてください。放射線照射は十分程度で終わります。それが終わったら四階の血液腫瘍科の笠原先生の外来に行ってください」

竜太は少し気押されるように感じながら、すでに説明を済ませたこの日の処置を確認してから、そのあと、放射線科の田村医師と笠原医師のところに挨拶に行き、耳鼻科外来に戻った。これは竜太がチーム医療に取り掛かる前のいつもの流儀だった。

「先生、今日は一日中点滴ですね」

「そうです。一日中点滴になります」

「部屋に社員を呼んでもいいですか」

「お仕事が気になるのですね。どうぞ、お仕事に精を出してください」

仕事を放り出していきなり入院になったのだから、漆畑にはいろいろ気がかりなことがあるのだろうと竜太は思った。

「化学療法については、笠原先生によく頼んでありますから、何でも相談してください。笠原先生は僕の最も尊敬する先生です。日本でも有数の化学療法の名医です」

竜太は漆畑の治療については、笠原と綿密な打ち合わせもできているから的確な指導をしてくれると思っている。

竜太は時計を気にして出ていった。風のようにやってきて、急いで部屋から出て行った竜太に、佐知子は青年のような爽やかさを抱いた。

九時に病棟看護師が迎えに来た。漆畑は病院の治療着に着かえ、佐知子を連れて看護師の案内で地下の放射線照射室に降りて行った。間もなく「漆畑さんどうぞ」と呼ばれて中に入ると治療計画の説明で紹介された田村医師が迎えた。佐知子にも補助椅子をすすめた。

「今日から三五回、２Gyの放射線治療を始めます。しばらくは副作用はないと思いますが、一〇回目くらいから火傷のような痛みが出てきます。その対応はチーム医療で対処していきます。辛い治療になりますが、耐えていただかなくてはなりません。では始めましょう」

田村医師の診断が終わって、漆畑は放射線の照射用ベッドに導かれた。照射効果が高くなるように細かい角度の調整があり、およそ五分の照射が始まった。

佐知子は照射室の赤いランプを見ながら外で待ち、「父の治療記録」を日記風に書き留めている。

放射線照射室から漆畑が技師とともに出てきた。

「今日の治療は終わりました。また明日、同じ時間に来てください。この後は化学療法の笠原先生の外来に行ってください」

技師が今日の治療手順が書かれた院内の連携用紙を佐知子に渡した。佐知子は用紙を受けとって、父と並んでエレベーターで四階に向かった。

「お父さん、どんな感じでした？」

二人になって佐知子が聞いた。

「なんでもなかったよ。照射角度の位置を決める固定具がちょっと痛かったくらいだ。照射の痛みはなかった」

化学療法の処置室では、笠原医師が待っていた。

「放射線が終わったんですね、朝一番に、竜太先生が来ました。化学療法も長い治療になりますが辛抱してください」

「第一回抗がん剤治療は、シスプラチン一〇〇ミリを投与します。抗がん剤のほかに、むくみと吐き気止め、利尿効果などの薬の点滴も同時に行います」

笠原遥希は漆畑を処置用のベッドに寝かし、点滴ポイントの処置を始めた。固定した針を腕に刺して、その穴が血液で凝固しないように薬を入れる。点滴ポイントは一週間に一度のペースで、その針を抜き差しして、新しい場所に作る。化学療法を始める前の処置である。笠原は化学療法の名医だと竜太が言ったが、こうした手技も手慣れたものだった。笠原は看護師が用意した抗がん剤や副作用防止の薬剤を入念にチェックし、点滴ポイントから抗がん剤の投与を始めた。

「加納竜太は実に楽しい奴です。集中力も抜群で、若いけど先の読める男です。周囲への配慮もできるからチーム医療にはうってつけの男です」

笠原は竜太を高くかっている。

「いい先生に巡り合って、運がよかったと思っています」

「お部屋で株式公開の指揮をとられているそうですね。竜太らしい計らいだと感心しております。彼は天真爛漫なアイデアマンですからね」

竜太は笠原には何でも話すらしいと漆畑は思った。佐知子は笠原と父の話をほほえましく聞いている。

「漆畑さん、がんを恐れてはいけません。仕事に気持ちを集中してください。仕事への気魄は治療の最高の薬です。苦しくても仕事への熱意は失わないでください。我々は治療に集中させていただきます」

笠原が加納竜太と同じセリフを言ったので、佐知子には少し可笑しかった。

病棟看護師の苦言

漆畑の放射線と抗がん剤の併用治療が始まって五日目のことだった。漆畑が断りもなく病室からいなくなった。午前の点滴が終わった隙に外出したのだ。

「面会時間外に社員を呼びつけたり、消灯時間になっても部屋で社員に仕事をさせたりするのは黙認していましたが、無断外出はひどすぎます。午前の点滴が終わった隙に、会社の車を呼んで出て行きました」

「そうですか。無断外出してまだ帰って来られませんか」

「すぐに、戻ってくるように会社に電話を入れてもらいましたが、会議中で連絡が取れません。娘さんには厳しく言いました。事故が起こると病院の責任です」

「わかりました。でも、何か差し迫った問題が起きたんですかね」

「どんな問題が起きようと、化学療法の治療中に無断外出なんて許せません」

「そうですね、でも副作用も軽い段階だから、今日のところは少し大目に見てあげましょう。僕からも注意しておきます」

「だめですよ、竜太先生はどうして漆畑さんを特別扱いにするんですか」

「漆畑さんは、株式上場のことで頭が一杯だし、忙しいんですよ」

と、竜太は柘植の苦情に理解を示しながらも、曖昧な返事をした。

「病室に行って事情を聴いてきましょう」

柘植に注意をされて佐知子はきっと困っているだろうと竜太は心配になり七二〇号室に足を運んだ。

佐知子は一人で本を読んでいた。

「お父さんはまだ帰ってこられませんか」

「先生、申し訳ございません。会社で緊急会議があるといって出て行きました」

「緊急会議ですか。何かあったんですかね」

「詳しくはわかりませんが、取り乱していました」

「そうですか、心配ですね」

「ご迷惑をおかけして申し訳ございません。看護師さんに怒られました」

「僕も怒られました」

と竜太は調子を合わせ、無邪気な笑みを浮かべた。佐知子の気持ちを和らげるためだった。

「看護主任は、苦言を言いますが、看護師さんも立場上、きつく言わざるをえませんからね。漆畑さんはこれから放射線と化学療法の副作用が次第に辛くなります。どうぞ支えてあげてください」

「ありがとうございます。なにせ父は我儘で、自分勝手なんです」

「お父さんも、弁《わきま》えておられますよ。どうぞ仕事を応援してあげてください。ところで大学は長く休んで大丈夫なんですか」

「ええ、今は父の看護を優先させます。大学はどうでもいいんです」

「どうでもいいんですか」

「はい、いいんです」

佐知子はじっと竜太を見つめ、何か訴えかけようとしていた。竜太はその視線に気押されて何と答えたらいいのか返事に窮した。

「富士がきれいですね、いつも見ているのに、富士は毎日、違った表情をみせてくれますね」

竜太はまだ話しかけたいような佐知子の眼差しに間がもたなくなって、視線を外して富士の方を見た。佐知子の向こうに夕焼けの富士が見えた。冠雪の富士がちょうど西からの夕日を浴びて美しい。佐知子もつられて富士の方に顔を向けた。今度はその横顔を竜太が黙って見つめた。そしてふたりは夕焼けの富士をこのまま何時までも眺めていたかった。

「先生はどうして医学部を選ばれたんですか」

と、佐知子がいきなり問いかけた。

「高校三年のとき、父を食道がんで亡くしましてね。それが動機といえば動機です。がんが見つかったときは手遅れでした。肺と肝臓への転移もあって、もう十三年も前のことです」

竜太は医者になった経緯を簡単に説明した。

「そうだったんですか、お気に触ることをお訊ねしたようで申し訳ありません」

「いやいや、時代も悪かったんですよ。これからはがんも治る時代になります。でも、お父様の病気の治療を、私のような若造に委ねていただいて……ご信頼には最善をつくすつもりです」

その時、社員に送ってもらって漆畑が帰ってきた。竜太がいるのを見つけて申し訳なさそうに頭を下げた。

「漆畑さん、何かありましたか」

竜太がすぐに訊ねた。

「困ったことが起こりました。大切なパートナーに逃げられました。上場計画が狂ってきました」

漆畑はそう言って緊急事態の内容を打ち明けた。それによると、産業ロボットの数値制御の重要なパーツを納入する協力会社のK電子工業が、S精機のライバル会社である韓国の機械メーカーに買収されてその傘下に入った。そのため、S精機はK電子工業との技術提携を破棄しなければならなくなったというのだ。K電子工業はS精機の上場来の協力会社で、株式公開に際して主要な株主にも挙げられている。

「まさかK電子工業が韓国企業に買収されるとは考えてもみなかったんです。これは韓国企業のS精機の追い落としです。うちの強力なライバル会社ですからね」

「それはお困りですね。K電子の代わりになるような会社はないんですか」

竜太は漆畑の落ち込みようが気になって訊ねた。

「K電子はわが国のデジタル技術では優秀な会社です。経営不振のうわさもなかったのに、いきなりですからね」

「漆畑さん、ピンチはチャンスと言います、私の親友がM商事の機械部にいる話をしたことがありますよね。シリコンバレーのベンチャー企業と日本のメーカーとの業務提携で、度々シリコンバレーに出張します。相談されてみては如何ですか」

このとき、竜太はM商事に勤めている岡部健治のことが突然閃いて、何か力になれないだろうかと思った。

「そうでしたね。お目にかかりたいです」

漆畑の表情が変わった。もっと話を聞かせてくれという顔が迫ってきた。

「高校のクラスメートで、よく富士にもやってきます。よろしければ呼びましょうか」

「ぜひ紹介してください。時間がありません」

漆畑は、まるで脳裏に新たな回路が生まれたかのように真剣な表情になった。

「すぐ連絡を取ってみます。岡部健治と言いますが、来るたびに割烹『田子の浦』に連れていきます。店長の和弘さんも知っています」

そういって竜太は部屋電話の受話器を取った。ちょうどいい具合に岡部健治が電話に出てきた。

「健治？　おれ。ちょっと相談だけど、急いで会ってほしい人がいるんだけど」

受話器の向こうで、何事だというような会話が始まった。竜太は漆畑から聞いた話をかいつまんで説明している。

「ちょっと待ってね」と竜太が健治に断って漆畑に訊ねた。「漆畑さん、岡部はS精機をよく知っているそうです。いつでも来てくれますが、どうしましょう」

「早いほうがありがたいです」と漆畑が答え「わかりました」と言って、竜太はまた健治との会話に戻った。そしてさらにしばらく話して電話を切った。

「明日の夕方来るそうです」

漆畑の無断外出が思いもかけず漆畑と岡部健治の出会いの機会をつくった。これがやがて、S精機と漆畑家の将来に考えてもみなかった縁をもたらすことになるのだが、この時は誰も想像すらしなかった。

岡部健治、富士にくる

翌日の夕刻、外来の診療が終わるころをみはらかって岡部健治が耳鼻科外来にやってきた。健治とは夏休みにクルーザーで駿河湾を周遊して以来の再会だった。竜太は健治を伴って七二〇号室に向かった。部屋ではS精機の開発部の小野寺部長も呼ばれて待っていた。

「漆畑さん、M商事の岡部健治君です」

「岡部健治です。M商事の機械部におります」

健治は名刺を差し出した。

「S精機の漆畑です。わざわざ富士にまでお越しいただいて恐縮です。こちらはうちの開発部長です」

「開発の小野寺です。よろしくお願いします」

各自の紹介が終わって、どこから話を始めようかという雰囲気になった。

「御社の産業ロボットには早くから注目しておりました。事情は竜太から概略を聞きました。上場を前にして、パートナーのK電子工業が韓国企業に買収されたそうですね」

「ええ、寝耳に水でした」

「これから産業ロボットの企業競争も激しくなります。S精機の微細加工技術が狙われたんですね。それにしても十年でここまで会社を大きくされたのも精密加工の技術があってのことですからね」

「うちの会社はそれだけが売りですから」

「これから工場の海外進出が進むと、最も難しいのは技術流失の問題です」

健治はS精機の会社概要を調べてきたらしく、いろいろ質問をした。そして話は漆畑のS精機の起業の経緯にまで進んでいった。

　漆畑は放射線治療で少しつぶれた声で話し始めた。彼はW大学の理工学部機械科を出て、ゼミの教授推薦で大手家電メーカーのFA（ファクトリー・オートメーション）部門に就職した。四十歳を越えた働き盛りに、室長に昇格し、製造ラインに組み込む生産効率の高い汎用的な産業ロボットを開発した。手伝ったのは蒲田の町工場のベテラン職人たちであったが、会社は設備投資費用の余裕がないという理由であっさり採用を先延ばしにした。漆畑は数値制御装置を組み込む汎用型の産業ロボットの開発が夢だったし、開発のために手伝ってくれた仲間に申し訳が立たず、一大決心をし、資金を集めて乗るか反るかのベンチャー企業を起業した。工場は母方の祖父が持つ富士市の用地を借り受けた。富士市は製紙や家電や車などの工業都市である。折からのFAブームがやってきて、製品の受注は順調に伸び、瞬く間に事業は軌道に乗った。いま、従業員一〇〇人の中堅企業にまで成長して今後の発展が期待されている。いよいよS精機も株式上場の機が熟したと、漆畑は取引銀行に話を持ち掛けた。銀行も会社の成長力や技術的な評価などから、資金需要の融資に応じることを決めたところだった。この話は加納竜太にも話したことがあったが改めて詳しく説明した。

「数値制御装置はK電子工業と提携してやってきました。そのK電子工業が韓国企業に買収されて困っております」

「株式公開前のこの時期にお困りでしょうが、かえって、いいチャンスかもわかりません。日本のものづくりの実力は現場の技術力です。もっと企業価値を高めましょう」

「力強いお言葉です」

「株式公開の計画がここまで進んでいるのなら、あとはK電子工業の抜けた穴をいかに埋めるかですね。K電子工業に負けないような提携会社を探されてはいかがでしょうか」

技術提携のパートナー企業を仲介するのは総合商社の得意技である。戦後、財閥解体で日本の産業は大きなダメージを受けたが、その後、日本の産業を復興させた立役者は総合商社である。

「時間がないのですが、いい会社が見つかるでしょうか」

「大いに可能性があると思います。うちの会社はシリコンバレーに営業拠点をもっておりますが、最近多くの技術提携の案件をまとめました」

「M商事さんならそうでしょうね。でも、うちのような会社を相手にしてくれますかね」

「S精機ほどの精密加工技術があれば、提携は彼らの望むところでしょう。彼らがほしいのは伝統的な日本の微細加工技術です」

産業ロボットの構成は、制御部、センサー部、駆動部で構成されている。S精機が、制御部のIT技術を強化することで、企業価値が上がることは間違いない。健治は、シリコンバレーに日米連携でウインウインの関係になる会社を探してみたかった。

「そういう発想は、なかなか我々のような地方の会社には思いつきませんでした」

実直そうな小野寺が期待を込めて言った。

「よろしければ、この案件を会社にあげてみましょうか」

「部長、岡部さんにお見せできるような書類をもって来ましたか」

「はい」

小野寺がバッグから書類を取り出し、岡部健治に説明を始めた。健治が膝を乗り出した。話が専門的になってきて、竜太はS精機のために健治が重要な役割を果たしてくれそうに思えてきた。健治とは大学進学から別々の道を歩くことになったが、健治は竜太の知らない分野で成長していることに竜太は頼もしさを覚えた。


竜太は何げなく佐知子の姿を探した。彼女は窓際の椅子に座って本を読んでいた。話がまだ続きそうな様子を見て、竜太は佐知子のほうに歩いて行った。

「岡部さんとは、高校のクラスメートなんですね」

と、佐知子は読んでいた本を隠すようにして声をかけてきた。

「高校三年間、同じクラスでした。彼はストレートで政経学部に入りましたが、僕は一浪して医学部に転向したんです」

「では、先生は文系から理系に変わられたんですか」

「まあ、そうですが。それにしても、お父さんの治療はまだこれから長いのに、大学は大丈夫なんですか。佐知子さんは来年からはいよいよ専門課程が忙しくなるのでしょう。どのような専門課程を専攻されているんですか」

「数学科です」

「数学科ですか。凄いですね」

「たまたま、高校の先生にすすめられただけです。でもいま、迷っています」

佐知子は、医学部に入りなおしたいと思い始めている。それを竜太に言いたかったが、恥ずかしくて言えなかった。

「迷っているんですか」

「ええ、今年いっぱいの休学届を出しました」

「休学届けを?」

竜太は聞き返した。

「今は大学よりも父が大事です。それに、ここにいるとためになるお勉強ができます」

夕闇が下りて、町の明かりが色濃くなってきた。竜太が気をきかせて頼んだ幕の内弁当が、割烹「田子の浦」から届くころだと思っていたら、阿部和弘がノックをして入ってきた。漆畑が恐縮した。

店長の和弘は顔なじみの健治にも懐かしそうに頭を下げた。

「アルコールもいいですか」

すべてを弁《わきま》えている和弘が冷たいビールを周囲を気遣うように出した。

「漆畑さん、ごめんなさいね」

と竜太は和弘の心配りに頷いて、漆畑に謝った。

「健治は今日中に東京に帰るから、割烹『田子の浦』にはこの次ゆっくり行くからね」

「はい、お待ちしてます」

和弘が帰って行った。

「先生もよく気が付きますねえ、申し訳ありません」

漆畑はうれしそうな顔をし、佐知子はお茶を入れた。そして、食事をしながら話は続けられ、竜太と佐知子は別のテーブルで向かい合って箸を使った。

「話の続きをしましょう。ためになるお勉強って言いましたね。例えば?」

「そうですね、チーム医療の素晴らしさもそうですが、加納先生と笠原先生の兄弟のような仲のよさとか」

「そんなことが、お勉強になるんですか」

「とても新鮮です。笠原先生が加納先生の話をされるときなど、私なんか、うらやましいくらいです」

「そう見えますか。笠原先生は僕の最も尊敬する先生です。僕は笠原先生の患者に向き合う姿勢に大きなショックを受けました。笠原先生は『竜太、治療の最善手は一つしかないんだ』と言いました」

「医療に最善手は一つしかない、感動的なことばですね」

「僕はそれまで蓄膿や中耳炎や扁桃腺などの手術がうまくなることに集中していたんだけど、医療の根本的なことをおろそかにしていたことに、はっと目が覚めたんです。いま笠原先生に、徹底的に個人指導を受けているんです」

佐知子の食べる顔を見ながら、まるで秘密の場所で食事をしているような気分になり、距離感がぐっと狭まった。

「どんな個人指導ですか」

「例えば、英語の原書の読み書きや、論文の書き方などです」

佐知子には、二人の性格はまるで違って見えるのに、交す会話はいつも信頼感で結ばれているのが不思議だと言い、竜太は笠原遥希は兄貴であり、優れた臨床医学者であり、さらに父のような厳しさもあると言った。

健治はぼつぼつ時間を気にし始めた。最終の「こだま」で東京に帰る予定である。夜も更けて富士の裾野に広がる市街の灯りがきれいに見えた。

開発部長の小野寺が自分の車で新富士駅まで健治を送ることになった。

「夜間の通用口に車を付けます」

小野寺が先に出て行った。

しばらく間をおいて、健治と竜太も七二〇号室を出た。佐知子がエレベーターまで二人を送ってきた。二人は手を挙げてエレベーターに乗った。

「きれいな娘《コ》だね」と健治が言った。竜太は佐知子に抱いたほのかな恋心を、健治に気づかれたかと思った。

笠原と竜太の回診

漆畑の治療が始まって、二週間が過ぎた。漆畑は予定通り第二回目の抗がん剤治療を行った。放射線治療も目的の三十五回に向けて継続照射がされている。放射線照射による火傷と抗がん剤による粘膜障害の二重苦が現れて食欲がなくなり、漆畑は不足する栄養の投与を胃ろうから始めた。栄養管理は体力や免疫力の低下を防ぐためには特に重要である。放射線化学療法の副作用は患者にとって体験したことのない苦しみであり、しかも日々に増幅し、患者を不安に落とし込んでいく。そのため、回復に疑問を抱き、治療の継続を辞めてしまうこともある。

チーム医療には看護師、薬剤師、栄養士などの協力も不可欠であるから、竜太はチーム医療の枠を広げてコ・メディカル（co-medical）との情報共有を図りながら、漆畑の治療に取り組んでいる。

竜太は来年一月の頭頸部がん外科学会で、術前胃ろうの栄養管理法を発表の予定である。すでに学会に抄録を送り、受理の通知をもらった。この発表では漆畑の事例を加えるつもりである。

その日、日が暮れてから、竜太は笠原遥希を伴って七二〇号室にやってきた。

「気分はどうですか、副作用がだいぶ辛くなってきたようですね。吐き気やむかつきはおさまりましたか？」

竜太は漆畑の口の中に光源をあて、口内炎の発症はないかを確かめた。

「副作用は想定していた通りです」

漆畑は副作用の辛さが分かっているから弱音を吐かない。かすれた声を絞り出すように言った。

「がんとの真剣勝負です。相手も手強いですが、治療経過は順調です」

笠原も言葉を添えた。彼は血液腫瘍の専門医であるが、竜太のチーム医療で化学療法の指導をするようになってからは、頭頸部腫瘍の分野も彼の臨床研究の対象になった。笠原は漆畑の病態変化を注意深く見守っている。彼は一呼吸おいて話し始めた。

「放射線治療をするにあたって、一回何Gy《グレイ》という単位で僕らは言うんですけど、どのくらいの強さの放射線を、週に何回かけて、それをどのくらいの回数続ければ、がんが小さくなってくれて、しかも副作用のためにひどい目に遭わなくてすむかということが、今、徐々にわかってきたわけです。ところが、それがわかるまでの間に、一回の照射量を決めるにあたって、ちょっとしか照射しなくて、あまり効かなかった人もいるでしょうし、いっぱいやられ過ぎて、ひどい目に遭った人も絶対にいるはずです。この量は大丈夫、この量はやってはまずい、でもこんなに少なくては効果がないというのが、だんだんわかってきて、現在の治療があるわけです」

笠原は、漆畑の治療計画がどのように立てられたのかを暗に語ってくれた。彼がこのような話を患者にするのは珍しいことであった。良い医療をするためには、患者も医療知識を学んでほしいというのが笠原の持論である。佐知子は真剣に耳を傾けている。

「抗がん剤についてはどうか、手術だけ単独にした人と、手術のあとに抗がん剤をやった人と、どっちが長生きするか、これは非常に疑問があったわけです。これは実験みたいで申し訳ないのですが、それを比べるということが絶対必要になります。五十人の患者さんを二十五人ずつに分けて、一方は手術だけ、もう一方は両方、ヨーイドンで試してみて、それにまた放射線を加えたらどうだろうかと、そうやって勝ち残っていったのが、現在の最先端の治療です」

笠原の話は分かりやすい。しかも漆畑の治療計画が現段階では最善のものであることをそれとなく話し、漆畑を安心させている。

「エビデンス（科学的根拠）というのも、そのようにしてつくられていくのですね」

佐知子は竜太の術前の胃ろうについて、「まだエビデンスがない」と、セカンド・オピニオンの沢田先生が言ったことを思い出して訊ねた。

「そうですね、エビデンス・ベイスド・メディスン（evidence based medicine ＥＢＭ＝証拠に基づく医療）ですね、実証とか証明に基づく医療という意味で使っています。竜太先生の術前の胃ろう造設も、やがてＥＢＭになります」

笠原が竜太の術前の栄養法がやがてＥＢＭとして認められるだろうという話をしてくれて、竜太は嬉しかった。

「申し遅れましたが、実は来年一月に頭頸部外科学会で、漆畑さんの治療も発表させていただきたいと思っています。よろしいでしょうか」

「もちろんです、どうぞ発表してください。写真も撮っていただいて構いません」

黙って話を聞いていた漆畑が竜太に問いかけられて相好をくずして言った。

「ありがとうございます」

佐知子の質問から術前の胃ろう造設のエビデンスにまで話が及んで、この日は佐知子を交えて話が弾み、笠原も饒舌になっていった。

「もう一つ、私の専門分野で、エビデンスにつながる話をさせてください。最近話題の骨髄移植ですがね、非常に乱暴な治療だと思うのですけれども、これがとてもいい成績を収めています。初めの一人はどういうふうにしてされたのだろうか。誰もやったことがない治療ですが、あなたが世界で初めてですけど受けますかと言う医者も勇気があり、もちろん功名心もあったと思います。患者さんは犠牲になったのかどうかわかりませんが、とにかく臨床試験と呼ばれる実地医療とは、やや異なる研究的治療がなされたわけです。そういうことの積み重ねで今、それまでの医療では亡くなるであろう方が、骨髄移植によって相当数助かります」

佐知子は、学校の講義よりも臨場感があって興味深いのだろうか。竜太はいつも笠原から聞く話だから、ただ目を輝かせる佐知子の様子を眺めている。

「では現在、最先端と思われる治療が、百パーセント満足できるものかというと、そうではありません。もっといい治療法があるのではないかということで、現在の最高の治療というものと、それを凌駕するのではないかと考えられる治療と比べてみるということを、竜太と研究しています。現在の最高のことを知っていればそれでいいのではなく、さらに、では細胞レベルでは、ＤＮＡレベルではどうだろうかということをやるんです。こういう研究は一人ではできません。だから若いうちに一緒に学ぶ仲間をつくることが大切です。僕は竜太のチーム医療をみていて、彼は研究者としても、臨床医学者としても、いい資質があるなと思っているんです」

笠原は、さも弟を自慢するかのように言った。竜太は誉められて素直に微笑んでいる。一人っ子の佐知子にはうらやましい光景に映った。

竜太がチーム医療に取り組むようになったのは笠原遥希の影響が大きかった。

化学療法は時間との闘いで、笠原は白血病など重い血液腫瘍の患者を抱えると病院に泊まり込んで、時計を睨みながら患者の対応をする。

竜太は「治療の最善手は一つしかない」を実践するための笠原の患者への取り組みを医師の鑑と仰ぎ、医師としての自覚を深めた。竜太は陰日向なく医療に取り組む彼の姿に感動し、笠原の受け持つ患者の病室にも連れて行ってもらい臨床を学んだ。

「僕は臨床の現場で、多くの先輩の先生方と一緒に仕事ができるのがとても楽しいんです。僕の場合、たまたま富士に赴任して、いい先生方に出会えたのが幸運でした」

チームで患者情報の体験を深めることで、チーム全体のモラルも上がり、スキルも向上する。職種の垣根を低くして情報を共有することで、患者中心の医療のレベルアップにつながり、スタッフの生き甲斐をも引き出すことになる。

医学は専門分化が進んでいる。これからは目的を共有できる仲間と情報や知恵を共有して先進の医療を行う時代だ。それに気づかせてくれたのが笠原であった。チーム医療は竜太の性に合っていた。一人の患者に対して徹底した個別対応をする。そこに最善の医療を創造し、それをやがて標準化する。これが笠原と竜太が探求する医療である。これは医師に課せられた重要なミッションだ。だからこそ個々のスキルを高めなければならないし、結果的にチームのスキルを高めることができる。

「僕が今やっていることは、匠の技をまとめておられる漆畑社長のような役割に似ています」

竜太はいきなり、話の先を漆畑に振った。

「そうだね。臨床の現場では、匠の技をまとめることが重要だ。縦割りの大学の組織はそれを忘れている。大学にチーム医療の風土ができるといいんだがなあ」

笠原が竜太に同調し、憤慨するように言った。

笠原は病人を前に話が長くなったことに気づいて話を止めた。

十二月初めの空はもうすっかり濃い闇に覆われ、富士は見えない。

Y社との技術提携に向けて

K電子工業がライバルの韓国企業に買収され、その傘下に入ったことは、S精機の株式公開に待ったをかける事件だった。漆畑は病院を抜け出して、技術、財務、営業部門の幹部を集めて緊急会議を開き、急遽、株式公開計画の見直しを図った。株式公開は半年後に迫り、予定日を変更することは許されない。ところが、この対策に苦慮しているとき、加納竜太の親友であるM商事の岡部健治との不思議な出会いがあった。漆畑は健治を信じ、彼の提案に賭けてみたいという希望をもった。

健治は東京に帰り果敢に行動を始めた。彼は日本の優れた産業機械を世界に売り込むと同時に、海外の先進技術を日本に輸入する仕事をしている。産業ロボットを得意分野としており、技術提携の仲介案件なども多い。

メーカーと商社というパートナーシップのビジネスは常に迅速性が求められ、海外出張も頻繁にある。M商事の海外拠点が、健治のオファーに対して、彼もよく知るシリコンバレーのベンチャー企業・Y社を提携企業の候補にあげてきた。Y社は半導体製造装置の位置決め装置にユニークなデジタル技術の世界特許を保有し、関連する数値制御装置でも優れた製品開発に手を拡げて、日本の工作機械メーカーに売り込みをかけようとする矢先であった。健治自身も同社と日本企業のライセンス契約をまとめたことがあり、願ってもないお膳立てであった。

健治は、Y社のアニュアルレポート（年次報告書）をS精機の小野寺開発部長に送り、技術提携の意向を打診した。漆畑社長から提携契約を急いで進めるよう命令されたと小野寺からすぐに返事が来た。

産業ロボットの構成は、制御部、センサー部、駆動部で構成されている。S精機が、K電子工業と提携してきた制御部を、そっくりY社との契約に乗り換えることでS精機は大きな企業価値を生み出す可能性が出て来た。健治の提案は、病床の漆畑を大いに喜ばせた。

「漆畑社長も大喜びです。万全を尽くして岡部さんをサポートするように命令されました」

翌日、小野寺はS精機の株式公開計画で用意した技術、財務、株式割り当てなどの関連する重要書類やK電子工業との技術提携契約などの資料を鞄に入れ、午後の新幹線で上京、丸の内にあるM商事を訪ねてきた。一階の広いロビーの正面にある受付で岡部健治を呼び出してもらった。健治は明るい表情で小野寺を迎えた。病室で加納竜太の親友として紹介された印象とは違って、人が変わったような第一線の商社マンだった。ロビーで行き交う中には外国人も多かった。小野寺は時代の変化を感じた。高速エレベーターで十二階の機械部に昇った。

「この部屋は夕方までキープしていますので、ゆっくり打ち合わせをしましょう」

窓の向こうに皇居が見えた。

「タイミングが良かったですよ。Y社は日本の機械メーカーへ、ライセンス生産の売り込みをかける矢先でした」

「岡部さんから送っていただいた資料で、漆畑社長も喜んでおります」

「Y社はシリコンバレーでもこれから急成長するベンチャー企業です。先ず、お互いの信頼性を結ぶために、S精機とM商事との秘密保持契約書を交わしましょう。こうした技術提携やライセンス生産など、基本契約のサンプルになる書式も揃えております」

健治は用意していた秘密保持契約の文書を開いて見せた。小野寺は商社マンの仕事の進め方に感心し、文書に目を通した。

「甲がS精機で乙がM商事機械部ですね。わかりました。お預かりします」

小野寺は手回しのいい健治の仕事に驚いて答えた。そして、鞄のチャックを開けて書類をテーブルに広げた。健治は時々小野寺に質問しながら、すべての書類に目を通した。健治は時間をかけて詳細に読み込んだ。

「この上場計画の書類はよくできていますね。これを参考に、早速、うちの文書課にS精機、Y社、M商事の三社のライセンス契約の原案を纏めてみましょう。特に、ご要望などがございますか」

「いいえ、素案をお作りいただけるなら、社内で至急検討させていただきます」

「承知しました。漆畑社長のお考えは良く分かっておりますので、うちのスタッフも入れて知恵を絞ってみます。何しろ竜太の紹介で生まれた仕事ですから、下手なことをすると叱られますからね」

「ありがとうございます。K電子工業との関係が少々心配ではありますが。何しろ長い付き合いなものですから」

「K電子工業がどう出てくるかは読めませんが、うちの弁護士に相談をしてみましょう。K電子工業が相談もなく韓国企業に身売りして、そのためS精機が不利益を被る危惧が生じたのですからね。漆畑さんはK電子工業に変わる提携会社を探されているのですから、Y社に乗り換えるというのは当然だと思いますよ」

「社長も言っています。災い転じて福としようと」

「そうですね、いずれ、小野寺さんには私と一緒にシリコンバレーに行っていただくことになると思います」

「シリコンバレーですか。田舎者には夢みたいな話です」

技術者上がりらしい小野寺開発部長は、丸の内の高層ビルから見える風景に目をやった。日が沈み高層ビル街の煌く夜景に彼は見惚《みと》れた。実直そうな人柄に見えた。

「岡部さん、社長から岡部さんにご馳走をするように言われてきました。もしよろしければ上司の方もお誘いして、一献いかがでしょうか」

「そうですね。軽くやりましょうか。課長の都合を聞いてみましょう」

岡部健治が応接間を出て行った。そして間もなく、課長の畑本を連れて戻ってきた。

「初めまして畑本です。岡部からこれまでの経過を聞いております。面白いご縁でお仕事をさせていただくことになりましたね。この技術提携の話は当社としても、是非まとめたい案件です。よろしくお願いします」

小野寺は取り交わした名刺を大切そうに収めた。そして三人はM商事が懇意にする丸ビルの中にある日本料理店に向かった。


その頃、中央病院七二〇号室は竜太の回診中だった。漆畑の治療が始まって三週間が過ぎた。放射線照射で喉の痛みがきつくなり、唾をのみ込むのも痛さを感じる。痛みとむかつきで食欲もなく、すべての栄養は胃ろうからの栄養剤の投与になった。一回八〇〇キロカロリーを朝昼晩投与する。

「口内炎の兆候が出てきました」

竜太は口腔内の清拭をし、喉の痛みを和らげるエアゾール状のサリベート液を噴霧した。部屋には加湿器を設置し、喉の渇きや発声に気が配られている。

「お通じはどうですか」

「大丈夫です」

抗がん剤による便秘も苦しい。毎日、排便チェックを行い、就寝前に下剤のピコスルファーを服用させている。

「睡眠はどうですか」

寝付けない夜は、睡眠導入剤のレンドルミンを胃ろうから投与してもらう。

竜太は、副作用には先手先手の対応をしてくれる。

「ありがとうございます」

漆畑はやはり弱音を吐かない。

「今日は採血させてください」

竜太は白血球、赤血球の検査をするため自ら採血をするため血管に針を刺し採血を始めた。

その時、病室の電話が鳴った。佐知子が受話器をとった。丸の内ビルの料理店に着いた小野寺が漆畑に報告の電話をかけてきたのだ。

「小野寺さんですか、父はいま加納先生の回診中です」と答えると、

「そうですか、詳しいことは明日の朝、報告に行きますが、商談はいい方向でまとまりました。こ

れから岡部健治さんと上司の畑本課長と三人で食事をすることになりました。あとで社長にこのことを伝えてください」

と言って小野寺は電話を切った。

漆畑の採血が終わり、診断が終わったのを見計らって、佐知子が傍に来て小野寺の電話の内容を伝えた。竜太にも聞いてほしかった。

「そうか、良かった。加納先生お聞きの通りです。いい人をご紹介していただいてありがとうございます」

「うまくいくといいですね」

竜太はいい方向に話が展開しているようでうれしかった。

回診が終わって部屋を出るとき、竜太は電話の脇に置かれた本に目がいった。それは先ほどまで佐知子が呼んでいた医学部の受験参考書だった。竜太は驚いて佐知子を見た。佐知子と目が合った。互いに言葉は交わさなかったが、佐知子の眼の中に伝えたいことがあることが竜太にはわかった。竜太は何も言わず黙って外に出た。

伊藤講師の訪問診断

名古屋で開催された学会の帰り、伊藤講師が夕刻、新富士に途中下車して中央病院に立ち寄った。彼は東都大学耳鼻咽喉科医局の竜太の先輩であり、外科の羽田診療部長とは大学同期である。

伊藤は富士で咽頭がんなどの手術をしたこともあり、今でも助けた患者との縁がつながっている。それだけに中央病院は懐かしい。頭頸部がんの道を究めたい竜太にとっては信頼できる先輩である。いい機会だったので、竜太は漆畑のカルテを見せて、その治療経過の所見を訊ねてみたかった。状況によっては漆畑の手術を頼むことになるかも知れないから、ちょうどタイミングもよかった。

東都大学医学部の耳鼻咽喉科は、伝統的に鼻と耳の大物教授がいて、耳鼻咽喉科学会を牛耳ってきた。しかし、高齢化がすすみ、がん患者が増えてきたのは耳鼻咽喉科も例外ではなかった。時代の急激な変化に東都大学は頭頸部外科領域では他の医療機関に遅れをとっている。伊藤は早くから最先端のがん専門病院に出てスキルを磨き、頭頸部がん外科の著名な執刀医としての地位を築いた。

竜太は耳と鼻の手術を二人の大御所から直接指導を受けて腕を磨き、若手の耳鼻咽喉科医として頭角を現した。中央病院に赴任して、彼は蓄膿、中耳炎、扁桃腺などの難手術もうまいという評判が広がり、近隣クリニックからの手術依頼も多かった。

その一方で竜太は増えてきた頭頸部がんの治療にも積極的に取り組んだ。彼はもともとがん専門医を目指していたから、血液腫瘍の名医である笠原遥希との出会いで大きな影響を受けた。いま彼はこの道の第一人者になる決心をし、胃ろうによる栄養管理と他科連携のチーム医療を武器に頭頸部がん治療に取り組んでいる。伊藤講師とも、ことあるごとに連絡を取り、指導を受けている。

「なかなか経過がいいようだね、チーム医療は素晴らしい取り組みだ。良かったら漆畑さんに直接会ってみたいな」

伊藤講師は、カルテに目を通し、竜太の説明を聞いて深く頷いた。彼が感心したのは、立派な治療計画とチーム医療による着実な実行力だった。その成果が専門医やコ・メディカル（co-medical）によって継続的にカルテに書き込まれている。

「ぜひ診てください。漆畑さんも喜びます。漆畑さんは食事が困難になり、胃ろうから経腸栄養を始めたところです」

「そのようだね。治療経過がカルテでよくわかる。すばらしいカルテの記載だ」

伊藤講師は、漆畑の病態をしっかり頭に入れ、竜太の案内で病室に向かった。竜太は国立がんセンターの著名な専門医に診てもらえば、副作用で苦しむ漆畑の不安も軽減できるかもしれないと思った。

「来年一月の頭頸部外科学会はうちの岸井教授が会長だが、教授は竜太が提出した抄録を高く評価していたよ」

エレベーターの中で、伊藤講師が言った。

「そうですか、ありがとうございます。まだ症例数は少ないのですが、笠原先生や神野先生の奨めもあって提出しました。頭頸部がんでの術前の胃ろうの適用は、どれもいい結果が出ています。本院でもやっていただけると嬉しいんですがね」

「その通りだ。でも、縦割り組織の大学病院では他科にまたがるチーム医療はなかなか難しいところがあるからね」

竜太は同じ道を歩む先輩にほめられてうれしかった。

七二〇号室にノックして入ると、つぶれた声で漆畑が今日も小野寺開発部長と打ち合わせをしていた。竜太が伊藤講師を紹介すると、漆畑は何事かと少し驚いた顔をした。

「伊藤先生です。名古屋の学会の帰りに、立ち寄っていただきました。国立がんセンターの頭頸部外科の部長です。僕の医局の先輩で、羽田部長の同期です」

「はじめまして、伊藤です」

「漆畑です。お世話になっております」

漆畑は恐縮して頭を下げた。佐知子も読んでいた本をテーブルに置いて父の傍に来た。

「漆畑さんのカルテを詳しく見てきました。お口の中を見せてください。よろしいですか」

伊藤は、漆畑の口から喉の奥を覗いた。そして両手を漆畑の顎下に当てて触診した。

「化学療法も放射線療法も、いよいよ終盤に向かうところですね。副作用の辛さは、これからさらに厳しくなるでしょうが、耐えてください。先の見えない治療は不安が付きまといますが、漆畑さんの治療は順調です。副作用を乗り越えれば光が見えてきます」

「先生、私のようなケースで、外科手術を回避できる可能性はどうなのでしょうか」

「そのことが心配ですよね。でもこれについては残念ながらまだ答えは出せません。漆畑さんだけでなく、加納先生も手術の回避を目指しています。それを信じてください」

「ありがとうございます。すみません」

漆畑は性急な自分の質問に恥ずかしさを覚えた。

「治療が進むにしたがって患者は誰でも手術回避ができるかが心配になります。怖がらないこと、希望を持つこと、耐えること、任せること、信じること、私はいつもそう言っております」

「ありがとうございます」

「うちの病院でも、咽頭がんは見つかったときは、ほとんどがステージⅢかⅣです。早期発見というのはなかなか難しいです。漆畑さんの場合、できれば、化学放射線療法で根治することを目的に治療が進められています。でも、外科手術になっても再建術が進んできましたし、根治の希望が無くなるわけではありません。私は頭頸部外科医ですが、このような症例もたくさん診ております」

「分かりました。それは加納先生からも聞いておりました」

「漆畑さんの治療で、胃ろうは強い味方になるでしょう。実は術前の胃ろうというのは、私の病院でもまだやったことがありませんが、私は画期的な治療法だと思っています。加納を信頼してやってください。チーム医療が漆畑さんに味方することを祈っています」

伊藤は同じような患者を数多く見ているから、漆畑の病態も客観的に観察できる。副作用はこれからが正念場を迎えるだろうが、おそらく手術回避は可能だろうと予測した。漆畑と佐知子は神妙に耳を傾けている。加納竜太は、漆畑に希望を与えながら耐えてくれと励ます伊藤講師の言葉遣いに、専門医らしい権威を感じた。佐知子と竜太の目が合った。信じているという感謝のこもった瞳だ。この時、竜太のポケットで院内連絡電話が鳴った。羽田外科部長からだった。

「いま、伊藤先生と一緒に、漆畑さんの病室です。そちらに向かいます」

外はすっかり日が暮れていた。七時に外科部長の羽田と三人で割烹「田子の浦」に行く約束である。竜太が部屋を出るとき、佐知子が座っていたテーブルの上にあの受験参考書があった。竜太が振り返ると佐知子と目が合った。佐知子はわざと受験参考書を見せているのではないかと気になりながら七二〇号室を出た。

「竜太は富士にきて三年になるらしいね。この間、岸井教授が加納を本院に戻したいと言っていたが、連絡はあったか」

「正式にはまだですが、医局長から内示がありました。僕はもう少し富士で実績を積みたいんですが」

「それもいいが、本院に戻って竜太の研究を大々的にやってくれ。僕もチーム医療に入れてもらって一緒にやりたい」

「ありがとうございます。『術前胃ろう、頭頸部がんの合わせ技』」

竜太は少し調子に乗った。

「術前胃ろう、頭頸部がんの合わせ技か、うまいこと言うね、ハハハ」

と伊藤講師は首を縦に振って笑った。

「それにしても、富士は魚も美味いし、いいところだね。個性的なキャラクターが揃ってチーム医療もやっている。医学・医療のタテ割りの弊害が言われているが、ここにはそれがない」

伊藤も大学のタテ割り組織が医療の弊害になっているが、特に歴史のある大学医学部にそのような傾向が見られることを危惧している。

佐知子の医学部志望

M商事の仲介によるS精機とY社の技術提携とライセンス生産の契約が、現実味を帯びてきた。漆畑は病棟に在って総指揮をとり、小野寺開発部長は頻繁にM商事に打ち合わせで出張、その帰りに報告に来る。好機を生かすには迅速性が求められる。小野寺の進捗状況の報告は、漆畑にとって大きな楽しみだ。

今日は午後から岡部健治がS精機にやってきて、役員会議でY社との技術提携とライセンス生産の進捗状況を説明し、その会議が終わって、健治と小野寺が報告に来ることになっている。日が暮れてきてその時間が近づいてきた。加納竜太の夕刻の回診と重なるかも知れないと漆畑は思っている。

「ぼつぼつ小野寺さんがお見えになるころですね」

佐知子には竜太が健治と一緒に来るかもしれないという期待がある。そうすればこの前のように竜太とゆっくり話すことができるかもしれない。

最近、佐知子の竜太を見る目が変わってきたのを、漆畑は感づいている。竜太の回診の時間が近づくと、佐知子はそわそわし、鏡に向かってしなをつくったりする。そのくせ竜太が入ってくると素知らぬふりを装い、それでいて自分に関心を向けさせたい素振りをする。竜太の回診はいつも看護師を伴ってくるから、佐知子と親密な会話を交わす時間はない。漆畑はそうしたことを観察している。

ドアのノックがあって加納竜太が岡部健治と小野寺を連れて入ってきた。佐知子の想像が当たって、彼女は笑顔で三人を迎えた。

「社長、役員会が終わりました。銀行と証券会社にも声をかけ、出席してもらいました。基本的な了解はすべてクリアしました」

「そうか、ご苦労さん。岡部さんには何から何までお世話になって、ありがとうございます。この契約がまとまれば大きな飛躍ができます。加納先生に作っていただいたご縁に感謝するばかりです」

「好いご縁になれば僕も嬉しいですが」

竜太が、頼むぞと気合を入れるように健治の肩をポンと叩いた。

「Y社とも基本的な合意は出来ましたので、後は、K電子工業との契約関係を解消していただくだけです。うちの弁護士も問題ないと言っております」

健治の頭の中にはすっかり青写真ができていて、それは漆畑の考えていることと同じようだ。

「K電子工業との契約解消は問題ありません。うちに相談もなく、向うから秘密保持契約にも反する行為に出たのです」

「そうですね。この問題がすっきりした段階で小野寺さんとシリコンバレーに飛ぼうと思います」

「よろしくお願いします」

立ち話をしているところに佐知子が椅子を持ってきた。竜太は仕事の打ち合わせを待たせて先に漆畑の診察をすませた。佐知子は窓際のテーブルに下がっていった。佐知子の前の椅子が竜太を誘っているように見えた。竜太は三人が再び仕事の打ち合わせを始めたのを見届けてから佐知子の方に歩いた。

「医学部の受験参考書ですね」

竜太は机の上に受験参考書が置いてあるのを見ていった。この間、ふと目に止めた時から気になっていた。

「来春、医学部を受験します」

佐知子が真っすぐに竜太を見て言った。

「それ、本当ですか。お父さんの病気が原因ですか」

竜太も密かに予期していた佐知子の医学部志望だったが、少し驚いた振りをして訊ねた。竜太は佐知子に医者になった動機を聞かれたことがあり、父の早逝が動機になったと話したことがあった。

「それも理由のひとつです。でもそれは切っ掛けです。本当の理由は、加納先生と笠原先生の影響です」

佐知子が率直に自分と笠原遥希の名前をあげたので竜太は戸惑い返事に窮した。竜太はもっと話を続けてくれと頼むように佐知子の目に催促した。

「私って、のほほんと生きてきましたから、何かを探していたのかしら、空っぽの頭にどっと潮が満ちてくるように、医学部への憧れがこみ上げて来ました」

「潮が満ちてくるように、医学への憧れが?」

「ええ、潮のように医学への憧れが押し寄せました。加納先生と笠原先生の影響です」

佐知子はまた同じ言葉を繰り返した。潮が満ちてくるように、影響を与えたのはどういうことかを訊ねたかったが、直截には口に出すのはためらった。

「でもあと二年ちょっとで卒業なのに惜しいとは思いませんか」

「私の場合は、大学で理数を勉強してきましたから、医学部受験の準備をしたと思えば悔いはありません」

「そんなふうに考えたんですね」

竜太もうまく返事ができなくなって曖昧なことを言った。

「加納先生の場合は、経済学部の夢が、急に医学部の夢に変わったんですよね」

「夢と言われると、そんなこと、話したことがありましたね」

「私に押し寄せた潮の波は、加納先生と笠原先生の引力です」

「まるで僕たち潮流の満ち引きに影響する太陽と月の引力みたいですね」

竜太は声を立てて笑った。

「そうです。引力です」

佐知子は賢明に言葉を探し、医学部志望の決意を竜太に伝えようとしているのだった。

「だったら、笠原先生が太陽で僕が月ということにしてください。笠原先生は僕に医学を教えた太陽ですから」

「太陽の笠原先生、お月さまの加納先生ですね、面白いわ」

「僕のクラスにも、薬学部から医学部に入りなおした女医さんがいます。優秀な医者です」

竜太は女医になった佐知子の姿を想像し、佐知子ならやるだろうと思った。

「先生、引力になってください。もう退学届を出しました」

「思い切りがいいんですね」

竜太はこのとき自分が今年いっぱいで本院に戻ることを告げるには丁度いいタイミングだと気づいた。耳鼻咽喉科の医局は、およそ二年間のローテーションで、医局員の勤務先を交代させる。中央病院に赴任して、竜太はすでに三年が過ぎようとしていたが、十二月になって、竜太に大学附属病院への転任の内示があった。

「実は、ぼくも来年から大学に戻ることになりました。うちの医局は二年勤務で配置転換になるんですが、僕はもう三年になりました。佐知子さんと東京で会えるようになると嬉しいですね」

「えっ、いつからですか」

「来年一月からです。正式に辞令が出てから言おうと思っていたんです」

突然の話に佐知子が驚いていると、漆畑との打合せが終わり、岡部健治がそばに来て声をかけた。

「竜太、お待たせ」

今夜、健治は竜太の宿舎に泊まることになっている。その前に割烹で食事である。

竜太は佐知子に手をあげて立った。

「漆畑さん、佐知子さんは医学部を受験するのですね」

と、竜太は部屋を出るとき、漆畑に明るい声で言った。

「佐知子はいったん決めたら、人の意見を聞きませんからね。好きにやらせますよ。加納先生、ご指導をお願いします」

「佐知子さんにお伝えしましたが、僕、一月から本院に転勤になります。明日詳しくお話します」

驚いた顔の漆畑、小野寺、佐知子の三人に挨拶をして、竜太と健治は病室を後にした。

「彼女は竜太に恋してるな、頑張れ」

病室を出て健治が竜太の肩をたたいた。

退院日の予告

翌日の午後、竜太は漆畑の退院日と退院後の在宅療養の取り組み方を説明するために、笠原遥希と訪問看護師の新留豊子を伴って七二〇号室にやってきた。十日後の二十八日には、漆畑は退院して在宅医療に移行する。これは治療計画で決めていたことであり、治療が順調に進んだことを示すことでもあった。

「ご紹介します。訪問看護師の新留豊子さんです」

新留は中央病院の地域連携室に所属するベテランの看護師である。ＩＣＵの経験もあり、病院と在宅をつなぐ医療連携を行う上で大切な役割を担っている。

「どうぞ、よろしくお願いします」

新留が竜太に紹介されてベテランらしく歯切れのいい声で笑みを含んで答えた。

漆畑は訪問看護師を紹介されて、いよいよ退院の話が来たかと思った。強い副作用のさなかにあり、しかも、まだ放射線化学療法も途中である。こんな状態で、昨日は竜太の転院を知らされて、漆畑には不安と戸惑いがかくせなかった。

「漆畑さんの病院での治療は今年いっぱいで終わります。漆畑さんの退院は治療計画通り、十二月二十八日の予定です。新留さんには漆畑さんの退院後の在宅ケアを介護スタッフを含めたチームでお願いしております」

竜太は漆畑の治療計画で決めている予定を努めて穏やかに伝えた。

「二十八日に退院ですすか。大丈夫ですかね」

漆畑が珍しく弱音を吐いた。退院直前まで放射線と化学療法を行い、強い副作用を抱えたまま退院することに不安があった。口からの食事は一切受け付けず、食事も薬も胃ろうからの投与である。口内炎の痛さはおさまっていない。痛みを回避するための医療用モルヒネも継続使用している。夜は寝つけず睡眠導入剤を使用している。

「漆畑さんの退院までは加納先生と私が二人で診させていただきますが、加納先生の転任後は私が主治医を引き継ぎます。在宅医療は新留さんと私とで連絡を取り合って続けますのでご安心ください。治療は、二回の放射線照射と三クール目の抗がん剤投与を残すところまで来ました。この治療も退院までには終わります」

笠原が竜太の説明を補足するように言った。

「退院後も副作用はしばらく続きますが、手当ては在宅ケアの方がむしろ優れていると思います。病院で出来ることはすべて在宅でもしてもらいます。新留さんはすべてを心得たベテランですからご安心ください」

「まだ、退院までは十日あります。漆畑さんの治療記録は、最初から拝見させていただきました。在宅ケアは介護スタッフを加えてお世話をさせていただきますので、ご安心ください。胃ろうによる在宅療養なら、在宅であっても入院と同じことができます。数日間、ケアスタッフを漆畑さんに付けて在宅に支障がないように慣れてもらいます」

新留はがん患者の在宅を何人も看てきた。竜太の治療記録で漆畑の病院での医療がすっかり頭に入っている。

放射線による火傷、抗がん剤による粘膜障害が重なって副作用は今が最高潮であること、痛みどめの医療用の麻薬（オキノーム）は二、三時間しか効かないが時々使っていること、口腔が乾燥してからからになると、人工唾液（サリベート）を絶えずスプレーして潤す、抗がん剤による便秘には、（ピコスルファー）を使っている。寝つけず、毎晩睡眠薬（レンドルミン）を服用する。このような対応も新留はすべて把握しているのだ。口からは水も食べ物も受け付けないが、体力を維持できているのは胃ろうによる栄養管理である。そのことは漆畑も身をもって体験している。

「順調な治療経過です。漆畑さんが病気に打ち勝とうとするのは、やり遂げなければならない大きな目標があるからです。目的があれば人間は耐えることができます。漆畑さんにはそのお手本を見せていただきました」

治療を始める前、竜太は仕事に集中してスピリチュアルな力を出してくれと言い、漆畑は辛い治療に耐えてきた。漆畑なら胃ろうからの栄養投与で、在宅での治療も乗り切ってくれるに違いない。漆畑は夏には株式上場という大目的がある。この希望を実現するためなら、漆畑は耐え抜く精神的な強さを持ち続けるだろう。竜太は漆畑に在宅医療の手配をすませて、いま、心地よい仕事の達成感を味わったのだった。

「辛いかもわかりませんが、漆畑さんの気力があれば在宅療養の方がよりベターでしょう。血液検査でも、白血球と血小板は安定しています。感染症の心配はありません。治療はこれから少しずつ楽になります。焦らず仕事に精を出してください。佐知子さんもすっかり看病をマスターされていますし、病院ですることはすべてできます」

笠原も真面目な顔をして励ました。

「それにしても、加納先生の転勤で淋しくなるなあ」

と、漆畑は目をしょぼつかせた。

「僕も春まで富士に勤務させてくれと医局に掛け合ってきましたが、どうしても受け入れてもらえませんでした。昨日は突然、転勤のお知らせをして申し訳ありませんでした。漆畑さん、笠原先生は私の先生です。ご安心ください」

「転勤は残念ですが、これは大学の人事ですから仕方がありません。でも、加納先生に出逢えたことは何ものにも代えがたい幸運でした」

漆畑はこれまで三十日間の中央病院の入院生活に感慨を込めていった。彼は偶然にも加納竜太に出会い、一度は自信を失いかねなかったショックを乗り越えた。

「私も漆畑さんとの出会いは、忘れられない思い出になりました」

「岡部さんには、うちの社員以上の働きをしてもらっています。さすがに第一線の商社マンは情報も豊富で視野が広いです。これで株式上場は好発進ができそうです。みんな加納先生のおかげです」

「お役にたてれば僕も嬉しいです」

佐知子に目をやると黙って窓の外を見ていた。その横顔が窓ガラスに映っていた。泣いているのが分かった。

過ぎし三年が走馬灯のように

一九九六年の年の瀬、竜太は送別会や忘年会が続いた。親交を結んだ人々から別れを惜しむ声を掛けられ、彼の脳裏には走馬灯のように三年の想い出がめぐるのだった。

三年前、竜太は東京を離れて富士の中央病院に赴任してきた。医者になって、富士に赴任するまで、竜太はひたすら術技の習得と熟練に励んできた。手術が面白いのは、手術によって患者が見違えるように健康を取り戻すからだった。手術が上手くなることは人を助けることだと竜太は信じてきた。

就任早々、竜太は耳鼻咽喉科の沖村部長に海釣りを誘われ、鯛の釣れる西浦のポイントに釣り糸を垂らした。海釣りは初めての経験だったが、不思議なことに竜太の竿にだけ大物の鯛がかかった。竜太はその醍醐味にとりつかれ、海釣りにはまった。何事にも竜太は好奇心が強く、興味を持つととことん入り込む性格である。そして、竜太の好奇心の火に油を注いだのが遠藤正人だった。

正人の父親・遠藤次郎は防災関係の仕事を手広くやっているが、次男の正人は、田子の浦でマリーン教室を開き、クルーザーや水上スキーの会社を経営していた。たまたま竜太が正人の長男の蓄膿症を手術したことが縁で付き合いが始まり、いつの間にか竜太は家族の一員のように遠藤家に入り浸るようになった。そして竜太の旺盛な海への好奇心はとどまることなく、遂に正人の指南で「沼津マリーナ」に通って一級船舶士免許も取得した。

耳鼻科の難しい手術を一手に引き受けていた竜太は、診療と手術に多忙を極めていたが、それでも合間を縫って、海釣りに熱中した。正人を介して、漁師仲間との付き合いも広がっていった。

竜太は釣り仲間に先生と呼ばれるのを嫌った。釣りを教えてくれる漁師たちは海では竜太の先生であるから、打ち解けるには先生では具合が悪かった。自然に彼は誰からも竜ちゃんと呼ばれるようになった。時間をやりくりして海釣りとクルーザーに熱中した。大島まで遠出して二十三キロの「もろこ」を釣り上げ、これを剥製にして驚かせたこともある。竜太は海釣りの釣果を割烹「田子の浦」に持ち込み、料理を振る舞うのが嬉しかった。

ある晩、一年遅れて中央病院に赴任してきた笠原遥希がカウンターで飲んでいた。漁師がクーラーボックスを肩にかけて調理場に入って行った。後で判って笑い話になったが、そのとき笠原は、割烹「田子の浦」がうまい魚を食わせるのは、漁師が釣った魚を直接持って来るからだなと思ったという。間もなく出てきた漁師に、店長の阿部和弘が「竜ちゃん、新しく転任してこられた血液内科の笠原先生です」と紹介した。

「笠原先生ですか。平成二年卒の耳鼻咽喉科の加納です」

竜太は海焼けした顔から白い歯を見せて挨拶した。竜太は合羽ルックを脱いで隣に座った。

「漁師さんかと思ったよ」

竜太は一瞬困った顔をしたが、すぐに人懐っこく話しかけた。

「笠原先生は、外科の神野先生と同期だそうですね。ご指導、お願いします」

笠原は外見に似ず、礼儀正しい竜太の言葉遣いや素直そうな物腰に好感を抱いた。以来、竜太は笠原を師と仰ぐようになっていった。竜太が神野修一から聞いた笠原の噂は、クラスで一番できる血液腫瘍の臨床研究医ということだったが、笠原は偉ぶる様子もなく、「医は仁術」をそのまま実践する男だった。

「おれも神野から君のことを聞いているよ。治療前のＰＥＧ（胃ろうの術式）の研究をしているそうだね。面白い発想じゃないか」

「頭頸部がんの治療を任されるようになって、思いついたんです。まだ症例は少ないですが、いい感触があります」

竜太はチーム医療を始めるようになっていたから、笠原の赴任は心強かった。

「俺は頭頸部腫瘍の治療に関わったことがないから、一緒に勉強させてくれ。酒はどうなんだ?」

「はい、強くないです」

竜太はどんどん笠原の純朴で芯の強そうな人柄に引き込まれていった。

「明日にでも君のやろうとしている医療を詳しく聴かせてくれ。一人の患者を違う立場から一緒に診るのは僕の流儀にあっている。僕も頭頸部腫瘍の抗がん剤治療の知見を深めたい」

この晩、笠原と竜太は意気投合して遅くまで語り合った。下戸の竜太は、ウーロン茶を飲みながら付き合った。

その翌日、笠原の所に顔を出すと笠原は竜太を図書室に誘った。英論文をすらすら読めるようにならなければ、臨床研究はできないぞと、昨夜、笠原は酒の勢いで竜太を叱るように言ったが、それを忘れていない笠原の行動だった。

「俺は血液腫瘍の専門医、加納は頭頸部がんの専門医、協力するのではなく、対等の立場で臨床と研究をしよう」

笠原はこの英論文を読んでみろと言わんばかりに、竜太の目の前に、化学療法の英論文を広げた。

「うーん、僕には皆目、歯が立ちません」

竜太は論文を目で追って首をひねった。

「すぐに読めるようになる。一緒に勉強しよう。昨日の医療は、今日の医療ではない。今日の医療は、明日の医療ではない。そのためには英論文を読むことは必須だ」

竜太は笠原の誘いに好奇心がわき、頭頸部腫瘍の英論文を見つけて、一緒に読んでもらいたくなった。実際に、この時から笠原と竜太の定期的な勉強会が始まったのだ。

図書室での竜太と笠原の勉強会は、周囲には奇異に映ったが、当人同士は大真面目だった。最初は笠原に叱られながらの勉強会であったが、やがて竜太はめきめき英語力を身に着け、今では難解な医学論文もすらすら読めるようになった。

竜太は笠原を兄のように慕って師事し、叱咤激励され化学療法の臨床知識を深めた。頭頸部腫瘍の患者を他科連携のチーム医療で患者を診る上でも、笠原の指導は大きな成果をもたらした。

また、漆畑一郎とはそうしたチーム医療の中での出会いであったが、術前の胃ろう造設に実績を増やしただけではなく、彼とは患者と医師との関係を超えるものになった。佐知子は、まるで天女のように現れた。大学を中退して東都大学の医学部を受験することを打ち明けられた時、竜太が佐知子に抱いた恋心が叶えられるのではないかという希望に変わった。彼女の聡明さなら、来春は必ず大学に入学してくるだろう。

竜太は、これまでやりたい放題の生活をし、東京の母と祖母には甘えっぱなしだった。早く結婚したらどうか、まだいい人は見つからないのかとしつこく言われた。佐知子の姿はどこか母に似ているところがある。もし、佐知子と結ばれ、母に紹介できることになれば、どんなに喜ぶだろうか。

割烹「田子の浦」の広間、今夜は遠藤正人が幹事になって呼びかけ、地元漁師やマリーン関係の仲間が一〇余人集まった送別会である。最初に竜太が挨拶をした。

「僕は海が好きだ。田子の浦は僕の第二の故郷だ。僕はいずれ田子の浦に自分の船を繋ぎたいと思っている。いつまでも僕と付き合ってほしい。ときどき故郷に帰るように田子の浦に来たい。みんな僕を忘れないでほしい。僕もみんなを忘れない。

僕はこの一年、海から遠ざかっている。それには訳がある。笠原先生に影響を受けたんだ。僕は医者の本分を忘れていたことに気がついたんだ。みんなも知っているように笠原先生に叱られて目が覚めた。海釣りから帰るのが遅くなったことがあり、『患者の命を、お前の海釣りの犠牲にしてもいいのか』と叱られた。僕は医者の本分に戻らなければいけないと反省したんだ。いや違う、僕は海に叱られたのかも知れない」

「竜ちゃん、立派な医者になれ！　頑張れ！　いつでも来てくれ、海は待ってるぜ」

海の仲間が叫んだ。一九九六年の年の瀬は、竜太に大きな希望と夢を抱かせるものだった。

大学で逢おうね

十二月二十八日、漆畑一郎の最後の放射線照射が終わった。これで病院で行う治療はすべて終了し、明日は退院である。夕刻、竜太は七二〇号室に回診にきた。明日の午後からは漆畑の在宅療養が始まり、正月は自宅で過ごすことができる。一か月半ぶりのわが家だ。

訪問看護師の新留豊子は、介護士をつれ、すでに先回りして在宅看護の環境を整えてくれた。病院でできることはすべて自宅で不自由なく出来るだろう。

「今日で三十五回、予定の放射線治療は終わりました。二十六日から第三クールの抗がん剤治療を始めておりますが、この経過は在宅で診ていきます。副作用はしばらく残りますが、検査ではがん細胞が消え、転移もありません。手術が回避できたようです。具合が悪くなったら診療日以外でも構いませんので、笠原先生の外来に連絡してください」

「ありがとうございます。加納先生には何とお礼を申し上げていいかわかりません」

漆畑はこみ上げる嬉しさで大粒の涙を拭おうともしない。佐知子も歯を食いしばって涙をこらえている。

佐知子のヘアスタイルが変わっている。美容院に行ったらしく、長い黒髪をたくし上げてまとめている。女性は髪型が変わると容姿が変わるなと竜太は思った。

「明日、僕は朝から外来がありますので、お見送りできません。漆畑さんの退院には、訪問看護師の新留さんがついていきます。在宅看護には、管理栄養士も頼んでいますので、栄養指導など何でも相談してください」

「加納先生には、私の命と会社の命と二つも助けていただきました。岡部健治さんを紹介いただいたことで、会社も息を吹き返しそうです」

「健治がお役に立てるなら僕も嬉しいです。健治とは正月休みに会いますから、僕からも頼んでおきます」

「実は来年早々、岡部さんとシリコンバレーに行くことになりそうです」

「そうですか。来年は、いろいろなお祝いができそうで楽しみです」

いろいろなお祝いとは漆畑の健康回復とS精機の株式公開、そして佐知子の医学部入学である。

「何もかも、先生のおかげです。ところで先生のお正月は……」

「久しぶりに親孝行をしようかと」

「是非そうしてあげてください。おかあさんもお喜びでしょう」

「では、佐知子さん、必ず大学でお会いしましょう」

竜太が病室を出て行こうとすると、佐知子が追いかけてきた。

「先生、待ってください。佐知子を抱いてください」

佐知子が竜太の胸に飛び込んできた。竜太は戸惑って、佐知子をそっと抱きしめた。漆畑は佐知子の大胆な行動に驚いて、咄嗟に窓の外を見た。

「佐知子さん、合格を祈っています」

「先生……」

佐知子は汗ばんだ手で、竜太の手を強く握りしめ、熱い胸にもっていった。

漆畑は佐知子が切羽詰ったように愛を打ち明ける気配を背後に感じながら窓の外を見ているが、何も目に入って来ない。彼は娘の愛くるしさに胸を締め付けられ、ひたすら娘の幸せを祈る父だった。

竜太が部屋を出て行くと、佐知子が少しバツが悪そうに父のそばに来た。

「パパ、ごめんなさい、佐知子、取り乱してしまって」

「いいんだ、よかった、よかった」

漆畑はかすれた声を押し出すように言った。父は何もかも分かってくれているのだと佐知子は思った。

「すみません」

「いやいや、よかった。父さんにはすべて分かっている。男の気持ちは男にしか分からない」

「男の気持ち？」

「そうだ、加納先生の気持ちだ」

「どんな気持ち？」

「加納先生は佐知子のことを愛している」

佐知子が執拗に聞いてくるのが、童心にかえった子供のようで可愛かった。分かっていることを確かめるのは幼いころからの佐知子のくせだ。

「加納先生は、うその言えない男だ。初めてあった時からいい男だと感じた。不思議な魅力がある青年だ。あれはもって生まれた性格のようなものだ。好奇心も向上心も強い。控え目に見えてすごく行動的だ。専門以外は寡黙だが、信じていることには、はっきり意見が言える先生だ」

「佐知子もそう思っています」

「ああいう男はどんな女性を好むのかと思っていたら、それが佐知子だった。うれしかった」

「でも、佐知子は不安なの」

「人を愛すれば不安はつきものだ。加納先生は合格を祈ってますと言ったじゃないか。あれが加納先生の告白だよ、父さんも佐知子の合格を祈ってる、頑張ってくれ」

「ありがとう、パパ」

「よかったら、正月は山梨の石和にでも行ってゆっくり温泉で疲れを取っておいで、お世話になった沢田さんを誘ってみてはどうかな」

漆畑はふと思いつたように言ったが、実はすでにその手はずを整えていた。

「うれしいけど、パパのことが心配だわ」

「なに、加納先生が在宅看護の準備を万全に整えてくれたし、母さんもいるんだから心配は無用だよ。ゆっくり疲れを取って、後は受験勉強に猛ダッシュしてくれ」

「うれしいわ、寿子さんに電話をしてみるね」

佐知子は父親のすすめを素直に受け取った。父親の言うように気分転換をして、受験勉強にダッシュしたかった。父に似て理数に強い佐知子は、医学部入試には自信もある。希望の正月を迎えたいと佐知子は思った。

哀惜の富士

今年の大晦日は、竜太にとって富士での勤務の最後の日になった。いつものように彼は夕刻の病棟回診をした。すでに後任の医師に引き継ぎが終わっているから、入院の患者に別れの挨拶を兼ねた回診である。

「竜太先生、どうして東京に帰るの？」

「帰りたくないんだけどな、徳助君の退院までいたいんだけどな」

「やめればいいじゃない」

竜太が中耳炎の手術をし、病院で正月を越すことになった小学校三年生の徳助君が言った。

「そうだなー、ずっといたいよなー、富士山も見えるし、田子の浦の海も近いしねー」

子供たちは、みんな竜太先生と呼ぶ。それは看護師仲間がそう呼ぶのを聞き覚えているからだ。竜太は蓄膿や中耳炎の手術がうまく、若いながら名医と言われたが、とりわけ子供たちにも人気があった。治療の時は「怖い先生」であったが、治療が終わると子供心に戻って戯れる面白さがあるからだ。

竜太は名残を惜しむように病棟を歩きながら、地域連携室の新留豊子を訪ねた。新留は漆畑の在宅訪問中だった。後でまた来ようと思って外に出て、彼はまた院内をぶらぶら歩いた。

自然に足が七二〇号室に向かい、その足が部屋の前で止まった。佐知子が追いかけてきて胸に飛び込んだ衝撃の感覚が竜太を引き寄せたのかもしれない。佐知子は頭もよく性格も一途なところがあるようだ。清楚で少しかたい感じがするが、あどけない女の香りを秘めている。佐知子の実力なら、間違いなく医学部に合格するだろう。そうすると春からはもっと自由に会えるようになる。竜太の脳裏にそんな佐知子の姿が浮かんでくる。

病棟を一回りして、再び地域連携室を訪れると新留豊子が帰っていた。冬の空はもうすっかり暗くなった。

「新留さん、ご苦労さんでした」

「なーんだ、竜太先生は東京に帰ったんではなかったの?」

「うん、明日の朝、田子の浦のご来光を拝んで帰るんだ」

「そうね、東名高速は渋滞だもんね」

「漆畑さんはどうでしたか」

「順調よ、相変わらず副作用はきついようですが、体力はあるし、免疫力も安定しているし、バイタルの心配はないです」

「佐知子さんはどうでした?」

「佐知子さんは、石和温泉に行きましたよ。お父さんが疲れを取るようにホテルを予約したそうです。私も心配はいらないから疲れを取っておいでと言ってあげました」

「そうですね。長い付き添いで疲れたでしょうね」

竜太は新留から佐知子の話をいろいろ聞いてみたかった。

「竜太先生、知ってますよ、佐知子さんは医学部を受験するんですってね」

「誰に聞いたんですか」

「お父さんです。竜太先生、相思相愛なんでしょ、頑張りなさい」

新留ははにかむ竜太の顔色を見て笑った。竜太は新留にからかわれて悪い気がしなかった。


割烹「田子の浦」店長の阿部和弘は大晦日、常連客に年越しそばをご馳走する。日が暮れて竜太は病院を出て割烹「田子の浦」に向かった。座敷では竜太の顔見知りの客が和弘の手打ちのそばをほめながら食していた。去年と同じ大晦日の光景である。

遠藤正人が手を挙げ、竜太は正人の隣りに座った。

「早いなあ、竜ちゃんに出会ってあっという間に二年余りが過ぎた」

「そうだね。出会ったのは二年前の夏だったなあ」

そのころ竜太はすっかり駿河湾に取りつかれて海釣りに夢中になっていた。釣り道具に凝り、どうしてもクルーザーの免許も取りたかった。

地元で海仲間の多い正人は、田子の浦でマリーン教室をひらいていた。竜太は正人に出会ってから、富士での交友関係ががらりと変わった。

正人の海仲間と竜太はすぐに打ちとけた。船を出してもらって、漁師と二人で秘密の漁場で夜釣りもした。竜太の腕前はめきめき上がり、漁師も顔負けするような大物の鯛やもろこを釣り上げて、魚拓や剥製をつくって仲間を驚かせたりもした。

また、竜太は忙しい医者の仕事の合間を縫って正人の猛特訓を受け、念願の一級船舶士のライセンスも取得した。正人の会社が所有する大型のクルーザーで、駿河湾周遊も楽しんだ。竜太の操舵で岡部健治を呼んで駿河湾周遊をしたことも何回かあった。

「竜ちゃん、名残惜しいね。でも、富士は近いんだからいつでも来てくれよ」

漁師になり切れる竜太の天真爛漫な性格は、正人にはうらやましいくらいだ。黙っていても気詰まりを感じることはなく、いつまでもそばにいたい雰囲気になる。竜太が東京へ帰るのは、正人にとっても親友と別れる淋しさがある。竜太も同じ気持ちなのだ。店が混んでいるので長い話もできなかった。

「では、いい年を迎えて、明日の朝また、田子の浦で会おう」

「うん、花火も用意したからね」

「竜ちゃんらしいな」

正人と約束をして二人は席を立った。周りの人に「よいお年を」と声をかけ、調理場の和弘にも「かっちゃん、またね」と挨拶をして外に出た。

「赤 トマレ、青 ススメ」

正人と別れて竜太は病院に戻って行った。引っ越し荷物はすでに東京に運んだので、今夜は病院に泊まり、明日の夜明け、田子の浦で初日の出を拝んでから東京に帰る。

竜太は去年も、元旦のご来光を拝むために正人など親しい仲間と田子の浦の港に行った。多くはないが、そこには元旦の初日の出を拝む地元の人たちがやってくる。駿河湾から冬の風が吹き付けてくる。潮風は一年間の心の垢を洗い流し、やがて遠くの伊豆半島から現れる真っ赤な太陽が、新年の希望を呼びかけ、深遠な時空を感じさせてくれる。

元旦早暁、竜太は病院の駐車場から車を出した。

病院の前から田子の浦港までは十五分もかからない。港大通りは田子の浦港と富士インターを結ぶ上下あわせて四車線の幹線道路である。その幹線道路と並行して、中央病院の前に制限時速三十キロの側道が走っている。竜太は時間を計って病院の駐車場から車を出した。周辺の住宅街はまだ元旦の深い眠りの中にあった。

側道の十字路で信号が赤に変わり、「赤ならトマレ」と竜太は車を止める。この側道はいつも竜太が走る道であった。職員の交通事故を防ぐために、病院は交通法規を遵守させている。「赤ならトマレ、青ならススメ」は竜太の口癖になっている。

信号が青に変わった。「青ならススメ」と、竜太は軽くアクセルを踏んだ。スイーと十字路の真ん中に来たときだった。突如、閃光が目をくらませ、竜太のＢＭＷの脇腹に暴走車が激突した。竜太の車は斜め前の電柱まで突き飛ばされ、一回転して道路の真ん中に止まった。車のトランクが無残に開き、路上には竜太が大事にしていた釣りの本やスクラップブックが散乱した。潰れた車の中で竜太が口から赤い血泡を吐いていた。激突した暴走車は交差点を数メートル越えたところで、エンジンが止まっている。カンガルーヘッドがひん曲がってはいるが、その分ボディの損傷は少ない。

この交差点は、四隅に民家が迫っており、左から来る車の見通しが利かない地形である。しかし、制限時速三十キロの側道交差点をフルスピードで突き抜ける車などはなく、小さな事故の可能性はあっても、死亡事故が起こることなど考えられない場所である。ところが、暴走車がまさかの信号無視で、時速八十〜百キロのスピードで襲いかかった。港大通りの交差点と側道の交差点の間は、わずか二十メートルの距離で、信号も連動している。

まるで巨大な落花物が空から降ってきたような、ドーン……ガーンという地響きと轟音に、何が起こったのかと外に飛び出した近所の住人が、現場の惨状を見るやすぐ救急車を呼んだ。駆け付けたレスキュー隊に、運転席の竜太は救出され病院に運ばれたが、既に息絶えていた。

時間と速度の積のような、想像を絶する極小の確率が竜太の命を奪い去った。数秒、いや、コンマ何秒かの神の加護があれば、暴走車から竜太のＢＭＷは難を逃れたのに、左ハンドルの竜太の車は、計算し尽くした悪魔の時間に捕まった。

酒気帯び運転の加害者の車は、その五分前、別の交差点で追突事故を起こし、被害者の追跡から逃れるため、裏道を猛スピードで逃走してきたのだった。その４ＷＤは港大通りの赤信号に脇道から乱入し、さらに側道の赤信号も突っ切ろうとしたのだ。追突された被害者の車は、思いきりアクセルを踏んで追跡したが、赤信号を無視して逃走する4WDに身の危険を感じて、追うことを断念したと訴追の調書にはある。

加害者は竜太のBMWに激突した後も、なお逃走しようとキーを回したがエンジンはかからなかった。加害者は未明の異様な大音響に駆けつけた目撃者の前に晒され、逃亡を観念した。竜太は、まるで映画でしか見たこともないようなカーチェイス、夜明け前の追跡劇に巻き込まれたのである。

元旦、黎明の訃報

一九九七年の元旦未明、加納竜太の母・節子と祖母・梅子は、時ならぬ電話に起こされた。不気味な予感が走るなか節子が受話器を取った。時刻は午前四時を過ぎていた。声の主は竜太の事故を知らせる中央病院の山口院長であった。

「いいお知らせではないのですが、加納先生が交通事故に遭いまして……」と、山口院長は重たく切り出した。ところが、受話器を取った節子の余りの動転ぶりに院長は言いよどんでから「だいぶひどいようで、これから病院にまいります」と、いったん電話は切られた。しかし、竜太はすでにこの世にはいなかったのだ。竜太の遺体のそばで、まだ生きているような苦しい嘘を伝えている院長に、血液腫瘍内科の笠原、同期外科の佐野、遺体の損傷を形成した野田は息苦しい思いで悲しみをかみしめていた。

およそ三十分くらい経って再び節子に電話があり、節子はわが子の死亡を確認した。節子は膝から崩れ落ちてうずくまり、梅子は寒さと嗚咽に震える節子に毛布を掛けたが、話しかける言葉が出なかった。

竜太の実家は東京江戸川区の西葛西・清新町にある。目の前に荒川が流れ、夏には盛大な花火大会がある。竜太はこれがわが家の唯一の魅力とばかりに、花火の夜、毎年、親しい友を連れてきた。

竜太はいつも前触れもなしで東京の実家に飄然と帰ってきたが、地元の海産物の手土産を忘れなかった。帰ると母と祖母が嬉しい顔をそろえる。決まって職場の話を面白おかしく話して聞かせた。

もう十四年も前のことになるが、節子の夫・英爾が五十二歳で逝ったあと、途方に暮れる節子は実母の大渕梅子に同居してもらった。その時、梅子は、小学校の教員を定年退職し、長野県松本市で節子とは二歳違いの弟・大渕俊樹の家族と暮らしていた。祖母が来てくれてから家の雰囲気は変わり、竜太は祖母のいる実家で父のいない淋しさを癒された。

富士に向かう前に、梅子は俊樹に電話を入れ、竜太の事故死を知らせた。電話の向こうで、俊樹がまさか！　と動転した。梅子は詳しい事情は後で連絡する、鍵はポストに入れておく、こちらの事情を調べて東京の葬儀についての手配を頼みたいと言った。亡き加納英爾の葬儀の時も、俊樹は長野から出てきて葬儀を取り仕切ってくれたから、何もかも分かっている。俊樹は現役の中学校の校長の職にある。

「これから節子と富士に向かいますが、富士からも電話をします」

「気を付けて」

俊樹は動悸をおさえながら、十四年前のことを思い出し、自分のとるべき行動に考えを巡らせた。

夜明け前なのに、表に出ると運よく流しのタクシーがつかまった。「静岡の富士まで」と梅子がはっきりした声で頼んだ。タクシーは都心から朝帰りの客を運んできた帰りの車だった。夜明け前、時刻は五時を回っていた。

葛西のインターから高速道に乗り富士へ向った。竜太がいつも富士から帰って来るルートを逆に車は走って行く。首都高から東名高速に入った。元旦未明の高速道に渋滞はなかった。小田原を過ぎたころから夜が明けはじめた。フロントガラスに富士が現れた。晴れ渡った元旦の空なのに、これほど悲しい富士があるのだろうか。やがて、「富士市まで十二キロ」の標識が現れた。手前の愛鷹山《あしたかやま》の麓を廻りこむと、目の前に富士が大きな姿になって聳え立った。富士インターを出て、港大通りに入ると、右手に中央病院が見えた。

病院の表玄関に山口院長はじめ、医師、看護師が出迎えた。案内されて竜太の遺体が寝かされている病室に入った。覚悟はしてきたつもりだが、悲嘆と興奮の入り混じった遺体との対面である。竜太の顔は穏やかに眠っているようだった。節子は「まだ生きてるようではないの」とわが子の顔を両手でかかえた。頬に擦り傷、後頭部に出血の跡があった。節子は顔をすりつけて「痛かったろうね」と、何度も何度も声をかけて嗚咽した。頭部の出血を死因と思った節子は、「何故この程度の外傷で」と、つぶやき顔をさすった。梅子は変わり果てた孫の顔をじっとのぞいて涙をこらえていた。

二人は別室に呼ばれ、担当の医師がシャーカステンにレントゲン写真五枚を映し、死因の説明をした。外傷があるものの脳内に致命傷はなかった。二枚目から四枚目が全身打撲、内臓破裂の写真だった。左右の肋骨が悉く折れ、骨盤も左右に損傷があった。医師たちは、「助けたかった。残念だ。申し訳なかった」と悔しがったが詮無いことだった。節子にとっては詳しい死因の説明も虚しく、厳粛な死という現実の前に、ただうなだれるしかなかった。

「加害者は酒気帯び運転、スピード違反、信号無視で現場逮捕、身柄を警察に拘置されています。加納先生は全くの被害者です」

山口院長が気の毒そうに言った。

遺体を病室に残して、促されるままに病院の車で富士警察署に向かった。元旦の警察は寒々しく、取調室で供述調書の作成となった。何故、被害者遺族に供述調書を取るのかと節子が訊ねると、係官は加害者の裁判資料のためですと答えた。

竜太の誕生から公団住宅への入居、幼稚園、小学校、中学校、高等学校入学、そして公団住宅から江戸川区清新町の高層マンションへ転居、父親英爾との死別、医学部入学、医師国家試験合格、大学病院勤務、富士の中央病院への赴任と、まさしく誕生から死に至るまでの詳しい調書の作成が進んだ。どうして被害者側のことをここまで調べるのかと節子は苛立ちも覚えた。最後に、係官から加害者に対する遺族の感情を問われたが、節子はそれに答えることができず黙っていた。供述調書がまとまって、内容を確認させられた。文面には手慣れた正確さがあった。節子は調書に署名し、その写しを所望したが、定めでそれはできないとの返事であった。

まさか！　竜太先生が富士にいたなんて！

漆畑一郎は、暮れも正月もなく、ひたすらがん治療の副作用に耐える日々だった。口からの食事は一切受け付けず、食事も薬も胃ろうからの投与である。もし胃ろうがなければ、いまは病院のベッドで二十四時間の輸液の点滴だったはずだ。胃ろうからの栄養剤の投与は、家族でも自分でもできる。パック入りの栄養剤をお湯で体温程度に温めて点滴棒に吊るしてお腹の口から摂取する。栄養投与の時間は二十分ほどかける。椅子に座ってテレビを見ながらできる。

口内炎の痛さは治まらない。痛みを回避するための医療用モルヒネや睡眠導入剤を使用している。訪問看護師の新留豊子や彼女が差配する介護スタッフによる専門的なケアは手厚くなされ、いざという時は救急外来への自由なアクセスも約束されている。竜太が言ったように在宅医療は病院と同じように継続されている。

漆畑を何より勇気づけたのは、放射線化学療法の副作用の苦しみの最中に、「手術は回避できました」と告げられたことだった。助かったと思った。それは突如襲って来た暗雲に射した一条の光であった。「たとえ手術になったとしても、それは根治手術です」と加納竜太はがんの完治に希望を与えてくれたが、手術回避ができたことは大きな安心だった。竜太は敬愛する笠原遥希が言う「治療の最善手は一つしかない」という信念を真摯に実践してくれた。

さらに竜太は、人間は大きな目標や希望があれば、どんな苦しみにも耐えられると漆畑を鼓舞した。仕事に希望を持ち、スピリチュアルな力を生み出せと励ました。岡部健治を紹介したのはそのためだったに違いない。実際にこの紹介がS精機の株式上場に光を与えてくれようとしている。

漆畑一郎は朝七時のニュースを見ながら栄養剤の注入をしていた。その時、テレビニュースで漆畑は竜太の事故死を知った。「まさか！　間違いだ！　信じられない」と彼は叫んだ。漆畑はすぐに笠原遥希に電話を入れた。

笠原は病院にいた。「放送のとおりです」と冷静に答え、漆畑は無念と怒りで絶句した。

「私を助けて先生がなぜ死んだ！」

漆畑は動転し、体の震えが止まらなかった。衝動的に岡部健治に知らせなければならないと気がついて電話のボタンを押した。

「漆畑一郎です」

何も知らない健治は「おめでとうございます」と電話に出てきた。放射線治療でつぶれた漆畑の声に、正月早々仕事の話でもなかろうと、健治に不気味な予感が走った。

「加納先生が交通事故で亡くなりました」

漆畑は、絞り出すように言った。

「えっ、なんですって？」

「今日夜明けのことです。事故を朝七時のニュースで知りました。病院にも確認しました」

「竜太が……、まさか！　竜太はどこですか」

「中央病院です」

「すぐ、新幹線で病院に向かいます」

岡部健治は電話を切って、西葛西の加納節子の自宅に電話を入れた。不在を知らせる通話音だけが続いた。彼は富士に急行することに決め、そのことを漆畑に伝えて東京駅に向かった。

竜太が死んだなんて、どうして信じられようか、健治は言い知れぬ怒りと悲しみが込み上げてきた。竜太が健治を漆畑一郎の病室に連れて行ってからまだ一か月も経たない。竜太とは正月に会う約束もしていた。佐知子のことを「いい娘だね」と言ったら、竜太は嬉しそうに照れて笑った。その竜太が居なくなるなんて、信じられるものか、あってはならないことだ。


正月、漆畑佐知子は、級友の沢田寿子と山梨県の石和温泉にいた。父のセカンド・オピニオンで世話になったお礼もかねて、父にホテルを予約してもらい、寿子を誘ったのである。久し振りにゆっくり話もしたかった。

「お父さんのことは心配しないで疲れを取っておいで」と訪問看護師の新留豊子も言ってくれた。

父の治療と看病の報告、大学を中退し、医学部を受験することなど、報告や相談など、佐知子は積もる話をした。寿子は東京での大学生活や就職活動、大学の合コンで知り合った恋人の自慢話をし、佐知子もまた加納竜太への熱い恋心を打ち明けた。大晦日、テレビで除夜の鐘を聞きながらも、幼馴染のふたりはまだ話したりなかった。すっかり朝寝坊をして風呂に行った。かけ流しの湯につかり、そこでも昨夜の話の続きをして長湯になった。

部屋に戻って朝食をとり、正月のニュースを見ようとテレビをつけた時だった。ニュースは元旦未明の交通事故で中央病院の医師が、酒気帯び運転の暴走車に激突されて即死したと報じた。佐知子はアッと声を上げ硬直し、顔から血の気が引いた。

ニュース画面が消えても、「医師・加納竜太と中央病院」の名前がはっきり頭に残った。佐知子はなおも確かめようとして、手を震わせながらチャンネルをまわし、他局の同じ報道を探した。寿子はいきなり取り乱した佐知子に驚き、事故死した医師の名前が、昨夜、佐知子が話した「加納竜太」であることに気づいた。別のテレビ局のニュースにも竜太の事故死は流れ、動かぬ事実を二人は確かめざるを得なかった。佐知子は顔を覆って泣き伏し、寿子はしっかりと佐知子を抱きかかえた。

名峰富士は静岡と山梨にまたがる。静岡側の残酷なニュースを山梨側で聞いた佐知子は、いつまでも真っ青な顔でわなわな震えている。

正月、東京に帰ったはずの加納竜太が、なぜ元旦の未明に交通事故に遭わなければならなかったのか。大晦日、富士に留まっていたのなら我が家に泊めることも出来たではないか、そうすれば事故を免れることも出来たではないかと、佐知子はそれも口惜しかった。

寿子には佐知子の瞳から流れ落ちる涙をいたわるすべはなく佐知子の手を自分の掌で包んでいた。

窓の外に、山梨側の雪をかぶった富士が切り立っている。

富士の中央病院

元旦の新幹線「こだま」の下りは空いていた。三島を過ぎると、やがて愛鷹山の向こうに富士が見えてきた。そして富士はどんどん裾野まで広がった。新富士駅に着き、岡部健治は加納節子に会うためにタクシーで中央病院に向かった。フロントガラスから見える富士には雲ひとつなく、太陽は眩しく正月の街を照らしていた。病院の玄関で、遠藤正人が健治を見つけて「岡部さん」と呼び止めた。

去年の夏、正人のクルーザーを竜太が操舵して駿河湾を周遊して以来の出会いであった。

「あっ、正人さん！　竜太が事故に……竜太のお母さんは何処ですか?」

「いま、富士警察に行っておられます。間もなくこちらに戻って来られます」

節子と梅子は富士警察に行って、もう一時間以上も経っている。間もなく戻ってくる頃だった。正人は知る限りの事故の情報を健治に伝えた。

「竜太はどこですか」

「五階の病室です」

「会えますか」

「間もなく、おかあさんも帰ってこられますから、ご一緒に会われたらどうでしょう」

「そうですか」

正月の病院は閑散としていたが、事務局には電話が鳴り続いていた。その多くが竜太の死を訊ねるものだった。病院の一階ロビーには、すでにニュースを聞いて駆け付けた人の姿があった。

富士警察署での調書の作成が終わり、節子と梅子を乗せた車が戻ってきた。

「おかあさん、おばあちゃん」と健治は肩を抱いて叫んだ。

「健ちゃん、来てくれたの」と節子が言った。

「遠藤正人です。無念です」

遠藤正人が節子に声をかけた。

「遠藤様ですか、お名前をよく聞いておりました。竜太がお世話になりました」

「父親の遠藤次郎です。この度は、大変残念なことが起こりました。全く言葉もございません」

遠藤次郎は、年の頃六十くらいの眼もとのやさしい温厚な人柄だった。

「節子の母の大渕梅子です。お世話になります」

「土地柄、お困りのことやお分かりにならないことがあろうかと思います。何なりと仰ってください。これだけ大勢の方々がお別れに来られていますので、まず富士で仮の祭壇をご用意されてはいかがでしょうか」

「どうか、そのようにお計らいいただきたいと存じます」

遺体を東京に連れて帰るために、これからどのような段取りで進めていけばいいのか。そのすべてを心得ている遠藤次郎は、すでにその手配を済ませていたが、控えめに訊ねたのである。梅子も節子も勝手のわからない土地で身内が現れたような安堵感を覚えた。

「お部屋をとっておりますので、どうぞこちらへ」

遠藤次郎の誘導で応接室に向かうと、入り口には山口院長のほか白衣の医師が立っていた。恐らく納棺と仮祭壇のことは、病院側との打ち合わせも終わっているのだろうと梅子は察した。

梅子を応接室に残して、節子は健治を連れて竜太の遺体の寝かされている病室に行った。部屋に入るなり健治は竜太の遺体の枕元に歩み、顔を覆っている白布を取って慟哭した。

「竜太のばか！　どうしてこんな姿になったんだ！」

健治は竜太の額に手を当て、物言わぬ竜太に語りかけた。健治の涙がまた節子の悲しみを誘った。

その間にも、竜太の訃報を知った人たちが、病院の内外に集まった。

竜太の遺体がストレッチャーで運び出されて迎えに来た葬儀社の車に乗せられた。

「中央町の斎場に加納先生の仮祭壇を設け、富士の人たちとお別れをします。これからご遺体はそちらに向かいます」

遠藤正人が案内のアナウンスをし、車は人垣を割って病院から出て行った。その車に人々が合掌した。節子と梅子は黙って皆に深々と頭を下げた。

竜太の後を追って、節子と梅子は遠藤次郎の車で斎場に、健治はタクシーで漆畑の家に向かった。

志半ばで逝ったあなた

納棺が終わるまで遠藤次郎は、葬儀場の控室に節子、梅子を入れた。

「ところで、東京でご葬儀をされると思いますが、東京にはどなたか当てがおありですか」

遠藤次郎は何から何まで気の付く人だった。

「はい、節子の弟の俊樹に頼んでまいりました。俊樹は長野に住んでおりますが、東京に呼びました。節子の夫の葬儀も取り仕切ってくれましたので、心得ております。こちらからの状況は電話で知らせることにしております」

「そうですか、よろしければ私からこちらの状況をご連絡させていただきます」

梅子は恐縮しながら東京の自宅の電話番号を教えた。今頃、俊樹はポストに入れておいた鍵で、西葛西の加納の家に入り、電話を待っている頃だろうと思った。

遠藤次郎は東京の大渕俊樹と連絡を取り、富士の様子を伝えたり、葬儀の相談に乗ったりした。俊樹は三日に通夜、四日に告別式に決めたいと遠藤に伝えた。遠藤は梅子と相談をして「それでいいそうです」と答えた。富士での病院関係者への連絡は遠藤が引き受けてくれることになった。

岡部健治が漆畑の家についたのは一時だった。彼は病院で竜太の遺体に対面したこと、近くの斎場に仮祭壇が設けられ、二時から富士の人とのお別れをすることなどを話した。漆畑は黙して目を閉じ、厳しい顔で腕組みをして言った。

「富士のお別れは、二時からですか。私はこの体ではどうにもならないが、妻と佐知子を連れて行ってもらえますか」

「佐知子さんは?」

「山梨から、こちらに向かっています。先ほど電話が来て、間もなく帰ってきます」

妻の玲子が、漆畑に代わって答えた。

「岡部さん、お昼はまだでしょう?」

「そういえば朝から何も」

「急いで用意します」

玲子がキッチンに下がって行った。

しばらくたって、佐知子が慌ただしく帰ってきた様子が玄関の気配で分かった。佐知子は応接間に入って来て、健治を見た瞬間、立ちすくみ口元を引き締めて懸命に涙をこらえた。あの日病院で竜太に紹介された佐知子のやさしい顔ではなかった。聖女が悲しみをこらえているような濡れた瞳だった。大粒の涙が白い頬を伝った。健治は佐知子が抱いた竜太への思いの激しさを感じた。健治は佐知子が哀れで、それがまた竜太への哀惜の気持ちをつのらせた。

「富士でのお別れは二時からだそうだ」

と、漆畑がぽつりと言った。

「葬儀場はここから十五分もあれば行けます。一緒に葬儀場に行きましょう」

と、健治が言った。

病院が仮の祭壇を案内したことから、会場には大勢の弔問客が押しかけた。医師や看護師、病院関係者、海の仲間、そのほか竜太が診た患者やその家族など、別れを惜しむ人々だった。生前、竜太が地元の人たちに親近感を持たれていたことが節子にはよく分かった。

健治の車が二人を連れて葬儀場に着いたのは二時前だった。丁度その時、納棺が終わって、竜太の棺が仮祭壇の前に寝かされた。弔問客が棺の周りを取り囲んで合掌した。健治は佐知子と母の玲子を伴って竜太の棺の方に進んで行った。死化粧された竜太が棺の中にいた。

佐知子は取り乱さないように悲しみを懸命にこらえ、瞳から大粒の涙がこぼれた。涙を振り払わず棺の中の竜太から目を離さなかった。入れ替わる弔問客にもかかわらず、佐知子は棺から離れず、棺に手を添えて何やら語りかけた。佐知子の母は目頭をおさえて竜太に合掌した。健治は一歩引いて、こうした光景を見守った。

健治が佐知子と玲子を連れて葬儀場に出かけた後、漆畑は書斎に閉じこもってやり場のない無念に沈んだ。目を上げると雲ひとつない午後の富士があった。青空に白雪をかぶったまるでポスターのような正月の富士だった。言い知れない寂しさが襲って来た。

あなたは私を助けてなぜ死んだ。
あなたは佐知子を残してなぜ逝った。
あなたはいのちをくれた。力をくれた。幸運をくれた。
私はあなたにもらった感動と勇気を忘れない。
私はあなたがくれたいのちを生きる。
あなたは私の窮地に現れた神だった。

僧侶の読経が始まり、焼香の葬列が出来た。節子と梅子はその一人ひとりに頭を下げた。弔問客は順次焼香をして会場を去って行った。

会場の人影がまばらになったころ、健治が佐知子親子を節子に紹介した。

「おかあさん、漆畑佐知子さんとお母様です。お父様の漆畑一郎さんが中央病院に入院されていて、竜太が主治医でした」

健治は、手短に漆畑と佐知子と竜太の関係を説明し、漆畑は自宅で治療を続けていることなどを話した。

「加納先生には、東京でお会いする約束でした」

佐知子は口惜しさが込み上げ嗚咽した。節子はこの時、佐知子の悲しみが竜太に抱いた恋心が絶たれた口惜しさであることを認識した。

一時間ほどたって竜太の棺は富士の人々に別れを告げることになった。東京の自宅には竜太のクラスメートが押しかけて、棺の帰りを待っているという連絡もきていた。棺を霊柩車に載せ、側に節子が付き添い、梅子が助手席に乗った。別れを惜しむ弔問客に見送られて、霊柩車は、竜太が三年間勤務した中央病院の前を通り、富士インターに向かった。朝来た道を今度は逆に東京に向かう。暮れなずむ富士には雲ひとつなかった。

東京に帰る竜太の遺体を見送って、佐知子と玲子は健治の運転で家に帰った。

竜太が天に昇った

東名高速は早くも宵闇に包まれ、霊柩車は夥しい車のライトの波にのまれた。昨日まで元気だった竜太を棺に納めて、東名高速を東京に向かって走ることになろうとは、だれが想像したであろうか。夜のレインボーブリッジに差し掛かると、寒気の闇を欺くように鮮やかなライトアップが水面に光を散りばめていた。竜太が節子と梅子を乗せてドライブに連れて行ってくれたこともあった。

夜六時過ぎ、霊柩車が西葛西のマンションに着いた。

待ちかまえていた大学同期の医師たちが、寒風のなかに棺を囲んで号泣した。そして柩は学友に抱えられエレベーターで、十九階の加納家に運び込まれ、棺は亡き父・英爾の仏壇の前に置かれた。医師たちは医者らしく棺の蓋を開け、死化粧をした冷たい顔を撫でたり手を握ったりして、声もあらわに「竜太！」「竜太ァー」「なぜ、昨日のうちに東京に帰って来なかったのか」と棺を取り囲んで悔しがり、いつまでも竜太から離れなかった。そして少し落ち着いて棺に蓋をかぶせた。

彼らはすでに、竜太の遺体に立ち会った富士の医師から、無残な事故の様子や、病院に運ばれたとき、すでに息絶えていたことなど電話で聞いていたが、それでもなお、助けることができなかった口惜しさを語るのだった。

節子と梅子が富士警察で供述調書を取られ、そのとき知らされた事故の全貌の話に及ぶと、皆は激しい憤りをあらわにした。眠っている竜太を囲んで、いつまでも竜太の思い出や在りし日のエピソードなども話し、彼らは香を焚き、合掌して帰って行った。

一方、元旦の富士市では、朝から同僚の医師や地元の釣り仲間、割烹「田子の浦」の阿部和弘たちが手分けして、竜太の事故死を親交のあった関係者に連絡をし、かかってくる電話に対応した。やっと一息ついたときには、すでに夜の十一時を廻っていた。ようやく落ち着いて、割烹「田子の浦」に集まり、皆でテーブルを囲んだ時だった。快晴のはずの富士の夜空に、突然、閃光が闇を裂き、猛々しい雷鳴を伴って大粒の雨が落ちてきた。正月深夜に、このような嵐は長く富士に住む人にも、経験のないことだった。ところが、皆が仰天するなか、やがて雷鳴と豪雨はうそのように晴れ上がり、夜空に星がきらめいた。

「凄かったなァ」と皆が顔を見合わせた。そして、誰言うともなく「いま、竜太が天に昇ったんだ」と異口同音に呟いた。

気象庁・静岡地方気象台発行の気象概況には《一日は、日中南海上の高気圧に覆われて晴れたが、夜半から夜半過ぎには、寒冷前線が通過したため深夜の驟雨《しゅうう》となり、所により雷を伴って一時強く降った。》と、記録されている。所によりというのが富士市のことであり、これが、辰年生まれの竜太が竜になって、富士を駆け登り、昇天したという、まるでお伽話のような話が囁かれた。

佐知子は自室に閉じこもりもの思いにふけった。

加納竜太との出会いは、昨年十一月の初めであった。初めて出会ったとき、佐知子は若い竜太に父親の治療を任せることに不安を抱いた。しかし、純朴な竜太の人柄に触れて、不安はいつか熱い恋心に変わっていった。その激しい心の変化を振り返ると、まだ二か月しか経っていないのだった。竜太の魅力は治療に打ち込む少年のような邪心のない一途さだった。セカンド・オピニオンの沢田医師は、患者と医師の出会いは、時に運命的なものがあるといったが、佐知子もそれを疑わなかった。

竜太は『医療の最善手は一つしかない』という笠原遥希の言葉通りに、父の治療に最善を尽くしてくれた。竜太は笠原を尊敬し、笠原は竜太を弟のように可愛がっていた。それは笠原と竜太の美しい交わりだった。佐知子は二人の関係の中に吸い込まれるように入っていった。

竜太と佐知子の愛は、漆畑一郎のベッドサイドで深まった。大学三年、二十二歳の佐知子は、これまでまるで男性に思いを寄せることがなかった。「ボーイフレンドはいないのか」と父親に聞かれたが、「お父さんのような人が現れたら恋するわ」と、佐知子はこともなげに言った。そんな佐知子を竜太が夢中にさせたのだ。

別離の最後になった日、佐知子は竜太の胸に飛び込み、思いあまって大胆に竜太を熱い乳房に誘った。抱擁は短い時間だったが忘れられない感動が残った。

「あのとき私はすべてささげ、あなたはわたしを奪ってくれた」いま、佐知子はその感触を思い出すだけで、強いエクスタシーを感じることができた。

佐知子は夢から醒めたかのように天国に旅立つ加納竜太に恋文を書こうとペンを執った。


魔の正月、節子は遅く床に着いたもののほとんど眠れなかった。枕元の遺体に香を焚いて夜が明けた。

二日、今日も快晴で、西葛西から遠くに眺望する富士の姿が窓越に浮かんで見えた。この正月加納家にとって富士はあまりにも悲しい。早朝から電話が鳴り、親しい友人や親族が遠近から集まった。医師や看護師、学友など、弔問が続き、竜太の死顔と対面、その静かさに涙を流した。「なぜ、竜太が……」という思いは皆同じなのだ。高層マンションの小さな入り口は履物で入り乱れ、遺体を安置する部屋も混乱を極め、３ＬＤＫの加納家はごった返した。

中学校一年の時からお世話になった高月義塾の高月壮平先生も鎌倉から駆けつけてくださった。

「竜太は世界一の親不孝です」と先生は目をおさえられた。高月先生は悪童との遊びに夢中だった竜太に、遊びを取り上げるのではなく学習との両立を厳しく指導し、影響力を与えた恩師である。竜太が自分の目指す医者になれたのは、先生のおかげであった。

泊り込んで葬儀を取り仕切る大渕俊樹は、富士の遠藤次郎と連絡を取り、会葬者の数などを想定して、葬儀会場や通夜と告別式などの段取りを決めてくれた。葬儀場は門前仲町の大きな寺が手配された。午後、葬儀社の職員が見積もりを持って打ち合わせにやって来た。

通夜　こころ集まる

一月三日、通夜である。午後には、竜太の柩を門前仲町の斎場に移送しなければならない。わが子を黄泉の国に送り出す日、節子は、まるで修学旅行か外国旅行の支度でもしてやるように、柩に何を入れて旅立たせようかと思案している。節子は竜太にタキシードを着せてやることにした。次々に先を越して結婚していく同輩や後輩の結婚式に出席するため、竜太はタキシードはいいものを作った。

午後一時過ぎ、霊柩車が到着。もはや否応なしに、竜太はわが家を出ていかなければならない。葬儀社の職員は、手順通りに作業を進めていく。柩を脇に寄せ、早くも遺骨となって帰って来る竜太の祭壇をこしらえた。

「ご準備はよろしいでしょうか」と、すべての作業が終わって、職員が大渕俊樹に囁いた。

柩が親族の手に担がれて、狭いマンションの玄関から出ていく。節子と梅子はマンション裏に停めてある霊柩車に同乗してわが家を後にする。親しくしている隣人が合掌して送ってくれた。

正月の葛西橋を渡り、門前仲町の斎場に向かった。今日も快晴であるが風が強い。寒い通夜になりそうだ。正月早々、多くの方に迷惑をかけることが心苦しい。

斎場には沢山の生花が届けられ、立派な祭壇が出来上がっていた。その祭壇の前に竜太の棺が運ばれた。節子は何度も棺の窓から竜太に呼びかける。

日暮れの早い一月、寒風の中、駅から斎場までの通りの要所に提灯を持って立つのは、若き同期の医師達であった。広い本堂に弔問客が溢れ、境内にはバーナーストーブを囲む弔問客もある。岡部健治が佐知子と母の玲子を伴って現れ、棺の中の竜太に手を合わせてから、本堂の片隅にさがって佇んでいる。節子は入れ代わり立ち代わりに弔問客との応対に追われて、ゆっくり言葉を交わす間合いはなかった。

やがて本堂で読経が始まった。長い葬列の中に顔のわかる人は少なく、知人に気が付いて目が合っても頭を下げるだけだ。

焼香が終わった順に、弔問客は本堂に続く大広間のお清め処に移動して行く。寒さに凍えた葬礼者の前に料理の大皿が並べられ、熱燗やビールがふるまわれた。二〇〇席ほど用意された座席が埋まった。

焼香が終わっても、竜太の棺のそばを離れず、本堂に留まったのは「耳鼻咽喉科」の医局の仲間、富士中央病院の医師、割烹「田子の浦」店長の阿部和弘と女将さん、親しかった漁師たちである。

遠藤次郎と俊樹が気を利かせて本堂にもテーブルを用意し、そこに酒と肴を運んできて、節子と梅子を座らせた。テーブルを囲んだ連中は、それぞれに懐かしい竜太との想い出を持っている。悲しい通夜のことだから、竜太が遺した底抜けに明るいエピソードが語られる。悲しむ節子を慰めるにはそれしかないとでもいうように、誰もが泣きながら話し、聞く方も話す方も泣き笑いになる。梅子は静かに聞いている。

竜太の話は尽きなかったが、医局先輩の部坂先生が急に節子に真面目な顔で語りかけた。

「おかあさん、竜太先生は素晴らしい臨床研究をしていたんですが、ご存知でしたか」

「いいえ、何か？」

「そうですか。咽喉がんなどの治療で、口から食事が摂れなくなる患者に、お腹に小さな穴を空けて栄養のルートをつくり、治療を続ける研究です」

「お腹に穴を空けて、栄養のルートをつくる研究？」

「ええ、胃ろうというんですが、喉のがん治療で口から食事が摂れなくなる患者のために、治療の前にお腹に穴を空けて栄養を入れるお腹の口です。竜太らしい発想の医療で、チーム医療で行われます」

部坂先生の話で急に周りが静かになった。医師たちは竜太が取り組んでいた臨床研究に関心を向けた。

「この研究は日本でも、あるいは世界でも例がないんですが、竜太先生はチーム医療で実績をあげていました」

胃ろうといわれても、節子はすぐにはイメージが浮かばない。それでも竜太らしい発想の医療で、チーム医療の研究だと言われて節子は詳しく知りたくなった。

「竜太は先回りの医療と言いましたが、学会発表の論文を提出して受理されました。彼は最近、人が変わったようにこの研究に打ち込んでいました」

部坂先生は節子にも理解できるように、なおも説明しようとしたが、その時、クラスメートが本堂にどっと押しかけてきた。

「おかあさん、竜太さんに校歌の合唱とエールをやらせてください」

竜太の部屋にもよく遊びに来たサッカー部の森マネージャーが言った。

みんなが棺に向かって立ち、二列の長いスクラムができ、校歌の合唱になった。それが終わって竜太を天に送るエールになった。まるで怒りを叩きつけ、無念を振り払うようなエールが深夜の本堂に轟いた。エールはやがて、嗚咽に変わり、全員男泣きに変わる。見ている弔問客も全員声をあげて泣いた。

夜も更けていよいよ散会にしようという時になった。すると割烹「田子の浦」店長の和弘が、「昨日、夜の十二時近くになって……」と、改まった顔をして昨夜の話を切りだした。

「快晴のはずの正月深夜、いきなり、地面が裂けるほどの雷が鳴り、大粒の雨が落ちてきました。このような深夜の雷鳴と豪雨は、長く富士に住む人にも、ほとんど経験のないことでした。皆が唖然としているなか、雷鳴と豪雨は嘘のようにやみ、空に星空が戻ったんです。凄かったなァ、と皆が顔を見合わして、竜ちゃんが富士を駆け上って、天に昇ったんだ、と叫びました」

「まったく、凄かったですよ、みんなで外に出たんです。すると澄み切った空に星が輝いていました。竜太が星になったと思いました」

同期の野島医師が同調して言った。

「まあ、そんなことがあったんですか」

節子は驚きと感動を露《あらわ》にした。辰年生まれの竜太が竜神になって富士を駆け登り、昇天したという話は、節子の心に強い信憑性をもって迫ってきたのだ。この話になって、さらに深夜の時間が過ぎていった。

「あれ、もうこんな時間になった」

「ほんとだ」

時を忘れて話し込んだ連中が腰を上げた。こんな時間にと、節子が心配すると、「近くにホテルを取っているから」とみんなは竜太の棺に合掌して夜の寺を出て行った。

節子や梅子など血族は、棺の脇に用意された貸布団を延べた。節子は布団に入っても寝付けず、起きだして香をたいた。竜太が竜神になって天に昇ったこと、胃ろうの臨床研修をしていたことなどが強く心に残って眠ることができなかった。

告別式　竜ちゃんが富士に駆け登った

一月四日、告別式。今日も、広い境内が会葬者で溢れた。早く来た会葬者が本堂に入り、変わり果てた竜太の棺を覗いて手を合わせる。遺影に声をかける人もいる。節子は遺体のそばに立って弔問客に頭を下げる。いつまでも立ち去ろうとしない人もいる。ホテルに泊まった漆畑佐知子も早く寺に来た。ハンカチーフで目を抑えながら、今日も棺の中の竜太に手を合わせ心の中で呼びかける。喪服の懐には天国に旅立つ竜太に書いた手紙をしのばせている。昨夜も今日も、佐知子の姿はひときわ人目を引いた。「竜太が喜んでおります。ありがとうございます」節子は静かに頭を下げる。

もっと話しかけたかったが、それ以上の言葉が出てこない。弔問客が多く、長い話はできない。

告別式が始まった。最初に岸井耳鼻咽喉科教授の弔辞である。

《弔辞》

あまりにも若くしてこの世を去った加納竜太君へ

平成二年に東都大学医学部を卒業され、私どもの耳鼻咽喉科の教室で研修を開始し、医師としての道を順調に歩み始めていた加納竜太君。

耳鼻咽喉科を広く習得され、平成七年には専門医試験に合格し、その報告と今後の進む分野について、目を輝かせて話してくれたのに、一月一日、突然、不慮の事故により、思いもかけず昇天され本当に悲しみに堪えません。

医師として、人間としてこれから大きく羽ばたこうとしていたときだけに、何とも残念でなりません。

君自身も志半ばにして倒れ、どんなにか心残りがあったかと思います。明るく人懐っこい笑顔を浮かべていた加納君は誰からも愛される存在であり、君のいる所はいつも明るい雰囲気がありました。何に対しても意欲的で探求心に富み、常に勉学に励み、また、患者さんには優しく接しており、東都大学医学部の目指す理想的な医師の像がありました。我々の教室のホープとして大いに期待していました。

昨年も富士市立中央病院に手術のため呼ばれたときなど、現在行っている研究や、今後やってみたい仕事などについてこと細かく具体的に熱心に話してくれたのが昨日のことのように思い起こせます。今年開催される日本頭頸部外科学会にも、演題を申込み、受理され、一月二十四日に発表の予定でした。また昨年の秋に論文を執筆し、私の所へ持参された論文が耳鼻咽喉科の学術誌に掲載を許可されたのもついこの間でした。これからが本当に加納君が大きく羽ばたこうとするときの事故でした。

この一月から、富士の中央病院より大学付属病院に勤務が替わる予定で、加納君も張りきって新年を迎えるべく準備をしていたことと思います。

一月一日の未明に連絡を受けたときは、一瞬、悪い夢を見ているのかと疑いました。

享年わずか三十二歳、これからの可能性を大いに秘めた若さで、不慮の事故に倒れた君の霊に報いるとすれば、君の目指した医学をさらに向上させることと考えます。我々の教室でも微力ながら努力してゆこうと思います。

君のひた向きな医学に対する姿勢を我々は決して忘れることはありません。
竜太君どうぞ安らかにお眠りください。

平成九年一月四日　　　　　　　　岸井　貴志

教授の弔辞の後、クラスメートの弔辞が続いた。そして長い葬列の焼香が終わり、いよいよ出棺となった。

柩の蓋が開けられ、参列者に花が配られ、人波が一斉に棺の周りに集まった。タキシードを着た竜太の顔だけを残して、菊や蘭の花びらが遺体を埋めていった。佐知子はしたためてきた長い恋文を花の下にそっと納めた。

「お別れです」の言葉が無情にひびき、節子は「もう会えないのね」と脇の梅子に助けを求めるようにつぶやいた。何度も何度も、節子は竜太の顔を撫でてやる。柩に蓋がされ、遺族の手で竜太の遺体は霊柩車に運ばれていった。

境内は会葬者で埋め尽くされ、風も止んで陽光が注いでいる。親族を代表して、葬儀社の職員の誘導で梅子が弔問者の前に立った。

「遺族を代表致しまして、ご会葬の御礼を申し上げます。新年早々のことで驚きましたけれども、ここにわざわざご会葬賜わりました大学の先生方、竜太の学友の皆さん、病院の先生方、看護師の皆さん、富士の皆さんも、さぞかし驚かれたことと思います。……」梅子は、会葬の御礼を前半で述べたあと、志半ばにして倒れた竜太の無念さを後半で切々と訴えた。

続いて喪主の挨拶である。正月の四日間、これだけ多くの方々に、何という手厚いお悔みをいただいたことだろう。節子は会葬者への感謝の気持ちを伝えてから、この四日間、本当に晴れた富士であったこと、一月一日の真夜中、急に雷鳴が轟き、滝のように豪雨が落ちてきたこと、誰も経験したこともないような正月の嵐であったこと、皆が顔を見合わせて、「あっ、竜太が天に昇った」と口々につぶやいたことなど、昨夜、聞いたお伽噺のような一瞬の出来事を、一貫した流れで伝えようとするが言葉にならず、節子は「富士は……、富士は……、」と叫び自分を制御できなくなった。それでも一呼吸して、

「元旦の深夜、快晴の富士の夜空に、突然、稲光と雷鳴と共に大粒の雨が落ちて来ました。すぐに雷と豪雨は止み、夜空に星がきらめきました。皆が『竜太が竜になって天に昇った』と言いました。竜太は死んだのではありません。富士に昇りました。私はこれからも竜太と共に生きていきます」と、節子はやっとそれだけを叫ぶように言い、あとは声を詰まらせた。舌足らずであったが、それでも節子の挨拶は「竜太は富士を駆け上がり、天に昇った。死んだのではない、これから共に生きていく」という強い思いを会葬者の胸に刻んだ。

告別式が終わって、一同は四ツ木の火葬場に向かった。富士の仲間たちは、竜太が骨になるところなど見たくないと寺から富士に帰って行った。

正月の首都高速道は閑散としている。左手に隅田川が青空を映して流れている。車の中にも温もりが満ち、節子の心の悲しさを知らぬげに、穏やかな正月風景を俯瞰しながら火葬場に向かうのだった。

第二部

おーい、竜太ァ！

～富士は悲しからず

葬儀が終わって

東京荒川区の四ツ木火葬場で、竜太を荼毘に付し、節子は遺骨を、梅子は遺影を抱き住職と共に寺に戻ってきた。火葬場まで来てくれた血族や縁者もバスで寺に戻った。三時を少し過ぎていた。本堂の如来像の前に遺骨を置き、住職が「白骨の御文」を唱える。

あしたに紅顔ありて夕べに白骨となる無常の身のゆえに、たれの人も早く後生の一大事を心にかけて、阿弥陀如来をふかくたのみまいらせて、念仏申すべきものなり。

正月未明の竜太の紅顔が、いま白骨となった無常を、蓮如は説き聞かせる。節子は無常という抗いようのないリアリティにただ唇を噛みしめる。火葬場で白骨を拾った会葬者も、それぞれに命の無常を身近に感じた。

初七日を兼ねた法要が終わり、飲食が振る舞われた。会食の席は言葉を失ったように、話も途絶えがちである。すでに日暮れて地方に帰る血族は、時間も気にかかり始める。それぞれに席を立ち散会となった。帰る弔問客は節子の健康を気遣いながら別れを惜しむ。節子は弔問のお礼を述べ、深く頭を下げる。

最後まで残ってくれた弟の大渕俊樹が、あとは自分にまかせてくれと、葬儀社との打合せを引き受け、車を手配してくれた。遺骨と遺影を葬儀社の職員から受け取り、二人は車に乗って寺を後にした。

清新町のマンションに帰り、寒く暗い部屋に明かりをつけ、暖房を入れる。仏壇の前に竜太の遺骨を置き、節子は蝋燭に火をつけ、香を焚く。

「疲れたわね、お茶をいれるわ」

節子が立とうとするのを制して、梅子は炊事場でお湯を沸かす。

「あなた、着替えて、お風呂を用意してください」

「そうします」

節子は母の言葉の端々に、落ち込んでは駄目よというさり気ない気遣いを感じた。部屋も暖まった。梅子は沸かしたお湯をポットに入れ、テーブルにお茶の用意を整えた。節子がお茶をいれる。節子は喪服を脱いで洋服に着替え、浴槽に湯を溜める。

「いいお通夜と告別式が出来たわね。竜太もよろこんでいるわよ、多くの方々に来ていただいて」

「そうね、あれだけ沢山の人たちとお付き合いがあったなんて知らなかったわ」

「竜太の人柄だわね」

竜太は幼いころから無心に遊び、友達が多かった。竜太は一人っ子だったから、友達を欲しがり、悪童も優等生も区別なく、多くの友に恵まれた。社会に出てからもその性格は変わらなかった。

「お母さん、先にお風呂に入ってください」

節子が風呂の湯加減を確かめてから梅子に言った。

「ありがとう、お先にね」

梅子は言われるままに浴室に向かう。梅子が気丈に振る舞うのは、節子の気分を転換させるためだ。その間にも、葬儀に来られなかった友人からの電話が入り、その応対に追われた。梅子が風呂から出てきて、代わりに節子が入る。

九時をまわった。今日は早く寝ましょうと、二人は竜太の遺骨に合掌して寝室に入った。明かりを消したベッドの中、節子は疲れているのにまたいろいろなことが頭をめぐって寝付けない。頭頸部外科学会で、竜太はどんな発表をすることになっていたのだろうか。漆畑佐知子と竜太の関係、竜太の医療と研究、竜太の遺り残したことは何だったのだろうか。

節子は朝方になってようやく深い眠りに落ちて、目が覚めると梅子はすでに朝食の支度を終えていた。

「おかあさん、すみません」

「いいえ、年寄りは早く目が覚めるからね」

自然な母の態度に促されて節子は洗面所に向かう。

一月五日、六日と松の内は電話や弔問客の来訪などで、二人は葬儀の余波に追われた。

竜太は東京での生活を始めるために、隅田川のほとりに2DKのマンションを借り、そこに富士から荷物を運びこんでいた。独身とは思えないほどの荷物で、部屋はまだ、荷物を運びこんだままに放置されている。葬儀の後の戸籍、税務、保険、法要、葬儀の返礼、名簿の整理など気は急くが、節子は何もする気にならない。やらなければならないことばかり気になりながら、節子はどこから手をつけていいのかさえ虚ろである。

ともすると挫けそうになる節子とは反対に、梅子は甲斐甲斐しく、気丈に振る舞った。励ましの声をかけるでもなく、ことさら労《いた》わるでもなく、ひとり口数少なく甲斐甲斐しい態度を示した。

梅子は節子とともに、竜太の遺骨に香を焚き、身につけた般若心経を朝夕、正しく唱えるのだった。

死んで花実が咲くものか

松の内が明けて間もなくのことだった。耳鼻咽喉科の岸井教授から封書が届いた。中には、一月二十四日、神田・一ツ橋の如水会館で開催される頭頸部外科学会で、加納竜太が発表の予定だった演題を、消化器外科の神野修一が代理発表するので出席してくださいという手紙と招待状、それに予稿集が同封されていた。

岸井教授の弔辞にあった日本頭頸部学会の竜太の研究発表は気になっていたから、節子は急いで付箋の付いた竜太の抄録のページを開いた。


「頭頸部外科における新しい栄養管理法―ＱＯＬ向上を目指して―」

頭頸部外科領域の再建技術の進歩により、一期的手術が可能となり、患者のＱＯＬは飛躍的に向上した。しかし術前、術後の栄養管理は、ＴＰＮや経鼻胃管による経腸栄養が一般的で、患者への肉体的、精神的苦痛は無視し得ない。そこでわれわれは、①癌性疼痛、放射線照射による粘膜炎、腫瘍による嚥下困難などのために経口摂取障害がある、②術前栄養状態の改善が必要である、③術後数週間の絶食を強いられる、④術後嚥下訓練に長期間を要する、⑤術後ＴＰＮや経腸栄養による補助栄養が必要である、これらの条件を満たす症例に対し、ＰＥＧ（percutaneous endoscopic gastrostomy）を用いた栄養管理法を行った。本治療について、患者の栄養状態、苦痛の程度、入院期間、医療経済効果、重複癌の検索などの観点から報告する。

節子は通夜の本堂で耳鼻咽喉科医局の部坂医師が話してくれた胃ろうの臨床研究の話を思い浮かべながら、抄録に目を通した。医学知識のない節子には難解で、梅子にも読んでもらったが、梅子にもよく理解できないようだった。

「咽喉のがんなどの治療で、口から食事が摂れなくなった患者さんのお腹に小さな穴を空けて栄養を入れる研究」

「お腹に穴を空けて、栄養のルートをつくる」

「竜太らしい発想の臨床研究」

「竜太の人柄がさせたチーム医療」

「これは日本でも、あるいは世界でも例がない研究」

「竜太は先回りの栄養管理と言った」

二人はそれぞれ、部坂先生の話の記憶を断片的に口にした。

「ほら、あなたの知らない竜太が早速現れたわ。あなたは『竜太は死んだのではない、共に生きて行く』と言ったじゃない」

梅子は、あなたの知らない竜太を探しなさいと言ったが、これからも竜太が次々に現れて来るよと言わぬばかりの口振りである。

「竜太が学会発表に来てくれと呼んでくれたのね」

節子も梅子の言うように、竜太はこれからいろいろなかたちで現れてくれることを祈る気持ちであった。

この招待状が届いて二日後、代理発表をしていただく神野医師から電話が来た。

「東都大学の神野と申します。岸井教授から学会の招待状が届いたと思います」

神野は自己紹介をして、竜太とは一緒に研究していたこと、この研究は「コロンブスの卵」のような独創的な着想であり、継続的な研究者への呼びかけが必要であることなど熱く語った。節子は丁重にお礼を言い、当日会場の受付で会う約束をした。

節子は送られてきた抄録集をもう一度手に取って、頭頸部外科における新しい「栄養管理法」に目を通した。竜太が遺り残した臨床研究がこれからどのように展開されていくのか、そのために自分に何ができるのか、また、しなければならないのかなど、思いを巡らせた。

この日はまた、生命保険会社を名乗る女性からもうひとつ思いがけない電話が入った。竜太が加納節子を受取人として、多額の保険金をかけていたので、その打ち合わせに来るというのだ。節子は多額の保険金という意外な通知に驚いた。

午後、阿部という初老の女性が若い事務担当者を連れて訪ねてきた。

「ご愁傷さまでございます。私もこの仕事は長年やっていますが、こんなことは初めてです。加納先生が不慮の交通事故に遭われるなんて全く、信じられません。お悔やみ申し上げます」

阿部と名乗るベテランの保険員は、会社のトップセールスマンだと自称した。

阿部は竜太の追悼を述べて、早速保険契約書をテーブルの上に出して説明を始めた。

「私は東都大学医学部の先生方とは長いお付き合いがございましてね、医者の仕事は不規則で過激な勤務ですから、時に過労死もあります。でも、まさか加納先生がねえ」

仕事柄多くの事件に遭遇した阿部にとっても、これほどの理不尽なケースは初めてだと嘆いた。そしてこれまでの経緯を話しはじめた。

「保険の契約は加納先生のお勤めが始まって間もなくのことでした」

「では柏の附属病院に勤務の時ですね」

「そうです。柏の附属病院に訪ねて行き、初めて加納先生にお会いしました。とても感じのいい方でした」

阿部の説明によると、勧誘に外来を訪ねると竜太は即座に契約を決め、渡されたパンフレットを見て、すぐに「一億円にしてください」と言ったという。節子は夫の英爾がなくなった時、三千万円の保険金を受け取ったことを思い出した。まだ、マンションのローンも残っていた。竜太はそのことも知っていたから一億円にしたのかもしれない。

「お母様は保険のことをご存じなかったのですか」

「ええ、もしかして、聞いていたのかもわかりませんが、覚えておりません。思いがけないことです。だって、竜太の死など考えたこともなかったですから」

「そうでしょうね」

「それにしても、これ程のお金を私に残してくれるなんて、竜太は仕事のこと以外には無頓着で、物事の判断は相談もなくあっさり決め、こだわりを持たない性格でした」

これまで一億円などという大金とは全く縁のない節子だった。

「いかにも、加納先生らしいですね」

阿部は竜太に受取人を訪ねた時の話を思い出してリアルに語り始めた。

「『先生に万一のことがあったら、一番困るのは誰ですか』『それは母です』『一番大切な人は誰ですか』『母です』『では、受取人はお母様にしますか』『そうしてください』と、こんな具合でした。加納先生は、お母さん想いでしたね」

「そんな素振りは見せませんでしたが、母一人、子一人でしたからね」

「先生は性格がとても素直で、隠し事のできない人でした。心配りもあり友達も多かったですね。真っすぐな人柄でしたから、ご両親はのびのび育てられたなと思いました。これからというのに惜しい方です」

「保険金は一億円、受取人は加納節子さん、こちらの書類でお手続きをお願いします。手続きを済ませば、保険金は数日後に節子さんの銀行口座に振り込まれます」

話を黙って聞いていた若い事務担当者が、タイミングを捉えて、手続きの方法を親切に教えてくれた。説明が終わって、阿部はしばらくトップセールスマンらしく、いろいろな話をして帰って行った。

「死んで花実が咲くものか、この保険金は竜太のために生かして使わなければならないわね。あなたが竜太と共に生きていくために、竜太の遺したお金は節子の裁量でお使いなさい。必要な時が来ますよ」

竜太の死を無駄にはできないという思いを込めて、梅子がぽつんと言った。

佐知子の合格祈願

漆畑佐知子は一月十日、東都大学医学部に受験願書を提出した。加納竜太の死によって、医学部受験の目標を失いそうになったが、それでも追慕の口惜しさと悲しさが強い意志を駆り立てた。加納竜太の棺にそっと差し入れた天国への手紙にも、竜太を永遠に忘れないために、必ず医者になるという誓いを記した。

佐知子は出願を済ませて、岡部健治と待ち合わせた東西線の西葛西駅に向かった。竜太の仏前に出願の報告をするためである。加納節子には、健治から連絡を入れて訪問の意図を伝えてもらっている。

改札口で健治が手をあげ、佐知子を迎えた。

「すみません、お仕事ではなかったんですか」

「いや、大丈夫です。願書、出しましたか」

「ええ、出しました」

「試験日はいつですか」

「二月五日です」

と佐知子は言って、受験番号を教えた。

「願書は、東都大学医学部だけですか」

「はい、そうです。最初から決めていたことですから」

「一本勝負ですか、凄いなあ」

「竜太先生との約束です」

と、佐知子ははにかむように微笑んだ。そこまで竜太を慕っているのかと、健治は佐知子の意志の強さに感心した。

清新町までバスはあるが歩いても十分足らずの距離である。健治は道すがら高校のころからいつも竜太の家に出入りし、家族のように打ち解けて食事をしたことなどを話した。健治にとっては、いつも節子はおかあさんであり、梅子はおばあちゃんであり、自分は健ちゃんなのだと言った。

節子はこれまで佐知子に三回会っている。富士での別れの仮祭壇、そして、お通夜と告別式である。いずれの時も、佐知子は黒い喪服姿で、棺に寄り添って嗚咽していた。その嗚咽の様子は、誰の目にも竜太の恋人であることを疑わせなかった。節子もそう信じているが、健治からは未だ曖昧な紹介のままであった。今日は、佐知子から本当のことを聞くことができるだろうと密かに期待している。

ぼつぼつ健治が来る頃だと、節子がそわそわしながら時間を計っていると、玄関のチャイムが鳴った。急いでドアを開けると、コートを脱いで左手に掛け、淡いベージュのスーツを着た佐知子が少し緊張した面持ちで慎ましく立っていた。棺に寄り添い涙をためて立ちすくんだ喪服姿とはまるで違う佐知子の印象である。スーツにマッチした淡い草色のブラウスから清楚で初々しい香りを漂わせた。一瞬、健治が竜太に置き換わって、節子は竜太が恋人を連れて来たような胸騒ぎを覚えて見惚れてしまった。

「お母さん、改めてご紹介します。漆畑佐知子さんです」

「漆畑佐知子です」

「よくお越しくださいまして、ありがとうございます」

と、節子は二人を招じ入れた。彼女は健治の脱いだ靴もそろえてスリッパを履いた。すっと伸びた足がきれいだった。

早速、健治が仏壇に向かって香を焚き、続いて佐知子が合掌した。合掌する手は透きとおるように白く、胸の膨らみも可憐であった。

「今日、佐知子さんは竜太の大学医学部に願書を提出しました。S大学を中退して東都大学医学部に挑戦されます」

「東都大学の医学部を受験されるんですか」

節子が確認するように問いかけた。

「ええ、加納先生に入学祈願にまいりました」

「おや、入学祈願ですか？」

梅子が横から笑いながら声をかけた。節子は東都大学医学部受験は竜太と決めたことなのだと思った。

「いつまでも、私は私の竜太先生を探します。お母様のお気持ちと同じです」

節子ははっとした。竜太は死んだのではない、竜太と共に生きて行くと、節子が告別式で取り乱して叫んだことを、佐知子も自分のことのように受け止めてくれたのだろうか。節子は佐知子の目を真っすぐに見た。いじらしいほどの佐知子の決意が愛おしかった。

「あら、このお写真！」

と佐知子が仏壇の脇にある、竜太を真ん中にした親子三人の写真を見て指さした。節子はその写真を手に取って佐知子に渡した。

「これ、竜太が高校二年の時の写真です」

「お父様は先生が高校卒業の直前に亡くなられたんですね。それで医学部に転向されたと伺いました。それまでは岡部さんと同じ学部を目指しておられたんですね」

写真に見入りながら佐知子が言った。

「父親が亡くなったのがとてもショックだったんです。それで急に医学部に行きたいと言いましてね」

「わたくし忘れられない記憶があるんです。竜太先生が私の父にがんの告知をした時のことです。患者は父なのに竜太先生は私の目ばかりを見て、これは治せるがんなのだと真剣な顔で言ってくださいました」

「そんなことがあったんですか。竜太はきっと、あの時の父のがん告知の無念が浮かんできたんだと思います。佐知子さんのショックと自分の無念とが重なったんでしょうね」

余命半年と言われた父のがん告知は、竜太には大きなショックだったから、佐知子の不安をかばうとしたのだと節子は思った。

「そうだと思います。父の病気は大きなショックでしたから、先生は心配しなくてもいいんだ、助かるんだと、私を安心させてくださったんです。その真剣で射るような眼差しが、今も私には焼きついているんです」

「竜太は嘘の言えない男だから、治療にも自信があったんだと思う」

健治が言葉を添えた。

「それで、お父様のご容態は？」

と梅子が率直に訊ねた。

「お陰様で、加納先生にすっかり治していただきました。放射線と抗がん剤でがんが消えて手術も免れました。まだ、副作用が残っていますが、在宅治療を続けています」

節子は佐知子の話から次第に事情が掴めてきた。去年の十一月初めに漆畑の中咽頭がんが見つかり、竜太が機敏に対応したこと、漆畑はその時、株式公開という大望の実現を前に大きな挫折感に陥ったこと、二か月間、富士市立中央病院に入院、その間も、竜太が漆畑の夢の実現を強力にサポートしたこと、竜太が主治医となってチーム医療が進められたこと、そして自分は大学を休学、泊まり込んで父の看病に付き添ったことなど、佐知子はこれまでの経緯を時系列に並べて話してくれた。

「二か月間、大学を休学してお父様の看病をされたんですか」

「ええ、でも、私、とても生き甲斐を感じました。竜太先生が父の治療に打ち込んでくださる姿を見て、私の大学生活がとても無意味に思えてきたんです」

「竜太は熱中すると凄い集中力だからなあ。発想も柔軟だし、行動力もあるし、佐知子さんは治療に打ち込む竜太の姿に魅かれたんですね。わかりますよ」

「うまく言えないのですが、いろんな気持ちの交錯の中で、竜太先生への思いが強く私を支配するようになりました」

「そうでしたか。そんな事情があったんですね。私、佐知子さんのこと、ずっと気になっていたんです。竜太に思いを寄せていただいて嬉しいです」

佐知子と竜太が結ばれていたら、どんなに良かっただろうと節子は悔し涙が止まらない。

出前が寿司の配達にきて、少し遅い昼食になった。

「うーん、あれは、いつだったかなあ、竜太から電話がかかってきたんです。S精機という会社を知ってるかってね」

今度は、健治がS精機と自分との出会いを切り出した。

「父が入院してしばらくしてからでした」

佐知子は初めて竜太が岡部健治を連れてきた時のことをはっきり覚えていた。

「竜太は僕に佐知子さんを見せたかったんです。僕もあの日のことを忘れることができない。僕が別れ際に、いい娘だねと言ったら、竜太の奴、何とも言えない照れた顔をしたんだ。あの顔は嬉しい時にする竜太の顔だった」

「あの日は、十一月二十日でした。私、父の闘病日記をつけていますから覚えているんです。父も岡部さんを紹介されて元気をいただいたんです。困っていましたから」

「竜太は触媒だといわれるくらい、人をつなぐのが上手かったんです。いまS精機とうちの会社はとても大きなプロジェクトに取り組むことになりましたが、このきっかけも竜太ですからね。S精機はとても可能性のある会社です」

「岡部さんには会社を助けられた、竜太先生には、命も助けられたと、父もそれはそれは感謝しております」

あっという間に泣き笑いの時間が経った。健治は会社に仕事があるらしく、その時間が来た。食事を終えて席を立った。

「すっかり長居して申し訳ありません。お母様、お願いがあるんですが、竜太先生のお写真を一枚いただけないでしょうか」

と、佐知子が言った。節子はアルバムを持ってきて佐知子に見せ、どれでも好きなものをもっていってほしいと言った。

「これいただいていいですか」

と、佐知子が選んだのは、竜太の大学入学時の写真だった。節子はそれをファイルから外して手渡した。

「合格をお祈りします」

節子は心から佐知子の合格を願った。

「ありがとうございます。私の竜太先生を探します」

佐知子はまた同じ言葉を繰り返した。

節子と梅子は二人をエレベーターまで送った、エレベーターの中に納まってこちらを向いた二人はよく似合うカップルのようで迎えた時の印象が蘇った。

「不思議な縁だわね。でも、佐知子さんのような恋人を残して、竜太も可哀想にね。天災、人災、この世は何が起こるか分からない。遺されたものは挫けず真摯に生きて行くしかない」

梅子のこの台詞は、節子の夫英爾のことや、死別した夫俊輔と孫の竜太への哀惜の思いであり、悲しみに敗けてはならないという励ましだった。

頭頸部外科学会

一月二十四日、今日は頭頸部外科学会の日である。節子は約束の時間前に会場に着き、受付に招待状を出すと、岸井教授の秘書が控室に案内してくれた。間もなく、岸井教授が神野医師を連れて部屋に入ってきた。この日、世話人の教授は忙しいらしく、神野医師を紹介すると、すぐに席を外された。

「消化器外科の神野修一です。加納竜太の五年先輩になります。竜太とは、科は違いますが一緒に仕事をしてきました」

神野ははっきりした口調で、自己紹介をした。目鼻立ちの整った体格のいい外科医の風貌だった。発表まで時間があったので三人で喫茶室に入った。

「ご家族が期待しておられた竜太というのがあろうかと思いますが、僕も彼に期待しながら一緒にやってきましたから、その無念さがあるのです。しかも、これからいよいよ彼の研究が医学界で注目されるという段階にありましたから、なおさら残念なのです。胃ろうについて言えば、鼻から管で栄養をとるのと、お腹の口から胃に直接栄養を入れるのとどっちがよいかという比較は、日本ではまだ議論が始まったばかりですが、すでに欧米では、議論の段階でないところまで来ています。ところが、耳鼻咽喉科領域での術前・術後の栄養管理というのは、欧米でも、まだ適応例がなかったのです。竜太の研究は独創的な発想で、多分、これから標準的な治療法になる筈です」

神野はいきなり堰を切ったように話し始めた。神野の強い語気から竜太の研究が将来、高い評価を得るに違いないのだということをわかって欲しいという気持ちが伝わってきた。

「実は先生、一月の初めに漆畑佐知子さんという方がお見えになり、お父さんの胃ろうについてお話を伺ったんです」

「そうでしたか、漆畑さんの胃ろうの手術は竜太と僕とでしたんですよ。今日の講演でも漆畑さんの臨床研究の成果を発表します」

「ありがとうございます」

節子は漆畑佐知子が竜太を慕って、医学部を受験するということを言いそうになって、これは言うべきでないと咄嗟に抑えた。

「とにかく、竜太の研究は、とても画期的な成果が出ています。患者のＱＯＬ（生活の質）が飛躍的に向上するとともに、医療費の節減にもなります。竜太の臨床例では患者の入院期間は従来の三分の一から五分の一まで短縮されています。病院にいるということは、必ずしも患者にとって、幸せなことではありませんから、家で病院と同じことができるのだったら、早く家に帰ったほうがいいわけです。早く帰って、自分で社会復帰の訓練をすることもできます。そうしたら、今、国が言っている医療費削減にもなります。だからこれは、耳鼻咽喉科だけにこだわった発想ではなく、これからの在宅医療にも大きな役割を担うことになります」

節子は神野の説明で、竜太が取り組んだ胃ろうという医療の輪郭が、素人なりに見えてきた。竜太はいい先輩に恵まれて、研究に励んでいたようだ。

黙ってそばで聞いていた梅子は、日本の高齢者問題を自分に引き寄せて胃ろうに関心をもった。言われてみれば梅子も鼻にチューブを通して栄養を摂る寝たきりの高齢者を見舞ったことがあった。

「今回、竜太がやろうとしていたことは、非常に幅広い協力を必要としました。彼が考えた医療は、耳鼻咽喉科だけではできません。また、医者だけでもできません。看護師の力が当然必要です。看護師も、単にお手伝いでなくて、イニシアティブのとれる人がいなくてはできません。また、在宅介護には家族の協力も必要です。近くの開業医の先生も必要です。あと訪問看護も必要です。トータルケアシステムということをよく言っていますが、治療を一つの科だけで全部やるなんてことは、もう考えないほうがいいのです。患者にとって一番大切なのは何か、ということを考えなければいけない時がもう来ています。竜太はチーム医療で在宅医療を積極的に進めようとしていました」

「竜太は何事もみんなで一緒にするのが好きでしたから、楽しくお仕事をさせていただいていたんですね」

節子が同調した。

「でも残念ながら、今の日本はそういうことがうまく育たない土壌にあります。竜太は我々外科の羽田部長にも可愛がられました。化学療法の笠原遥希とも勉強していました。それから放射線科の田村先生にも信頼されていました。精神科の岡田先生にも相談しました。訪問看護室とも親しくして、看護師にも人気がありました。患者からも信頼されていました。彼が行ったチーム医療は、彼が人間的にいろんな知り合いがいて、その中で、よいところをみんないただいてできたのです。今はそれが一番望まれている医療だと思います。これは竜太の持って生まれた天性かもしれないが、竜太はどんな環境にも、すぐに打ち解ける得な性分だった。彼は自然に振る舞えた。媚びるわけでもなく、遠慮するわけでもなく、饒舌になるわけでもなく、絶妙のバランス感覚があって、傍にいるだけで楽しくなった」

神野は、竜太の想い出話をして途切れることがない。

「ただ今にして残念なことは、竜太はこの研究を次の勤務先の大学附属病院で完成させるつもりだったということです。この研究は、手探り状態で始めたものですから、当然これから系統立てた科学にしていくというステップに入るところでした。科学にするためには、症例を無作為に抽出して、今までのやり方、今度の竜太のやり方など、何群かに分けて、これをきちんと同じ条件で、ヨーイドンで始めて、治療成績はどうか、患者さんのＱＯＬ（quality of life）はどうか、医療費はどうか、入院期間はどうかというのを、全部比較するというのを、まさにこの一月から大学附属病院で、スタートさせるところだったのです。今までためてきたものを、これからやろうとしていましたから、まさに志半ばになってしまいました」

「竜太の研究をどなたか続けて下さるのでしょうか」

梅子が訊ねた。

「つなげていかなければなりません。それを私は今日、この会場で訴えたいと思います。竜太の研究は初めての領域なんですけど、初めての領域に手を出しますとストレスがかかる、非難を受けなければならない、どんな良いことをしたって、百に一つ悪いことがあれば中傷罵倒される。それに打ち勝つだけの気迫がないと新しいことはできません」

神野修一はまだまだ言いたいことがあるようだったが、講演の時間が迫ってきた。節子と梅子は彼に先導されて会場に入った。二人は招待席に座り、神野は演者の席に向かった。

司会者が紹介し、神野は演台に立った。冒頭に今日は亡き加納竜太の代理発表である旨を断り、用意した竜太の写真をスクリーンに映した。

「耳鼻咽喉科の専門医の前で、釈迦に説法で恐縮ですがお許しください。上顎がん、咽頭がんなど、頭頸部のがんはその症状や治療法において、栄養の摂取は〝食べられない〟〝話せない〟と極めてシビアな状況で行なわれます。

放射線照射や化学療法は有効である反面、副作用として粘膜炎、食欲低下が生じ、十分な経口摂取ができず、手術の場合は特に、栄養状態の悪いまま手術を行うことになります。すると創部治癒や感染に対する免疫に悪影響を与えます。頭頸部がん治療では、術中および術後数週間は十分な食事がとれず、一般的にはTPN（中心静脈栄養法）か経鼻チューブによる経腸栄養で栄養補給がされています。しかし、TPNは今まで機能していた消化管を休ませてしまうための弊害も多く、また、経鼻チューブは心身ともに患者に苦痛を与え、嚥下《えんげ》訓練の障害ともなります。そういった患者さんを加納先生はたくさん経験していたので、少しでも患者さんの苦痛を取り除きたいという思いから、胃ろうによる経腸栄養を、治療を始める前から取り入れました」

神野の話は説得力がありメモを取る医師も目立った。

「ここで注目したいことは、退院までの日数です。ＴＰＮによる栄養管理は、在宅でもできないことはありませんが、やはり感染の危険がつきまといますから、離脱できるまでは、通常入院ということになります。そうすると、経口摂取量が安定する時期として、平均三か月前後はかかります。胃ろうの場合、在宅でも安心して栄養補給ができます。ＰＥＧ（胃ろうの手技）は日本に紹介されてから約十五年、多くの課題を抱えながらも、確実にその導入は増加してきました」

神野は、頭頸部外科患者への胃ろうの適応を増やしていきたいこと、この研究は、地方の市立病院で初めて取り組まれたが、これから大学病院で、標準的な医療として実証研究をしなければならないこと、術前・術後・在宅医療を通して、ＴＰＮ群、経鼻チューブ群、ＰＥＧ群の三群で、治療成績、入院期間、医療費、患者のＱＯＬなどを比較する研究（prospective randomized study）に入る予定であったことを述べ、結語として、加納竜太のやり残したことを、みんなで引き継いでほしいと訴えた。

講演は最後に、加納竜太の姿をスクリーンいっぱいに映して終わった。会場から拍手がわき起こった。招待席の節子と梅子は大きな感動をもらって涙があふれて止まらなかった。

交通事故遺族の会――愛息の言霊

葬儀が終わってからも、漆畑佐知子と岡部健治の訪問や頭頸部外科学会での神野修一との出会いなどで、竜太を思い出すことの多い一月だった。親の知らなかった竜太が次々に現れて、気持ちが高揚した節子は、さらに知らない竜太を探し続けたい気持ちの高ぶりを覚えた。

ところが二月末、四十九日が来て竜太の遺骨を加納家の墓に納骨すると、今度は急に喪失感に襲われ、節子は体調をくずした。じっとしていても急に血圧が上がり、脈が激しく打った。大学附属病院の呼吸器内科を受診すると心療内科に廻され、心因性の自律神経失調症と診断された。しばらくは様子を見ながら回復を待ちましょうと、精神安定剤と血圧降下剤を処方してもらった。

そんな節子を見守る梅子は、やはり節子の深い悲しみが始まったと、心配していたことが現実のものになってきたことを感じた。周囲の励ましや同情にいつまでも頼ることはできないし、潮が引くように人々が去っていくと、その後に訪れたのは、より大きな喪失感なのだった。

そんなある日、節子は朝刊の小さな記事に目を止めた。子供を交通事故で失った遺族の会が、精神科の医師を招いて「心的外傷後ストレス障害、ＰＴＳＤ（トラウマ）」の講演を、九段会館で開催するという紹介記事であった。節子はＰＴＳＤを自分の病気と関連づけて、いかにも自分のケースに当てはまるものだと思った。

「お母さん、私、このお話を聞きに行きたい、一緒に行ってくれませんか」

と、節子は梅子にも記事を読んでもらった。

「交通事故・遺族の会の主催ね」

梅子はあまり乗り気でない素振りを見せた。

「心的外傷後ストレス障害って、どんな病気なのか知りたいの」
「あなたは病気なんかではありませんよ。少し疲れているだけよ」
「でも、私と同じような境遇の人たちの主催だから」
「あなたがどうしても行きたいのなら、いいですよ」

梅子は節子の自律神経失調症は、医者の言うとおり、一時的なものと思いたい。それは自分の経験に照らしてもそうなのだから、少し時間がかかっても気持ちの持ち方を変えることが根本的な治療法だと考えている。ＰＴＳＤのことを詳しく知っても解決にはならないだろうし、遺族の会などに行くと、同病相哀れんで、お互いの傷を舐め合うことになりはしないかと、気の強い梅子はむしろその方が心配だった。しかし、節子の思いつめた顔を見て、何かの役に立つかもしれないと考えた。

講演会の日が来て、二人は九段の会場に足を運んだ。すでに大勢の遺族の会の会員が押しかけていた。遠く北海道や関西から来た人もいた。多発する悲惨な交通事故を反映するものだった。受付を済ませて会場に入ると、シューベルトのセレナーデが流れていた。受付でもらったプログラムに目を通しながら開演を待った。プログラムには、講演者のプロフィールや著書の紹介が載っており、他に交通事故訴訟に詳しい弁護士の講演も組まれていた。

講師は外国で臨床経験を積んだ著名な医師で、なぜ自分がこの分野を研究対象にしたのか、今後、日本のストレス社会の進行で、医療界はどのような対応が求められるかなど、アメリカの事例などの分析を織り交ぜながら話した。交通事故遺族のＰＴＳＤについても、内外の様々な事例をあげ、聴講者の気持ちに添って詳しく話した。医学的な治療やセラピーについて、広い視野から示唆も与えた。会場ではわが子と同じような事例を紹介され、ハンカチで目を押さえながら聞く場面も見られた。

講演は一時間で終わった。そのあと十分の質疑があった。

三十分の休憩時間に、音楽大学の生徒が奏でる弦楽三重奏の閑《しず》かな旋律を聴き梅子も節子もしんみりした気持ちになった。

後半の弁護士の話は、わが国の交通事故死の急増、民事訴訟の損害賠償額、加害者の刑事的な量刑などを説明するものであった。故人の平均余命、就労可能年数、年収などからの逸失利益をライプニッツ係数や新ホフマン係数という計算式で算出してみせたりもした。話はこれから始まる竜太の損害賠償の裁判にも参考になる話だった。

会館を出た二人は、地下鉄で日本橋に降りてデパートに立ち寄り、少し早い夕食を摂ることにした。夕食前のレストランは空席が目立ち、ゆったりした気分になれた。

「お母さん、疲れました?」

三十歳で戦争未亡人になって、わき目も振らず生きてきた母に、節子はこの年になってもまだ心配をかけていることが悲しかった。母は余計なことは言わないが、いつも見守ってくれた。母の存在を感じるだけで節子は安心だった。

「疲れはしないけど、いろんなことを思い出してね」

「お母さんには苦労ばかり掛けて、申し訳ないわ」

「よしなさいよ、苦労も結構楽しいものよ。でもね、竜太の魂はいまどこにいるんだろうって、今日はつい思ってしまってね。お父さんの戦死を知らされた時、あの人の魂はどこに行ったんだろうって考えたけど、それと同じことをね……、するとね」

と、梅子はちょっと息をつぐように声を詰まらせた。

「すると？」

節子はその先が聞きたくなった。

「もう何年も前になるのだけれど、師範学校のときに習った先生でね、当時、大学で東洋哲学を教えておられた先生が、私に切々と話してくださった言葉をまた思い出したんです。先生の姿がどういう訳か、急にはっきり蘇ってきてね、語りかけて下さったんです」

梅子にもそれは不思議な体験だった。

「どんなお話？」

「あのね、『あなたが今ある境遇は、あなたが選んだものではない。夫を戦争で亡くしたのも、戦争の時代にあなたが生まれたことも、決してあなたが選んだものではない。あなたは、数えきれない縁起というもので今ここに存在している。しかもあなたは、身に降りかかった理不尽なこの現実に抗うこともできない。でも、その現実を自分の宿縁として、しっかり受け取る時、あなたは亡き人と共に生きていける。不条理なることを、不条理なるままに、自分の意志で受容することで、生きる覚悟がそなわる。仏教は、まず事実を受け入れよと教えている』と、先生は言われたのです。もちろん、そのように諭されても、そのときの私には、とても受け入れることはできませんでした」

「不幸をそのまま受け入れなさいって?」

節子はよく理解できず聞き返した。

「そう、節子はまだ四歳だったから戦争体験はなかったでしょうが、私たちは、終戦の八月十五日までは〝欲しがりません、勝つまでは！　鬼畜米英、神風特攻隊〟の狂気に一丸となったんです。でもね、周囲に復興のきざしが見えてくると、帰ってこない夫の無駄な死に口惜しさがこみ上げたのね。私はひとり取り残されたように思った。でもね、私は女生徒に長刀《なぎなた》を教えた狂気の教育者でしたからね、自分のしてきた背徳にも恥ずかしさがありました。社会のすべての価値観を覆した当事者は誰なのか、これからどのように生きて行けというのかと怒りを覚える反面、自分も子供たちを騙した加害者であることに苦しみました。そんな私に、現実をありのまま受容しなさいと言われてもね、素直に受け入れる気持ちには、とてもなれなかった……」

「そうでしょうね」

その時の母の無念が節子にも分かる気がした。母は父・大渕俊輔のもとに嫁いで、僅か五年後には二人の子供を残して夫に先立たれた。しかもそのうちの二年間は離れ離れの生活だった。僅かな記憶しかない父と血のにじむような苦しみの母を思った。

「でも、いつの間にか先生が繰り返し言ってくださることが、とてもありがたく感じられるようになり、先生の教えが私の人生を支えて下さったことに、感謝の気持ちが湧いてきたんです。なかなか受け入れることのできなかった私に、先生の深い言葉の一言一言が心に浸みこんできたのよね」

「その先生は？」

「大隅秀道というお名前の先生で、私よりも二十もご年配だったから、もう亡くなられましたが……。晩年は自分の実家の寺で法話をされていました」

「そんな偉い先生との出会いがあったんですか？」

「これはご本人の口から聞いたことではないのですが、先生も戦争で二人の愛息を亡くされていたことが後で判ったんです。先生が私に、同じ言葉を繰り返し説いてくださるのは、戦没された愛息の言霊がそうさせていたのだと気が付いてね。先生の言葉は、そのまま愛息の言霊であることが、少しずつ私の身に浸みて来ました」

「愛息の言霊？」

節子は帰らぬ竜太の言霊が聞こえるような気がした。

「そしてね、先生は『悲運に挫けるか、悲運を生きる力に変えるかを、あなたは問われている。悲しみから力をもらいなさい。勇気に振り向けなさい。あなたには二人のお子様がいる。そして、あなたを慕う沢山の生徒がいる。あなたの亡くなったご主人はあなたと共に生きてくださる』と言われたんです。それで私は、自分が母であり、多くの生徒を預かる教師であることに、目覚めさせられました。辛抱強く、熱心に説いてくださる慈愛に満ちた先生の言葉が、私の心の闇に光を灯してくださった」

「そのとき、お母さんは、まだ三十歳くらいだったんでしょう？」

節子は自分たち姉弟を守ってくれた母の気丈さと優しさに、母が過ごした歳月の長さを思った。竜太と共に生きるためには、悲しみを抱きしめなさい、と梅子は老師の言葉を借りて、諭してくれたのだと節子は思った。

「お母さん、ありがとう……」

節子の口から、ありがとうという言葉が自然に出た。

「ありがとうなんて……。ありがとうは私の方じゃありませんか」

節子の悲しみはまだ始まったばかりで、これから悲しみが往きつ戻りつするだろう、梅子はそれを察してやることしかできないのだと思った。

「英爾さんはあなたに竜太を残して旅立ちました。竜太はとてもいい子でした。独りっ子の竜太を亡くしたあなたは、生きる希望を失った。でもね、悲しみから逃げてはいけない、逃げることは竜太を忘れようとすることです」

節子は、これほど強い母の言葉を聞いたことはなかった。

「ごめんなさい、お母さん、私もお母さんのように強くなりたい」

「いえいえ、私なんて弱い人間ですよ。でも、人間ってみんな弱く、みんな強くなれるのよ。あなたは告別式のご挨拶で言いましたね。〝竜太は死んだのではない、私は竜太と共に生きていきます〟と言ったわね。あの言葉はみんなの心に残っています」

「あれは、頭が真っ白になり、言葉に詰まって、いきなり出た叫びでした」

「でもそれが、あなたの真実の言葉だったんですよ。夜更けの突然の豪雨も、雷も、それはあなたにとって偶然ではなかったのよ。雷雲に乗って天に昇ったという竜太の伝説を、あなたは叫んだのです」

「伝説？」

「そう、竜太の伝説、あなたの生きる杖ですよ。あなたも思っているでしょう。竜太の魂は、何処に行ったのか、天国だろうか、それともどこかに生まれ変わっているのかって。でも竜太はあなたの心の中に生きています。佐知子さんの中にも、健治さんの中にも、神野先生の中にも、沢山の人の心の中に、竜太の魂は生きている。そして、これからもあなたが生きている限り、竜太はあなたと共に生き続けるわ。あなたの知らない竜太を探しなさい。それがあなたに生きる力を与えてくれます」

節子は胸がいっぱいになって、もう何も言えなくなった。

僕と観音様

翌朝、節子は早く起きて、竜太の遺品の中から、古い作文集を探し出した。知らない竜太を探しなさいと言った梅子の言葉に触発されたのか、夢の中に『僕と観音様』という竜太の作文が出てきたのだ。それは、中学校三年の修学旅行の作文であった。

《修学旅行　僕と観音様》

『約四時間、新幹線こだま号に揺られ、お寺の都京都に着いた。タクシーで十分くらい行くと、そこは木と線香の香りでいっぱいのお寺であった。コンクリートで固められた世界に誇る都・東京とはまたちがう新鮮さを感じとった。

お堂に入ると、思わず悲鳴をあげそうになった。そこには顔を十一面持ち、手を四十二本も持ったすばらしい観音様、十一面千手観世音菩薩が、静かに手を合わせ、僕のことをじっとみつめていた。そこで、僕は観音様に一つ問いかけてみた。

「おまえ達は八百年の間にどんな人達に会ったんだい」

観音様はこう答えた。

「私達は、心の澄んだ人、心のよどんだ人、ずるい人、優しい人、美人な女の子まで会ってきたよ。心の澄んだ人には、何かいいことがあるように……祈り、心のよどんだ人には、良き友が見つかるように……祈り、ずるい人には、反省の機会を与えたし、優しい人には、何か良い機会を与えたし、美人の女の子には恋をしたもんだよ」

僕は観音様と会話した後、逆に観音様の心を見た。それは、一〇〇一体の観音様の並び方で、すぐわかった。縦、横、斜めどこを見ても、ぴっしり直線に並んでいて、曲がっているものが、一つもなかった。

観音様に、別れを告げて、ある仏像の前に来たとき、自然に足が止まった。見上げてみると、大きな鳥がいて、僕に語りかけてきた。

「お前、鳥を殺したことがあるな」

「私は鳥がくさいので、水浴びをさせたら、その鳥がまだひなで弱かったせいもあり、次の日、仏と化してしまったのでございます」

私はこう答えた。

「そうか、それならこのわしが供養してやろう」といい迦楼羅王（煩悩や魔物を食いつくす怪鳥の化身で、笛を吹いている。）は、笛を吹きはじめた。供養が終わったとき、僕はお堂を出て、太陽の斜陽がまぶしく目に入る中で、通し矢をした広縁の前に立っていた。

それは、おそろしく長く、当時それをした人の、今に負けない力、精神力の強さを感じた。修学旅行を終えて、始めは、変な寺に行くなと思っていたのだが、今では、その寺、つまり三十三間堂が、いちばん印象に残っています。

もし京都に行ったら三十三間堂、この寺は絶対見のがせません。行くは一生の得、行かぬは本当の白痴です』

何年も前にこの作文を見せられたとき、節子はただ素直な子供心とユーモアを感じただけだった。でもいま読み返してみると、まるで別物のような感情が突き上げてきた。

「おまえ達は八百年の間にどんな人達に会ったんだい」と竜太が問うと、観音様は「私達は、心の澄んだ人、心のよどんだ人、ずるい人、優しい人、美人な女の子まで会ってきたよ。心の澄んだ人には、何かいいことがあるように……祈り、心のよどんだ人には、良き友が見つかるように……祈り、ずるい人には、反省の機会を与えたし、優しい人には、何か良い機会を与えたし、美人の女の子には恋もしたもんだよ」と答えている。

瞼のなかに竜太が現れて節子は作文をくりかえし読んだ。竜太が作文の中から現れたのだ。そして『お母さん、僕はいつもお母さんと一緒にいるよ、元気を出してね』と、呼び掛けてくれたのだ。節子はたまらなくなって、朝食のあと、作文を母にも読んでもらった。梅子は升目に大きな文字で書かれた竜太の作文に、しっかりと目を通した。

「おや、これは観音様と竜太の問答ではないですか。なんて素直な問答でしょうね」

正直、梅子も目を通して強い感動を覚えた。

『お堂に入ると、思わず悲鳴をあげそうになった。そこには顔を十一面持ち、手を四十二本も持った、すばらしい観音様十一面千手観世音菩薩が、静かに手を合わせ、僕のことをじっとみつめていた。そこで、僕は観音様に一つ問いかけてみた』と竜太は書いている。お経には仏との問答もあると言われるが、まさにこの光景は無垢な少年と観世音菩薩の問答の場面であり、梅子を驚かせたのである。

梅子は京都には何度も生徒を修学旅行に連れて行った。三十三間堂は見学コースであるから熟知している。しかしここに書かれているのは、竜太がいきなり観音様に出会った少年の初々しい畏敬の緊張感であった。そして少年が問いかける内容が素直で共感を覚えたのだった。梅子にはこのような作文を書けと言われても書けないと思ったし、このような作文を読んだ記憶もなかった。しかも、竜太の心根には仏の慈愛すら感じさせる。

梅子はさらに読み進んで竜太の宗教的な感性のようなものを受け止めた。『観音様に別れを告げて、ある仏像の前に来たとき、自然に足が止まった。見上げてみると、大きな鳥がいて、僕に語りかけてきた』と竜太は書いている。この仏像は、煩悩や魔物を食いつくす怪鳥の化身で、笛を吹いている迦楼羅王である。

『お前、鳥を殺したことがあるな』『私は鳥がくさいので、水浴びをさせたら、その鳥がまだひなで弱かったせいもあり、次の日、仏と化してしまったのでございます』『そうか、それならこのわしが供養してやろう』と、竜太はまた問答している。ひな鳥を殺したという昔の罪の意識が呼び覚まされて、懺悔しているのだ。これも罪を告白する仏との問答であり、無邪気な懺悔の姿である。梅子は竜太には観音様の姿が見えたのだろうかとさえ思えた。これはまさに人が仏に出会う原体験のように感じられたのである。梅子は菩薩になった竜太を想像させられてしまった。

「あなた、この作文、よく見つけたわね」

「お母さんが、あなたの知らない竜太を探しなさいと言ったでしょ、すると、これが夢の中に出て来たんです。不思議ね」

「竜太はいつもあなたの側にいるのよ」

「わたしも同じことを感じました」

梅子は『僕と観音様』を、これからも『竜太と節子の問答』にしてほしいと思った。それこそ節子が竜太と共に生きると叫んだことだと思ったのだ。

合格通知、それぞれの竜太を探す

二月末、漆畑佐知子のもとに合格通知が届いた。佐知子はすぐに加納節子に電話で知らせてきた。節子は竜太が医学部に合格した時のように嬉しかった。佐知子はこれから東京の生活を始めることになり、住まい探しや引っ越しなども忙しいだろうから、落ち着いたら健治も入れて会食をしましょうと約束をした。

佐知子は富士中央病院の笠原遥希医師にも早く報告したかった。笠原は加納竜太が最も尊敬する先輩であり、兄のように慕っていた。笠原は竜太に代わって、佐知子の父である漆畑一郎の主治医としてチーム医療を引き継ぎ、在宅治療も支えてくれた。そして今、漆畑は、退院して二か月が経ち、在宅医療で副作用もすっかり治まって、口からの食事ができるようになった。すでに胃ろうを抜去して現役に復帰し、毎日会社に出ている。漆畑は体調が回復する中で健康の有難さをしみじみと感じている。

佐知子はお礼もかねて、いち早く笠原に合格の報告に行きたかった。父に相談すると、早い方がいいと父も同感し割烹「田子の浦」で食事をすることになった。

漆畑一郎と佐知子が待っていると、約束の時間の六時に、笠原がやってきた。

「合格、おめでとう」

部屋に入るなり、笠原は佐知子に握手を求めた。

「父が大変お世話になり、ありがとうございます」

「いやいや、僕は竜太から引き継いだだけです。佐知子さんの合格を誰よりも喜んだのは竜太なのになあ。佐知子さんは必ず合格すると竜太は信じていたんだ」

「ですから私の口惜しさを、真っ先に笠原先生に聞いてほしかったんです」

「ぼくも滅入っているよ……彼とはこれからやることが一杯あったからね」

漆畑は二人の無念、残念、口惜しさの感情が治まるまでじっと黙している。これまで佐知子は男に縁がなく、本気で恋したのは竜太が初めてだった。それを知っている漆畑は、竜太が敬愛した笠原に口惜しさを打ち明ける佐知子がいじらしかった。

「でも私は、どこまでも竜太先生についていきます」

「そうだね、竜太が遣り残したことを引き継いでやりたいね」

このとき店長の阿部和弘が入って来て挨拶をした。

「お飲み物は何にしましょうか」

「とりあえずビールでどうですか、あと、笠原先生は日本酒ですね」

と漆畑が気をきかせて言った。すぐに小鉢とビールが運ばれてきた。笠原が佐知子と漆畑のグラスにビールを注ぎ、佐知子が瓶を受け取って笠原に注いだ。三つのグラスが満たされた。

「佐知子さんの合格と漆畑さんの回復を祝して乾杯」

と笠原が言った。ずっとアルコールを絶ってきた漆畑が一口飲み旨い！　と、目をぱちぱちさせた。

「今日は笠原先生にお許しをいただいたということで」

漆畑はグラスをあおり、笠原と佐知子が笑った。和やかな雰囲気になった。

「私、お正月、合格祈願に加納先生のお宅に行ったんです」

「竜太に合格祈願ですか、霊験あらたかだったというわけですね」

「はいそうです」

「思い出すなあ、いつだったか、竜太が僕に言ったことがあるんだよ。佐知子さんが医学部受験の参考書を持っていたってね。すごく気にしていて、もしかしたら医学部を受験するかもしれないとね。竜太は佐知子さんにひとめ惚れだったからね」

「受験参考書は竜太先生の眼に触れるように、わたしが電話機の傍に置いていたんです」

「何だい、それって、佐知子さんのプロポーズだったのかい」

「はい、そうです」

「まいったなあ、それからしばらくして、佐知子さんが医学部を受験しますと竜太が僕に報告にきたんです」

「あの日は、竜太先生のお友達と一緒に来られた時でした。私が受験参考書を読んでいるとき、竜太先生が傍にきて医学部の受験参考書ですねって言いました。そして、私は、来春、医学部を受験しますと打ち明けました」

「それも聞いています。受験の理由は加納先生と笠原先生の影響だと言ったそうだね、大層よろこんでいたなあ」

「竜太先生は笠原先生に何でも話されたんですね」

「竜太は僕には何も隠さなかった。僕もそうだったしね。竜太は度々ぼくを連れて七二〇号室に行っただろう。あれも竜太の計画だったんだ。僕に長く話をさせて、竜太は貴女の関心をひきたかったんだ。ぼくは太鼓持ちさ」

「まあ」

佐知子は涙ぐむ。笠原は佐知子と竜太が結ばれることを心から楽しみにしていたのだ。純粋な恋心だけで終わってしまったことが哀れでならない。料理と酒が次々に運ばれてきた。さすがに漆畑はアルコールは控えめにしている。

「やりきれないね、君たち車社会のありえない悲恋物語だよ」

「全く、こんな理不尽なことがあっていいだろうか、あの魔の日から、私もずっと考えてきました。全く加納先生とは不思議な出会いでした。私は命を救っていただいただけでなく、加納先生のクラスメートの岡部健治さんという、うちの事業の救世主のような方も紹介していただいたんです。私はどんなことがあっても、事業を成功させて加納先生にご恩返しをしたいと思っています」

黙っていた漆畑が強い意志を込めていった。

「加納先生とは毎週勉強会をされていましたね。どんな勉強会だったんですか」

佐知子が訊ねた。

「まあ、僕と竜太の話をすれば、知識、考え方、実験テクニックとか使って、僕を利用して、彼が成長してくれるのが、僕の夢だった。そして彼が伸びた分、僕もまた吸収させてもらう。将来の研究仲間で、やる気があって、力があって、体力もありそうだし、こいつを今ここで叩いておいて、仕事は仕事でいいチームメートで、酒飲むときも一緒に楽しいし、仕事の面でも楽しみの面でも一緒にやっていけて、やる気があったしね。僕がときどき、精神的に沈んでしまっても、あいつがああだから、僕が尻ひっぱたかれて、こいつとなら一緒に仕事やれるなと……。竜太との勉強会は、僕にとっての投資だったんだ。だから僕は取りっぱぐれたわけだよね。竜太が国際学会できちっとした基礎データを英語で発表するところとかね、RYUTA　KANOUの名前の論文を次々発表して、注目され、照れながら見せてくれるとか。惜しい男を失ったよ」

「加納先生が遺り残したことを教えてください」

「彼がやりたかったのは、大学の縦割り組織の壁を越える他科連携のチーム医療だ。医学と医療、研究と臨床の連結だ。僕は竜太のそうしたジェネラリストとしての能力を認めていたんだ。彼は有能なスペシャリストに役割分担してもらって結果を出すということをしたかったんだ。彼にはオーケストラの指揮者のような天性の能力がそなわっていた」

「それをお聞きすると、私もいま、自分の治療計画の説明をしてもらったときのことを思い出します。若い加納先生が次々に専門医の先生方を紹介し、解説を加えたことや、それ以後のチーム医療の進め方などが目に浮かびます。我々の会社の製品開発の仕事に例えますと、プロジェクトリーダーのような素質を感じておりました」

漆畑は治療に自分の治療計画を説明した時の竜太の取り仕切りも思い出している。

「その通りですね、医学・医療も産業に変わりはなく、研究開発が必須です。医局講座制のヒエラルキーが硬直すると新しい医療は生まれません。竜太とはそんな話もしていたんです。惜しい男を失った」

酒と料理が次々に運ばれてきて夜も更けていく。

「今日は竜太の話がいろいろできてうれしいなあ。実はいま、僕は竜太の追悼文を書こうと思っていたんです」

「是非お願いします。加納先生のお母さんもよろこばれますわ、私も読みたいです」

「竜太のお母さんは、竜太は死んだのではない、天に昇ったのだ、竜太と共に生きて行くといわれた。竜太が頑張っていたことをお知らせしなければならない」

笠原も告別式の節子の叫びを強く心に刻んでいたのだった。

「竜太先生が遺してくれたものを引き継ぎたい」

佐知子が言った。

「竜太を忘れない限り、竜太は生き続ける」

笠原は酒が入ると、感情が高じてきて哲学的な解説をする癖がある。

「先生、あと一本いかがですか」

「いや、今夜はちょっと酔いましたね。これくらいにしておきましょう。そうそう、実はぼくも四月から本院に戻ることになりました」

「それはまた、寂しくなりますね。先生が東京に帰られても、引き続き私を診ていただけますか。何かと東京とは縁が深くなりましたのでお願いします」

「もちろん、結構です。月一回くらいでいかがですか」

「そうしていただければ安心です」

間もなく九時になろうとしていた。漆畑はタクシーを呼んでもらった。


まだ花咲かぬ若きつぼみは……

節子のもとに笠原遥希から手紙が届いた。竜太は病院のことはあまり話さなかったが、笠原の話だけは帰るたびに口にした。竜太の言葉を借りれば、笠原は可笑しいくらいに純粋無垢な人で、一徹な秀才タイプであるという。怒るときは本気で怒り、納得するまで妥協しないと評していた。節子は丁寧に封筒の糊を手ではがして封を切り、A４三枚の追悼文を手にとった。

『まだ花咲かぬ若きつぼみは』

今、花咲かぬ若きつぼみは、十年の後の目を驚かすにある。青春を怠惰と放縦の餌にくれてやらないのは、老いてもなお無類の若さに輝くためだ。

その魅力的な人柄ゆえに、多くの友人を持つ加納竜太と私のつきあいは、頭頸部腫瘍の患者さんの治療方針に関する相談に始まった。当時、富士市立中央病院で血液腫瘍疾患の化学療法を担当していた私は、他科の先生方と治療方針について話し合う機会が多かった。我々が他科依頼と呼ぶこの方法は、「ここから先は他科の専門医に任せる」という意味を含むことが多く、この流儀が気に入らない私は、同期の外科医神野修一とは「一緒に診てくれ」という連絡をとりあっていた。お互い「治療に最善手は一つしかない」と考えており、自分の出番、相手の出番を他科に任せる「依頼」を待っていてはタイミングという点一つをとっても、最善でなくなる可能性があるからである。

私が医師としての加納竜太に好感を持った第一の理由は、彼の診療に対する真剣な態度と、彼が私と化学療法について話し合うにあたって、彼が調べた多くの論文を手に、対等の議論を望んだところにあったように思う。ここから先は笠原に任せようとせず、笠原と相談して決めようとしたわけである。私は頭頸部腫瘍に関し、系統立った勉強をしたことがなかったので、これをよい機会と考え、富士の血液腫瘍科の後輩と行っていた勉強会に彼を招待した。

三回ほどの勉強会で、重要な総説や原著論文のいくつかを読み、現在の標準的な治療と今後解明されるべきテーマを学んだ（標準的治療とは、今後の新しい改善された治療が目指すべき唯一のハードルであり、すなわち現時点での最高の治療をいう）。「来週はどうしましょうか」という彼の問いかけは、少し私を驚かせた。私は彼からの「他科依頼」の責任は充分果たしたし、勉強会はそもそも悪性腫瘍を専門とする後輩とのものであった。

腫瘍学に対する彼の知識は、ひいき目に見ても合格点からは遠く、竜太との勉強会は疲れるものであった。

「逃げるんじゃないでしょうね、僕が納得するまでやってくれるって言いましたよね」

この竜太の熱心さに裏打ちされたオドシ文句によって、火曜の夜の勉強会は、以後耳鼻科の若手に乗っ取られることになった。

富士での火曜日は九時まで勉強、日付が変わるまで《割烹田子の浦》で酒を汲みかわす（といっても酒は私と私の後輩が担当し、下戸に近い竜太はもっぱら釣果の自慢話をしていた）というのがお決まりになった。

竜太は頭頸部腫瘍の医療にかかわる文字通りすべてについての知識、技術を得ようと、各科医師と連絡をとりあっていた。彼の私への態度から、どの科の医師にも、その医師が持つすべてを竜太に教えるまで喰らいついていた様子が窺える。「目の前の患者の生命を救うために、全力を尽くすという臨床医が持つべき責任感と昨日の知識で今日の医療を行わないという向上心」を兼ね備えた若者である。自分が手伝えるところがあれば協力してやろうと思わせる不思議な魅力がある。

医療の専門化が進んだ今日、病を抱えた〝人〟に対して責任を持つことより、自分の担当部分に全力を尽くすことを要求されることが多い。ここには患者と医師が、疾患を接点に相対するというよりも、疾患という事象に対し、医療が実施されるという今日の典型的医療の姿がある。ある消化器診断医に「それで大腸癌の患者さんはその後どうなの？」と訊ねたところ「みんな手術して治ってる」と答えられたり、ずいぶん前の伝聞であるが、ある外科医は「乳癌の患者さんはめったに死ぬことはない」と言ったという。大腸癌の術後の再発にかかわることのない診断医や手術以外に興味のない外科医の笑えない笑い話である。

今となっては想像するだけであるが、医師加納竜太は診断のスペシャリスト、手術のスペシャリスト、化学療法のスペシャリスト、放射線治療のスペシャリスト、PEGのスペシャリストのいずれも目指していなかったのだろう。竜太は診断から治療（手術、化学療法、放射線治療が、病態によりいろいろな順序で、時には同時に施行される）、治療後の生活のすべての場面で、自分の指揮の下に、整然と最高の医療が繰り広げられる、そんな場面をつくり出す、頭頸部腫瘍の患者に最善を与える指揮者になろうとしていたように思う。十年後の目を驚かすにたる特上の若木であった。

加納竜太を思い浮かべると、白衣を着た医者としての竜太よりも、《割烹田子の浦》でのたわいのない世間話、海釣り、船釣りの話を大声で聞かせる彼の姿を思い出す。酒席でナースをうまく褒める言葉、その間にほんの一言加える指導の言葉が、彼の優しさと、のちの指導者としての格を窺わせる。

船釣りに行き、嘔吐しながらも同船のナースや私の世話を焼いてくれる姿は、何と表現したらよいか。竜太の第一印象は、決してよいものでなく、下品で無礼で頭の悪そうな、できれば相手にしたくない男であったが、つきあうほどに表現し難い男らしさを見せられた気がする。私の好きな酒で言えば、間口の広さ、奥行きの深さといったところだ。

今私は大学に戻り、血液腫瘍科のメンバーと、英語による論文の抄読討論を始めたところである。レベルの高い勉強会にするため、基礎医学の英文論文の執筆経験のある四人だけのクローズドの勉強会であるが、ふと気がつくと「竜太なら一緒にやってもよかったかな」と思っていた。すでに亡き彼の五年、十年後の姿が、そう思わせたのだろう。自分だけでなく周囲の人とともに、人間として成長するために何をすべきかを考え、行動し、習慣としていく姿である。「俺は他人に厳しくて性格が悪いから、竜太にやる気や素質がないと思ったら、そこでおしまいな、次からっていうのはないから」などと当然本気ではないが、言われたほうはたまったものではない言葉を平気で吐ける私とは、格が違う大物かもしれないと思っていた。騙されているかもしれないが、この思いは否定できない。人に気づかせないように気遣いながら、人に優しくできる淋しがり屋の努力家である。一人きりになったときに、ボロボロになった自分を見つめていたのではないだろうか。

（竜太へ）一部の人にしか見せなかったであろう竜太のもう一つの姿を知る一人として、君に賛辞とアドバイスを贈る。

「竜太、よく頑張った。十年後に人の知るところとなるはずだった君の偉大さは、我々仲間の一人ひとりが証人だ。努力を続けることを習慣とした君の夢は、君がそれを達成する日を心待ちにして待っていた。遠い夢は目標となり、目標は達成され、かっての夢は手の中に入り、次の夢への出発点となると私は信じた。不断の努力が報われない話を私は信じない。

今君のいる所で、君のやり方で、心おきなく活躍して欲しい。」

血液腫瘍科　　笠原遥希

節子はまるで、竜太が生き返ったような衝撃を覚えた。手紙の中に母の知らない竜太がいた。未完に終わった竜太の夢がぎっしり凝縮されていた。それを笠原遥希はやがて大輪を咲かせるつぼみと言ってくれた。

「病院のことは、何も知らなかったけれど、竜太がみんなに愛され、期待されていたことが、とても嬉しくて、悲しいわ」

節子は目に涙をいっぱいためて読み終わった手紙を梅子に手渡した。

梅子も追悼文を熟読した。節子の悲しみと嬉しさが手に取るようにわかった。

「男の友情は強くて美しいね、互いに高め合うことって感動するね」

梅子は〝良き友を持つことは、良き人生を持つこと〟と長く教壇に立って生徒に教え続けた。定年まで教師を勤め上げた梅子は笠原が竜太を弟のように可愛がったことを、教育者の目で感じ取る。梅子は〝竜太は笠原の心のなかに生き続けている〟二人の師弟愛を、節子にはしっかり受け継いでほしいと思った。

「笠原先生にお目に掛かって、もっと竜太のお話をお聞きしたい……」

まるで神隠しにでも会ったように、忽然といなくなった竜太の魂の在り処についてまた考え続ける節子であった。

「竜太、笠原先生からお手紙をもらいましたよ」

節子は遺影を仰ぎながら、手紙を丁寧に封筒におさめて仏前に供えた。

節子はすぐにペンを取り、笠原遥希へ感謝の手紙をしたためようと思った。その手紙に、一月二十五日に頭頸部外科学会で、神野先生に竜太の代理発表をしてもらい感動したことなども書き添え、竜太をご指導いただいた先生方に直接お目にかかって自分の知らない竜太のお話を伺う機会をつくってほしいと懇請したかった。

〝知らない竜太を探す〟そのためには、ただ待っているだけではだめだ。こちらから積極的に行動することで良い結果が生み出され、さらに意欲もわいてくる。梅子が言うのは、まさにこのことだと節子はペンを執った。

袖振り合うも多生の縁

節子が自律神経失調症と診断されてから、梅子は自然に振る舞いながら節子の病状を観ている。気遣うと節子を病人扱いの感覚に追い込むことになるので、子供を見守るように表向きは互いに近くも遠くもない距離を保っている。それでも節子に誘われて、交通事故遺族の会の集いに出かけたあの日、一度だけ、自分の辛かった体験を振り返って、東洋哲学者の大隅秀道に諭されたことを話して聞かせた。現実をありのままに受容し、悲しみを力にして、あなたが知らない竜太を探しなさいと言ったのだ。それが節子に良い影響を与えた様子が見える。どうした因果かその夜、竜太の作文『僕と観音様』が節子の夢に出てきたのである。

いま節子にとって大切なことは生きるための目標と希望をもち、気力を取り戻すことである。梅子は節子の病態が、どうか一過性の精神疾患で終わってほしいと願っているが、春先の暖かい日、節子は江戸川のほとりを散策するようになり、病状回復の兆候も見えてきた。そこに佐知子の合格の通知があり、さらに笠原からもらった追悼の手紙もまた、崩れそうになった節子の気持ちを勇気づけてくれたのだった。

節子は佐知子のことをわが子のように愛おしく思うようになった。佐知子は大学に通学至便の隅田川河畔のマンションに住居を定め、いよいよ医学生の生活を始めている。入学式が終わったら、そのあとお祝いの食事会をする約束で、節子はその連絡が待ち遠しかった。大学近くのプリンスホテルに会食の場所を取ったという知らせをもらったのは入学式が終わって数日後のことであった。今日はその入学祝である。

漆畑一郎と佐知子は岡部健治の案内で、本郷の竜太の墓に参詣してからホテルのロビーにやって来た。漆畑は節子と梅子に初めて会った。

「佐知子さんのお父さんで、S精機の社長さんです。竜太のおかあさんとおばあちゃんです」

健治が間に入って紹介した。

「初めまして、漆畑一郎です。加納先生のご葬儀に伺えなくて申し訳ありませんでした」

漆畑は名刺を差し出した。

「加納節子でございます。漆畑様はちょうどご自宅でお辛い治療中だったと伺っております。その節は過分なご厚志を賜りまして恐縮しております」

「大渕梅子です。竜太の祖母です。佐知子さんのご入学おめでとうございます」

八十歳を超えているが背筋がすっと伸びた梅子は言葉遣いの歯切れもよく、まるで年の離れた節子の姉のように漆畑には見えた。

初対面の挨拶が終わり、それぞれの思いを胸に秘め、健治の誘導で五人はホテルの中の日本料理店に向かって歩いた。

広く明るい小部屋のテーブルに五人は向かい合って席に着いた。

「佐知子さん、改めておめでとうございます。竜太の時のように嬉しいのよ」

「ありがとうございます。先生への入学祈願のおかげです」

佐知子は唇をきゅっと結んで黒い瞳で愛らしい笑顔を返した。

「この聴診器、竜太の形見分けに、佐知子さんにもらっていただけると嬉しいんですが」

節子は竜太の遺品の整理で聴診器を見つけ、それがまだ新しいものだったので入学祝に渡したいと合格を祈っていたのだ。

「あら、これ真新しいドイツ製の高価なものですね」

佐知子はケースを空け聴診器を取り出して眺めた。

「まるで佐知子さんの入学祝に、竜太が用意していたみたいだね」

健治は横からのぞき込んで言った。

「竜太先生の形見、大切に使わせていただきます」

健治が言うように、入学祝に竜太が用意してくれていたように佐知子は嬉しかった。

「ありがとうございます。佐知子には何よりの贈り物です」

漆畑が深々と頭を下げた。

ウエイターが和食のコース料理をテーブルに運んできた。和やかな食事会になり、それぞれに飲食しつつ竜太の想い出が語られた。

「加納先生は私の大恩人です。命を助けてもらったり、岡部さんをご紹介いただいたり、どのようにお礼を申し上げていいか、まったく言葉もございません」

漆畑は気懸りだった感謝の気持ちを伝えることができて胸のつかえが下りたようにほっとした表情をした。

「漆畑さんのお気持ちは、佐知子さんから、よく伺っております」

節子が言った。漆畑は節子にどこか竜太の面影を感じ取った。

「私どもお母様のご健康を気にしておりましたが、お辛い胸の内、お察し申し上げます。お慰めの言葉もありません」

漆畑はなおも一言一句に気を遣いながら、ぎこちなく声をかける。節子には漆畑のその心配りが温かく伝わってくる。

「いっとき節子は患いましたが、少しずつ立ち直っております。佐知子さんや笠原先生、神野先生など皆様のおかげです」

梅子がもう大丈夫ですという意味を含ませて言った。

「一月は神野先生に竜太の胃ろうの研究発表をしていただきました。先日は笠原先生から心のこもった追悼のお手紙をいただきました」

節子は竜太が遺した縁が次々に繋がっていく感動を率直に打ち明けた。

「そうですか、笠原先生から追悼文が届きましたか」

漆畑は佐知子とともに笠原と会食をしたとき、笠原が竜太の追悼文を書こうと思っているとつぶやいたことを思い出した。あのとき佐知子は竜太が遣りたかったことや遣り残したことを執拗にたずねたが、笠原の追悼文にはそのことが書かれているに違いなかった。

「まったく、竜太が居なくなるなんて今でも騙されてるみたいです。口惜しいけど、竜太は沢山の種をまいて天国に逝きましたね。遺された者はそれを育て、実らせる使命があります。それが竜太に応えることだと僕は思います」

健治は竜太の紹介で漆畑に巡り合ったこと、そしてS精機の株式上場のために、いまS精機とM商事が緊密な関係になり、大きなプロジェクトを進めていることなどを詳しく説明した。

「人の出会いは不思議というほかありません。私が馴染みにしている割烹『田子の浦』で、健康の不安をふと口にしたことで、加納先生との出会いがありました。きっかけは他愛のないものかもしれませんが、これが掛け替えのないつながりとなりました」

漆畑がしみじみとした口調で言った。

「袖振り合うも多生の縁といいますね。竜太が遺した縁が役立てば、竜太も喜びます」

梅子が漆畑の気持ちを汲んで言葉を返した。

「おばあちゃん、その『たしょうの縁』というのはどういう意味ですか」

健治が間髪を入れず訊ねたことで、みんなの関心が梅子の応答に向けられた。

「たしょうのたは多いの多、しょうは生まれるで、「多生の縁」ですね。多生の縁は、出遭いは偶然に見えても、前世からの深い因縁でつながっているという意味のようです。仏教から来ている言葉ですね」

「なるほど、意味の深い言葉ですね。加納先生とのお付き合いは二か月に満たない短い時間でしたが、これも多生の縁というのでしょうね。かけがえのないご縁をいただきました。記憶の中から先生の姿が現れてきて、いつも励まされております」

漆畑の言葉に節子の胸が熱くなった。

「漆畑さんが言われるように、忘れないということは亡くなった人が心の中に蘇生して来て、亡くなった人と共に生きるということだと思いますね。私は多くの身近な人と死別しましたが、沢山のご縁を遺してもらいました。所詮、人は一人では生きていけません」

「私は加納先生からは医療のほかにも多くのことを学びました。先生はチーム医療にこだわってお られましたが、私は加納先生のチーム医療に温かい人柄を感じておりました。世の中を見る目も鋭いなと感じておりました。笠原先生とは大学の医局講座の硬直したヒエラルキーを話され改革が必要だと話していました。こういう発想は我々の会社経営でも同様だと思いました。先生は奔放な想像力をお持ちで、水平思考のできる人でした」

「竜太は出来たら留学をしたいと言っていた。海外の医学・医療を体験したかったんです。日本の医療制度は遅れていると感じていたようです」

と健治が言った。節子は笠原の追悼文を思い浮かべた。竜太が成し遂げられなかったことを受け継いでやりたかった。

「佐知子さんには竜太の目指した医学・医療の継承をしていただきたいですね。僕たちは竜太が造ってくれた縁を大事に受け継ぎ、Ｓ精機を世界企業にしたいです」

健治がみんなの気持ちをまとめるように言った。

「そうです。加納先生へのご恩返しは、この仕事をやり遂げるしかありません。先生には天国から見ていてもらいます」

「実は漆畑社長もすっかり健康を取り戻されたので、ゴールデンウィークを利用してシリコンバレーに飛びます。アメリカのベンチャー企業とＳ精機の技術提携の契約のためです」

「シリコンバレーって、最近よく耳にしますが、どこにあるの」

好奇心の強い梅子が訊ねた。

「地図で示すとサンフランシスコの近くです。世界の最先端のコンピュータ技術の企業が集まっています」

「これからは企業も国際化の時代なんですね」

「あと三か月に迫りましたが、漆畑さんの計画通りに株式公開の準備は進んでいます。株主になってくれませんか。Ｓ精機は将来有望です」

健治は軽い気持ちで口にしたのだが、節子は真剣に受け止めた。こういう方面の知識は皆無で利殖のつもりなどなく、竜太の縁でＳ精機の株式公開に貢献できるならこれも竜太の遺志を継ぐことになるかも知れないと思ったのだ。竜太が遺した保険金やこれから入ってくる損害賠償金などを使ってもらいたかった。

「見切り千両、無欲万両というのは経営の格言ではなかったですかね」

物知りの梅子がポロリと口にした。漆畑は梅子の顔をまじまじと見た。やはり、加納竜太の人柄に影響を与えたのは梅子に違いないと思った。

「そうですか、では新株割当て名簿に加えてもらいます。証券会社に説明に行かせます」と健治が了承を取り「ご期待に添えるよう頑張ります」と、漆畑も真面目な顔をして言った。

この日は竜太の想い出はいつまでもとぎれることがなかった。竜太の遺志を継承しようということに終始し、佐知子のお祝いの席は竜太の医療とS精機の株式上場の取り組みの話で盛り上がった。

ところがこの投資が、その後竜太の遺志を継ぐ事業に役立つことになるのだが、節子も梅子もその時は考えてもみないことだった。

先輩医師との小宴（竜太が医者になった理由）

節子が追悼文のお礼に添えて、お目に掛かりたいという懇請の手紙を出した返事が笠原から来た。

「四月の人事異動で自分も本院に移動になった。竜太が富士で一緒に働いた外科の羽田部長と鈴木講師にも声をかけたら、三人も喜んでくれた」と、都合のいい日時が書かれていた。節子と梅子が、時間前に虎ノ門の店に着くと、三人の医師が待っていた。神野修一が消化器外科助教授の羽田と笠原遥希を紹介した。恐らく通夜と告別式でお目に掛かっていたのだろうが、改めての挨拶になった。二人の先生はそれぞれにお悔やみの言葉を丁重に述べられた。節子は、笠原に手紙の礼を言った。

上座に節子と梅子が座り、向かって真ん中に羽田が、左右に神野と笠原が座った。

「全く、前途のある惜しい男を失い残念です。何しろユニークで明るい男でした。今日は私も仲間に入れてもらい、竜太の事を存分に聞いたり話したりさせてもらいます。お母さん、アルコールは？」

と年長の羽田が口火を切った。

「全く駄目なんです。酒蒸しのお料理でも酔ってしまいます」

「竜太もアルコールは弱かったですね。宴会は大好きでしたがね、お祖母ちゃまはいかがですか」

神野が訊ねた。

「少しいただきます」と梅子がグラスを差し出し、ビールを注いでもらった。

「笠原は、割烹『田子の浦』で初めて竜太と出会ったとき、竜太を漁師と思ったそうです。この話はとても面白いので、話してもらいましょう」

と、神野は場を取り持つように笠原の方を向いてよろしくのサインを送った。笠原はすぐ話し始めた。

「二年前になりますが、その日、竜太はアイスボックスをぶらさげ、長靴を履いて入ってきました。私はカウンターで飲んでいたんですが、勝手のわかった我が家のように、暖簾を分けて調理場に入って行ったんです。割烹『田子の浦』は刺身がおいしいという評判ですが、このような漁師が直接魚を持って来るからだろうと思いました。しばらくして調理場から出てきた竜太を、店の主人が紹介してくれました。『耳鼻科の加納です』と、彼は人懐っこい笑顔で、頭を下げました。服装も漁師ルックでした」

竜太は物まねが上手な子で、よく笠原の話し方を真似たが、それとそっくりに話す笠原を見て、「ほんとだ、よく似ている」と節子は可笑しかった。

初めてこの話を聞いた羽田が「竜太は真っ黒に日焼けしていたからね」と、大きな声で笑った。助教授は声が大きいから、内緒話ができない人なのだというのも聞いていたので、こちらもその通りだと思った。

竜太と笠原の出会いから話が始まって、急に空気が打ち解けてきた。

「お母さん、竜太は仲間が多かったですね、しかも、いろんな仲間がいましたね。昔からそうでしたか」

羽田が訊ねた。

「ええ、友達は多かったですね。兄弟がいないから、寂しかったのかもしれません。東京の下町育ちですから、友達もいろいろで、悪童あり、優等生あり、誰とでもこだわりを持たないで遊びました」

「やっぱりそうですか。竜太の仲間は、医者あり、漁師あり、板前さんあり、薬屋さん、看護師さん、ハウス農家のおじさん、みんなに好かれましたね。事務員にも、守衛さんにも、患者さんにも、口数は多くないのに、話しやすいというか」

「わたしも長年教師をしてきましたが、竜太のような子は、クラスに一人か二人はいましたね。好奇心が強く、いたずらが好きで、友達が多く、よく遊ぶ子ですね。子供心は人を呼ぶんですね」

と、梅子はまた教師歴三十五年の口調の癖が出て竜太を評した。最近は親が子供心を殺していると梅子は思っているが、そこまでは口に出さなかった。

「そう、好奇心が強く、学ぶことも好きでしたが、教えることも好きでしたね。疾患が見つかると、ちょっといいですかと患者さんの了解をもらって、看護師に内視鏡を覗かせたりしていました」

羽田は、いかにも当時の外科診療部長らしく、竜太のことをいろいろ観察していた。

「情報の共有かな」と、神野が笑いながら言い「耳鼻科で竜太は怖い先生と言われていたのを知っていますか」

「そうだね、竜太先生に叱られるよと言うと、子供はおとなしくなると看護師さんが言ってたね。耳鼻科の治療は非常に細かいから、動いたり暴れたりするととても危険。だから竜太は子供や子供を甘やかす親も本気で叱った。怖い先生という異名はあったが、それでも子供達は竜太にすぐ懐《なつ》いたらしい。治療の時、子供はじっと我慢し、治療が終わると、竜太は〝よし！　よく頑張った！〟と頭をコツンと叩いて誉めた。だから子供は、怖いけど、やさしい先生と信じたようだ」

節子は子供と無心に遊ぶ竜太を思い出した。竜太のこうした素朴で無垢な性格と子供のような好奇心が竜太のパワーの源であったのかもしれない。

「竜太は耳鼻咽喉科医として、はじめは耳と鼻の手術にのめり込み、その手技のマスターに没頭しました。彼は興味を持つと徹底してその道の権威に指導を求めました。僕も一緒に手術をしてよくわかるが、彼はとことん追究する性格だった。例えば、蓄膿症の手術などは大学の大御所から直伝の手技を教えられたと得意になっていたからね。手先が器用で、耳・鼻・咽喉の外科医向きだった」

「何年か前、富士で化学工場の爆発事故が起きたことがあったよね。あのとき、火傷の負傷者が一度に救急搬送されてきて、ちょっとしたパニックになったことがあってね。咽喉の火傷で窒息死を起こす危険があって、何人か気管切開の手術をしたんだが、ちょうど日曜日で、医者が足りなかった。この時、竜太がすごく働いたんだ。言葉は悪いが、まるで漁師が魚をさばくように、彼は手際よく手術をしました。同じ外科医として、私はびっくりしたね」

神野は食道がんの手術も、よく手伝ってもらったと言った。

「確かに、手術はうまかった。近隣の開業医からも、難しい手術で時々お呼びがかかっていたようですからね。鼻と耳をマスターして早々に開業の道を歩むかと思っていたら、突然、頭頸部がんにのめり込みましたよね。病院には、頭頸部外科領域の患者さんはそれほど多くなかったが、そのすべての患者さんを竜太が診ました」

「そうだったなあ」

神野と羽田は外科医だから、こんな話になると共通の話題が多かった。

「竜太は感性が鋭く、行動も早かった。彼は富士に来て、鼻のチューブで栄養を摂取している患者を、次々に胃ろうに変えたからね、こんなこともあったんですよ。土地の言葉かどうか知らないんだけど、よく精神を病んだ患者さんを〝プシコ〟と言いますね。竜太の外来に関野さんという高齢の喉のがんの患者さんがいましてね。この方がプシコ状態でね、栄養を鼻のチューブでとっていましたが、竜太は手を焼いていたんです。それで精神科の岡田部長に相談したんです。すると、プシコは、まず、薬より根本的な原因を治す治療が先決だと言われて、これは鼻のチューブが原因だと気がついたんです。そこで、関野さんに胃ろうの説明をして諒解をとって、ぼくが胃ろうの手術をしました。胃ろうの手術は簡単ですからね。関野さんは胃ろうの手術で一晩泊まって、家に帰りたいと言いだしてね。その要望がとても強かったので、術後の注意事項を説明して、鎮痛剤や抗生剤を処方してお帰り戴いたんです。ところが、この話には後日談がありましてね。翌日、茨城の市民病院から電話が入ったんです。どういうことかと言いますと、鼻のチューブがとれた関野さんは、急に陰から陽に転じたんです。彼が最初に考えたことは、今まで抑えていた自分の一番やりたかったことの実行でした。それは茨城の息子のところに孫の顔を見に行くことだったんです。言葉も話せず、食べることもできないが、鼻のチューブがとれた関野さんは途端に行動力が出ましてね、チューブはお腹の中にかくれていますからね。洋服を着れば、誰からも気づかれる心配はありません。電車に乗ってもじろじろ見られることもありません。抑圧されていた気持ちが一気に解放されたんです。それで、いきなり、茨城まで行っちゃったんです。ところが、お嫁さんに栄養剤の支度をしてもらっていたので、旅先でいざ、栄養剤を入れようとしたが、急に困ってしまって、茨城の市民病院に行ったのですが、病院の医者も驚いて電話をしてきたんです」

「それで、竜太はどういう反応だったの？」

「胃ろうは、プシコにも効きましたねと笑いました」

「でもねえ、これは笑うに笑えない真実だよなあ」

と、羽田が言い、笠原も面白そうに聞いて、うんうんと頷いていた。

「竜太が胃ろうの臨床研究で残したのは、わずか十余例だったが、そのすべてが彼の人柄をしのばせるものだよね。いま、笠原が竜太から引き継いで主治医になっている漆畑さんの頭頸部がんの胃ろうだってね」

「そうだね。漆畑さんは竜太の死でえらく落ち込んでね。〝俺の命を救って、先生は何故死んだんだ〟と、僕の外来で泣かれたんだ」

「そうだろうなあ、漆畑さんの治療には、竜太も真剣に取り組んだからなあ。まあ、この話は、一月二十四日に、僕が竜太に代わって学会で発表したことにつながるんですがね。竜太とはこれから、もっともっとやりたい臨床研究があったんです。それを悔やんでも詮無いですが、我々は惜しい男を失いましたよ」

神野は一瞬声を詰まらせた。

「胃ろうの話が長くなったけど、笠原と竜太との勉強会はどうして始まったの？　毎週やってたよね」

と羽田が話題を変えた。

「火曜日の六時から九時までの三時間、毎週やりました。はじめは英語の医学論文の抄読だった。学術論文を読むには、絶対に理解しておかねばならない用語があります。でも最初は十行の文章を理解するのに三時間もかかりました」

「竜太は、納得するまでとことん聞いてくるからなあ」

神野も竜太の執拗さにつかまったことがあるようだった。

「ある看護師は、最近、竜太は笠原につかまって魚釣りに行けないらしいなんて言っていたね」

「それはあべこべですよ、僕がつかまったんです」

「そうだったのか、それで成果はどうだったの」

竜太と笠原先生の勉強会は、みんなの目に不思議な光景に映っていたらしい。

「基礎的な学力は身についていたから、上達は早かった。素質とガッツがなければ、僕も毎週三時間つきあう暇はないけど、彼を見込んでいたからね。彼に注ぎ込んだものが、彼の仕事として実れば、それで僕の満足感が得られるし、何かの時に、〝竜太、手伝ってくれ〟というようなことも言えて、お互いに刺激しあいながら、やれる間柄になれることが楽しみだった」

だから、竜太を失ったのが悔しいんだと笠原は呟いた。

「本当にお世話になったんですね。ありがとうございます」

節子は男同士が仕事に打ち込む姿が目のあたりに見えるようだった。

和やかな雰囲気で、お酒も進んだ。笠原は少し酩酊してきた。

「基礎医学にしろ、臨床医学にしろ、英語の論文をごく日常的に読めなければ、仕事になりません。でも彼は僕の前で大化けしたんです。最近は『サイエンス』や『ネイチャー』などの英語論文もすらすら読めて、耳鼻咽喉科の領域は、竜太がすべて予習してくれました。論文をさあーっと読んで、さあ研究を始めようというところまで進んでいました」

笠原は、担任教師が生徒の親に報告するような口調で言った。羽田が、『サイエンス』と『ネイチャー』の解説をしてくれた。

節子は十行読むのに三時間もかかった竜太が、そんな医学論文を短期間ですらすら読めるようになったという彼の努力をほめてやりたかった。

「うちの大学は鼻と耳が有名で、彼は手術経験も多かったけど、竜太は何をやりたかったのかな」

「当面は耳鼻咽喉科の悪性腫瘍の研究ですね。基礎医学に根ざしたデータを出してきて、臨床を進歩させて、最終的に患者さんに貢献するのが目的だった。つまり、突飛な仮説ではなくて、基礎データの積み重ねの中で、これよりちょっと上を知るために、何らかの仮説を立てて検証するのが基礎医学だが、あいつと二人で、それを勉強していた。それをやったときの彼の自慢げな顔とかを想像していた。彼が論文でしか読んだことがなかったことを、自分の手でDNAをいじくって、またがん細胞をいじくってと、竜太がやり出したら、凄く興奮するだろうなあと思って、本当に楽しみだった。〝お前、やってみろ〟とやらせて、データが出たときの彼の興奮した顔も想像できるし、彼ならたぶん、簡単な実験から入っても、それに満足しないで、これできた、次は、次は、次はと、どんどんやる男だから、非常に楽しみにしていた。はじめは論文を読むのが当面の課題だったけど、世界最先端の情報で、これまでの臨床の流れや、これからの基礎医学的なテーマを学ぶためだった」

笠原のボソボソと真実味を帯びた口調に耳を傾けていると、時間が過ぎるのも忘れてしまう。竜太もこんなふうに笠原の話に影響を受けて研究のイメージを膨らませていたのであろう。それは竜太にとって、幸せな一時であったに違いないと節子は思った。

「竜太はスペシャリストとしての能力も高かったが、ジェネラリストとしての資質にも長けていたね。人をまとめるのがうまく、人を差別しない性格だからみんながついて行った」

「それにしても釣りにはまっていた竜太がなぜ急に笠原に師事したんだ」

羽田が疑問を投げかけた。

「僕が一度だけ彼を叱ったことがあるんです。『お前は漁師になるために、医者になったのか！』とね。すると、竜太の顔色が青くなったんです。漁師を止めますと言いました」

「えー、そんなことがあったのか？」

皆が驚いた。

「竜太が医者になったのは、父上が医学部に失敗して文学部に転向したこと、その父上が早逝された。詳しくは知らないがそれが動機ではないかな。お母さん、そうですよね」

笠原が節子に訊ねた。節子にどっと悲しみがこみ上げていた。

「いま、初めて聞く話です。それをいつも疑問に思っていました」

節子が夫の英爾から聞いていたのは、加納家は代々医者の家系であったこと、夫は医者になりたいという家系の重圧と実家の経済的な困窮も重なって文系に変ったことなどだった。そのことを竜太も父親から聞いていたし、加納家の人からも聞かされていたのかもしれないと節子は思った。

「初心に戻ったんだ、竜太らしい。とにかく竜太のやり残したことを、われわれは継いでいかなければいけない」

と神野が真顔で言った。

梅子は竜太の医学部転向を深く考えたことはなかったが、真相を明かされて竜太の優しさと芯の強さに感動した。

竜太の話題は尽きず、三人の弁舌もどうやら怪しくなってきた。今日は節子を慰めるため、殊更に竜太を持ち上げてくれたが、それがわかっていても節子は嬉しかった。

いつの間にかすっかり夜も更けた。竜太の話ができてよかったと言うように、笠原の顔には安堵感のようなものがあった。

「笠原も淋しいんですよ。本当に可愛がっていたからね。竜太も心から慕っていたし」

笠原が洗面所に行った合間に、羽田が節子に耳打ちした。羽田は兄弟のような二人の関係をよく観察していた。

Ｓ精機　株式上場の披露パーティ

今日は日曜日、Ｓ精機は東証市場第二部上場の披露パーティが開催され、地元のＦホテルを借り切って招待客を迎える。社員一人ひとりにとっても忘れられない記念日になりそうだ。初値は公募価格をはるかに超え、社員株主も、いきなり投資額を倍増させ、社員持株会の期待にも応えた。

振り返ってみると、順風満帆の好機と思われた株式上場も、漆畑が入院した直後に、上場を危ぶむ事態にみまわれた。しかしこの危機に、偶然にも岡部健治が現れて、シリコンバレーのベンチャー企業Ｙ社との技術提携が成立し、ピンチをチャンスに変えることになった。五月の連休を利用し、漆畑は健治とシリコンバレーに飛び、Ｙ社との技術提携契約を締結し、株式上場の夢を実現したのだった。Ｙ社の社長は親日家で健治とは深い信頼関係がある。日本の精密加工技術と最先端のＩＴ技術の融合で新しい企業価値の創造を目指している。

十時の開会時間より三十分早く健治が会場に現れると、後ろから肩を叩かれた。

「お待ちしておりました」

「あッ、佐知子さん」

振り向くと和服姿の佐知子であった。紫と白のサルビアの花模様が柔らかな気品を漂わせていた。初めて見る彼女の和服姿は見まがうような艶やかさであった。女性はこんなにも変わることができるのかと驚いた。

佐知子は医学部に入って、東京のマンションで学生生活を始めている。電話番号も知っているが、連絡するのは加納家との仲介をするときだけだ。それでも、次第に佐知子の面影が頭から離れなくなってくるのを抑えきれなくなる健治であった。

竜太にはもう会えないのだから、少しは自分の方を向いてくれないかと思うがそんな心の内を明かせば軽蔑されるだけだし、そんなことを想像するだけでも自分が汚らわしく感じてしまう。

竜太が亡くなっても、ますます竜太を追慕する佐知子を見ると、健治は心の葛藤が深まるばかりだ。佐知子の悲嘆がいじらしく、健治はなおのこと魅かれていく。健治が佐知子が気になり始めたのは、竜太に入学祈願に行きたいと頼まれて、初めて西葛西の加納家に連れて行った頃からだ。それ以来、自分はいつも知らぬふりの三枚目を演じながら、節子との連絡役を重ねるにつれて、健治の切なさは募るばかりだった。それでも健治はそんな素振りを抑え込んでいる。

「父が待っておりますのでお部屋にご案内します」

会場には、お祝いの贈花が所狭しと並んでいる。佐知子と肩を並べて歩く健治は、周りからの視線を感じるが、佐知子に誘導されて悪い気がしなかった。

娘と一緒に現れた健治の肩を抱いて、漆畑一郎はことのほかご機嫌である。健治の手を強く握りしめた。広い控室には、すでに沢山の人が詰め掛けていた。

「私、加納さんをお迎えしますので戻ります」

佐知子は健治を父にあずけると、すぐに受付に戻って行った。まるで彼女はバンケットを取り仕切る若女将の風体である。父親である漆畑は晴れやかに案内役をつとめる佐知子を誇らしく思っているようだ。

控えの間には次々に招待客が挨拶に現れ、漆畑は健治をそばにおいて、株式上場の立役者である健治を自分の息子のように関係者に紹介した。

会場の広い席は、県知事や市長、商工会議所会頭、M商事の役員、取引企業の社長などの招待客で次々と埋まっていった。最前列は漆畑と苦労を共にしてきた町工場のベテラン職人たちが座っている。

遠くに佐知子が加納節子と梅子を伴って株主席に案内する姿が見えた。それに気づいて、漆畑と健治が並んでそちらの方に歩をすすめた。

「おばあちゃん、おかあさん、今日は快晴で、竜太は天から眺めていますよ」

と健治が言った。おばあちゃん、おかあさんと連発して、屈託のない身内の雰囲気を漂わせた。

「本日はおめでとうございます。このような席にお招き戴きまして恐縮しております」

節子と梅子が頭をさげた。

「主役の加納先生のご出席がないのが残念です。お部屋もお取りしておりますので、今日は、お泊りになってゆっくりお寛ぎください。妻と佐知子にお世話をさせます」

「ありがとうございます」

立ち話はそれで終わって、きめられた株主席に節子と梅子が座った。節子は迎えてくれた佐知子のまぶしさに心を洗われて、まるで観劇の特別席に招かれているような気分である。

間もなく開演が告げられ、式次第の通りに宴が始まった。来賓の挨拶が続き、それが終わってから漆畑の番が来た。彼は前列に座っていた技術者たちを壇上に上げた。

「本日は身に余るご祝辞の数々、誠に光栄であります。高いところから恐縮ですが、私と苦労を共にした仲間を代表して、一言ご挨拶を申し上げます」

と口上を述べ、横一列に並んだ一同が深く頭を下げた。

「この度、皆様の熱いご支援のおかげで、S精機は株式上場の夢を実現することができました。日本の伝統的な匠の技術がシリコンバレーの最先端IT技術と融合し、自動精密機械の企業として生まれ変わることができました。私どもは『ものづくり日本』の名に恥じない優れた製品を世界に向けて送り出してまいります。

いま、わが国はバブルの崩壊で、一時的に元気を失っておりますが、いまこそ、日本の底力を発揮し、我が国産業の発展に尽力したいと存じます」

漆畑は積年の思いが込み上げてきて涙ぐむ場面もあった。その後も来賓の挨拶や担当役員からの事業報告などが続いた。

セレモニーが終わって、案内放送で皆が懇親会の方に移動を始めた。すぐに漆畑が玲子夫人を連れてやって来た。玲子は竜太の葬儀にも佐知子と一緒に来てくれた。節子とはそれ以来の出会いであった。玲子は古風で和服の似合う控え目な人柄である。

「食事はホテルの割烹を予約しておりますので、そちらの方に妻がご案内します。私もご一緒したいのですが取り込んでおりまして申し訳ございません」

タイミングよく、ホテルの客室係を連れて佐知子がやって来て、漆畑は妻を紹介すると、慌ただしく戻って行った。

「では、まいりましょうか。健治さんも後で来られます」

健治はどこにいるのだろうかと探すと、舞台の脇で何人かに囲まれて歓談する姿が見えた。四人は、ホテル最上階の和食割烹の一部屋に案内された。こぢんまりした和室には五つの椅子が用意されていた。上座に節子と梅子が、向かい合って玲子と佐知子が座わり、健治を待つことになった。

富士に遺した竜太の縁

「ご主人様、お元気そうですね」

梅子が間合いをとって言った。

「おかげさまで、もうすっかり良くなりました。加納竜太先生のおかげです。加納先生には命を助けられ、会社も助けられました。主人は寝ても覚めてもそればかりです」

漆畑玲子が言い、佐知子は頷いている。

「人の繋がりって本当に不思議ですね。いつも思ってるんですが今日もまた、不思議なご縁に感動しています」

梅子が同調した。やがてテーブルに季節の肴が次々に並べられた。

「お待たせしました」

一足遅れて健治が部屋に案内されてきて、佐知子の隣の椅子に座った。

「今日は富士に雲一つありませんね。やはり雪のない夏の富士はどこか締りが悪いような気がしますね」

と、健治は率直に感想を述べた。健治はただひとりのホスト役、四人の女性に囲まれて、もちまえの気の置けない振る舞いである。健治につられてみんなは富士の方に眼をやった。

「富士の冠雪はいつごろですか」

「十一月に入ってからでしょうか」

梅子が訊ねると、玲子が答えた。

「お正月の富士は本当に悲しかったんですが、でも今日の富士からは元気をもらっています」

節子はじっと富士を見て言った。竜太の遺体を引き取りに来た時の正月元旦、晴れわたる冠雪の富士はただただ悲しかった。でも、いま目の前の富士は竜太と共に生きるための雄々しい姿に映った。

「本当に、お母様は、よく耐えてこられましたね」

玲子は、節子が体調を崩していると聞いていたので、傷心の節子を気遣ってくれる。慰めや労わりの安易な言葉などかけることが憚られるようで、これだけ言って、あとはじっと節子を見つめた。玲子の言葉は少ないが、自然な仕草から繊細な気持ちが節子に伝わった。

「みなさんに励まされて体調もよくなりました。今日はご丁重なおもてなしありがとうございます。また、佐知子さんの医学部のご入学、本当に嬉しく思います」

節子はもうすっかり健康を取り戻したというふうに明るく笑った。

「そうそう、報告が遅くなりましたが、おかあさんの投資額が二倍にふえましたよ」

健治が思い出したように言った。健治の説明によると、S精機の株は公募価格を超える高値でも初日は寄り付かず、初値は公募価格の二倍で翌日寄り付いたという。

「おや、これは大変だ。大層な資産家にしてもらったのね！」

「竜太から預かった大切な資金の投資です。増やして世のため人のために役立てて貰わなければなりませんからね」

健治は心底そう思っているようだ。

「お金は方便、いいことをするための手段だから、しっかり蓄えておきましょう。いざ鎌倉ということがありますからね」

梅子は何食わぬ顔をして言ったが、これから節子が竜太を尋ね、共に生きていく上で、お金が必要になるよと暗示を与えているように節子には聞こえた。

「今日はみんなで竜太の話を思い切りしましょう。この席は竜太がいなければなかったわけだし、竜太が富士に遺したご縁をお話しましょう。竜太も富士の天辺から見ていますよ」

それぞれに竜太の思い出がある。竜太を話題にしたい気持ちは共通しているから、健治の一言でみんなの気持ちが寛いだ。料理が次々に運ばれてきて、食べながら竜太の想い出話になった。

健治の口からご縁という言葉が出て、節子はおやと思い、梅子はどんな顔をしているかと気になり横を向くと静かに頷いている。

「主人も加納先生のご縁ということをいつも申します。病気を治してもらったご縁、健治さんをご紹介いただいたご縁に感謝しているんです」

漆畑玲子もご縁という言葉に反応し、佐知子も深く頷いた。

「確かに、竜太は不思議な雰囲気のあるキャラクターでした、人と人を繋ぐ天才だった。ぼく、竜太に『おまえは触媒だ』と言ったことがあるんです。触媒ってそこに存在するだけで周囲が化学反応を起こすでしょう、周りが生き生きしてくるんです」

「竜太は一人っ子でしたから、いつも友達を欲しがりましたからね。『僕と観音様』という修学旅行の竜太の作文が残っているんです。三十三間堂で、観音様と問答する作文です」

「観音様との問答ですか。面白そうですね」

みんなが興味を抱いた。節子はこの問答をすっかり覚えているからすらすら話せる。

「僕は観音様に一つ問いかけてみた。おまえ達は八百年の間にどんな人達に会ったんだいと竜太が問いかけると、観音様は、『私達は、心の澄んだ人、心のよどんだ人、ずるい人、優しい人、美人な女の子まで会ってきたよ。心の澄んだ人には、何かいいことがあるように祈り、心のよどんだ人には、良き友が見つかるように祈り、ずるい人には、反省の機会を与えたし、優しい人には、何か良い機会を与えたし、美人の女の子には恋をしたもんだよ』と答えているんです」

「ハハハ、竜太らしい問答だ。竜太の性格そっくりだ。竜太は人を差別しなかった。心のよどんだ人には良き友が見つかるように祈り、ずるい人には反省の機会を与えたし、美人の女の子には恋をしたもんだ……。ハハハ、竜太は子供心のまま大人になったような男だった」

健治は大笑いした。

「そうですね、竜太先生は直ぐに子供と友達になりました。子供心を持ち続けておられたんだわ」

「竜太が富士に遺したご縁の継承、僕はS精機を世界的な企業にしたい」

健治が言い、佐知子は「私、まだ早いけど、小児科医になりたいんです」と言った。

「竜太の話をすると、まるで竜太がそこにいるような気持ちになります。竜太は生きているのよ、こうして、みんなの心の中に生きているのよね。思い出すたびに竜太は生き返るんだわ」

節子は嬉しくなる。

「竜太は健治さんの中にも、佐知子さんの中にも、笠原先生や羽田先生や神野先生の中にも、沢山の人の心の中に、竜太の魂は生きています。竜太を思い出すことは、竜太と共に生きるってことだし、竜太は生き続けます」

梅子は年長者らしくまとめた。

竜太の想い出話は尽きなかったが、昼食の時間が過ぎて席を立つことになった。

割烹を出て、一同はロビーに降りた。節子と梅子は、フロントで部屋のキーを受け取り、皆と別れて予約された部屋に移動した。同じフロアには、健治の部屋もリザーブされていたが、健治は佐知子、玲子と一緒に漆畑一郎の所に戻って行った。

「今日の健ちゃんと佐知子さんはとてもお似合いのカップルに見えたわね。それとね、今日の健ちゃんは、何だか佐知子さんを見る目が、違っていなかった？　あれは佐知子さんに思いを寄せている目だわ」

「節子もそう思ったのね」

竜太と佐知子がもし結ばれていたら、どんなによかったことだろうと思うから、節子は健治と佐知子が結ばれてほしい。その気持ちは梅子も同じである。


おーい、竜太ァ！

その夜、九時ごろになって、健治がドアをノックした。

「健治です。おかあさん、おばあちゃん、起きてます？」

「どうしたの？　そんなに酔っぱらって、いつもの健ちゃんらしくないね」

ドアを開けて、酔った健治を中に入れた。

「ぼく、もう三枚目の道化役はできないよ。まるで竜太と佐知子さんの間を行ったり来たりするメッセンジャーボーイみたいだよ」

「それ、どういうこと？」

「ぼく、こんな気持ちになるのは初めてなんだ。佐知子さんのことで、とても苦しいんだよ」

「佐知子さんと何があったの？」

「何もないよ」

「まあ、落ち着きなさいよ」

「お母さん、僕、佐知子さんを好きになってしまったんだよ」

「わかってるわよ、佐知子さんを好きになったのね」

「どうしようもないいんだよ、苦しいんだよ、僕は竜太のようにクリーンではないし、自分がけがらわしく、竜太に申し訳なくって」

健治は、今日も何食わぬ顔をしていたのに、もう抑えきれなくなったんだと節子は健治が可哀そうになった。

「健ちゃん、素直になりなさい。竜太が残してくれた縁を大切にしなさい。佐知子さんが好きだと言いなさい」

節子が戸惑うのを見て梅子が言った。

「それが言えないんだよ、竜太に申し訳ないよ、佐知子さんには、全く、入り込む隙がないんだよ」

「どんな返事が返ってくるかわからないけど、正直に健ちゃんがその気持ちを打ち明ければ、佐知子さんだって悪い気持ちはしませんよ」

「佐知子さんと会うと、いつも竜太の話になるから、何も言えなくなるんだよ」

「健ちゃんの気持ちを佐知子さんに伝えてほしいの？」

節子が言った。

「いやだよ、それはやめてください」

「健ちゃんの気持ちはよくわかるわ。でも、あなたの恋敵は一体誰なの、竜太は恋敵ではないでしょ。恋の邪魔をするのは、もうひとりの健ちゃんでしょ」

梅子がぴしりと言った。

「もうひとりのぼく？……」

「そうです。こだわりの健ちゃんです。竜太が遺した佐知子さんというご縁を健ちゃんの他に誰が継ぐことができるの！　健ちゃんしかいないでしょ！」

健治は黙りこんでしまった。そしてしばらくしてぽつりと呟いた。

「お祖母ちゃん、ありがとう。僕ってなんて意気地なしなんだろう。明日の夜明け、田子の浦に行こうかなあ」

「田子の浦？」

「竜太が愛した田子の浦だよ」

健治はそれだけ言って、自分の部屋に帰って行った。明日も晴れのようだから、早朝の田子の浦から、日の出が見えるだろうと節子は思った。

健治は夜明け前、ホテルにタクシーを呼び、田子の浦に走ってもらった。沖の駿河湾は、まだ真っ暗で足元に寄せる湾内の波の音だけが聞こえた。海面を渡って来る海風が清々しい。

赤灯台と白灯台の向こうの空が明るみ、海が見えてきた。気が付くと、夜明け前の青い空と明るんだ海の間に、黒い稜線が現れた。それは箱根連山から駿河湾に延びる伊豆半島だった。稜線の上がうっすらと茜色に染まった。健治はじっと目を凝らした。やがて茜の帯は左右から中央にせり上がり、太陽の昇る位置を知らせてくれた。息を凝らすと下から燃える太陽が顔を出した。その時「健治、ここだよ」と竜太が呼んだように聞こえた。見る見る太陽は大きくなった。海面におびただしい光芒の束が健治の方にどっと押し寄せてきた。紫紺の海面に茜色がきらきら溶けてまるで天人の海路のように健治に迫って来た。

「竜太ァー」と、思わず健治は叫んだ。

眩しい太陽に、健治はとても目を開けていられなくなった。磨き上げた大円の鏡のような太陽が稜線を離れ駿河湾を照らした。

「竜太ァー、佐知子ー」と、健治は茜に染まる紫紺の海に呼びかけた。

健治、素直になれ、楽になれ！という竜太の声を音のない波間に聞いた。足元の波音が、ザー、ザーと途絶えることがなかった。

健治は上着の襟を立て後ろを振り向いた。富士にかかった雲が赤く染まっていた。

健治は待たしていたタクシーでホテルに戻って行った。

翌朝、節子はレストランで健治に会った。彼は昨夜のことは忘れたかのようにすがすがしい顔をしていた。健治は本当に田子の浦に行ったのかどうか、節子は気になったが、健治の方から話しかけてきた。

「海に行ってきました。竜太に会ってきました」

「本当に行ったのね」

節子も梅子も、あとは何も聞くのをやめた。

駿河湾周遊

竜太の新盆に遠藤正人が西葛西のマンションを訪ねてきた。

正人は仏前にお線香の包みを置き、竜太に合掌した。

「この写真は、竜ちゃんの一番いい顔ですね」

合掌を終わって、正人は仏壇の上の遺影を懐かしそうに見上げている。

そして正人は内ポケットから白い紙につつんだものを取り出し、包みを開いた。それは大きな釣り針だった。

「これ、竜ちゃんが作った釣りの仕掛けです。おかあさん、これ竜太の思い出に持ってきました」

大きな釣り針に糸をくるくる巻いて括り付けたもので、これを漁師は仕掛けと呼ぶらしい。

「竜ちゃんは手先が器用で、流石に耳や鼻の細かい手術をする耳鼻科医の技だと感心していました」

節子は竜太の手先の思い出が残る頑丈な仕掛けを珍しそうに眺めた。成程、これなら大魚を釣り上げてもはずれないだろうと思わせた。

正人は竜太の親しい海の友である。彼は竜太より五歳年長であるが、竜太はマーちゃんと呼び、正人さんはリューちゃんと呼んだ。マーちゃんは駿河湾を知り尽くした海男である。

竜太と知り合ったのは、小学校に上がったばかりの正人の息子・正彦が、竜太に中耳炎の手術をしてもらったのがきっかけであった。正彦は腕白坊主で、最初は治療に手古摺ったが、竜太がびしっと叱るとおとなしくなった。竜太は怖いけど、やさしい先生の異名があり、子供からも親からも、竜太先生と呼ばれ、人気があった。竜太は治療中は怖かったが、終わると子供にやさしく接した。

正彦が竜太に懐き、正人も子供に好かれる竜太の人柄に魅かれた。竜太を海に誘うと、どこまでも入れ込んできた。いつの間にか、竜太は遠藤一家に家族同然に受け入れてもらった。正人に一級船士免許を指南してもらい、忙しい診療の合間を縫って免許も取得した。竜太は暇ができるといつでも遠藤家を訪れ、黙って二階に上がり、子どもに戻ったように正彦をからかった。

「竜ちゃんは子どものように無垢だから、子供に好かれました。去年は竜ちゃんと駿河湾のクルージングを楽しみましたが、丁度その季節になりました。竜ちゃんが運転したクルーザーで駿河湾をご案内したいと思いますが、如何ですか」

正人が、竜太めぐりの駿河湾周遊に誘ってくれた。

「駿河湾巡りですね、楽しそうですね」

「よろしかったら、岡部健治さんもお誘いしようと思いますが」

「あら、健ちゃんも?」

「ええ、去年、竜ちゃんが連れて来て、一緒にクルージングしました」

「それは健ちゃんも大喜びですよ」

節子は佐知子も誘ってほしいと思い「もう一人加えていただけませんか」と訊ねた。

「いいですよ、十人乗りですから」

節子はなんというタイミングの良い誘いであろうかと思った。その場で健治に電話を入れた。健治は大喜びで、節子は受話器を正人に渡した。思いがけない正人の誘いで、駿河湾周遊の話がまとまった。


十月初めの日曜日、新幹線の新富士駅で節子は健治、佐知子と落ち合った。

車両は違ったが、健治と佐知子も同じ「こだま」で東京からやって来て、改札口で出会った。海岸口から田子の浦港の待ち合わせ場所まで、タクシーで行った。後ろの座席に佐知子と節子、健治が助手席に乗った。

赤灯台、白灯台の見える田子の浦湾で、遠藤正人ともう一人海の仲間の井出が待っていた。健治が佐知子を「東都大医学部の漆畑佐知子さんです」と紹介した。

節子は潮の匂いを感じながら白灯台の方に皆と歩いた。すると健治がわざと歩を緩めて、節子の傍に来て囁いた。

「あの日の朝、田子の浦に行った話をしたんです。佐知子さんが分かってくれました」

「そうだったのね、よかったね」

この短い会話だけで、節子にはすべてが分かった。前の方で、佐知子は正人から竜太の思い出話を面白そうに聞いている。

海は、午後からは風が出るという予報だったが、どうやら午前中はもちそうな雲行きであった。『俺が遊んだ海を見せてやろう』と、竜ちゃんが言っているみたいですね」と正人は、エンジンをかけた。

港を出ると、最初は赤灯台が目印のバラムツのポイントである。バラムツは深海魚で、刺身にするとマグロの大トロのように美味しい。ところが、バラムツの油脂は下痢を起こすので食してはいけない魚種にされている。竜太はそれを知っていて釣り上げ、割烹「田子の浦」に持ってきて、刺身にして仲間に食べさせたという昔のいたずら話をした。正人はそれぞれのポイントに残された竜太の思い出を、エンジン音に負けない大声で語った。駿河湾で育った佐知子も強い潮風を受けながら楽しそうである。

「竜ちゃんの釣りは、攻めの釣りでした。仕掛けを何種類も用意してきて、状況変化に応じて方法を変えました。釣りの仕掛けは、既製のものを使わず、自分で作っていました。情報収集も凄く、海のことはよく研究していました。釣れなくても、最後まで諦めない男でした。竜ちゃんはいつも大荷物を担いで釣りに出かけました。遊びではいつも遅刻でしたが、釣りだけは遅刻しませんでした」

船は、富士を左に仰ぎながら海岸沿いに沼津に向って走った。

「あの辺りを千本松原と言います。防風林として千本の松を植えたことからそんな名前が付けられたんですが、我々は千本浜と呼んでいます。竜ちゃんが初めて大鯛を釣ったとき、あの浜で記念写真を撮りました。確か西浦で釣ったと思いますが、鯛を抱えた竜ちゃんの背景に、西浦の海が入っています。あとで西浦も通ります」

正人が、千本浜を指さしながら言った。ディーゼル・エンジンの音に逆らうように声を張って話してくれる。

沼津沖に来たとき、この辺りが牛伏海岸という太刀魚のポイントだと教えた。太刀魚はシーズンになるとたくさん釣れる。病院が終わってからの夜釣りで、釣果も豊富であったから、割烹「田子の浦」に持ち込んで宴会をした。

「ほら、あちらに沼津マリーナの看板が見えるでしょう。竜ちゃんは一級船舶士免許をあそこに通って取得したんです。この辺りの海で、彼は実技講習を受けたんです。右ヨシ！　左ヨシ！　後方ヨシ！　と、やったんです。けっこう大型の船でやるんです。忙しい医者の身で、よく頑張ったと思います。竜ちゃんは何にでも興味を持ちました。珍しいものを見せたり、話したりすると、あとが大変でした。すぐにのってくるから、嫌でも巻き込まれることになるからです。魚探も海図もやりました。駿河湾の海底すべてを知り尽くそうとしていました。そのための天文学や海洋学の本を一緒に調べさせられました」

三津浜海岸に浮かぶ《スカンジナビア号》を一回りして、船を戸田に向けることにした。

「あの海上レストランはけっこう格式が高いんですが、竜ちゃんと一緒に長靴のまま入りました。彼は体裁をかまわないところがあって、一緒に行動していると面食らうこともありました。彼はイベント企画が上手だったから、我々の仲間では、《うたげ男》と呼んでいました」

三津浜を出ると、凪いで見えた海面に大きな波のうねりが現れた。

「この辺りが、竜ちゃんが大鯛を釣りあげた西浦です。けっこう水深がありますが、海底は山になっていて、鯛が釣れるポイントはわずかな範囲です。その深さを一メートルか二メートルはずしても鯛は釣れません。彼はわかっていました」

友人の結婚式披露宴に提げて行ったり、剥製にしたり、魚拓を作ったりと、大鯛のエピソードは多い。途中、遊魚船が点在していた。

「竜ちゃんは、いつも合羽ルックだったから、ああいう遊魚船で眼鏡をかけた合羽ルックの釣り客を見ると、ふと竜ちゃんじゃないかと思ってしまうんです」

「駿河湾での釣りはおもに沼津の《魚魚丸（ととまる）》でした。伊豆七島や三宅島、銭洲は戸田から下田から行きました。忙しい合間を縫って出かけていましたから、今でもどこか遠くへ釣りに出かけていて、自慢話をたっぷり仕込んで、ひょっこり帰ってくるような気がします」

正人の言葉には実感がこもっている。竜太が逝ってもう十か月になろうとしているが、竜太はいまも富士にいて、ひょっこり訪ねてくるような気がすると言う。戸田湾に入った。

「ここが竜ちゃんが通った戸田港です。彼がよく利用した《たか丸》という船があるはずです」正人は湾内を一めぐりして、《たか丸》を見つけ、「あれです。いました。いました」と、船を接近させた。《たか丸》は錨を下ろしていた。

「伊豆七島では、ウメイロ、カンパチはよくかかるが、シマアジがなぜか俺には釣れないと言っていました。でも、一生かかっても釣れない《もろこ》を釣ったんです。たいしたものですよ」と、釣りを始めて二年あまりで、いっぱしの漁師になった竜太を称えた。竜太が遺した百三センチ、二十一キロのもろこの剥製は、かれの化身だと言った。竜太はこの怪魚と荒海で格闘し、これを家来として天に連れて昇ったのかもしれない。

節子は正人の話に耳を傾けながらも、健治と佐知子の様子をちらちら見ていた。二人がかわす眼差しも、佐知子を労わるような健治の何気無い仕種や言葉遣いも、明らかにこの前とは変わっている。

気象情報の通り、戸田湾を出ると波が高くなったので昼前に田子の浦港に戻ることにした。それでも二時間の周遊になった。

港近くの寿司割烹に予約を入れて昼食をとることにし、正人の車で行った。店は常連客で賑わっていた。

正人が店の主人に、「竜太のお母さんです」と紹介すると、店主は鉢巻をとって深々と頭を下げた。客の中には、竜太のことを知っている者もいるようだった。店主が壁に飾ってある「もろこ」の魚拓を指さした。

「竜太先生の魚拓です」

魚拓には釣り人・加納竜太、平成七年九月十五日ＡＭ九時二十分の日時があり、現認者の名前もあった。つい一年半前の魚拓だった。

そのとき、窓際にいた背の高い男が立ってやってきた。節子に渡した名刺を見ると、外車販売の営業マンであることが分かった。

「竜太先生のＢＭＷは私がお世話しました。それが辛いです。申し訳ございません。竜太先生が事故に遭うなんて、絶対にあり得ないことです。口惜しいです。竜太先生のことは忘れません」

彼は左ハンドルでなければ助かったのではないかと悔やんでいるのであった。彼は咽《むせ》んで大きな目から涙をこぼし、それだけ言って自分の席に戻って行った。

「彼も竜太さんの釣り仲間でした。竜ちゃんは郷ひろみの真似が上手く、みんなでカラオケに行って歌いました。竜ちゃんが行くと、みんなついて行くから、店のママも喜んでいました。竜ちゃんを思い出してみんな淋しいんです」

竜太が富士に残した楽しい想い出を、ここでも見せられた。節子は竜太を知るために、そのカラオケにも行ってみたいと思った。節子にとって、竜太が地元の漁師さんに受け入れられていたことが分かる駿河湾巡りになった。

結ばれる縁

寿司割烹を出て、正人の車で新富士駅に送ってもらった。お互いに握手を交わし次の再会を約束して別れた。

「竜太は誰からも好かれたんだなあ。医者らしい素振りを見せなかった。全くあいつらしいよ」

健治は改めて竜太のキャラクターは得難いものであったと思った。

しばらくホームで待って、新幹線「こだま」に乗った。「こだま」の自由席はいつも空いているから、二人掛けの座席を回転させ、佐知子と節子が並び、向かい側に健治が座った。

「今日はお祖母ちゃまはお留守番ですか」

と佐知子が訊ねた。これまで節子に会うときはいつも梅子が一緒だったから気になるのだろう。

「一緒に来たかったんですが、今日は、教え子のクラス会に呼ばれましてね。最近は少なくなったんですけど、昔は度々でした」

梅子は戦争を知らない子供たちに、必ず戦争の話をした。それは戦争を体験し、子供を裏切った教師の責務と考えていた。そのため梅子は戦争を語る先生として有名になり、クラス会によく呼ばれる名物教師になったようだ。

「お祖母ちゃまはしっかりされておられますね。私の父方の祖母も同じ八十二歳ですが、比べるとびっくりします。祖母は心臓を患い、車椅子です」

「あら、それではお母様、大変ですね」

取り立てて訊ねるわけでもないが、このような家族の話は自然に始まって、それとなくお互いの家庭環境の説明にもなる。健治の祖父母の話も出て、次々に話題が続いて途切れることがない。

「お父様はお変わりございませんか？」

「笠原先生の外来で、毎月東京に来て診ていただいております」

「それは安心ですね」

笠原遥希は、耳鼻咽喉科、消化器外科、内視鏡科など他科連携で、漆畑のがん再発をチェックしているようだ。煙草は止め、酒も控えめに加減して飲んでいるという。

東京まで一時間十五分である。話題は尽きることがない。健治がS精機の話を始めた。

「S精機の進む道は、これからの日本企業のモデルケースになると思いますね。いま日本の大企業はどんどん外国に出て行きます。でも何年かかるかわかりませんが、やがてUターン現象が起こると思うのです。日本企業の九十九パーセントは中小零細企業で、そこに人材の八割が働いています。伝統と技術と力のある中小零細企業が、このまま衰退する筈はありません。S精機は大企業の下請け工場が結集して見事に成功しました。漆畑社長のマネジメント力によるものです」

「でも安い外国製品の輸入で、日本の下町工場がどんどん倒産するという記事が多いですね」

節子も、そのような新聞記事をよく目にしているので問いかけた。

「確かにそうなんです。でも、僕は総合商社にいるからわかるんですが、やがて日本の優秀な下請け企業が反撃に出ると思いますよ。下請け企業には優れた技術もユニークな発想力も多くの人材もあります。足りないのはマネジメント力です」

健治は漆畑のマネジメント力を高く評価している。

健治の父親は、通産官僚だったから、国の政策も、大企業志向であったことや、父親の転勤で学校を転々と変わったこと、いじめにも会い、友達ができなかったこと、そして、高校に入ってやっと落ち着き、そこで出会ったのが竜太だったことなどを話した。

「でもね、僕は気づいたんです。竜太のユニークな行動は、物怖じしない子供心です。漆畑社長も同じように、それを持っています」

一時間十五分が楽しく過ぎた。節子は二人と東京駅で別れた。

「忙しいでしょうが、体にはくれぐれも気を付けてくださいね」

節子は健治と佐知子が結ばれて、幸せな家庭を持ってほしい。そのためには健康と不運な事故に遭うことだけが気になるのだった。

正月、健治と佐知子の墓参

悲嘆に始まった昨一九九七年であったが、節子にはいくつもの不思議な出会いがあった。それは竜太が遺してくれた予期しない人のご縁である。

元旦の正午、東京駅の八重洲中央口で節子は梅子を伴って佐知子と健治と待ち合わせた。佐知子は暮れから実家に帰っており、新富士から新幹線「こだま」でやってきた。正月らしく若やいだベージュのコートによく似合うハンドバックを持っていた。まるでファッション誌のページを思わせた。健治も杉並の実家で年越しをした。カシミアの紺のコートに水色のマフラーをつけたダンディな姿である。どちらもセンスが良く、お似合いのカップルに見えた。

節子は会った時から、健治と佐知子の様子が、この前よりも自然になったと女の感がはたらいた。佐知子と健治は時々逢っているのだろう。節子は二人の関係がいい方向に進んでいるのを見て、竜太を応援するような親心がこみ上げてきた。立ち話はそこそこにして、四人は八重洲口からタクシーで本郷の寺に向かった。

寺に着くと境内には、正月の参詣者の人影があちこちにあった。墓掃除は暮れに終わっているので花の水だけ取り換えた。節子が持ってきたお線香に火をつけ、それぞれの手に分けた。加納家の墓誌に、一九八四年加納英爾五十二歳、一九九七年加納竜太三十二歳と刻まれている。佐知子と健治は、竜太父子の短命を悼みながら並んで長い合掌をした。節子と梅子も続いて手を合わせた。

「早いなあ、もう一年ですね……」

健治が感慨深そうに言った。

「そうですね、それにしても、あらためて拝見すると、あなた方、とても素敵なカップルだわね」

梅子が単刀直入に話のきっかけをつくった。

「おかげさまで、僕たち、今日は感謝でいっぱいです」

「本当に、おばあちゃま、おかあさん、ありがとうございます」

佐知子からも健治と同じ気持ちが伝わってきた。節子はいい正月が来たと思った。

「思い出すのも恥ずかしいですが、去年の夏、おばあちゃんに言われたことは、とても力になったんですよ」

「あら、私、何と言ったの？」

「あなたの恋敵は竜太ではないですよ、恋の邪魔をするのは、もう一人の健ちゃんでしょ、こだわりの健ちゃんでしょ、と叱られたんです」

「あらまあ、そんなこと言ったかしら」

健治がＳ精機の株式上場パーティの翌朝、夜明けの田子の浦港に行ったことは節子もはっきり覚えている。

「あの夏の朝、田子の浦の竜太に向かって叫んだんです。それで自分の気持ちがとても楽になったんです。ぼくは竜太にはなれないし、佐知子さんを待つしかないと言ったんです」

健治は話しながら、何度も佐知子の顔を見た。そのたびに佐知子が頷いた。

「その時の健ちゃんの顔、見たかったね」

「やめてくださいよ」

梅子がひやかすと、健治は照れ、佐知子は思い出し笑いをしている。

「それで、佐知子さんのご両親はどうなんですか」

「私、今朝、父の車で夜明け前の田子の浦に行って、初日の出に手を合わせてきました。赤灯台と白灯台の間から昇る真っ赤な太陽に向かって加納先生にお礼を言いました」

「まあ、お父さんと一緒に田子の浦に？」

節子はいつも田子の浦の記憶から逃げようとしてきたが、漆畑一郎も田子の浦に行ったという。

「きっと竜太は喜んでくれたでしょうね。それでお母様は？」

「母は『加納先生のご縁を大切にしなさい』と言ってくれました」

節子は、ご縁という言葉を佐知子から聞いて、竜太は本当に良い縁を遺したという思いを強くした。

「健ちゃん、これから長い人生よ、今の気持ちを忘れないで佐知子さんを大切にしてくださいね」

「はい、わかっております。M商事とも話がついて、春から正式にS精機のお世話になることにしました。目下、僕自身のM商事の仕事の引継ぎをしているところです」

「いよいよ富士の住人になるのね」

健治はS精機の海外担当役員に迎えられることになり、富士市内にマンションも購入した。北に富士山が望める景観は申し分なく、晴れた日は南に駿河湾が見えると言った。

「S精機の縁は竜太がつくってくれた縁です。皆さんの期待にこたえて、ご恩返しします」

節子は佐知子と健治の話を聞きながら、まるで竜太に夢見たことを健治が叶えてくれるようで嬉しくなるのだった。

山門を出て本郷通りを歩いた。前に節子と梅子、後ろに健治と佐知子が続いた。寺の多い本郷界隈は、正月も食事処が店を開けている。節子が予約しておいた日本料理の店に入り、瀟洒な小部屋でテーブルを囲んだ。

一年が過ぎた「コロンブスの卵」

竜太が遺した縁は、医学・医療の方でも開花を始めた。

神野修一が、頭頸部外科学会で加納竜太の研究成果を代理発表してから一年が経って、加納竜太の研究がようやく再開されることになったのだ。竜太が師事した伊藤講師が国立がんセンターから本院に呼び戻され、教授として迎えられたのが契機となったのである。

伊藤教授は、がん専門病院で頭頸部腫瘍の神の手を持つ外科医として広く知られるようになったが、頭頸部腫瘍の患者が増えてきて、東都大学医学部耳鼻咽喉科はその対応のため彼を大学に呼び戻したのである。

東都大学医学部の中でも耳鼻咽喉科は、特に名門と言われ、全国の著名な病院の耳鼻咽喉科に専門医を派遣する伝統をもつ。ところが、耳鼻咽喉科の医局員は、耳と鼻が圧倒的多数の主流派で、頭頸部腫瘍の分野は、限られた少数派であった。そのため咽頭がんなど頭頸部がんの治療は、がん専門病院や一部の大学病院に遅れを取ったと言わざるを得ない。伊藤教授はこれを一挙に挽回するミッションを担うことになったのである。

予測した通り伊藤が戻ってきて、頭頸部腫瘍の外来がにわかに忙しくなった。同時に、彼はがん専門病院と違い、教授という立場上、手術だけに専念するわけにはいかなくなった。彼はこの機会を、名門の耳鼻咽喉科に恥じない頭頸部腫瘍の先進的な治療モデルを確立する好機と捉えた。

伊藤が、外科の医局に羽田助教授を訪ねてきた。伊藤と羽田は医学部同期生である。

「青野周一さんが世話になるね。一部リンパへの転移があったようだね、彼から連絡をもらったよ」

青野は羽田の友人で、咽頭にがんがみつかって伊藤に紹介したのだ。

「うん、すぐに放射線治療と化学療法を始めたい。それで相談があるんだ。青野さんに第一号患者になってもらい、頭頸部がんのクリニカルパス（clinical path　標準治療計画表）を作成したいと考えている。協力してくれないか」

「クリニカルパスの作成か。いいね、頭頸部がんこそは他科連携のチーム医療は必須だし、全面的に協力させてもらうよ」

羽田は膝を乗り出した。

クリニカルパスは、患者の病状に応じて最善で最適な治療法を行うための標準的な指標である。一九八〇年代に米国の看護師カレン・ザンダーによって開発された手法で、日本でも研究が始まり、常に最新の研究成果を取り入れる先進病院を中心に導入が進んでいる。クリニカルパスには、多くの治療実績の継続的な収集と解析が必要となる。

「手術専門医は手術バカになりかねない。手術が終わると、患者の予後を考えずに、次の手術だけを考える。これがいつも気になっていた。大学に戻ってきて、これではいけないと考え直したんだ」

「外科医はみんな同じだよ、俺だっていつもそれが気になっている。是非、一緒にやらせてくれ」

「幸いにも、加納竜太が遺した、術前に胃ろうを造設して栄養療法も行う優れた研究モデルがある。これを取り入れたい」

「それは嬉しいね、神野も喜ぶだろうね。彼は間もなく午前の外来が終わるころだから相談にのってもらおう」

そう言って羽田はその場で神野の外来に電話をかけ趣旨を伝えた。するといま最後の患者を診ているから直ぐに医局に帰ると返事をした。

「実は久しぶりに大学の図書館にいったんだがね、ドイツのヘルマン・ノートナーゲルという医師が、『医者は病気を治すのではなく病人を治せ』と言っているんだ。はっとしたよ」

「ヘルマン・ノートナーゲル？　初めて聞く名前だね」

「うん、偶然、目にとまったんだけどね、確か一八四一年生まれだったかな」

「病気を治さず、病人を治せか。外科医には耳の痛い言葉だなあ」

限りなく医療の専門分化が進む中で、大学は患者中心のチーム医療に取り組むことを忘れているのではなかろうか。伊藤は手術のスペシャリストから医療のジェネラリストへ踏み出し、頭頸部外科領域の治療体系を作り上げようとしている。自分もいま同じ立場に置かれているではないかと、羽田は強い共感を覚えた。

しばらくして神野修一が医局に戻ってきた。

「どうですか、昼飯に行きませんか」

伊藤がちらと腕時計を見て食事に誘った。

昼のピークが過ぎて、大学内のレストランは空席があり、三人は個室を取ってもらって、ゆったりした打ち合わせの気分になった。

「伊藤先生、クリニカルパス（clinical path）の作成に竜太の術前胃ろうも組み入れてもらえますかね」

「いまも、そのことを話していたんです。竜太は逝ってしまったが、彼にはこの研究を一緒にやってくれと言われて気になっていたんだ。竜太には申し訳ないことをしたが、丁度いいタイミングでスタートできると思うんだ。羽田先生も血液腫瘍の笠原先生も富士から戻って来られたし、どういう訳か竜太のチーム医療のメンバーがそろったからね、笠原先生にも声をかけてもらえるかな」

「分かりました、笠原も喜ぶでしょう」

「放射線は誰がいいだろうか」

「保坂はどうですか。彼は留学から帰ったばかりで、本場のクリニカルパスもわかっています。彼はスキルも高いですから……」

「何年卒？」

「一級下です」

「いいね、では先生から声をかけてもらえますか。病理は私から大井先生に声をかけてみます」

チーム医療のメンバー構成がまとまり、メンバー会議の段取りも決まった。昼食を済ませて伊藤教授と別れてからも、羽田と神野は残って話を続けた。

「これは、医局の縦割り構造を変える絶好のチャンスですね。他科連携のチーム医療は、まさにわれわれ外科医局の問題です」

外科医局は、他の大学に先駆けて第一外科と第二外科が統合して大所帯になったが、その後遺症は、メガバンクの合併さながらに、いまも対立がくすぶっている。他科連携どころか、一つの医局でもチーム医療の土壌が育っていない状況である。温厚な人柄の羽田は外科医局のわだかまりを融和する役割を託されて、助教授として富士から本院に呼び戻されたという経緯がある。羽田はその役割の難しさに頭を痛めているところだった。

「医局の閉塞感を一新しなければなりません、羽田先生のリーダーシップでやりましょう」

「わかった、わかった」

温厚な羽田に比べて、神野はどちらかというと直情型である。

頭頸部がんのチーム医療始まる

数日後、耳鼻咽喉科の病棟会議室に、チーム医療の精鋭が集まった。消化器外科の神野、血液腫瘍内科の笠原、放射線科の保坂、病理の大井、内視鏡の井深、伊藤教授の配下の北川、管理栄養士の桜本、病棟看護師長の江崎である。羽田助教授もオブザーバーという形で出席している。

同じ大学病院だから日頃は親しくはしていても、改まってクリニカルパス作成のメンバーとして集まるのは初めてのことである。会議はこれから何かが始まりそうだという新鮮な空気に満たされている。一通り、メンバーの自己紹介が終わり、伊藤教授が口火を切った。

「頭頸部がんのチーム医療のメンバーを快くお引き受けいただいてありがとうございます。私はがん専門病院から帰ってきて日も浅いのですが、これから皆さんのお力を借りて、頭頸部がんの標準的な治療体系づくりであるクリニカルパスを作成したいと考えております」

伊藤はクリニカルパスについて簡単に説明した。

「皆さんには釈迦に説法のようで恐縮ですが、おさらいと思ってお聞きください。

頭頸部がん治療の分野では、化学療法、放射線療法、外科手術の三つを組み合わせて行う治療法が確立されています。この専門分化した治療法を進化させ、かつ相乗効果を高めるため、実証試験を積み重ねながら日々先進の治療法が生み出され、治療の信頼性が高められております。ところが治療法の進歩に取り残され放置されているのが、患者の体力、気力、免疫力の源となる栄養療法です。ところが、本校には他に負けない先進の研究成果があります。これについては神野先生にお話ししてもらいます」

伊藤教授は、ここで自分の話を中断し、加納竜太の術前の胃ろう造設について神野の説明を求めた。

「術前の胃ろうというのは、これは亡くなった耳鼻科の加納竜太が発想して研究を始めたものです。彼はこれを去年一月の頭頸部外科学会で発表の予定でしたが、直前になって突然交通事故で亡くなったため、私が代理発表しました。では五分だけ、スライドを使って説明させてください」

神野はあらかじめ用意していたスライドをスクリーンに映した。

最初の画面は加納竜太の写真だった。彼の事故死は去年の正月の出来事であり皆の記憶にも新しく、みんな緊張の面持ちで神野の説明に耳を傾けた。

「放射線治療による焼けるような喉の痛みや、抗がん剤による食欲不調の苦しみは、がんを治すための代償だから我慢してくれと医師は患者に言い聞かせます。しかし、加納竜太は目の前の患者の苦痛を看過できず、胃ろうを用いる良い栄養法を思いつきました。口から食べられるうちに、お腹に胃ろうを造っておけばいいではないかという極めてシンプルな方法です。先回りをして、栄養ルートを確保しておけば、術前・術中・術後にわたって、患者に苦痛を与えることなく、適切な栄養を継続して摂取できるという発想です。これなら患者も苦痛から救われるし、看護も容易になります。治療効果もあがり、治療期間の短縮、在宅医療の可能性、さらには医療費の削減にもつながります。私は『これはコロンブスの卵だ』と彼を励ましました。竜太はこのあと三か月を経ずして、三十二歳で夭折したのですが、彼は何かにとりつかれたかのように術前に胃ろうをつくる研究に集中しました。放射線量、抗がん剤投与、患者の蒙る苦痛、治療成績、入院期間の短縮など、頭頸部がん患者の治療経過を詳細にカルテに記録しています。

症例数は決して多くはありませんでしたが、後で考えると竜太はまるで死に急ぐかのように学会発表の準備を進めました。そして頭頸部外科学会の抄録審査を通過、学会発表招待の通知をもらいました。その学会発表を目前にして、彼は不慮の輪禍で旅立ちました。とても無念です。竜太の発想はまだどこの病院でもやっていない栄養法です。このメリットについてもエビデンス（科学的根拠）を作っていただくように、伊藤教授にお願いしました。皆さんの協力をお願いします」

神野のスライドを使った術前の胃ろうの説明が終わり、話は伊藤教授に戻された。

「ということで、今回取り組む頭頸部がん治療のクリニカルパスの作成には、加納竜太の研究成果を取り入れて、本校のクリニカルパスの目玉の一つにしようと思っています。

今後、治療件数を増やしてまいりますが、最初の患者さんは羽田先生の知人である青野周一という五十二歳の方です。精密検査の結果、ステージⅢの中咽頭がんと診断されました。血液検査、エコー、PET、CT、MRIの検査で黒い影が見つかり、原発不明がんの可能性が示唆されました。ガリウムシンチグラフィー検査で悪性上皮内新生物の疑いがあり、局部生検で一部リンパ節への転移が見つかり、ステージⅢと確定しております」

「がん告知と治療のインフォームド・コンセントは終わっているのですか」

と、栄養士の桜本が質問した。

「青野さんはとても前向きな方で、病気にめげない強靱なスピリチュアル、精神力をお持ちです。ボクシング通訳をされておりますが、外国人とのお付き合いが多いからでしょうか、物事をはっきり言われ、きちんと質問もされ、理解力も優れておられます。検査結果の説明にも、術前に胃ろうを造る治療方針も、納得いただきました。

次に、青野さんの治療計画ですが、これは放射線の保坂先生と血液腫瘍内科の笠原先生にお願いしたいのですがよろしいでしょうか」

「わかりました、これに関しては笠原先生と私とで最新の実証試験で証明されたものを用いて至急作ってみます。笠原先生、それでいいですか」

「いいですよ」

青野周一の検査結果とこれからの治療計画について、みんなの共通理解が得られたところで、伊藤は黙って聞いていた羽田に訊ねた。

「羽田先生、何かアドバイスをいただけますかね」

「実に気持ちのいいカンファレンスですね。私は漆畑一郎という方の咽頭がん治療のチーム医療を、一年余り前に富士の病院でやったことを思い出しておりました。あの時は加納竜太が頼んだメンバーでしたが、神野先生と笠原先生も一緒でした。今度、本院でクリニカルパスを作成していただくことになって全く感無量です。誰よりも喜んでいるのは竜太ではないでしょうかね」

「大学医学部は、専門医は揃っていても診療科をまたいでチーム医療を行うのは難しく、これがタテ割りの医局制度の弊害かと思います。アメリカでは研究のためには、教授が世界から人材を集めるというスケールの大きさがあります。外国かぶれと言われるかも知れませんが、日本の講座制は遅れている。明治の遺物と言われても仕方がない時代遅れの制度です」

保坂医師が同調し、会議の雰囲気が急に高揚してきて、血気盛んな中堅医師の気焔があがってきた。

「伊藤先生、実はもう一人、メンバーに加えてほしい人がいるのですが、いいでしょうか」

「誰ですか？」

「漆畑佐知子さんです」

伊藤教授は一瞬考えて直ぐに気がついた。

「いいじゃないですか。漆畑さんのお嬢さんですね。うちの大学に入られたそうですね」

「クリニカルパスの作成には治療経過をきちんと整理する必要がありますが、そのクラーク（書記）の役割を彼女に頼みたいと思います」

「漆畑佐知子さんに手伝ってもらえるなら最高だね、適任、適任」

笠原の提案に神野が同調した。

「みんな知っていることだから、言ってもいいかな。彼女は竜太を追いかけてうちの医学部に入った才媛です」

と、笠原がこっそり秘密を明かし、彼から佐知子に医療クラークを頼むことになった。

青野周一のカンファレンス・ルーム

佐知子は春から医学部二回生になる。佐知子は、いま自分がここにいること自体が信じられないほど大きな運命の転換を受け入れている。

父の中咽頭がんで、偶然出会った加納竜太を慕って、大学理学部二年を中退、東都大学の医学部をめざし夢を果たした。しかし、加納竜太のいない医学部入学は、嬉しさよりも寂しさの方が勝った。

それでも佐知子は悲しみの中で、亡き竜太が遺した縁の不思議をしっかり受けとめ、巡りくる運命と向き合い噛みしめている。とりわけ岡部健治の求愛を受け入れた佐知子は、これからの人生をどう歩むかの強い意思が問われることになった。


中央区佃のマンションに笠原遥希から電話が入った。

「笠原です。突然電話してごめんなさい。お父さんから電話番号を教えてもらいました」

「あら笠原先生、父がお世話になっております」

「竜太の研究を引き継ぐためチーム医療を進めることになりました。佐知子さんにチームのスタッフとして参加して欲しいんだが、どうだろうか」

「私にできることでしょうか」

「もちろんです。チームリーダーが伊藤教授で、神野もぼくもスタッフに加わります。できれば患者さんのカンファレンスから出てほしいんです。時間は授業が終わってからの夕方にしてもらったから」

「参加させてください」

加納竜太が遺り残した研究を、大学病院で引き継ぐことになったと聞いて、佐知子は胸が高まった。

「何しろ佐知子さんは、がんのチーム医療も、術前の胃ろうも身近に体験した医者の卵だからね。では頼みます」

場所と時間を確認して、佐知子は受話器を置いた。加納竜太の遣り残した研究を大学として引き継ぎそこに自分の役割をつくってもらったことに感謝した。

患者の青野周一とその家族が待つカンファレンス・ルームに、佐知子は医療スタッフのひとりとして入って行った。全員の紹介が終わって、主治医の伊藤教授を真ん中にスタッフが席に着き、佐知子は医療クラークとして紹介された。青野周一は頭髪に霜を置く品のいい母親と一緒に座っていた。

病理の大井が、すでに告知の終わった検査結果を確認するように説明し、それに続いて伊藤教授がチームで行う治療計画の全体像を話した。

「それでは神野先生から胃ろうの説明をお願いします。青野さんには術前に胃ろうを造る栄養法のご了解をいただいておりますが、消化器外科の神野先生から、少し詳しく説明させていただきます」

「消化器外科の神野です。いま、十分に口から食べているのに、どうしてお腹に穴を空けるのかという疑問も、青野さんにはご理解いただいておりますが、頭頸部がん治療の術前胃ろうは、まだ数例しかなく、そのすべてをうちの大学で行っており、いい結果が得られております。胃ろうの手術は局部麻酔で十五分程度で終わる簡単なものです。術後の翌日から普通に食事ができますし、お風呂にも入ることができます。栄養剤はチューブをお腹の口につないで入れますが、投与時間は普通の食事時間と同じです。胃ろうは再び口から食べられるようになれば抜去しますが、お腹の口はすぐにふさがります。手術のビデオもありますので、後でごらんになってください」

青野は説明する医師の目を見て真剣に聞いている。続いて放射線治療を保坂、化学療法を笠原が専門用語を解説しながら、治療計画を分かりやすく説明した。強い副作用のため、口からの食事が摂れなくなり体力・気力・免疫力がそこなわれていくことと、治療中の栄養の大切さをリアルに説明した。青野周一は理解できないことがあるとすぐに反応して納得するまで質問し、専門医の説明にその都度、「ありがとうございます」と感謝を述べる。

「最近、重粒子線治療というのがあるそうですが、私の場合は適用はありませんでしょうか」

また青野が訊ねた。放射線科の保坂がこれに応じた。

「スクリーニングで、重粒子線治療の適用はステージⅡまでです。適用は顎部リンパ節転移を伴わない局部進行の非扁平上皮がんの場合で、鼻腔の腺様嚢胞《のうほう》がん、悪性黒色腫、肉腫などが主な適用です。咽頭がんに対しては粘膜毒性のため行えず、また、頸部リンパ節転移を伴うような腫瘍では、腫瘍に局限されて光線量を照射する重粒子線の特色を生かした治療ができません」

「ありがとうございます。難しい病気に罹りますと、あれこれ情報をくれる人がおりまして、かえって気になることもあります」

「そうですね、患者さんのお気持ちとしては当然のことだと思います」

青野の性格を読んで、保坂は次に来る質問を想定して解説に気を遣う。青野は「ありがとうございます」と答える。わかったということである。

保坂の説明が終わって、笠原の化学療法に変わった。

「治療計画は、現時点での最善の治療法だとご理解ください。がん治療は日進月歩ですから、現在最善とされる治療法も、さらにそれを凌駕するものはないかと、世界規模で研究開発が進められております。言葉はよくないですが、治療法の進歩は、ある意味で病む患者さんとの共同研究でもあります」

「そう言っていただくと元気が出ます。ありがとうございます」

「治療の最善手は一つしかないと言いますが、その最善手は科学の進歩によって常に書き換えられます。一緒に治療に努めましょう」

笠原のこの励ましは富士市立中央病院の七二〇号室で父に掛けられた言葉であり、佐知子は胸が熱くなった。青野は笠原の説明に深く頷いた。

「こちらの漆畑佐知子さんの父上も、中咽頭がんで、放射線治療、化学療法をされました。同じ病気の治療体験記というのは、とても参考になることがあります。お訊ねになりたいことがあれば、お聞きになってください。漆畑さんは本校医学部の学生です」

笠原が自分を指したことで佐知子は不意を突かれた。

「父は術後一年が過ぎましたが、再発も転移もなく、元気にしております。私はずっと父の病室に寝泊まりして看病しました。いま先生方がお話しされたように、治療の厳しい副作用の体験を看てきました。でも、我儘な父が耐えたくらいですから、耐えられると思います」

佐知子の一言で急にその場が和やかになった。付き添ってきた青野の母親が驚いたように佐知子を見た。息子の病を心配している様子が佐知子に伝わった。

カンファレンスは、みんなで協力して最善の結果を得ようという思いを共有する雰囲気で終わった。

「青野さん、一つお願いがあります。もしお許しいただけるなら、青野さんの治療と闘病の記録をビデオ撮影させていただきたいのですが……」

「どうぞ、私は一向にかまいません。お役に立てるなら自由に撮影してください」

青野はあっさり撮影を了解した。神野は竜太が遺した術前胃ろうの研究が前に進み始めたという確信を深めるとともに、誰よりも早くこの報告を加納節子にしなければならないと思った。

節子は出番をつくってもらった

神野修一から節子に電話が来た。一年ぶりに訊く神野の声だったが、節子は歯切れのよいその声調がよみがえった。

「突然お電話してごめんなさい。実は、うちの大学の耳鼻咽喉科で、竜太の研究をチーム医療で継承することになりました」

神野は昨年一月の頭頸部外科学会で竜太に代わって研究発表し、竜太の研究を継承してくれと呼び掛けてくれた。節子はそのことを忘れることはなかった。

「ありがとうございます」

「耳鼻咽喉科の伊藤教授から声がかかりましてね。富士の仲間もみんな本院に戻って来ましたし、竜太の研究をチーム医療でやろうということになったんです。富士の研究を本院でという竜太の夢が叶うときが来ました」

「うれしいです、竜太も喜びます」

「一番いい形で、彼の研究を継承できます。しかも大学としても他科連携の新しい試みですから、笠原をはじめ、チーム医療のメンバーはやる気満々です」

神野は、医療が臓器別に専門分化し、診療もタテ割り構造にならざるを得ない大学病院の実態を説明しながら、本院でのチーム医療の取組は画期的な事なのだと強調した。

「それから漆畑佐知子さんもチーム医療のメンバーに加わってくれます。笠原の提案です」

「佐知子さんも……」

「何しろ、佐知子さんは、お父さんの看病で、竜太の研究を体験しておりますからね。実は、患者さんの治療記録のビデオをつくることになりまして、佐知子さんが竜太のお母さんに相談したらどうですかと言いましてね」

「是非、お手伝いさせてください」

節子は研究の継承とビデオ制作という二つの喜びをもらった。

「では時間の調整をして、佐知子さんから連絡してもらいます」

節子はいい出番を作ってもらった。竜太と共に生きる足掛かりができたのだ。何より佐知子と一緒に仕事ができることがうれしかった。電話を切って、梅子にそのことを話した。

「いいお仕事をいただいたわね、ビデオ制作はあなたも良くわかっているお仕事だから頑張りなさい」

節子は夫が創業した映像プロダクション・コーマス社に連絡をとり、いつでも撮影が始められるように手配をして連絡を待つことにした。


翌朝の八時、佐知子から電話が来た。

「おはようございます、佐知子です。朝早くすみません、いまお電話大丈夫ですか」

「お電話お待ちしておりました」

正月に墓参りをしてもらって以来に聞く佐知子の声である。神野からの電話で要件はわかっているので、話は簡単に済ませて、会う場所と時間を決めて電話を終えた。

約束の時間に病院外来棟の入り口に行くと佐知子が迎えてくれた。佐知子のスラックス姿にスポーティな一面が見えた。佐知子は節子の肩を抱いて、お変わりありませんかと囁くように言った。

「おかげさまで……、健ちゃんは富士に慣れました?」

「ええ、健治さんも父も、お仕事がとても楽しそうです」

「佐知子さんは、大学の授業もあるのに、差し障りはないのですか」

「おかあさんとご一緒にお仕事ができるのが楽しみです」

「私のような者でも、お役に立てるかしらね」

「もちろんです、竜太先生もお喜びですよ。ビデオのことは、わたし何もわかりませんので教えてくださいね」

大学病院の空気のなかに竜太の思い出を懐かしみながら、佐知子と肩を並べて歩いた。外科病棟のカンファレンス・ルームに入ると、羽田助教授、笠原、神野が笑顔で迎えてくれた。三人そろって白衣を着ている姿は、この前、梅子と一緒に割烹で会ったときの印象とは違った。

「お久しぶりです。おばあちゃんもお元気ですか」

と羽田がよく響く声で言った。会食のときの梅子の印象が強かったようだ。

「おかげさまで、相変わらず忙しそうにしております」

と節子は答えた。笠原は黙って優しい目を節子に送ってくれた。

「お電話でお話しした通り、ようやく竜太の研究を継承することになりました。伊藤先生がリーダーです。チーム医療でやります」

神野は少しだけ間をおいて説明を始めた。

「患者さんは青野さんという五十二歳の方です。羽田先生のお友達で、ボクシングの通訳をされております。青野さんはステージⅢの進行性中咽頭がんです。この治療スケジュールに添ってビデオ撮影をすることになります」

「胃ろうの手術から撮影をはじめるのですね」

節子はマーカーで黄色にぬられた治療計画の日取りに目を落として言った。

「青野さんは来週月曜日に入院で、その日に胃ろうの手術をします。撮影はここから始めたいと思います。我々で何か事前に準備することがありますか」

「ご本人の肖像権の許諾と、どこで、いつ、なにを撮るか、大学の撮影許諾が必要だと思います。私の方は、いつからでも仕事にかかれるように準備しております」

「そうですか、ありがとうございます」

「撮影は段取り八分と言います。よろしくおねがいします」

亡夫の英爾が口を酸っぱくしてスタッフに言っていたことが、自然に節子の口から出た。英爾が背中をおしてくれたのだ。

「段取り八分ですか、わかりました、ビデオの制作の具体的な準備は佐知子さんに任せておりますので、話し合ってきめてください」

佐知子が了解ですというふうに頷いた。

節子は次第に緊張がほぐれてきて、夫が遺した会社で竜太の研究のビデオづくりをすることになった縁を大切にしたいと思った。映像制作はフィルムからビデオテープの時代になり、さらに、ビデオもアナログからデジタルに変わり、撮影や編集の機材も小型化が進んでいる。そのため、急いで設備投資をした制作プロダクションは借入金の返済で苦境に立たされたところもある。コーマス社はそうした苦境を乗り越えて、既に二十年の歴史がある。撮影の打ち合わせが終わって、あとは楽しい懇談になった。

「おかあさん、実は教授の退官パーティのビデオを撮ってもらえませんかね。予算は余りないんですが……」

羽田が遠慮がちに訊ねた。

「喜んでお受けいたします。予算の方はご心配なく……」

節子は撮影のことはどんなことでも引き受けようと思った。節子はいまは自分に役割をつくってもらったことがただ嬉しかった。

「ではこの件も佐知子さんからスケジュールの連絡をしてもらいますのでよろしくお願いします」

「かしこまりました」

「では、私このあと、教授との打ち合わせがありますので、先に失礼します」

羽田が席を立ち部屋を出て行った。

羽田が出て行くと、神野は節子に気を許して部外者には言わないようなことを話しかけた。

医局講座のヒエラルキー

「羽田先生は次の教授選の有力候補なんです。うちは一外・二外統合の後遺症がくすぶっていて、少々人間関係が厄介なんです。折角、二つの部屋が一つになっても、縄張り意識が残っていましてね、よその大学医学部も二つの外科医局が存在する所は少なくないんですが。医局講座制のヒエラルキーに対する批判がある中で、二つの医局が存在することは、混乱をさらに深めることになります。そのため東都大学医学部の外科医局は、他の大学に先駆けていち早く一外・二外を統合しましたが、いまだにその後遺症が収束せず、二つのタテ割り構造の対立が残っているのです」

神野は医局講座制の縦割り構造の弊害を、次のように分かりやすく説明した。

日本の医局講座制は、ドイツ医学の直輸入の所産と言われる。その頂点に君臨する教授以下、助教授、講師、助教らが続くピラミッド型の権力構造では、頂点に立つ主任教授に、医局人事、臨床、研究、運営の総ての権限が与えられる。しかも主任教授は余程の不祥事でも起こさない限り定年まで身分が保証されている。

東都大学医学部外科講座は、第二外科の実力教授が二つの外科講座を一つに統合した。二講座の歴史を辿るとそれぞれの起源に理由はあるが、時代の変遷に従って診療科目の専門分化が進み、良い意味の競争意識よりも対立構造の弊害が目立つようになってきた。こうした対立構造は新たに入局する新人医師、あるいは受診患者や派遣先病院の利にならないばかりか、混乱を招くだけの権力争いになっている。これは二つの外科講座を持つ医学部に共通の問題でもある。

「東都大学医学部外科教授は外科学会の実力者であったから、時代の趨勢を読んで英断を下し統合を成し遂げ、退任に当たっては、旧帝大系から現教授を後任に招いて統合後の融合をまかせました。ところが融合を託された教授も志半ばで退任を迎えることになり、縄張り意識が再燃してきたのです。大所帯になってもマネジメントのできない医局は、指揮者のいないオーケストラみたいなものです。医者はライセンスをもつプロだから、気に入らなければ外に出て行ってしまいます。閉鎖的なタテ割り組織は、たこつぼ社会になって、気がつかないうちに医療・医学の質の低下を引き起こします。迷惑を蒙るのは患者であり、前途ある医局員なんです」

神野の憤懣を聞きながら硬直した医局講座制を危惧する笠原も不安を募らせる。笠原はまだ規模としては小さい血液腫瘍の医局に所属しているが、繰り返される縦割り構造の教授選はどこも同根であり、医学部全体の不透明な医局運営に違和感を持っている。臨床研究医を目指す笠原は、大学人事に振り回されたくないという気持ちが強い。

節子も話にのみ込まれて頷きながら聞いている。

「教授は羽田先生を後任にして、医局の対立構造の融和を託したいようだが、温和な羽田先生にこれを押し付けるのは酷かも知れない。まだ表面化はしていないが、すでに羽田先生の教授選出を阻止しようとする反対勢力の動きもあるようだ」

「そこを取り仕切るのが医局長の神野の手腕ではないか。しっかりしてもらわなければならないよ」

笠原が笑いながら、神野を鼓舞するように言った。

「うーん、その意味でも、今度のチーム医療は、大学のタテ割り組織に一石を投じる絶好のチャンスなんだ。医局のタテ割り組織を超えた横断的な他科連携の医療ですからね。竜太が生きていたら興奮してチーム医療に取り組むだろうと思うと残念で、可哀想なんです」神野は笠原との話を節子にも解説してくれる。

「でも、竜太の遺したものは大きいよ、我々はしっかりとこれを引き継ぎ、明日につなげなければならない。おかあさん、竜太の術前の胃ろうは、神野の言うように本当にコロンブスの卵なんです。これから頭頸部がんの標準的医療になるのは間違いありません」

「ありがとうございます」

節子は神野と笠原に励まされて、いいビデオの制作をしたいと思った。

「竜太の研究は遅れましたが、その間にも胃ろうは凄い勢いで普及しています。胃ろうの手術は簡単で、安全な手術だし、鼻のチューブを抜いて、ベッドに縛られた患者の手を解いてあげるのは、誰が考えても優れた医療ですからね」

神野は胃ろうのオピニオン・リーダーと言われるようになり、マスコミからの取材も多い。彼の説明によると、日本はマスコミでいったん良い医療だとレッテルを貼られると、急に普及が加速する。いまはまだ手術後に患者をケアする医療機関や介護施設が、胃ろう患者の受け入れを戸惑っている状況だが、やがてケアの知識と技術、受け入れ態勢が追いついてくると、一挙に胃ろうは普及するだろう。既にそのような兆候が現れてきた。胃ろう患者は去年一年だけでも二十%以上の伸長が見られ、その勢いは今後も止まらないだろう。

胃ろうに関わる専門医師の数も増えている。HEQという胃ろうで在宅医療を促進する医師の研究会が、一年半前に立ち上がり、会員登録の医師も急速に増えている。これから医師の周辺にコ・メディカルのサポート体制ができると、胃ろうの連携パスもスムーズになり、高齢社会のなかに優れた栄養法として浸透し、定着していくに違いない。

「でも、どんな医療もそうだが、急激な普及には何かが起こるという不安もあるのではないかな」

「そうなんだ、胃ろうの普及で怖いのはモラル・ハザードだ。言葉は悪いが患者のいのちを食いものにして、胃ろうのメリットを悪用する金儲けだ。社会的な弱者に過剰な医療をして利に結び付けるという噂も漏れてくるようになった。いまは、胃ろうの光の部分だけが報道されるが、いつか影の部分の告発が起こるかも知れない。そうなって来てからでは遅いのだ」

節子がまだまだ二人の話を聞きたいと思ったとき、ドアをノックして看護師が入ってきた。

「この部屋は、次に患者さんのカンファレンスが入っているんですが、空けてもらってよろしいですか」

「ああいいよ、いま終わるところです」と、神野が看護師に返事をし「胃ろうのモラルと適用は重要な問題だからこの話はもっと続けたいが、またにしよう」

と神野が言った。

「では、あとはお母さまとわたくしとで、撮影の準備を進めていいですね」

佐知子が神野に念を押すように訊ねた。

「うん、そうしてください」

このとき、節子はふと誰もが気楽に集まれるクラブかサロンのようなものが大学の近くにあったらいいのではないかと思いついたのだった。竜太クラブがあれば、そこに先生方は気楽に出入りし、自由に意見交換ができるだろうし、大学でできないような仕事もこなせるかもしれない。

みんながテーブルの上を片付けて席を立とうとしたとき、節子が慌てて言った。

「神野先生、私、大学の近くに『竜太クラブ』を作りたいと思いますがいかがでしょうか」

「えっ？　竜太クラブですか？」突然、節子が「竜太クラブ」の提案をしたので神野は驚いたが、節子の説明を聞くと、「それは嬉しいお話です。実は私も、そんな場所が欲しいなと考えていたところです。今は何とか医局員が対応してくれていますが、いつまでもそういうわけにもいきませんしね」

「早速、いい場所を探してみましょう」

節子は神野の気持ちが確認できたので、すぐに実行しようと決めた。竜太の遺した縁を拡げ、竜太と共に生きるための好い機会を与えてもらったのだから、このチャンスを生かしたかった。

竜太クラブ開設へ

「お母さん、私、大学の近くに竜太クラブを開こうと思います」

家に帰って、節子は早速梅子に相談を持ち掛けた。

「それはまた、どういうことなの？」

「誰でも気軽に使ってもらえる打ち合わせ場所です」

「面白い思いつきね、大賛成ですよ。先生方はそれぞれに本職のお仕事をお持ちだから、仕事から離れたところで、何か自由に考える場があれば便利でしょうね。医師の課外活動の場所ですね」

梅子は軽く答えた。

「竜太クラブで何をするか、それはこれからのことだけど……今日、先生方のお話を伺って、私がお手伝いできるのは何かと考えて思いついたんです」

「仕事をするには場所がいる。人が集まれば知恵が出る。知恵が広がれば組織ができる。いいわね」

梅子は年の功で、時々面白いことを言うが、なかなか的を突いている。梅子も節子の気持ちが前向きになってきたのが嬉しいらしい。夫も息子も失った節子が、これからの長い生涯をどのように生きていくか、それも気になる梅子なのである。ご縁を広げ、社会とつながることで、節子は淋しさと孤独から抜け出せるかも知れない。

「健ちゃんに相談しようかしら、アイデアマンだから」

「そうね、商社マンは、いろんなネットワークがあるからね、智恵借り十両、ひらめき百両、人知り三百両……」

また飛び出したと節子は可笑しくなったが、これも的中だった。この時も健治はタイミングよく電話に出てくれた。

「商社の不動産部に友人がいますから、早速相談してみましょう。場所は大学の近くですね」

気楽に応じてくれた。

事務所探しは、とんとん拍子に進んだ。M商事・不動産部の健治の友人が、系列不動産会社の賃貸物件を当たってくれた。推薦の物件は、大学病院に近い三十階の高層ビルの一室で、地下鉄からの利便も良かった。不動産会社の営業マンに案内してもらって下見に行った。道すがら昔、夫の英爾が会社を立ち上げた時、事務所探しに連れて行かれたことを思い出した。夫も息子も失い間もなく還暦を迎えようとする節子であったが、もう前に進むしかなかった。

建物の大きさやエントランスの雰囲気が気に入った。十五階にある二十坪ほどの四角い部屋は、それ以上の広さを感じた。建物には同じような部屋が多く、弁護士や会計事務所などのオフィスとして使われていた。

すぐに神野に見てもらいたかった。外科の医局に電話を入れると、彼は間もなく外来が終わるので、三十分後に電話をしてくれるようにと返事が来た。節子は不動産会社の営業マンと、大学近くの喫茶店で待つことにした。

営業マンは契約書を取り出して、記入方法や借主である加納節子の住民票と印鑑証明を取ってくれるように説明をした。保証人が必要であるが、それは岡部健治が引き受けてくれるので問題はないと言った。健治は其処まで手を伸ばしてくれていた。

三十分後、節子が外科の医局に電話をすると、運よく電話が通じた。

「大学の近くに、竜太クラブのいい場所が見つかりました」

「エッ、もう事務所を見つけたんですか！」

神野は節子の電話に驚いて、五分も経たずに喫茶店に現れた。節子が不動産会社の営業マンを紹介した。

「場所はここからすぐの所です。先生、お食事はまだでしょ」

「大丈夫です、早く見たいです」

三人で目当ての物件に向かって歩いた。ここですと、営業マンが指差すと、神野は建物を見上げて、立派なビルに驚いた。部屋に入ると窓からは、遠くに東京タワーが、手前に大学の病棟が見えた。

「これはすごい。最高です」

「気に入っていただいてよかったわ、先生、事務所のレイアウトはどうしましょうか?」

神野の喜ぶ顔を見て、節子が訊いた。

「私の方は、十人くらいの会議ができるテーブルと椅子があれば、それだけで十分です。実は、この前は話が中途半端になっていたんですが、胃ろうの正しい適用、胃ろうのモラル・ハザードの活動にも取り組まなければなりません。その活動も、竜太クラブでやらせてもらえるとありがたいなあ」

「そういうお仕事に使っていただけるとうれしいですね」

神野は午後から手術があるので、これで失礼するが、いつでもまた連絡してくれと言い残し、急いで大学に戻って行った。いつも忙しい神野である。


ビルの賃貸契約が終わって、『竜太クラブ』の開設を急ぐことになった。

夫が設立したコーマス社は、映像制作だけでは先細りになる時代が来ることを予測して、展示会の企画・設営やホームページの制作、出版物にも手を広げている。社長の浅原に連絡を取り竜太クラブの開設と内装工事の相談をすると、彼は快く応じてくれた。

翌日、浅原が映画の美術監督をつれて賃貸ビルの一階入口に現れた。十五階に上るエレベーターの中で、節子がお礼を言うと、浅原はこんなことで先代にご恩返しが出来るなら嬉しい限りだと言ってくれた。晴れた日で、東京タワーがくっきり見えた。

「素晴らしい眺望ですね、どんな感じの部屋をお望みですか」

美術監督の木下はスケッチブックを取り出して訊ねた。浅原は持ってきたカメラでスナップ写真を撮っている。

「誰もが気楽に集まれる雰囲気にしてください」

木下は部屋の全体像をスケッチしながら、節子に使用目的や出入りの客層なども訊ね、設備機器や什器・備品などの配置場所も決めた。

「こんなもんでどうでしょう」

美術監督は、大テーブル、デスクトップのパソコン、コピー機、書棚、冷蔵庫、植栽などを細部まできちんとレイアウトしたスケッチを見せた。ドラマ映画を数多く手掛けただけあって、あっという間の早業でイメージ図を描き上げた。色彩のコーディネートも節子を驚かせる出来栄えであった。

「素晴らしいですね」と節子は喜び、後は寸法をとって、設備機器の調達をするだけとなった。

「竜太クラブのロゴタイプもデザインしてみましょう。このような仕事はボランティアでしょうから、報酬はいりません」

浅野が言った。

それから半月も経たずに事務所の内装工事が終わり、竜太クラブのオープンの準備が整った。映画関係のスタッフのする仕事は早くて気分がよかった。竜太クラブの洒落たロゴタイプが入った表札や封筒なども届いた。

事務所開きの前日、梅子も事務所にやって来た。すると、宅配便で大きな荷物が配達されてきた。誰からだろうかと送り主を見て、節子は驚いた。なんと目の前にいる「大渕梅子」だったからだ。

「お母さん、なーにこれ？」

「壁にかけてもらおうと思いましてね」

節子が包装を解くと、墨文字の並んだ大きな額が出てきた。節子はそれを見て声を立てて笑った。

働き一両
考え五両
知恵借り十両
骨知り五十両
ひらめき百両
人知り三百両
歴史に学ぶ五百両

見切り千両
無欲万両

「『竜太クラブ』に相応しい飾り物を何か贈ろうと考えたんですがね、この文句、ちょっと面白いのではないかと……」

「知恵借り十両、ひらめき百両、人知り三百両はこの前聞きましたが、これだけ並ぶと有難く感じるわ」

節子は竜太の写真もどこかに飾ってやりたいと思った。

青野周一に訊く治療体験

今朝、節子と梅子は薫風に吹かれて、東西線の西葛西駅まで歩いた。梅子は年を感じさせない健脚で、気持ちも若々しく自由闊達に振る舞っている。はたから見ると年の離れた姉妹のように見える。

二人は改札を出て右と左のホームに別れた。

梅子は七年間も意識のないまま植物状態で臥した師範学校後輩の早瀬祐子の告別式に参列するため、千葉方面に向かう電車に乗った。節子は電車の窓越しに手を振る梅子を見送ってから、反対の都心に向かう電車を待った。

竜太クラブがオープンして、クラブへの人の出入りが多くなってきた。五十八歳の節子はまるで新入社員のように、竜太クラブに出勤するようになった。家庭のことはもっぱら梅子に任せて、節子はクラブの事務に専念できる。梅子も不定期だが、忙しい時には手伝いに来てくれる。

青野周一の厳しい治療も予定通りに推移し、頭頸部がんのクリニカルパスは次々に症例を増やしている。放射線と化学療法の副作用で青野は口からの食事が全くできなくなったが、経腸栄養剤をお腹の口から投与することで苦境を乗り切った。そうした苛酷な治療経過を、青野は自由に撮影させてくれた。青野は退院をしてすでに外来治療になっている。

今日も大学病院で青野周一の撮影があり、それが終わってから竜太クラブで彼の闘病体験を聞き、そのビデオ収録をすることになっている。

日暮れが近づいて、チーム医療のメンバーと撮影クルーがやってきた。伊藤教授と神野修一が話をしながら部屋に入ってきて、神野が節子に教授を紹介した。笠原遥希も漆畑佐知子も一緒である。

「加納竜太君のお母さんですか、伊藤です。このたびはいろいろお世話になります」

節子は伊藤教授の丁重な挨拶に恐縮するほかはなく、ひたすら頭を下げた。

患者の青野周一は長い入院にもかかわらず顔色も悪くなく目にも生気がある。

カメラマンが窓際にカメラの三脚を立てた。昔のようなフィルム撮影と違うから、照明は部屋の灯りに少しだけ補助的なライトをつかった。

主役の青野はテーブルの真ん中に座り、襟元にピンマイクを付けてもらった。音声のテストをすませ、いつでもいいですというふうにカメラのスイッチが入るのを待つ。

カメラマンの合図で撮影が始まり、伊藤教授が口を開いた。

「青野周一さんの厳しい治療も峠を越えました。今日は青野さんに闘病の体験をお話しいただきます。青野さんよろしくお願いします」

「では、手短にお話をさせていただきます」話し始めた青野の声は厳しい闘病を物語るようにしわがれ声だった。まだ放射線治療の後遺症が残る声だった。

「どんな病気でもそうでしょうが、がんのようないのちに関わる病気の発症は、しばしば突発的であり、恐怖と不安が入りまざり、さながら自分との葛藤に陥ります。あせる気持ちとはうらはらに、患者は全く受身的であります。私は身にふりかかった二度の重い病の体験があります。最初は十九歳の時のＡＶＭ（Arteriovenous Malformation）という脳動静脈奇形によるくも膜下出血です。そして五十二歳の今回は、ステージⅢの中咽頭がんの告知でした。

病人は、高度情報化社会にあっても、その恩恵を享受するというより、かえって情報の疎外者であることが多いのではないでしょうか。それは過剰なまでの情報の中にあって、膨大で、多岐にわたる情報に翻弄され、求める情報にたどり着けないもどかしさであるかも知れません。しかもいざ、その治療法を選ばなければならない時、時間的な余裕はありません。

これは私のようなＡＶＭや中咽頭がんに限ったことではなく、すべての疾患に共通の問題かも知れません。

その点、私は羽田先生との親交のおかげで、伊藤教授に出会うことができて、たいへん幸運でありました。このような運命的な出会いはしばしば治療に幸運をもたらしてくれます。

いまこうして、中咽頭がんの検査から治療計画、実際の治療など、私の治療体験をお話しさせていただけることは大きな喜びです。ひと言に中咽頭がんといっても、病態はさまざまでありましょうし、私の事例がすべてに当てはまることでもないでしょう。私は自分の体験を、一つの治療の道しるべとして参考にしていただければうれしいのです。私の受けた医療は、数多くのご縁と運に恵まれました。がんの治療をしていただいた主治医の伊藤教授ほか多くの専門の先生方にこころから感謝を申し上げます」

「青野さんの治療もいよいよ終盤です。皆さんのおかげで、素晴らしいチーム医療ができました。これに習って、さらに症例を重ね、頭頸部がんのクリニカルパス（clinical path）の作成を進めてまいりたいと思います。折角ですから、この機会に、青野さんに伺いたいことがあればたずねてください」

伊藤教授の誘導で神野が手をあげた。

「青野さんが治療の前に胃ろうを作って良かったことをいくつか挙げていただけますか。それとは逆に胃ろうで困ったことなどもありましたらお聞かせください」

「良かったことは、味覚も食欲も失い、しかものどの痛みで何も口に入らなくなったときに、十分に栄養を摂れたことです。この苦しみはある程度覚悟はしておりましたが、想像を超えるものでした。これは説明を受けた抗がん剤や放射線治療の副作用を実体験するものでした。今は口から食事を摂れるようになりましたが、まだ胃ろうに頼るところがあります」

「そうですね、胃ろうの抜去は急ぐ必要はないですからね、もうすぐ放射線の炎症も治まると思いますので、そうしたら外来で抜去しましょう。それまでお守りに取っておきましょう」

「なるほど、お守りですね」

皆の笑いを誘った。

「良かったことはまだいろいろあります。お薬や水分を自由に取れたこと、自分で栄養の操作ができるようになったこと……」

青野は思い出しながら、さらに胃ろうのメリットを列挙してくれた。

「デメリットはどうですか」

「治療法ですから、良くない点は特に思い当たりませんが、強いてお願いがあるとすれば、家庭で使えるようなハンドブックがあればありがたいと思います、例えば家電製品の安全な使い方みたいな手引書です」

「なるほど、これは早急に作る必要がありますね」

青野と神野の質疑が長くなって伊藤教授が一応質問を終わりにした。

「さて、クリニカルパスの作成は医局を超える横断的なチーム医療です。これからも病態別に作って行きたいと思いますのでよろしくお願いします。これだけの多職種の皆さんと一緒に、ひとりの患者さんの治療を行い、知見を共有し、同じ体験の中から専門職としてのスキルを高めることができるのは素晴らしいことです。クリニカルというのは臨床という意味ですから、うちの大学ならではのモデルを作成したいと思います」

伊藤教授がチーム医療のメンバーに謝意を述べ、引き続きクリニカルパスの継続に協力を呼びかけた。羽田助教授も発言を求めた。

「青野さんのご協力のおかげで、医者として素晴らしい体験をさせていただきました。頭頸部がんのクリニカルパスは本校の優れたモデルになると思います。と同時に、われわれ外科においても、いろいろな疾病のクリニカルパスの作成に取り組んでいきたいと、啓発されました。

チーム医療には上下関係はありません。自由な発言は尊重されます。患者中心の医療のためです。クリニカルパスに基づいた診療を行うことで、治療に必要な時間や費用のムダが無くなり、パスを定期的に見直し改善することで、医療の質の向上も可能になります。さらに、自らの役割・目標が明確化されたパスをスタッフ全員が共有することで、より安全な治療が可能になり、作業内容の相互理解も深まります。私たちはいま、頭頸部がんの治療でこれを体験しましたが、クリニカルパスはすべての疾患に共通してできることです」

「標準診療計画として用いられるクリニカルパスは、医学・医療の進歩によって、絶えず書き換えられるものです。要はこのクリニカルパスをいかに医療者の共用のものにするかだと思います。アウトカム（outcome 成果）という目標管理とバリアンス（variance 相違）を取り込んで、安全で精度が高く効率的なクリニカルパスに高めていけたらいいですね。うちの血液腫瘍の治療計画はまさに日進月歩ですから、この体験は参考になると思います」

最後に血液腫瘍科の笠原が、日ごろの思いを述べた。

佐知子はクラークとして、懸命にメモを取っている。節子は竜太クラブで立派な仕事が行なわれたことに大きな達成感を覚えずにはいられなかった。

早瀬祐子の死

その夜、梅子は珍しく遅く帰ってきた。聞くと梅子は早瀬祐子の告別式のあと、火葬場までお供をし、そのあと再度ホームのコミュニティホールに戻り、夫の早瀬百輔と話し込んだのだった。梅子はそれを自分の胸の内だけにしまい込んでおくことができないらしく節子に話して聞かせた。

早瀬夫妻は五つ違いの誰もが羨むような教師同士のおしどり夫婦であった。百輔は校長で定年となり、その後、県の教育委員会の仕事についていた。祐子の方は定年まで二年を残していた。勤める学校の違う二人は、一緒に休暇をとることも儘ならず、ひたすら忙しい教師生活を続けてきた。一人息子は結婚して大手の製鉄会社に勤めており、実家には盆と暮れに顔を見せるだけだった。祐子が定年退職を迎えたら、ゆっくり海外旅行にも行こうと楽しみにしていた。

ところが祐子は定年前の五十八歳のとき、くも膜下出血で倒れて救急病院に運ばれた。祐子は死線をさまよい、どうにか一命は取り留めたが、ＩＣＵ（集中治療室）を出た彼女はいつまでも目が覚めず植物状態になってしまった。

百輔は教育委員会の役職を辞して祐子の介護に専念することになった。意識の戻らない祐子であったが、百輔にはその寝顔が、元気な時よりもさらに美しく見えた。彼は祐子が愛くるしく、自分の余生を祐子に寄り添って生きようと決めた。祐子の意識が戻ることはないと医者に言われても、彼は今が一番、妻との濃密な時なのだと言った。これまではお互いを顧みる隙もなく、仕事に追われっぱなしだったことの後悔もあった。

祐子は、総合病院の個室に長く入院することはできず、療養病棟に転院しなければならなかった。転院先はなかなか見つからず、やっと入れた病院も三か月を限度に退院を迫られた。そういう医療保険制度だから仕方がなかった。

百輔は何とかして祐子を自宅で介護できないものかと医師に相談をもちかけたが、鼻からのチューブで栄養を摂取する祐子の在宅介護は難しいと言われた。思案の末、彼は二人で入居できる介護付きの有料老人ホームを探し、海の見える房総半島の丘に建てられたその施設に移った。そこは健常な高齢者が余生を楽しむリゾート風の造りで、老後も安心なように、病院も併設されていた。大手の民間企業が運営するもので、家一軒を購入できるほどの入居一時金を必要とし、毎月の共益費や施設利用料、食費なども高額であった。それでも百輔夫婦の蓄えと厚生年金を合算すれば十分にやっていけた。

施設からは祐子だけ併設の病院を勧められたが、百輔はオーナーに掛け合って、自分の部屋での介護を主張した。それが後で施設従業員とのトラブルになったが、百輔は、「私の責任でやるのだ」と自説を曲げなかった。

梅子も最初の頃は時々見舞いに行ったが、そのうち百輔が気兼ねをするようになってからは、足が遠のいた。以来、手紙のやり取りとなり、そのうち年賀状だけになり数年が過ぎたのだった。

「七年間、意識のないままの祐子さんを自分の部屋で介護されたんです。祐子さんの体重は二十八キロになり、体は拘縮《こうしゅく》（ちぢまること）していました」

「意識も戻らず、経鼻チューブで栄養を……」

節子は胃ろうも経鼻チューブも高カロリー輸液の中心静脈栄養も理解できるようになっている。人工栄養が一か月以上の長期に及ぶ場合は、胃ろうが最優先の選択肢である。このことを節子は神野修一から聞かされている。中心静脈栄養（ＴＰＮ）は、医療事故が多く処置が難しい。経鼻チューブも誤挿入などの医療ミスが多発し、患者の負担も大きく在宅介護は難しい。それでも百輔はやり通すといって譲らず自分の部屋で祐子に寄り添った。

「七年間は長いわねえ」

「そう、百輔さん、すっかりやつれてしまって」

葬儀は施設のコミュニティホールでとり行われた。会葬者は近い親族とごく親しい知人で、大半は施設の入居者だった。棺の中の祐子は、痩せ細っていたがきれいに死化粧がされていた。梅子はこの身体で良く持ちこたえたと驚き、七年前に倒れた時の祐子の姿を思い出して、長い歳月の経過を悼んだ。五十八歳の若々しいあの姿はなく、百輔の方も別人のように疲れ果てていた。

「最愛の妻の介護が出来たことは幸せだった。でも、祐子が幸せであったかどうかはわからない。寝返りも打てず、ただ栄養を鼻からのチューブで摂るだけだった」

百輔のこの七年は何だったのだろうかを想像すると梅子は言葉が返せなかった。

さらに驚いたことに、三十キロに満たないほどやせ細り、拘縮した体に、胃ろうをつくってはどうかと、施設の医者から言われたという。胃ろうをつくる理由は、その方が祐子も苦しくないし、看護も楽になる、チューブのトラブルも少なく、長生きができるということだった。百輔はこんな体のお腹に穴を空けるのかと、ホームの提案に強い怒りを覚え反対したのだという。このときから、何かと不穏な関係にあったホームと早瀬百輔の間は、さらに険悪さを増したという。

挨拶に立った早瀬の息子は参会者に淡々と立派な口上を述べた。会社からの生花や弔電も多く、それは息子の地位を物語るものだった。

「でもね、別れる際に、百輔さんの表情が急に変わって、一番よくわかってもらえる大渕先生に、後でことの事情を手紙に書きたいと言ったんです」

「ことの事情？」

話を聞き終わって、節子も何だか謎めいた話が気になった。

早瀬百輔の遺書

早瀬祐子の葬儀があって十日ほど経ってからのことだった。

千葉警察署から梅子に電話が入った。何事かと思ったら、早瀬百輔の自殺の報せで、梅子宛ての遺書があるというのである。

「遺体の傍に大渕梅子さん宛ての遺書がありました。大渕さんの立会いの下に遺書を調べさせてください。実は早瀬百輔さんには殺人容疑の嫌疑がかけられております」

あの日、百輔は介護疲れで見る影もなく憔悴していたが、なぜかいつまでも梅子と話したがった。別れ際に『何もかも解ってもらえる梅子先生に手紙を書きたい』と言った。梅子はあの言葉の意味が分かった。百輔の言動と百輔の自殺と遺書が結び付いたのである。

梅子はすぐに身支度を整えて駅に向かった。百輔に殺人容疑の嫌疑がかかっているという千葉警察の係官の知らせが歩を早めさせた。梅子にのこした遺書には何が書かれているのだろうか。電車の中でも梅子は考え続けた。祐子は植物ではない、祐子には赤い血が流れている、たとえ回復しなくても生きていてほしい、それが私の幸せなのだと百輔は言っていた。そのような百輔に殺意などあるはずもない。百輔の身の上に何があったのだろうか。

千葉警察署を訪ねると、梅子は係官に小さな部屋に通された。係官の手元には梅子宛ての遺書があった。

「早瀬百輔さんが妻を殺害する現場を見たという告発がありまして、警察としては調べなければなりません。それが警察の決まりです」

「告発があったんですね。告発はいつのことですか」

「奥様の葬儀があった翌日です。この遺書に何か事情がありそうだと思いまして、お電話を差し上げました。では中を開けさせていただきます」

「どうぞ」

係官が封を切った。見覚えのある百輔の墨文字であった。二枚になっていた。

「大渕梅子先生には長年にわたり親交を賜わりましたことを心より感謝いたします。長い教師生活においては、我々夫婦の良き先輩としてご指導いただき、さらに定年後も何かとお世話になりました。また妻・祐子が不治の病で臥した後も、度々お見舞いをいただき、ありがとうございました。

実は、五か月前、私は体調をくずして検査をいたしますと末期膵臓がんと診断され、余命三か月と告知されました。肝臓や肺への転移もあり、決断を急がなければならないと焦りました。死期が迫るなか、ひとり祐子を残すことになることに苦悩しました。自分が先に命を絶ち、祐子をひとりにしておくことはできません。祐子の余命を息子家族や施設に託す選択肢も考えましたが、いずれの方法も納得できず、私たちは旅立つことを決意しました。思い返せば、私ども夫婦は、十分に生きてきました。思い残すことはありません。ただ一つ悔しいことは、皆様へのご恩返しができず、一方的にお世話になったことです。

最後に私が選ぶ方法は、誠に不遜で罪深い暴挙であります。しかし私にはこれしか方法がなかったのです。最愛の妻祐子を死に導き、葬儀を済ませた後、私も自死の道を選びます。
私は祐子を幸せにできませんでした。祐子は死さえ自分で選ぶことができませんでした。
私が祐子の自由を奪ったのでしょうか。いのちは誰のものなのでしょうか。私の我儘と、罪深さをお赦しください。

諸行無常　諸法無我　涅槃寂静

早瀬百輔

大渕梅子先生」

梅子は読みながら手が震えた。係官は梅子の所作を見ていた。

読み終わった遺書を係官も目を通した。

「想像した通りでした。こういう悲劇が最近多くなりました。いずれにしてもご本人は亡くなられておりますので、殺人罪の訴追にはなりません。悲惨な事件です」係官が梅子を慰めるように言った。

梅子は、百輔の最期に同情するというよりも、立派な覚悟だと感じた。係官が「こういう悲劇が最近多くなりました」と言ったことが梅子は気になった。

諸行無常は平家物語や方丈記の主要なテーマである。諸法無我と涅槃寂静は……と梅子は考えさせられた。これは百輔の苦悩と重ねて見なければ誰にも分からない。

さらに、係官によると、百輔は生前自分の遺体は大学病院に献体することを書き残しており、それは実行されるから、葬儀は先送りされることになると言った。梅子はいかにも百輔らしい最期だと思った。

如来寺の法話

健脚で好奇心に富む梅子は、日比谷線の神谷町を降りると、晴れた日は周辺をしばらく散策してから竜太クラブに現れる。今朝も地下鉄の改札を出て階段を上ると、通りに雨上がりの日差しと心地よい風が吹いていた。梅子は晴れやかな気持ちになってまだ通ったことのない道に足を踏み入れてみようと思った。目的もなく歩く運動は頭の雑念を払って爽やかな気分にさせてくれる。梅子はしばらく早瀬夫妻の悲惨な最期と、梅子宛てに書かれた百輔の遺書から離れたかったのかもしれない。遺書の「諸行無常　諸法無我　涅槃寂静」は何を伝えたかったのだろうか。それは百輔がたどり着いた境地なのか、それとも到達したい願望だったのか、妻の祐子のもとに往く安堵感なのかと、梅子はそれでも歩きながら考えている。

近くに浄土宗大本山の増上寺があるためか、この界隈には小さな寺がいくつか点在している。愛宕山の下に瀟洒な寺の門構えがあった。枝ぶりのよい八重桜の老木が夏の青葉を茂らせていた。門標に如来寺別館とあり、掲示板に今月の法話「華厳経における因陀羅網（いんだらもう）」という案内があった。

華厳《けごん》とは華《はな》で厳《かざ》るなり
どのような存在も
そのままでひとつの華であり
世界を厳っている
すべての存在が結びついていて
あらゆるものが等しく尊い

梅子は掲示板の筆文字に、しばらく見入った。すると、テレビの「宗教の時間」で視聴した華厳経の因陀羅網の記憶をふと思い出させてくれた。それは人と人の繋がりを網の目に譬える美しい視覚的な記憶であった。

「おはようございます」

と、そのとき声がかかった。声の方を向くと竹箒を持った作務衣《さむえ》の尼僧の姿があった。古希を越えたくらいの年齢に見えた。

「華厳とは華で厳（かざ）るという意味なんですね」

と、梅子は珍しいものを見るような顔で話しかけた。

「ええ」と尼僧は慎ましく笑みをたたえて答えた。

「こちらはどのようなお寺さんですか」

と梅子は率直に訊ねた。

「働きながら仏教を学んでいただく仏教塾です」

「どのような方が学んでおられるのでしょうか」

「いろいろです。会社員も、公務員も、医療関係の方も、学生さんもみえます。仏教を学びたい方なら誰でもお越しいただいております。よろしければ中にお入りになりませんか」

一般人対象なら、難しい法話ではなさそうだと思い、梅子は誘われるままに、尼僧について門をくぐった。

本堂に入ると大広間だった。奥に阿弥陀如来像が鎮座する仏壇があった。仏教塾らしい百畳ほどの広さで、シーンと肌の引き締まるような空気が漂っていた。

「申し遅れましたが、私は町村妙喜と申します。この寺の副住職をしております」

「失礼いたしました。私、大渕梅子と申します」

「お住まいはお近くですか」

「住まいは西葛西ですが、娘がこの近くに竜太クラブという寄合の場所を開きましてね。主に東都大学の医学部の先生方が来られます」

「そうですか、仏教塾にも、大学の医療関係者の方が何人かこられていますよ。主人が大学で東洋哲学を教えていた関係がありましてね。これが案内書です。法話は毎月変わります。今月は華厳経の因陀羅網で、講師は住職の町村清栄が務めます」

「良くわかりました。ありがとうございます」

梅子は案内書を確認して講話料の三千円を払い、手作りのテキストを受け取った。テキストには、講師の町村清栄の経歴と著作が紹介されていた。

「標札に如来寺別館とありましたが、本寺はどちらにあるのですか」

「大阪です。実家の寺は弟が後を継いでおります。お時間がありましたらお茶でもいかがですか」

互いに年恰好が似ていて、なにか引き合うものがあった。妙喜は梅子を本堂わきの茶室に招じ入れた。

町村妙喜は梅子より十歳若い昭和元年の生まれであった。互いに戦争経験もあり、つい身の上話になった。妙喜は梅子が戦争未亡人になった経緯を聞いて大いに同情するとともに、現在も凛々しく生きている姿に感心した。妙喜の方は学徒出陣で戦死した兄の後輩と結ばれ、寺の副住職を務めているという。

妙喜の話によると、彼女は関西の古刹・如来寺の次女に生まれた。長兄は寺を継ぐため、大学で東洋哲学を学んでいたが卒業を前にして学徒出陣で軍に取られ、南方で戦死、帰らぬ人となった。戦後、妙喜は兄の後輩、町村清栄と結ばれたのだという。

三回にわたる法話は華厳経の「縁起の法」に「因陀羅の網」を重ねながら、人と人の縁の大切さを解くものだった。町村清栄は、難解な仏教思想をかみ砕いてわかりやすく伝えるため、よく知られた古典文学の引用や身近な日常生活の体験談なども比喩に用いて興味深く教えた。縁起の法という仏教の根本思想は、華厳経の鍵概念であり、因陀羅網は人と人の縁の繫がりを網目として視覚化し、網目の結び目に宝珠が飾られ、互いに照らし合っていると説明した。梅子は何となく縁起の法という仏教思想と人間の社会性について、すとんと理解できたような気持ちになった。法話の受講生はいろいろな職種の顔ぶれであったが、銘々に感慨深く聴聞する様子を見て、梅子は仏教塾のレベルの高さを感じた。

梅子は散策の途中で偶然に出遭った仏教塾の縁に感謝し、続けて法話を学んでみたいと思うようになった。そして町村妙喜とすっかり気心が通う仲になった梅子は、作務衣を羽織って楽しく境内の掃除を手伝ったり、掃除のあと屈託ない茶話をしたりするようにもなっていった。

第三部　天国に届ける本

新春胃ろうフォーラムの計画

竜太クラブに人の出入りが頻繁になってきた。大渕梅子は竜太クラブに毎日来るわけではなく、気の向いた時や何かの用で呼ばれたときである。今日も梅子は如来寺に立ち寄って、寺の清掃作業を手伝ってから昼前にやってきた。加納節子は電話の応対中であった。

「もう二十分もお話しされています」

先月から竜太クラブに入った事務員の櫻井順子が言った。櫻井はもと大学医学部総務課の職員で、子育てが終わったので竜太クラブを手伝ってくれることになった。医療についての知識もあるから節子にとって頼りにもなるし、良き相談相手である。

節子はさかんに電話の向こうに頭を下げている。どうやら叱られているらしい。梅子も気になり始めたころ、やっと電話が終わった。

「胃ろうを良い、良いと宣伝しないでくれというお叱りでした」

と節子は言った。神野修一が取材に応じた新聞社のインタビュー記事に対する苦情の電話だった。新聞社にかかってきた読者からの電話が竜太クラブに廻されてきたのである。

「どんなお叱りだったの?」

「胃ろうは鼻のチューブよりも優れている、胃ろうは手術も簡単だ、ということを聞いて病院で相談し、すぐに胃ろうを造ってもらった。脳卒中で倒れたご主人は、長く鼻からの栄養で寝たきりだった。利き腕で鼻のチューブを抜くので、夜はベッドに手を縛られていた、だから胃ろうになって救われた。ところが胃ろうを造ってもらったけれど、ここは急性期の病院だからすぐに退院してくれと迫られた。もとの施設に戻ろうとしたが、〝まだうちは胃ろう患者の看護経験がない〟という理由で受け入れを断られ、その後病院をたらい回しにされた。胃ろうを造ったために行き場がなくなり孤立した。『胃ろうは良い、良い』という安易な宣伝はやめてくれと叱られました」

節子は電話をかけてきた女性の話をつぶさに覚えていて、このようにまとめて話した。

「ご家族の苦労話を聞かされたのね、それで今はどうされているの?」

梅子は七年も寝かされていた早瀬祐子の経鼻チューブの悲惨な介護をまた思いうかべた。

「今は、どのようにお困りですかとお訊ねしましたら、近くのクリニックの往診医や訪問看護師さんのサポートで、在宅で介護ができるようになり、胃ろうには感謝もしているそうです」

「胃ろうの看護体制がなくてお困りになったのね。でも解決は近くにあったということですね。良かったわね」

鼻のチューブか、お腹の口か、という情報提供もなかなか難しい問題があるなと梅子は思う。ベッドに手を縛られている夫を看る家族の気持ちはいたたまれないであろう。新聞の記事に救いの光を見つけて胃ろうを造ったというのは当然の成り行きだろう。しかしそのために介護の行き場がなくなったというのは本末転倒ではないか。胃ろうからの栄養と在宅介護の制度はセットにならなければうまく機能しないのだ。それは早瀬祐子の鼻のチューブの場合も同じではなかったのかと梅子は祐子の夫の百輔の苦悩を思った。

午後は神野修一が竜太クラブにやって来る。早瀬夫妻の悲惨な最期を神野に話したことが影響を与え、彼が計画している胃ろうフォーラムの相談を持ち掛けられたのである。神野の周囲でも、植物状態の患者に胃ろうを用いることの是非が取り沙汰されるようになってきたらしい。

手術が終わって、神野が竜太クラブにやって来た。テーブルを囲んで打ち合わせが始まると節子は午前中にあった読者からの苦情電話を早速神野に報告した。

「そうですか、胃ろうを造って、患者が孤立するということも最近耳にするようになったところです。胃ろうは良い良いとPRしても、受け入れ態勢がなければ却って混乱を招くことになる、確かにその通りですね」

神野はマスコミ取材の受け答えは、慎重にならなければならないと反省の色をにじませる。マスコミは記事を目立たせるために読者の興味を煽るように手を加える。奇抜なキャッチコピーが大きな活字の見出しになり、読者は短絡的にこれに反応する。節子が受けた読者の苦情はそのいい例と言えよう。

胃ろうを社会に根付かせるためには何が大切であろうか。胃ろうの良い面、危ない面を正しく伝えなければならない。それは胃ろうに限ったことではなく、すべての医療に共通する問題でもある。神野は胃ろうの啓蒙活動の難しさを教えられる。

「一月に胃ろうフォーラムを開催しようと思いますがどうでしょうか」

「一月ならお正月明けの日曜日がいいですよ。お屠蘇気分が抜けて仕事の意欲が出始めた頃なら人の集まりがいいと思います」

梅子は長い教員生活で、年始は松が明けたころには退屈になり、仕事の意欲が出て来ることを体験的に知っている。梅子の提案に神野はそうかもしれないと同調した。

「正月明けの最初の日曜日にしましょう。大学の講堂をあたってみます」

行動の早い神野は、その場で医局秘書に電話をして講堂の空き具合を調べてくれるように頼んだ。

「フォーラムは二部構成にしたいと思います。伊藤教授の頭頸部がんの治療症例もよい成果がでてきましたので、特別講演をお願いします。それと私が胃ろう全般についてお話をします。二部は『胃ろうの正しい適用』と題して、シンポジウムにしたいと考えています。この前、梅子相談役から聞いた早瀬百輔さんの『いのちは誰のものか』という話が、ずっと気になっているんです。コメンテーターには医者であり僧侶の益子雅夫先生をお願いします。うちの大学の先輩で、先日、胃ろうについて話し合ったのですが、胃ろうで一番難しいのは正しい適用だと言われました」

「益子先生ですか。がんセンターにおられた先生ですね」

大学の医師名簿にも詳しい櫻井順子が横から反応した。

「そうです。益子先生は先祖の寺を継ぐためにがんセンターを辞められ、佛教大学に行かれ僧侶になり、今は栃木でお寺の住職と診療所の院長を掛け持ちでやられています。先生は医療と仏教の再結合が必要だと言われております。医学的な視点に立った般若心経の名訳もあります」

「医療と仏教の再結合ですか」と梅子は関心を示した。

「益子先生によると、もともと寺は医療をやっていた。いまは葬式に精を出しているが、医療に深く関わらなければいけないと言われています」

「全く同感です。この間もある新聞に『医者の傲慢、坊主の怠慢』と出ていましたよ。キリスト教の国では牧師さんが病院に見舞いに行かれても自然な感じですが、日本では僧侶が見舞うと誰かが亡くなったのかと疑います。文化のちがいですかね」

梅子の冗句が皆の笑いを誘った。

「益子先生も全く同じことをおっしゃいます。先生は欧米の事情にも詳しいのですが、日本も高齢化社会を迎えて、医療と仏教の再結合を社会として考える時が来たと言われます」

「コメンテーターは益子先生お一人ですか」

「いや、尊厳死協会の理事で九州がんセンターの名誉院長の楠田満寿夫先生にもお願いします」

神野はすでに話をまとめているような口振りであった。

「いいフォーラムになりそうですね。テキストなども作成されますか」

「そうですね、先生方に原稿をお願いします」

神野は、フォーラムの構想を述べ、皆と段取りや役割分担、ＰＲや製作物の作成などの詰めを行った。

この時電話が鳴って、櫻井が席を立った。

「先生、講堂をキープできたそうです」

「よかった、ではこの日に決めよう。準備期間は三か月もないですが、よろしくお願いします」

神野は協賛企業の募集、講師依頼などを受け持ち、竜太クラブがポスターや案内書、胃ろうのテキスト作成などを受け持つことになった。

竜太クラブは急に活気をおびた。節子は伊藤教授の特別講演が新春胃ろうフォーラムに組み込まれたことを竜太も喜んでくれるだろうと思った。

梅子は神野から相談役と呼ばれるようになった。折に触れて口をつく当意即妙のフレーズは嫌味がなく率直だから、神野が年恰好に相応しいこの肩書をつけて呼ぶようになった。

『テニアンに捧ぐ鎮魂のうた』

竜太クラブの主催で、新春胃ろうフォーラムの開催が決まり、漆畑佐知子も手伝ってくれることになった。節子が授業に差し障りはないですかと訊ねると、「先生方も課外活動ですから、私もクラブ活動のつもりです」と謙虚に答えた。佐知子はいつも周囲に気を遣わせない心配りがある。

皆で手分けしてポスターやプログラム、テキストの作成など、フォーラムの準備で忙しくしていた日の夕刻だった。木佐森達夫がひょっこり竜太クラブを訪ねてきた。木佐森は節子の亡夫・英爾の親友である。彼は竜太の葬儀にも来てくれた。木佐森は元気そうな節子が、生き生きと働いている姿を見て安心し、頼もしく思った。

「いい事務所ですね」とあたりを見廻し、「おや、面白い額が掛かっていますね、上杉鷹山ですか?」

と、訊ねた。

「そのようですが、作者不明という説もあるようです、母の贈り物です」

「そうですか。お母様もお元気ですか」

と木佐森は言いながら、バッグから小さな本を取り出しテーブルに置いた。

「こんな本をお持ちしてみました。挿し絵を私が描かせてもらったものですから」

表紙のテニアンという文字が節子の目にパッと飛び込んできた。『テニアンに捧ぐ鎮魂のうた――二十一世紀への祈りをこめて』と節子は題名を小さく声に出して読んだ。

この本は、朝日生命糖尿病研究所の羽倉綾子副所長による企画・出版で、戦後間もなく、東大医学部呼吸器内科の本間日臣《ひおみ》氏が、学友の戦死を悼んで書いた追悼記『サザーン・クロス』と『追悼記のあと・さき』や遺族の手記などを加えて編まれた小冊子だった。

「『サザーン・クロス』は、芥川賞作家・中山義秀の『テニヤンの末日』の元本だそうです」

「テニアンで戦死された医学部学友の追悼記なんですね」

「ええ、友は戦死、自分は九死に一生を得て生還という運命を分けた本間先生の追悼記です。実は、竜太さんの告別式で『竜太と共に生きて行く』とおっしゃった奥さんの言葉が今も耳に残っておりましてね。『わが生ある限り彼らは私と共にあります』という本間先生の言葉と重なりまして、お持ちしました。ここのところです」

と、木佐森は付箋をつけた頁を示した。

私は多くの戦友の血汐の滲み込んだ砂浜の上で、飲んだり食べたり踊ったりする気にはどうしてもなれません。私にとってこれらの島々は、私の戦後の生きざまを支えるバックボーンであり続けてきました。わが命ある限り亡き友人たちは共に生き続けており、それ故に生かされている限り何らかの使命が与えられているのだという信念の源となってきました。老齢の域に達した今も、この使命感は悠々自適の誘惑を拒否しています。

節子はさっと目を通しただけで深い感銘が走った。

「お母様にも、別に用意してきました。お父様が戦死されたテニアン玉砕の様子が詳しく書かれておりますので」

と木佐森はカバンからさらに一冊を取り出した。

その夜、梅子と節子は銘々に『テニアンに捧ぐ鎮魂のうた』を一気に読んだ。感動は治まらず、これまでテニアン慰霊をしなかったことの後悔が梅子の胸をしめつけた。

梅子は五十四年前のテニアン玉砕の情景や夫の戦死、米軍の手に落ちた空港、ここから飛び立ったB29による本土空襲や広島・長崎への原爆投下など、梅子が学童に語った当時の記憶が呼び覚まされ、遠いと思っていたテニアンが、急に近くに引き寄せられた。梅子は、節子と弟の俊樹を連れて、すぐにでもテニアンに飛びたい衝動にかられた。

翌朝目が覚めても、梅子は衝撃を心の中にしまっておくことができなかった。すぐに旅行代理店に出向いてパンフレットを探したり、図書館で戦後のテニアンの現況を調べたりしようと動き始めたのである。

佐知子がそのことを岡部健治に伝えると、健治はテニアン慰霊行のガイド役を自分にやらせてほしいと思った。商社で世界を股に掛けて仕事をしてきた健治には、テニアンの戦跡の案内は難しいことではなかった。すぐに健治が梅子に電話を入れ、数日後、健治は佐知子と一緒に竜太クラブにやってきた。

「正月休みを利用して皆でテニアンに行きましょう。竜太の代りに僕が案内します」

「まあ、それは嬉しいですね、お正月休みに?」

と梅子が喜んだ。

「ジャイカ（ＪＩＣＡ 国際協力機構）にマリアナ諸島の戦跡に詳しい友人がいましてね、早速調べてもらいました。ところでお父さんの戦死広報はいつ来たんですか」

「昭和二十年になってからです」

健治に聞かれて、梅子は夫俊輔の戦死広報の記憶を蘇らせた。

町役場から戦死広報が届けられたのは、終戦の年、昭和二十年二月だった。テニアン玉砕は昭和十九年八月二日であり、その日が夫の戦死の日になっていた。届けられた白木の箱には砂と小石が入っているだけだった。戦争未亡人の誰もがそうであったように梅子も夫の戦死が信じられず、もしかしたら生きて帰って来るのではないかというかすかな望みを捨てきれなかった。戦争が終わって、厚生省の復員局に行き、戦後に復員した人を教えてもらい、手紙で照会したりもした。梅子はその記憶をありのまま健治に話した。

「やはりそうでしたか。米軍のテニアン上陸は昭和十九年七月二十四日、北のチューロ海岸に始まり、日本軍は一週間で南のカロリナス高地まで追い詰められ、八月二日に玉砕したんですね。だからテニアン戦没者は大抵この日が戦没日になっているようです」

健治はジャイカの友人からもらったマリアナ諸島の戦史資料をもとに、説明してくれた。その戦史によると、テニアン戦は、昭和十九年六月十一日の米機動部隊による空襲で幕を開け、艦上機の銃爆撃と艦船からの砲撃は一か月半におよんだ。それに加えサイパン南端のアギーガン岬から十五センチ重砲による正確な射撃も行われ、日本軍は大きな損害を出した。

「お祖母ちゃん、僕に任せてください。皆で行きましょう」

「皆でといっても、新春胃ろうフォーラムの準備が大変でしょう」

「大丈夫です。暮れまでにはすっかり整います」

と佐知子も乗り気である。

「そう、お正月をテニアンでお過ごしください。後は私にお任せください」

櫻井順子に勧められて梅子はすっかりその気になった。

テニアン慰霊行「戦跡に語る言葉もなく」

佐知子の冬休みを待って、一行は成田からＪＡＬでサイパン空港に飛び、そこから小さなプロペラ機でテニアンに渡った。新春胃ろうフォーラムの用意はすっかり整い、あとは櫻井に任せて心配はなかった。

サイパンから海峡を隔てること僅かに五キロ、同じ玉砕の島にもかかわらず、サイパンにくらべ訪れる人々が極端に少なかった。

あなた、ごめんなさいね
テニアンは、こんなに近かったのに
五十年も来れなくて

テニアン空港に降りたった梅子は急に胸が詰まった。テニアンを遠くに感じていたというよりも、死体の累々と埋まった戦場跡に踏み込むのが怖かったのかも知れない。

誰もが無言で、健治がレンタカーを持ってくるのを待った。やがて車が来て一同は乗った。健治は梅子と打ち合わせて作った戦跡の行程図とタイムスケジュールを再確認してハンドルを取った。皆の手元にも同じ資料と地図が配られている。

「出発します。最初は日本軍の旧総司令部跡に行きます」と健治はアクセルを踏んだ。窓外に見えてくるテニアンの情景は草木に蔽われた荒野という印象である。動き出してみて分かったが、テニアンは車がないと一歩も動けない島だ。

旧司令部は二階建ての堅固なコンクリートの建物だった。廃墟になった建物の中に入ると、直撃弾で二階から一階に大きな穴が空いていた。戦後五十余年が過ぎても、いまなお無残な傷跡を露わに残すテニアンのシンボルのように見えた。

「昭和十九年の春までは戦時下にあってもテニアンは比較的平穏な島だったようです。米軍の猛爆が始まったのは六月ごろからだったようで、七月八日にサイパン島が陥落して、テニアン島の攻撃が激しくなったようです」

健治はすっかり資料の内容をのみこんで、頼もしいガイドぶりを発揮し、一行は次から次へと戦跡を訪ねて行った。

「次は米軍が上陸したチューロ海岸に向かいます」

旧日本軍の航空基地跡を抜けて北西に向かうと岩礁と低木と荒砂のチューロ海岸が現れた。車を止め、浜辺まで降りていった。

「米軍海兵団はここを突破口にしたんです」

健治が海を指して言った。

七月二十四日、米軍は陽動作戦で南のテニアン市街に上陸と見せかけ、主力をチューロ海岸に結集して上陸を開始、手薄な日本軍は夜襲で反撃したが一挙に突破された。そして一夜明けた二十五日の朝には合計一二四一名の戦死体を残して、同地域の防備兵力であった歩兵第五十連隊第一大隊と第一三五連隊第一大隊が全滅した、と戦史にある。

チューロ海岸に打ち寄せる波の音に、梅子は立ちすくんだ。やがて梅子は用意してきた香に火をつけ、それをみんなに配った。節子・俊樹の姉弟もながい合掌をした。節子にはかすかに父の面影はあるが、俊樹には父の記憶はない。

「なんてきれいな海だろう」と健治が言った。佐知子はハイビスカスの紅に触れ、足元の珊瑚の化石が人骨のかけらかと錯覚してはっとした。紺碧の空に白い雲が流れ、白いカモメも飛んでいた。

梅子は夫の俊輔がどこで戦死したのかを知ることはできない。夫は歩兵第五十連隊であったから、チューロ海岸で米軍の上陸の攻防戦で戦死したかもしれない。あるいは戦死広報のように、カロリナス台地まで退却して玉砕したのかも知れないが、分からない。

「ソラ高原に向かいます」

健治は三番目の目的地を口にした。海の見える荒れた荒野を、健治は車を南に向って走らせ、ソラ高原を目指した。

「砲爆撃で基地が壊滅した後、一時期、司令部が置かれたのが、ここソラ高原です」

と、健治が言った。彼は日本軍が南端まで追い詰められていく戦跡を詳しく調べている。梅子は持参した本間日臣博士の本（「サザーン・クロス」『大島欣二追悼録』）に次の一節があることを思い起こしていた。

今や無人に近い島となったテニアンは、もちろん当時と甚しく様相を異にし、邦人の汗の結晶、砂糖黍畑の整然とした畝《うね》の連なりは消え、雑木に蔽われた荒野と化していました。（中略）
この慰霊行で、一つだけ強烈な印象として現在もなお鮮明に瞼に浮かぶ情景があります。（中略）
サイパンを一望する頂きに辿りついて一息ついた時、真白なカモメが二羽、どこからともなくわれわれの頭上へ現われ、同じ位置を保ったまま離れようとしなかったことです。紺碧《こんぺき》の南洋の空を背景に、陽光を浴びた真白い羽根は透き通るように美しく輝いてこの世のものとも思われず、まさに畏友大島大兄をはじめとする戦友のみたまがわれわれを迎えているに違いないと心のたかぶりを禁じ得ませんでした。
（「追悼記のあと・さき」より）

大渕俊輔の終焉の地は、今となっては特定できないのだから、テニアン島のどこかで戦死したとしか言いようがない。戦いはチューロ海岸からカロリナスの玉砕の地までの一週間の間であり、帰ってこない命の終焉の地を尋ねる手がかりもなく、それをここで詮索することは虚しく無意味にも思われた。

「玉砕の地、カロリナスに移動します」

日本軍はカロリナス高地の北方に新防衛線を構築して反撃するも、島南端のカロリナスまで一週間で押しまくられ、八月一日夕刻に米軍はテニアン全島の掌握を宣言した。北から南に逃げた多くの女・子供が、南端のカロリナス岬付近で海に身を投じた。スーサイド・クリフといわれるこの断崖は、

「バンザイ岬」とも呼ばれ、米側が公表した記録フィルムが戦争の残酷さを残している。

八月二日、歩兵第五十連隊の緒方連隊長は軍旗を焼き、司令部に決別の連絡をいれ、残存部隊は突撃を敢行した。この日本軍の玉砕で、テニアン島における組織的戦闘は一九四四年八月三日の夜明けに終結したとされている。

テニアン戦で、日本は陸海軍人約八〇〇〇人、十六歳から四十五歳までの民間義勇軍約三五〇〇人の戦没者を数える。テニアン戦は米軍による上陸前の徹底した爆撃と陽動作戦によって、日本軍は全滅、米軍の犠牲は少ない戦いであった。

梅子は、バンザイ岬から遠く海を望んで「あなた、梅子ですよ」と、つぶやくように亡夫・俊輔に語りかけた。

満天の星空「インドラの網」

北から南に戦跡を訪ねて一行はカロリナスから、市街地にただ一つだけあるホテルに入った。三つの部屋を取り、夕食まで各々の部屋に分かれた。どの部屋からも海が見えた。水平線に夕日が落ち、荒野はたそがれていった。

「戦争ってなんだろう」と、梅子は窓から放心したように外に目をやった。しかし梅子の眼は何も見ていなかった。ただ今日一日たずね歩いた戦跡の荒野がさまざまな角度から瞼に連なっていった。

もうこの土地に彼はいないのかと私は思った。
もうこの空気を吸っていないのかと私は思った。
無数の死骸と無数の死の中に在って不感症となっていた私の心に
彼の死は鐘のような余韻を引いた。
彼は微笑んだ。私もじきに行くんだと思った。
彼の瞳は最後まで澄んでいたにちがいない。

（「サザーン・クロス」より）

梅子は、本間博士が畏友と呼ぶ大島欣二の追悼記『サザーン・クロス』の最後の一節を口誦した。周囲三十六キロメートルの小さなテニアン島で、日本の陸海軍人約八〇〇〇人、十六歳から四十五歳までの民間義勇軍約三五〇〇人がこの荒野に眠る。今なお、多くの屍は所在すら分からない。夫俊輔の屍もその一つである。梅子は打ち捨てられた生命の最期を悼み弔うしかない。

戦後の五十四年間、ひと時も瞼から離れたことがなかった幻のテニアンの荒野に、いま常夏の島の風が音もなく肌に触れて去る。梅子の心に「戦争の愚かさと虚しさ」がしみとおる。

わが生ある限り彼らは私と共にあります。
彼らの夢、志を具現することも使命と心得てきました。
前世紀までの国家至上主義、帝国主義、植民地主義は

今世紀初頭に終焉を迎えていたにかかわらず、
わが国のリーダーがこの世界史の変遷を理解せず、
国を滅びにみちびいたのはかえすがえす残念ですが、
その時期に生まれ合わせ、これに殉じなければならなかった
無辜《むこ》の青年達を哀惜する思いは時を経ても褪《あ》せることはありません。

（「追悼記のあと・さき」より）

亡き輩《ともがら》を悼む本間博士の声が荒野をわたる風に乗って流れる。博士の心情は、反抗でもない。無抵抗でもない。不条理を受容し、それを超えようとする純粋な精神の強靭さである。

戦後ひと時も亡き戦友を忘れず、誤った歴史を総括しながら、ただひたすら医学・医療に専念されているという本間博士の強い意思が梅子に迫って来る。それに比べて私はどうなのか！

一行は各々の部屋で荷物の整理をして最上階のレストランに集まった。健治と佐知子が窓際の席で待っていた。もうすっかり海は暮れていた。

「健ちゃん、疲れたでしょう、ありがとう」

梅子は心から感謝を述べた。

夕食の後、澄み渡った星空を見ようと、みんなで外に出た。星がキューンと近づいてきた。「サザーン・クロス」と佐知子が南十字星を指さした。流れ星もあった。みんな満天の空を仰いだ。みん

な黙って星座を仰いだ。梅子の眼に涙が込み上げた。

――インドラの網――と、梅子は咄嗟にこのフレーズが心に呼び覚まされた。そして今度は声に出して「――インドラの網――」と叫んだ。如来寺の町村清栄の法話を思い出したのだ。梅子はみんなをベンチに座らせ、ゆっくりと華厳経のなかのインドラの網の話を始めた。

「華厳経の大切な教えに、『縁起の法』という仏教の根本思想があります。インドラの網はその象徴として描かれています。人はみな網の目のようにご縁によってつながっています。あの世とこの世もつながっています。人と人をつなぐ網の結び目には、宝珠（ジュエル）が輝いていて、互いに映し合い響き合っています。人間は他との関係性において生かされています。私は『縁起の法』という仏教の根本思想を教えられ信じています。法華経の影響が強いと言われる宮沢賢治にも『インドラの網』と『銀河鉄道の夜』という二つの童話があります」。

佐知子は中学生の時、国語の先生が読み聞かせた「銀河鉄道の夜」を思い出した。ジョバンニとカムパネルラが北斗十字星から南十字星まで旅をする童話である。佐知子は梅子の話を聞きながら、自分の国語教師も法華経の寺の出自であった記憶がよみがえり、星空を見上げ話を聞いている。

みんなの心に、サザーン・クロスとインドラの網が重なって天空に宝珠（ジュエル）が煌き降り注いだ。加納竜太の星……大渕俊輔の星……だれもが死んだら星になるというメタファーを、思い思いに心に浮かべ、人と人のつながりの尊さを仰いだ。

赤ちゃんが欲しい

ホテルのロビーで別れて、それぞれ自分の部屋に入って行った。シャワーを浴びて、佐知子はネグリジェに着替え、健治はガウンを纏った。健治が冷蔵庫から冷えたジュースを出してきて二つのグラスに注いだ。

「健治さん、一人で運転して疲れたでしょ」

佐知子は今日一日の健治の強行スケジュールを労《ねぎら》った。

「いやいや、疲れはしないよ。竜太の代りができて、とっても気分がいいんだ」

「そうでしたね、本当に良かったわ」

「でも、梅子おばあちゃんは疲れなかったかな」

「とても感激されていたわ、戦後五十年以上も思いつめてこられたんですものね」

「それにしても、テニアンはひどい荒野だったね。隣りのサイパンはすっかり観光地になったというのに……」

「でも、おばあちゃんは、本間先生の心境でしょうね」

佐知子は『追悼記のあと・さき』にある「多くの戦友の血汐が滲み込んだ砂浜の上で、飲んだり食べたり踊ったりする気にはどうしてもなれない」という本間博士の言葉を思い浮かべた。

「梅子おばあちゃんのインドラの網という叫びには感動したなあ」

「サザーン・クロスとインドラの網がダブル・イメージになったんですね。私も星座にすい込まれました」

「うん、感動が一つになったんだね」

「なんて美しい星空でしょう」

佐知子はもう一度確かめるように窓の外を眺めた。

「まるで、手が届きそうな星だね」

健治の心に竜太の面影が浮かんだ。

「健治さん、赤ちゃんが欲しくない?」

佐知子が外を見たままぽつんと言った。健治は少し間をおいてから「欲しい」と佐知子の肩に手を添えた。

「赤ちゃんが欲しい……」

と、もう一度呟いて佐知子は健治を振り向いた。健治は予期もしなかった佐知子の言葉に心がふるえ、幸せが満ちてきた。佐知子は崇高な生命の芽生えを星空に祈っているのだろうか。健治はそっと佐知子の肩を引き寄せた。佐知子が健治の腕に体をもたれてきてまた星を見ている。健治に佐知子の敬虔な命への憧憬が伝わってきた。それは明日を身籠る女の祈りのようだった。

佐知子はまだ学業があり、健治は海外部門を取り仕切る常務取締役の重職がある。ふたりはいつも仕事と学業のあいまにしか逢えない。佐知子は健治に抱かれる逢瀬に受胎願望を押し殺してきた。だが今夜だけは刹那的な性愛に罪深さを感じたのだった。

謎かけのような佐知子の受胎願望は、艶めかしい自然な姿態であった。健治は戸惑わなかった。ベッドルームに佐知子を誘い、灯りをおとした。健治は佐知子の豊かな胸に顔をうずめ狂おしく入っていった。佐知子の身体が熱く火になるまで健治は佐知子をどこまでも待った。佐知子はあらわな声をしばらくこらえて、やがてかすかな叫びを漏らした。知的で冷静な佐知子の乱れに、健治は強い感動を覚えた。

健治は佐知子の法悦が緩やかに遠のいていくのをいつまでも感じつつうけとめた。佐知子は、まるで受胎願望が叶った美しい聖女のようだった。

このとき佐知子に不思議なことが起こっていた。夢うつつのなか、あらわな佐知子は加納竜太に見つめられているのだった。それでも佐知子はあらわな裸体を見られても少しも恥ずかしくなかった。優しい風と不思議な光に包まれて佐知子は自分の存在を認識していて、むしろ誇らしくさえあった。佐知子は竜太と健治の「あわい」の光につつまれているような安心感に満たされていた。

意識がはっきり目覚めると、もう竜太は消え去っていた。佐知子は一瞬かすめていった今の気持ちを健治に打ち明けたかったがとてもそれはできなかった。

誓いと祈り

正月をテニアンで迎え、二泊三日の慰霊行から帰ってきた梅子は、願いが叶えられた安堵感に満たされた。それでも梅子の脳裏に焼き付いたテニアンの荒れた風景は目から離れないばかりか、むしろ様々な思いが増幅していくのだった。隆起サンゴ礁のテニアン島は、全周一五マイルの地形のあちこちに洞穴があり、ここでの死の攻防があり、バンザイ峠からの投身自殺の阿鼻叫喚があり、最後は玉砕という決断がとられた。荒野で防戦した夫・俊輔はそのとき、何処を、何を求めてさまよったのだろうか。水だろうか、食べ物だろうか、家族だろうか、それは決して自分のいのちではなかったろう。兵隊は誰一人としてそんな希望を持つ者はなく、死はもはや当たり前で怖くなかったに違いない。

荒野を彷徨う夫が、梅子の夢に現れた。夢の中には、現実ではありえない本間博士とおぼしき軍医と夫の出会いがあり、梅子は遠くにある映画のスクリーンのような感覚で見ていた。

梅子は本間博士と同じ一九一六年生まれである。女学校から女子師範学校に進み、卒後、地元長野の小学校教師になり、そこで四歳年長の大渕俊輔と結ばれた。すぐに節子を身籠り、ぎりぎりまで大きなおなかを抱えて教壇に立った。産後も最小限の休息で教室に戻った。一年後、俊樹を身籠ったとき、夫は戦争に取られ、玉砕の島から還らぬ人となった。テニアンの夢はまた、こうした悲惨な過去を想い起こさずにはいられなかった。

梅子は三十歳にして二人の子供を遺されて寡婦になった。再婚や後妻をすすめる話もなくはなかったが、梅子は二人の子供と共に生きる女教師の道をひとり歩み続けた。これはまさしく梅子自身の女の戦争史だった。寂しさもあった。口惜しさもあった。それでも子供の成長を天国の夫に語り続けた。

梅子は五十五年前、夫・俊輔の戦死の通知を知らされた時のことを想い起こした。二人の子供を抱えて途方に暮れたとき、最初に声をかけてくれたのが、かつて女子師範学校で教鞭をとった恩師、東洋哲学の大隅秀道先生だった。

「すべてを在りのままに受け入れなさい」と恩師は言ったが、梅子には身にふりかかった口惜しい境遇をそのまま受け入れることはできなかった。ところが師もまた戦争で愛息を失った父親であることを後で知ることになり、師の言葉は、そのまま亡きご子息の言霊なのだと受けとめた。この説諭は梅子の生き方に大きな影響を与えることになった。

梅子はテニアンから帰っても、本間博士の『テニアンに捧ぐ鎮魂のうた』を手離せず、折に触れては頁をめくり、座右の書としている。博士の戦争史と梅子自身の女の戦争史とが重なって、戦中・戦後の思い出がリアルに空しく去来し、博士の冷静で強靭な精神力もまた「すべてありのままに受け入れなさい」といった大隅秀道先生の言葉に通底するのではないかと思い当たるのだった。

高校の頃、戦の足音はまだ遠方で足踏みをしているように思われましたが、大学になると、嵐を前にして刻々風速を増しつつある強風に身をもまれながら、それでも懸命に生きる小さな野草のような学生生活であったと回想します。

更に大学へ進学し卒業が近づくにつれ、死を含意する暗く激しい戦雲と直面することになり、われわれは夭折の予感の下に悔いのない数年間の生き方を模索する事態となります。

（『テニアンに捧ぐ鎮魂のうた』）

本間博士は何一つ先の見えない不条理なテニアンの戦場で、奇しくも敬愛する学友に再会、しかし、つかの間の安らぎの後、友は無残な死を、自身は俘虜となって生還という運命を分かつことになった。

医学部の級友の約二割を失って大学の医局に戻った当座、思い切り勉強出来ることのありがたさ、楽しさは、医局図書室で椅子をつないでの朝までの仮眠や重症患者のための徹夜や、乏しく粗末な食事などものとも感じませんでした。それから半世紀、二十一世紀は目前となりました。

（『テニアンに捧ぐ鎮魂のうた』）

殉死の闇の中に、平和の曙光が兆したとき、博士の胸中に込みあげたものは、哀惜の祈りと使命感の誓いであったのだ。博士は、「我が生ある限り友は生き続ける」のだと自分に言い聞かせ、これこそが亡き友への追悼と償いであると信じられた。

梅子は、人はそれぞれに巡り合った運命を使命感として生かすことの大切さを教えられ、自分もまた残された時間をいかに生きるかを問われていると思った。

テニアンを見た梅子にとって、いまこの小本が語るものこそ、梅子の余生を問いかけてくれるものだった。昭和の戦争史を冷徹に受容し、それを平成へと継承しなければならないと、高揚した気持ちにさせられた。

梅子はテニアン慰霊行の報告も兼ねて、如来寺に新年の挨拶に行こうと思った。無性に町村妙喜に、テニアン慰霊行の話がしたくなり、できれば町村清栄にも聞いてほしくなったのだ。

新年のご挨拶

勝手口のチャイムを押すと町村妙喜が出てきた。

「おめでとうございます。お正月をテニアンで迎えてきました」

「おめでとうございます。どうぞおあがりください」

梅子はいつものように作務衣に着替えて手伝いをしようとしたが、妙喜はそれを制して梅子を座敷に上げた。梅子はバッグから小さな包みを取り出した。

「これ、珊瑚のブローチです。テニアンのお土産です」と、妙喜に手渡した。

「ありがとうございます。開けていいかしら」妙喜は包装をといて「マアきれい」と喜んだ。「住職もおりますので、テニアンのお話を聞かせてください」

梅子が本堂で合掌を済ませると、町村清栄が新年のすがすがしい顔で現れ、応接間に梅子を招じ入れ訊ねた。

「テニアンはいかがでしたか」

「海と空がきれいでした。夫が戦没して五十五年になりますが、やっと慰霊が叶いました。北から南まで車で戦跡を訪ねました。テニアンは荒野で、いまも戦争の傷跡がむき出しでした」

梅子は米軍の上陸した北のチューロ海岸から、日本軍玉砕のカロリナス高地まで、荒れ果てた戦跡を辿った話をした。

「テニアン玉砕からもう五十五年が経つんですね。ご主人の戦死の報はいつだったんですか」

「戦死の報は昭和二十年の二月でした。戦没日は昭和十九年八月二日のテニアン玉砕の日になっていましたが、実際の日はわかりません。戦死の場所も、玉砕のカロリナスであったのか、あるいは退却の途中だったのか、分かりません」

梅子は健治が撮ってくれた写真を見せながら話した。

「テニアンの戦死者の戦没日はほとんど玉砕の日になっているのでしょうね」

「そうだと思います。テニアンの星空にインドラの網（因陀羅網）を見てきたんです」

梅子はテニアンの夜空に心を取られて思わず「インドラの網」と叫んだことを話したかった。町村清栄が関心を示した。

梅子が如来寺との縁ができたのは、去年の七月のことだった、掲示板に華厳経の法話の案内があり、ふと足を止めた時、中から妙喜に声をかけられたのが機縁となった。法話では「縁起の法」を視覚的に表した因陀羅網が語られ、その網の結び目に宝珠（ジュエル）が輝き、互いに映し合っているという暗喩が梅子の心にしみ込んだ。梅子はそのことを思い出しながら話した。

「人は死んだら星になると言いますでしょ、満天の星空に、戦死した夫や三十二歳で亡くなった孫を思い浮かべて涙がこみ上げてきましてね。思わず『インドラの網！』って天に向かって叫んでしまいました」

「満天の星座と因陀羅の網が重なったんですね」

「こちらで学んだ華厳経の『縁起の法』のお話がとても強く心に残っていたものですから、それがつい口に出てきたんです」

梅子は節子達五人で夜空を仰いで、インドラの網の話を聞かせたことを少し詳しく打ち明けた。

「素晴らしい体験でしたね。目に浮かびますよ」

町村清栄が言った。

「先生は、中山義秀の『テニアンの末日』という小説をご存知でしょうか」

「ええ、読みました。あの小説は、戦後まもなくの出版でしたね」

「あの『テニアンの末日』は、本間日臣という先生が、テニアンで戦死した学友・大島欣二軍医大尉の追悼記『サザーン・クロス』を基にして書いたのだそうです。この『テニアンに捧ぐ鎮魂のうた』の中にその追悼記も載っています」

梅子はバッグから『テニアンに捧ぐ鎮魂のうた』を取り出し、町村清栄に見せた。彼は頁をめくって「サザーン・クロス」の題名を確かめた。

「私、これを一読してたまらなくなって、テニアン慰霊に連れて行ってもらいました、ずっと気にしていたテニアンの慰霊行でしたが、この本はまるで、夫の追悼記そのものです」

「お借りできれば、後でゆっくり読んでみたいです」

「どうぞ、蛍光ペンで線を引いたりしておりますが、よろしければ」

三人揃って、戦争の話に熱が入るのは当然の成り行きであった。町村清栄は、学徒動員されたものの戦場に送られる寸前に内地で終戦を迎えた。少し早く生まれていたら、いま生きているかどうかわからない。

「私は一九二三年生まれですが、この時代、わずか一年か二年の出生日の違いで生死の命運を分けることも稀ではありませんでしたからね」

「そうですね、男に生まれたか、女に生まれたかによってもですよね」

「全くです」と、黙って聞いていた町村妙喜が深く頷いた。そして彼女はなおもテニアンの様子を訊ねたりした。

清栄は女同士の会話になった間に、梅子が渡した『テニアンに捧ぐ鎮魂のうた』の頁をめくっていたが、しばらくして感嘆の声をあげた。

「うーん、本間先生は存じ上げませんが、これはまさしく感動的な名著です。斜めにところどころ目を通しただけですが、失った先輩たちへの悲歎と生き残った自分の責任と使命感に感動を覚えます」

「わたくし、テニアンから戻って来ても繰り返しこれを読んでいます。これは主人の追悼記であるし、私自身の戦争史です」

「私は不昧因果　不落因果という恩師の言葉を座右の銘にしておりますが、本間先生はまさに、それを実行されている方ですね」

と、清栄は言った。梅子が言葉の意味が理解できず訊ねると、清栄はペンを執って〝不昧因果　不落因果〟と書いた。梅子は確かめるように、清栄の書いた文字を声に出して読んだ。初めて知る言葉だった。

「これは禅の言葉で、亡き私の恩師・増谷文雄先生は『自分が関わった因縁（業）も、自分が関わらなかった因縁（宿業）も、すべてをありのままに受容する、これを不昧因果という。不落因果というのは、ありのままを受け入れ、それを自分の自由な意思で変えていく、乗り越えていく、運命を変えていくという自由意思である』と教えました。戦争が終わって、私が大学に戻ったころです」

梅子ははっとした。それは夫の戦死で精神的な窮地に陥った時、大隅秀道が諭してくれたあの言葉と同じであることに気づいたのである。それをいま町村清栄が〝不昧因果　不落因果〟の八文字に置き換えてくれたのだ。

「私の女子師範学校の恩師である大隅秀道という先生に『現実をありのままに受容しなさい』と諭されたことがあります。大隅先生もまた、不昧因果　不落因果を言われたのだと、いま、改めて気がつきました」

「大隅先生をご存知でしたか。私も大隅秀道先生の講義を大学で聴講したことがあります」

清栄は驚いた。このとき、いつの間にか、妙喜が奥に下がって、増谷文雄の本を持ってきて、テーブルの上に置いた。

「ありがとう」と妙喜に言って、清栄は「これを大渕さんに差し上げましょう」と、増谷文雄著

『業と宿業』を差し出した。

「いただいてよろしいんですか。ありがとうございます」

梅子はその新書版を拝んで「読ませていただきます」と受け取った。

町村清栄が本間博士の文章に「不昧因果　不落因果」を読み取ったことに、梅子は新たな発見をしたように感動した。

「ぜひ、本間先生のご縁を大切になさってください」

「はい、良いご縁をいただいたと思っています」

梅子は素直な気持ちでこう返した。そして、もらった増谷文雄の『業と宿業』の中に、本間博士の不昧因果　不落因果を探してみたいと思った。

新春胃ろうフォーラム／特別講演『術前胃ろう、頭頸部がん治療の合わせ技』

今年、竜太クラブの初仕事は『新春胃ろうフォーラム』である。開催の準備は櫻井順子に任せて一行はテニアンで正月を迎えたが、櫻井は立派に責任を果たしてくれた。テキストや案内書などの資料が段ボール箱に詰められて、予定通り午前中に会場に運ばれた。こうしたセミナーの経験を持つ櫻井が差配して、受付の机を並べたり、張り紙をしたりの作業を分担しながら進めた。昼までに演題のマイク・チェックやパワーポイントの映写テストなども済ませ、みんな揃って昼食をとり、後は参加者を迎えるだけになった。

正月明けに人が来てくれるだろうかと不安もあったが、午後二時の開会前から会場受付けには予想を超える人が押し寄せてきた。

後援企業の社員も手伝って対応、梅子までがプログラムやテキストの配布を手伝った。二時の開会を前に、三百席の医学部講堂は、補助席を設けるほどの大入りになった。

梅子と節子は前方の関係者席に落ち着き、いよいよ竜太のコロンブスの卵の発表が始まるのを待った。竜太の遺業を、この世に繋げたという達成感のようなものに満たされて、節子は胸の高まりを覚えた。

時間が来て、女性の場内アナウンスで、座長をつとめる神野修一が壇上に登った。

「本日は『新春胃ろうフォーラム』に多くの皆様にご参加いただき誠にありがとうございます。今日の『新春胃ろうフォーラム』は竜太クラブの主催で開催させていただきますが、初めに竜太クラブについて一言ご説明をさせていただきます」

神野は会場の照明を下げて、スクリーンに白衣姿の竜太の写真を投影した。節子は思わず胸にきゅっと込み上げるものがあり、涙がこぼれた。

神野は竜太クラブは交通事故で不慮の死を遂げた加納竜太の遺志を継いで、遺族が設立したことを簡潔に紹介した。

「ご紹介します。加納竜太のお母さまとお祖母さま、ちょっと立っていただけますか」

いきなり神野に言われて、節子と梅子は起立し、後ろの席に深々と頭を下げた。節子はどっと涙が込み上げてきた。会場はしーんと静まり、視線が節子と梅子に注がれた。

「お母さまとお祖母さまです。どうぞお座りください」

神野は節子と梅子を座らせ、それからしばらく、彼は竜太が頭頸部がんの治療で、術前に胃ろうを適用し成果を上げたこと、この成果を標準的な治療法にするため大学病院で研究に取り掛かろうとしていたことを訴えた。

「加納竜太の遺した研究は、一年前の頭頸部外科学会で共同研究をしていた私が代理発表しましたが、いま、彼の研究は東都大学の耳鼻咽喉科伊藤教授によって引き継がれ、大きな成果を上げております。本日はその成果について、伊藤教授に特別講演をお願いしております」

神野はこのように前説をして、いま、胃ろうが急激に普及してきたことの背景と多くの優れた医学的な特徴を、竜太クラブで作成したビデオ『ＰＥＧ10の質問』を映写しながら話を展開していった。『ＰＥＧ10の質問』は所要時間八分ほどの短編で、胃ろうの際立った利便性を一〇の質問に要約して説明したものである。竜太クラブで収録した多くの患者の病態別の胃ろう適用から抜粋して集大成している。

「胃ろうの術式（手術法）であるＰＥＧ（Percutaneous Endoscopic Gastrostomy）の創始者は、アメリカの小児科外科医ガウダラー先生です。ガウダラーは口から食事が摂れない障害を持つ小児のために、ＰＥＧを考案しました。このガウダラーの発想を実用化するために内視鏡外科医ポンスキー先生が協力しました。一九八〇年、ガウダラーは小児外科学会で、そしてポンスキーは、米国消化器内視鏡学会で発表、胃ろうの普及が始まりました。ＰＥＧの研究開発の目的は口から食事が摂れない小児の苦しみを取り、栄養管理のＱＯＬ（Quality of life＝生活の質）の向上のためでした。日本でも一九九〇年代半ばからＰＥＧが導入され、今急激に普及しております。

胃ろうは手術の簡単さ、患者の病態の回復、栄養投与の苦痛の軽減、看護・介護の容易さ、医療費の節減など、これまでの栄養法の常識を覆すものであります。いま、胃ろうは中心静脈栄養や経鼻チューブの栄養療法の常識を塗りかえました。いろいろな問題点も抱えておりますが、今後、高齢化社会を迎えて、胃ろうは急激に普及すると推測されております」

神野は最後に今後の展望を述べ特別講演の伊藤教授にバトンタッチした。

演台に立った伊藤教授は、最初に青野周一の協力で作成した中咽頭がんステージⅢｂの治療経過のビデオ画像を、約十五分に編集したものを上映した。画像診断、病理検査、そして入院から、術前の胃ろう造設、放射線と化学療法の併用治療、退院、在宅医療までが時系列的に記録されている。画像の編集では、栄養管理のシーンが随所に挿入され、胃ろうによる栄養投与の印象が強調されている。また治療の全体像は他科連携のチーム医療を訴えるため、チーム医療に携わる専門医やコ・メディカル（co-medical）の姿が生き生きと描写されていた。参加した医師のほとんどが初めて術前の胃ろう造設を知り、教授の説明に関心を抱いた。

「ご覧いただいたビデオはステージⅢｂの中咽頭がんの治療例ですが、私どもは頭頸部がんをステージⅠ～ステージⅣに類別して、標準的な治療法としてクリニカルパス（clinical path［入院］診療工程表）の作成を行っております。去年から一年間、臨床試験を積み重ねてまいりましたが、そのすべての症例で胃ろうによる術前の栄養管理は良い治療成果をあげております。

我々頭頸部がん外科医は、頭頸部がん治療に当然のように心静脈栄養を用い、それに慣らされてきました。しかし加納竜太はこの方法に疑問をもち、胃ろうを用いる栄養法を思いつきました。口から食べられるうちに、お腹に胃ろうを造っておけばいいではないかという極めてシンプルな発想です。先回りをして、栄養ルートを確保しておけば、術前・術中・術後にわたって、栄養摂取に患者に苦痛を与えることがないわけです。私どもはこの加納竜太先生の研究成果を取り入れ、頭頸部がんの標準的な治療法としてクリニカルパス（clinical path＝診療工程表）の作成を目指しております。私は外科医として多くの頭頸部がんの手術をしてきましたが、これまでの治療と比較して、入院期間の短縮、患者の苦痛軽減、厳しい副作用に対する体力、免疫力の保持などにおいて術前の胃ろう造設は顕著な優位性が認められます」

胃ろうによる経腸栄養の利点については、すでに神野修一が十分に説明したから省略し、伊藤教授は表やグラフを使って、ステージ別の治療実績を従来の栄養管理法と比較しながら、詳しく解説していった。

伊藤教授は高齢化社会を迎えて、現在、頭頸部がんの患者が増え、早期退院、在宅看護の必要性が求められていることを強調し、医療費節減の面からも治療のイノベーションを呼びかけた。そして、チーム医療については特に力を込めて語った。

「そもそもクリニカルパスの作成は、各診療科と職域の垣根を越えて、多職種が連携して成果をあげるためのものであります。特に、頭頸部がん治療の分野では、積極的な取り組みが必要であります」

伊藤教授は、今後、あらゆる医療でクリニカルパスが求められるが、術前の胃ろう造設を取り入れた頭頸部がんのクリニカルパスの作成は、多職種連携のチーム医療によって実践されるものであり、わが国における縦割り医療の改革にもなるのではなかろうかと、穏やかな口調で述べた。参加者は暗に大学医局の縦割り構造のヒエラルキーの反省を促しているようにも受け止めた。

竜太クラブで胃ろうの啓蒙活動に携わるようになった節子は、伊藤教授の講演内容もよく理解できたから、その熱弁に感銘しながら聞き入った。

伊藤教授の特別公演が終わり、神野が再びマイクをもって立った。

「これで新春胃ろうフォーラムの第一部を終わります。加納竜太先生が取り組んだ術前の胃ろう造設の発想は、いわば『コロンブスの卵』です。彼は『術前胃ろうは、頭頸部がん治療の合わせ技』という言葉を遺しましたが、この合わせ技を頭頸部腫瘍の標準的な治療法にしたかったのです。それを伊藤教授が臨床研究に取り入れて素晴らしい成果を上げてくださいました。加納竜太も喜んでいることでしょう。どうか彼の想いを継いでやっていただきたいと思います」

神野修一の呼びかけに、会場から大きな拍手があった。

シンポジウム「胃ろうの正しい適用」／いのちは誰のものか

十五分の休憩があって、第二部の会場が整えられた。壇上に楠田、益子、羽田の三人が横に並んだ。右端、司会役の羽田信克が楠田満寿夫と益子雅夫のプロフィールを紹介した。

「本日はシンポジウムに多数のご参加をいただきありがとうございます。では、第二部『胃ろうの正しい適用』のシンポジウムを始めます。いま、胃ろうは右肩上がりに急激に伸びてきました。しかし、胃ろうの患者が増えると、新たに難しい適用の問題が出てまいりました。まずお二人の先生に五分間のコメントをいただきます」

はじめに尊厳死協会の理事である楠田が胃ろうを適用するにあたっての事前指示書（リビング・ウイル）の作成とインフォームド・コンセントの重要性について語り、次に医師であり僧侶である益子雅夫が、終末期医療における「いのちの苦しみ」と仏教の重要性を説いた。

「シンポジウムは参加者からご質問をいただいて、それに先生方がお答えするという形で進めてまいります。質問者は挙手をして、お名前と職種をおっしゃってください」

羽田の呼びかけに、会場はしばらくその場の様子を伺うような逡巡があり、沈黙に包まれた。するといきなり梅子が手を挙げて立った。会場の視線が梅子に注がれた。隣りの節子は、母の率直さに驚き不安にもなった。会場係がマイクを持ってきた。

「私は八十三歳の元小学校教師、大渕梅子と申します。楠田先生にお伺いいたします。実は私の師範学校の後輩が五十八歳のとき、くも膜下出血で倒れました。意識の戻らないまま、植物状態になって約七年間、彼女の夫は施設内の自分の部屋で妻を介護しました。私は何回か施設に見舞いに行きましたが、妻は再び意識を取り戻すことはなく、夫は献身的な介護を続けました。栄養は鼻からのチューブでした。これが鼻のチューブでなく、胃ろうだったらどうなのでしょうか。

夫は五歳年長でしたが、不幸なことに、介護を始めて七年目に余命半年の末期がんと告知され、死期が迫る中、妻を先に逝かせ、妻の葬儀を終えると、自分も後を追って自殺しました。妻を殺害した罪は本人の自死で訴追にはなりませんでしたが、私はこの問題をとても怖ろしく、惨めに感じました。このような植物状態の高齢者の長期介護は、夫の人生をも奪い去るように思いましたが、妻を先立たせた夫は自分の人生も妻の介護も幸せであったと言いました。いのちは誰のものかを問いたいと思います」

いきなりの梅子の質問だったが、梅子のしっかりした語気が会場の緊張を高めた。

「七年間の介護が、このご夫婦にとって幸せであったのか、その期間が長かったのかどうかを論ずることは差し控えたいと思います。人はそれぞれの生き方を尊重されるべきであります。同じような悲惨な事件は今後の高齢社会の影を映すものであるかも知れません。——いのちは誰のものか——、言うまでもなく、いのちはご本人のものです。では本人の意思が全く不明の場合でもそうなのかという問いに、社会はどう答えたらいいのでしょうか」

楠田は梅子の質問に、まず、このように答えて話を続けた。

「日本人は、死はタブーということで、自分の意識がなくなった時にはどうしたらいいかということとを考えておりません。ましてや、五十八歳で突然くも膜下出血で倒れることなど考えてもみないことだったでしょう。回復を見込めない不可逆的な病気を発症し、意識喪失が起こった場合、医療者はすべて家族の意向で動かされるというのが医療の現実です。今、大病院だけでも毎年三〇〇〇人、植物状態の患者さんが発生しております。突発的であれ、不可逆的な進行性の疾患であれ、こういう事態になった場合に日本人は、自分はどうしたいかを考えていないし、文書でも書いていません。本人がこうして欲しいと言わない限り、現在の医療は仕方なしに延命医療を続けざるを得ないのです。現代医学は治すことを前提として治療に全力を尽くすあまり、治癒の見込みのなくなった患者にまで、延命医療を加えたり、逆に関心を向けなくなるという傾向を生み出しました。特に外科医は治せない医療は敗北と考えてきたのです。この傾向は高度な技術を持った大学病院にしばしば見られます」

楠田はここで一呼吸おいて会場を見回した。

「医療者を前にして僭越ですが、少し専門的な話をします。人間は『自律神経と運動神経』によって生命活動が営まれております。自律神経は、睡眠―覚醒サイクル、呼吸、循環、消化、体温など生命維持機能を担っており自分の意志とは関係なく自律的に活動します。運動神経は自分の意思で動き食物を摂取し、話し、社会活動をするという能動的な活動を担っております。遷延性植物状態とは、大脳機能が壊れてこの運動神経を喪失して脳幹の自律神経系だけが働いている状態です。寝たきりとなり、自分で食物が摂取できず、ぱっちりと眼を開けて覚醒しているようでも、周囲を認識していないため、呼び掛けた刺激に対して何も反応せず、自発運動や周囲との意思疎通が認められない状態であります。

植物状態は脳幹の機能が残っていて、自ら呼吸できる場合が多く、回復する可能性も全くないと断定することはできません。植物状態と脳死は根本的に違うものです。

植物状態に対して脳死は人の死です。体の全機能が失われた状態です。脳死とは、呼吸・循環器の調節や意識の伝達など、生きて行くために必要な働きを司る脳幹を含む脳全体の死です。ですから脳死判定は蘇らないことの診断基準です。これを蘇生限界点（ポイント・オブ・リターン）といいます。尊厳死問題の多くはこの植物状態の生き方を問うものです」

楠田は著名な肺がんの外科医であり、尊厳死協会の理事の立場から、さらに話を進めた。

「延命措置の中止や差し控えは、現時点、殺人罪に問われることがあります。その恐れのある限り、医療は心臓が止まるまで治療を続けざるを得ないのです。たとえ患者の家族から希望、依頼されても、延命措置の中止は告訴の危険が残ります。

そこで大切なのが、患者本人の事前指示書（リビング・ウイル）です。インフォームド・コンセントの概念は説明と同意と訳されますが、患者の症状と病態、さらには患者さん自身の病態の変化などに個別的に対応することが求められます。治療の自己決定のためには、正しいインフォームド・コンセントが必要不可欠の要件です。このことをまず医療人が十分に認識しなければなりません。わが国へのインフォームド・コンセントの導入は、アメリカから十五年遅れて入ってきました。患者さんに十分な情報を与えて、そして患者さんは十分にそれを理解し、医師は合意の上で、医療手段の選択を行う必要があります。胃ろうの造設を承諾するか、拒否するか、どの栄養法を選ぶか、あるいは拒否するかを自分で決めなければいけません」

楠田はシンポジウムの本題である胃ろうに話題を移した。

「胃ろうについていえば、インフォームド・コンセントは、生き死にを決定する時期に突然行うことが多いと思います。このとき、患者さんは勿論のこと、ご家族も判断できない状況があります。健常人なら、ほとんどの人が植物状態になったら自然死を望みます。しかし、意識のない身内を前にして、家族はどうしていいのかわからず、意見もまとまらないケースが多いと思います。医者は事前指示書がない限り、人工栄養を止めることはできません。このような問題は、今後、高齢社会の進展で顕在化してくる問題でしょう。私は、PEG（胃ろう）を非常にいい方法だと思って、これが正しく活用されることを期待しております。その大きな理由は、病院に入院しなくても、在宅で十分に栄養を摂取できるからです。ただし、この場合も、あくまで患者の自己決定権の尊重が重要です。日本人もリビング・ウイルを家族と相談し、共有する時代に入っているのではないでしょうか。

医師は栄養を摂るために胃ろうを造りましょうかと言います。そして、栄養補給と誤嚥性《ごえんせい》肺炎の防止のためにと主治医から言われて、安易に胃ろうを造る患者・家族が多いのですが、胃ろうを造っても患者の状態は改善せず、家族から、こんなはずではなかったと失望する声が出てまいります。終末期患者に高カロリーの栄養剤を胃ろうから注入しても消化できず、むしろ負担が増大して患者を苦しめることもあります。終末期には患者は食欲がなく、飲食しなくなります。患者はそのほうが楽なのですが、家族は絶食するのは可哀想と感じます。しかし、これらの症状は胃ろうで改善することはほとんどありません。不可逆的に病状は悪化します。私は尊厳死協会のほうにも関係しておりますので、最近は尊厳をもって死にたいということを非常によく考えますし、話もいたします。胃ろうの正しい適用についてはマスコミも含めて国民のコンセンサスを形成することが大切だと痛感しております」

梅子の問題提起に端を発した楠田の説明は長くなったが、会場に大きなインパクトを与えたのも事実だった。司会役の羽田は会場の大きな反響に応えてさらに議論を続けたいと考え「不可逆的に進行する末期医療について、他にどなたか質問はございませんか？」と呼び掛けた。すると、後ろの席から中年の女性が手を挙げた。

いのちの苦しみ

「私は訪問看護師の丸山芙美子と申します。私は長く精神病院に勤務し、痴呆症の末期患者さんの看護をしておりました。痴呆症の患者さんで、徘徊、妄想、暴力などの周辺症状がひどくなった方が、行き場がなく精神病院に送られ、しばしば向精神薬を与えられて寝かされておりました。最後は口からの食事ができなくなり、鼻からチューブで栄養投与されている姿を数多く見てきました。私はこうした扱いにとても違和感を感じておりました。痴呆症の患者さんのターミナル・ケアで胃ろうを用いることは解決になるのかどうかをお訊ねいたします」

「この質問に対しては自らも診療所と介護老人保健施設を運営されている益子先生に伺いましょう」

羽田が益子にマイクを振った。

「私たちの介護老人保健施設の事例をお話ししたいと思います。三年前になりますが、末期のアルツハイマー患者が入院してきました。八十歳の女性でした。その方は、次第に寝たきり状態となり食事摂取も出来なくなったので、遠からず衰弱して亡くなるものと考えておりました。入所されたとき本人は病状の説明を理解できないので、説明は家族に行いました。ＰＥＧ（胃ろう）は苦しむ時間を延ばす結果になることを説明しましたが、家族は延命のためにＰＥＧを希望されました。蘇生術は希望しないということでした。

患者は胃ろうによる経腸栄養のおかげで栄養不良による衰弱は免れましたが、次第に手足を動かせなくなり、言葉を失い、体位変換のたびに痛そうな表情を見せるようになりました。この患者さんはＰＥＧ（胃ろう）の後十一か月と九日間、ほとんど苦しいだけの時間を生きて亡くなられました。

私どもが運営している介護老人保健施設はこのような患者さんのＱＯＬ（生活の質）の向上のためにスウェーデンの福祉施設との交流をもっております。この症例について相談しますと、なぜＰＥＧを行ったのかと私たちを責めました。スウェーデンでは、判断能力を失ったアルツハイマー患者について、医師・看護師・介護士・ケースワーカー、その他ケアチームが家族とカンファレンスをもって、ＰＥＧ（胃ろう）や蘇生術を行わないことを確認するのだと言われました。そして、この症例は人権侵害だ、虐待だと言われました。『患者さんは事前指示書に『食べられなくなったら胃ろうを造ってほしい』と書いてあったのか』と、私たちを非難したわけです。『われわれは、もう何百枚も事前指示書を見ているけれど、痴呆症が進んで食べられなくなったときに胃ろうを造ってくれというのは見たことがない、そんなことを書く人はいない、この人は本当にそんなことを書いたのか』と言われたのです。

スウェーデンでは、一九八〇年代にはそうした取り組みと制度があったのです。そこには法律の専門家や、いろいろな人がいるわけです。事前指示書を見て判断するのは、当たり前だと思っているわけです。ところが、日本にはないわけです。

日本では家族が集まって、これじゃ死んじゃうから胃ろうを造ってくれと言われます。胃ろうを造ると、最終的に本人を苦しめるから、あまり造るのは勧めませんと言ったら、少しでも生きていてほしいから造ってくれと言われます。本人は、言葉が話せないわけです。こうした疾患は早期診断をしてインフォームド・コンセントを行い、事前指示書の作成が不可欠ではないでしょうか」

質問者は深く頷いた。

益子雅夫は国立がんセンターの内科医師を勤め、僧侶にもなった。病院勤務では、治癒が望めない進行がんの患者さんを担当した。どんな薬も効かず、手術で治すこともできなくなったがん末期の患者さんは「死にたくない」「死ぬのが怖い」と訴えた。彼はその経験をどうしても話さなければならないと、今日は新春胃ろうフォーラムに臨んでいる。

「ご質問とは外れますが、私は医師であり僧侶であるという立場から、『いのちの苦しみ』ということについて少しお話をさせていただきたいと思います」益子はこう司会の羽田に断って話し始めた。

「医学だけを施す病院では、あなたの命はなくなります、と事実を伝えることは、医学の敗北になりますから、病院では徹底的に延命治療を行うことになります。日本の病院では、医学・医療は命を延ばすことをしますが、命をいかに生きるかという問題は扱いません。そのため、延命が不可能となったとき、その患者さんの『いのちの苦しみ』にはもはや何もできなくなります。医学がお役に立てないと告げる時には、『医学以外の何か』が必要になります。しかし、日本の病院には、いのちの苦しみの現場に、その苦しみをケアできる人がいないのです。

いのちの苦しみは、医学的には『スピリチュアル・ペイン』と呼ばれます。『死にたくない』『死ぬのが怖い』といういのちの苦しみを緩和するのがスピリチュアル・ケアです。西洋では当たり前に行われているスピリチュアル・ケアが、いま仏教国の日本では行われなくなりました。昔は行われていたにもかかわらずです。

現代医療の根拠は『証拠に基づく医療（ＥＢＭ）』と『物語に基づく医療（ＮＢＭ）』でなくてはなりません。

ＥＢＭ（エビデンス・ベイスド・メディスン＝evidence based medicine）というときの医療は、臨床試験の結果に基づく治療が施されます。ＥＢＭは科学的根拠に基づいた医療によって病気を治したり、ＱＯＬ（生活の質）を改善したりする医療です。

もう一方のＮＢＭ（ナラティブ・ベイスド・メディスン＝narrative based medicine）は患者本人の物語を完成させる医療です。尊厳ある死は、『dignity for the Dying』を翻訳した言葉ですけれども、緩和ケアの提唱者であるシシリー・ソンダースは、『尊厳死とは、死んでいく人が自分自身の人生に価値を見いだすこと』と定義しています。

人間の価値をきめるものは、生涯その人ならではの良い物語を生きるということです。スピリチュアル・ケアに携わる者は最期の最期まで死にゆく人に『物語』を形づくる手伝いをする人でなくてはなりません。医学では何もできなくなった時こそ、非常に多くのことが出来るはずです」

益子はローマ教皇庁の医療機関である国際会議に仏教国の代表として招待され講演したこともある。その時のことにも話が及んだ。

「イタリアでは、病床一〇〇床ごとに一人、スピリチュアル・ケア・ワーカーの配置義務が法律で定められております。哲学や心理学等の専門家もいますが、ほとんどがキリスト教の神父です。彼らは哲学を二年、神学を四年、さらに医療を二年、計八年勉強してスピリチュアル・ケア・ワーカーの資格を得ると言います。ほぼ大学院博士課程相当です。さらにケア・ワーカーは病院などに勤務して先輩から実地指導を受けます。医師の場合と同様、資格を得てから数年間現場で訓練を受けて一人前になるのです。

亡くなる人の尊厳を実現するのは、こういったスピリチュアル・ケア・ワーカーだと信じております。本人の人生の物語を本人にとって価値のある人生であったという、その物語を完成させる手伝いをするのです。自分の命を超えた価値、もしそれがあったら、それはその人の宗教というのです。日本人の宗教は、あらゆる宗教を尊重します。キリスト教会に行けば、キリスト教も尊重する。あらゆる宗教を排除しないのが日本人の宗教です。患者が医療提供者側の押しつけから解放され、人の命が長さだけでなく、生き方を含めてかけがえのない命として扱われる当たり前の世界がくることを願っています」

益子雅夫は西洋のスピリチュアル・ケア・ワーカーに相当する仏教国ならではの臨床宗教師・臨床仏教師の養成が急務であると述べて講演を終わった。

予定時間が大幅に超えたところでシンポジウムの司会の羽田がまとめに入った。

「本日は『胃ろうの正しい適用』について深い知見を学ぶことができました。振り返れば、われわれ外科医は、手術には『根治手術、姑息手術、緩和手術』の三つがあると教えられました。私はこれを胃ろうに当てはめて考え、『治す胃ろう』『支え、寄り添う胃ろう』、そして『看取る胃ろう』という類別はどうだろうかと思います。

加納竜太が取り組んだ頭頸部腫瘍の治療に用いた術前胃ろうは、『治す胃ろう』を目的とする代表的なものと言えるでしょう。『支え、寄り添う胃ろう』は障害をもつ小児、脳血管障害の後遺症、パーキンソン病、ＡＬＳ（筋萎縮性側索硬化症）などによる摂食嚥下《えんげ》障害を抱えながら生きる患者さんを支える胃ろうです。このような患者さんはコミュニケーション力があり、身体的な障害があっても、頭のしっかりした方です。『看取る胃ろう』はどうでしょうか。支え、寄り添う胃ろうの最期に来るのが、看取る胃ろうかもわかりません。あるいは、支える胃ろうと看取る胃ろうは一体のものと思ったりします。また、看取る胃ろうは、栄養を差し控え、中止する胃ろうと言えるかもしれません。

外科手術に当てはめて類別的にまとめてみましたがご参考になれば幸いです。

話は尽きないようですが、最後に神野先生に、本日の『新春胃ろうフォーラム』の閉会のご挨拶をお願いしましょう。神野先生、お願いします」

神野が約三時間に及んだフォーラムが成功裏に終わった感動を抑えてマイクの前に立った。彼は参加者に感謝の気持ちを述べ、急激な胃ろうの普及が見込まれる高齢者社会の本格的な到来に、胃ろうを優れた栄養管理法に高めていくために、「胃ろうの正しい適用」、「安心安全な手術」、「地域包括の多職種の連携」という三つのキーワードをあげ、在宅医療の推進をかたり、閉会の辞とした。

会場から大きな拍手が起こった。竜太クラブのスタッフは、それぞれの役割分担に達成感を味わった。

一期一会

神野修一の閉会挨拶が終わって、参加者は席を立ち出口のほうに流れていった。節子は竜太クラブが主催した初めてのフォーラムに、これだけ沢山の人々に来てもらったことに大きな感動を覚えた。それはフォーラムを計画した全員の達成感でもあった。

この時、医師らしい風貌の紳士が、手をあげながら梅子のところにやってきた。

「大渕先生、飯郷隆夫です。おわかりでしょうか」

「あら、飯郷君。覚えていますとも、立派なお医者さんになられたと聞いておりましたけど、こんなところでお目に掛かれるとはね」

「先ほど、大渕先生が質問に立たれて、びっくりしました」

飯郷は名刺を出して梅子に渡した。T大学附属病院の呼吸器外科診療部長の肩書であった。梅子は飯郷が小学校六年生のときに担任をしたが、あれから四十余年が過ぎている。飯郷は素直で頭の良い子であったから、将来を楽しみにしていた。地元の中学、県立高校を経て、東京の国立大学医学部に進学したことなど、その都度手紙をもらっていた。新春胃ろうフォーラムの会場で、飯郷と出会えるとは思ってもみなかった。

「娘の加納節子です」

梅子が節子を紹介し、節子も「加納です」と頭を下げた。

「加納先生は三十二歳の若さだったのですね。頭頸部外科の領域では栄養管理は難しいですから、先生の術前の胃ろうは、とてもユニークな発想です」

飯郷は新春胃ろうフォーラムの盛況と竜太の遺業をたたえた。立ち話をしているところに、楠田満寿夫がやって来た。

「楠田先生は肺癌学会の先輩で、きょう講演をされるというので出席させていただいたんです。これから楠田先生と食事の予定なのですが、よろしかったらご一緒しませんか」

飯郷が梅子と節子を誘った。飯郷は梅子が懐かしかったし、梅子と楠田は話が合いそうだと察したのだ。楠田も真っ先に質問に立った梅子を印象にとめていたから、歓迎の様子である。節子はフォーラムの後片づけがあるので会場に残り、梅子は誘いに従った。

しばらく歩いて大通りでタクシーを拾い、新橋駅界隈の飯郷が懇意にしている小料理屋に入った。楽しい雰囲気になってきた。

「女性にお歳を聞くのは失礼ですが、大渕さんは何年のお生まれですか?」

と楠田が訊ねた。

「大正六年生まれです」

「とてもそのようなお歳には見えませんね、お若くて」

楠田は八十三歳だと言った梅子に、戦争体験者だなと計算し興味をもった。

「三十歳で未亡人になりましたのよ」

と、梅子が首を傾けて答えた。

「ご主人は戦死されたんですか」

「テニアン玉砕です。昨年の暮れ、慰霊に行ってきました。テニアン慰霊行はずっと気になっていたんですが、本間日臣という先生が書かれた級友の追悼記を読ませていただきましてね。まるで夫の追悼記のようでいたたまれなくなりました」

「本間先生はわれわれが最も尊敬する先輩です」

楠田も飯郷もいきなり本間日臣の名前が出てきて驚いた。同じ学会の重鎮である本間日臣を二人はともに敬愛している。

「あら、何ということでしょう」

梅子は人の縁はどこでどう繋がるのか不思議なものだと思った。

「私も本間日臣先生から、テニアン玉砕の話を伺ったことがあります。先生は米軍の至近弾の爆風で倒れているところを、上陸してきた米軍の緊急措置で生き返り、九死に一生の体験をされました。ご主人はあのテニアン玉砕で戦死されたんですか……」

大渕梅子の夫と本間博士は、あの日、同じテニアンにあって共に戦った戦友だったのだ。楠田は戦争の傷痕がこんなところにもあったという思いで胸が熱くなった。

梅子はまだ覚めやらぬ慰霊行の感懐と戦争の悲惨さを語った。そして話はテニアン慰霊行や「インドラの網」にまで及んだ。淡々と話す梅子の語り口は、聞いていて飽きなかった。

「そうですか、私も東京の陸軍士官学校で終戦を迎えたんです。三月十日の東京大空襲を生き延び、任官しないまま終戦になりました。戦後は地元に帰って旧制高校に転入、医学部に進みました。もう少し早く生まれていたら、私も今、生きていたかどうかわかりません。士官学校出の多くの先輩が外地で戦死したばかりか、内地の空襲で亡くなった仲間もおります」

話が太平洋戦争に及んだことから楠田も自分と戦争の関わりを語った。梅子も十歳年下の楠田の経歴には共通する話題もあり、いろいろ訊ねた。

「それにしても、今日の大渕さんのご質問にはびっくりしました。あの早瀬ご夫妻の最期についての問題提起で、会場の雰囲気が緊張に包まれました」

「お恥ずかしいです。でも私などは、いつどうなるかわかりませんから、リビング・ウイル（事前指示書）を書いておかなければいけませんね。楠田先生、いま、どのくらいの方が尊厳死協会に入っておられるんですか」

「十万人をこえています。一九八九年、昭和天皇が崩御されたときに、マスコミが天皇への輸血を大きく報道したことが影響しました」

「昭和天皇の輸血は毎日のように報道されましたからね、それが国民に影響を与えて尊厳死協会の会員が増えたという関係があったんですね。楠田先生、もう一つお伺いしていいですか？」

「どうぞ」

「安楽死と尊厳死とはどう違うんですか。尊厳死協会は昔、安楽死協会と言っていましたが……」

「よくご存知ですね。尊厳死というのは自然死です。不可逆的に病状が進行し、死期が迫った患者に、過剰な延命治療を行わない、痛みや苦しみは医療用のモルヒネを使ってとり、安らかに死を迎えてもらう、これが尊厳死です。それに対して、安楽死は薬を使って死を早め、患者さんを楽にしてあげる方法です。今は緩和医療が進みましたから、痛みは徹底的にとることが可能です。日本では安楽死は自殺幇助で犯罪になります。安楽死協会という名前は一九八三年に尊厳死協会に変わりました」

「欧米ではどうなんですか」

「欧米では death with dignity と言って、日本で言う尊厳死という言葉は使いません。安楽死法の要請はあるようですが、一九九九年の現時点では法制化はされておりません。大渕さんは何でもよくご存知ですね、今度は私からの質問もいいですかね」

「私に？」と梅子は恐縮しながら質問を待った。

不昧因果　不落因果

「大渕さんはしっかりした人生観をお持ちのようですね」

と楠田が話題を変えて梅子に訊ねた。楠田は初めて会った梅子の不思議な存在感が気になっている。

「いきなり難しいお訊ねですね。人さまにお話しできるようなものはありませんわ」

梅子は恐縮して一歩引いた。

「早瀬夫妻の最期についてのご質問や本間先生の追悼記への感動のご様子など伺っていると、ついお訊ねしたくなりましてね」

楠田が執拗に水を向けてきた。

「死生観というほどのことではありませんが、生かされている限り、精一杯生きたいと思います。死んだ後の話でなく、今をどう生きるかが大切と思っています。後悔を残して死を迎えたくないですからね。難しいことですが、健やかに自然の死を迎えられたらいいかと思います」

「同感です。私は敬虔な仏教徒ではありませんが、日本人は生死一如の四文字を疎《おろそ》かにしていると思いますね。昔はお寺でもこういう法話があったんですがね」と、楠田が答えた。

「お寺は葬式仏教に精を出し過ぎるんですね。坊主の怠慢、医者の傲慢という言葉を本で読みましたよ」と、梅子が言った。

「おやおや、これは手厳しいですね」

仏教が疎かにされているという言葉に乗って、梅子は言葉を滑らせたが、楠田はまともに受け取って頷いている。

「ごめんなさい、皆さんのことではありませんよ。でもね、私くらいの歳になりますと、どうしても仏教が気になるようになりますね」

「宗派は?」

「うちは浄土真宗ですが、私自身、宗派にこだわりはありません。でもね、私はとても偉い先生との出会いがありました。戦後間もなくのことですが、夫の戦死の通知をもらって、これからどう生きていこうかと途方にくれた時、ある東洋哲学を教えておられた先生との出会いがありましてね。ありのままを受容しなさい、現実から逃げてはいけないと諭されたんです」

「ありのままを受け入れる、現実から逃げない……?」

「このお導きで、私はすべてをありのままに受容することを、いまも信条としております。私が本間先生に共感するのは、本間先生が愚かな戦争も不条理な時代もありのままに受容しておられるお姿です。強靭な精神をお持ちです」

「確かに本間先生は穏やかなお人柄の中に強い意思を秘めておられます」

「しかも、本間先生は、悲惨で苛酷な不条理の現実のすべてを客体化して第三者の目で客観的に見つめておられます」

梅子が不条理な現実を客体化するといったのは、かつて恩師である大隅秀道が諭した現実を受容することに通じるものだった。

「客体化する、客観視する」

楠田は深く頷き、梅子にもっと話してほしいという関心を向けた。

「言葉は相応しくないかもわかりませんが、私は自分の体験を通して、そう感じるのです。実はいま私が通っている如来寺というお寺のご住職に、本間先生の追悼記をお見せしたんです。するとご住職が、これは本間先生の『不昧因果　不落因果』だと言われました」

楠田も飯郷も梅子の話に引き込まれた。梅子はバッグの中から町村清栄にもらった増谷文雄の新書を取り出して頁をめくり、「不昧因果　不落因果」のところを広げた。楠田はしばらくその頁を読んだ。

「なるほど、不昧因果　不落因果というのは、因果をくらませないで受けとめ、さらに因果を超えるということですか」

確かに本間日臣先生の人物像を言い当てていると楠田は感心した。

食事をしながらの歓談で時間が過ぎていった。

「本間先生は今も虎の門病院で、週一回診療をされております」

二人の話を黙って聞いていた飯郷が言った。歳は離れているが本間博士は同窓の先輩であるから、折に触れて薫陶をいただいていると話した。

「八十三歳で診療を……」

と、梅子は自分と同じ年の本間博士の近況を聞いて敬意を抱いた。

ちょっとだけのつもりが、二時間になろうとしていた。

「飯郷君、ごめんなさい。私ばかりおしゃべりして……」

「いえ、いえ、いいんです。とてもためになるお話に聞きほれていました」

「今日は不思議な出会いでしたね。一期一会に感謝しましょう」

飯郷は本当にそう思っているらしく、これからも竜太クラブに連絡をしたいと言って別れた。

皆に別れて外に出ると、既に足元が暗かった。都会では夜空を見上げることも少なくなったと思いながら、節子は何気なく空を仰いだ。星空がビルの谷間から見えた。


楠田満寿夫から竜太クラブに手紙が届いたのはその三日後のことであった。竜太クラブの発展を祈念するとの手紙に添えて本間日臣博士のエッセイ「Ｗｅｅｄシステムの登場について」が入っていた。

「偉い方は、こういうことを、きちんとされるのよね」

梅子は手紙を見て感銘した。節子もご縁を結ぶというのは、こうしたたしなみを身につけることだと教えられた。梅子と節子は、その医学エッセイに丁寧に目を通した。

『Weedシステムの登場について』

『最近米国内の各所で採用されつつあるときく病歴の新しい記載法Weedシステム（Problem Oriented Medical Record System-PORS）が、わが国でも注目されてきた。要点を一言で述べると、従来とかく受持医の日記的な役割りしか演じていなかった病歴を、患者中心のものとし、患者の診断から治療にたずさわるすべての医師およびパラメヂカルの人々の共用のものとしようというのである。

患者の訴えに対する判断や治療についての学生、レジデント、助手、講師、教授の考え、意見、認証が記入されるだけでなく、看護婦の観察所見やそれに関する処置、栄養師、訓練士、ケースワーカーの意見も記入される。

このような病歴は、卒前卒後の臨床教育には大いに役立つであろうし、患者の把握も飛躍的に容易になり、見逃がしも減少するものと思われる。自他覚所見をまとめて総合判定をし、治療対策を講ずることを病気の緩急に応じ反復してゆく立派な病歴は、今迄も個人単位ではあったと思うが、システムとして取り上げる所に意義があろう。

一方、パラメヂカルの病歴への参加は、患者の治療に対する責任の自覚、ひいては生甲斐の発見、自己の任務への積極的参加という好ましい雰囲気の醸成に役立つのではなかろうか。

労働の切り売りが終局的には、自己の職場の魅力の喪失につながり、それが医療体制をゆさぶっている一面があるように見える。医師とパラメヂカルが一丸となって診療に献身できるようなところでは、誤診誤療は必然的に減り、患者の満足も得られるに違いない。いずれにせよ過去四十年以上、病歴がほとんど改革されないできたことは驚異である』（一九九四年二月）

楠田先生がこのエッセイを送ってくださったのは、竜太がチーム医療に取り組んでいたことを知ってのことだと二人は理解した。

授かる

一月はあっという間に過ぎた。佐知子は後期の期末試験を終わり、いまは新春胃ろうフォーラムのまとめに余念がない。『新春胃ろうフォーラム』が成功裏に終わり、成果を次につなげるレポートの作成である。

佐知子は胃ろうという新たな医療が抱えるメリットとデメリットを分析し、今後、胃ろうが社会に正しく定着していくための啓蒙活動に役立てようと努めている。収録したビデオを再生しながら、フォーラム会場でメモしたノートと照合するため、放課後、毎日のように竜太クラブにやって来る。

「毎日、ご苦労さん、無理しないでね」

このところ佐知子は少し顔色が優れない。節子が心配して声をかけた。

「ええ、大丈夫です。あと少しです」

「佐知子さん、あなた……」

あたりに気を遣いながら小さな声で訊ねた。節子は女の感で佐知子の受胎の兆候に気づいたのだ。

「ええ、今日診てもらいました。授かりました」

節子に嬉しさがこみ上げてきた。「おめでとう」と節子は佐知子の手を取った。

医者の卵であっても、佐知子には受診の戸惑いもあっただろうと節子は察した。節子は少し詳しく話を聞くために二人で応接室に入った。

「おめでとう」と、節子は繰り返した。

「二か月です」

と、佐知子が言った。節子はテニアンの夜を想い起こした。

「良い先生に出会えたの？」

節子はどんな先生に出会えたのか訊きたかった。

「ええ、堂本聖子先生という、とても素敵な先生に出会いました。母親のような感じの先輩です」

「それはよかったわね。これからずっと診ていただけるんですか」

「はい、そのようにお願いしました。堂本先生には『子供を早く授かってよかったわね』と励まされました」

「励まされたのね、いい先輩だわね」

「私、休学しないで出産したいと相談したんです。すると、『私に任せて！　頑張りましょう』と、肩を抱いてくださいました」

節子は後輩を励ます堂本医師のやさしさが目に浮かんだ。人は真剣に求めると、良き人に巡り合えると節子は思った。

「何よりの強い味方だわね。健ちゃんの喜ぶ顔を見たいわ。健ちゃんには知らせたの?」

秋には出産することになると、節子は産み月を計算した。どのような形にしろ、早く結婚披露をしなければならなくなるだろうと節子は考えた。

「ええ、電話で知らせました。健治さん、父とシリコンバレーから帰ったばかりなんですが、今晩、富士から来てくれます」

「ご両親も、さぞお喜びでしょうね。竜太クラブもみんなで応援しますよ。私たち、出産と子育ての経験者ですからね」

節子は新しいいのちの芽生えが、竜太クラブに幸せと希望を運んで来たような喜びに満たされた。


その日の夕刻、岡部健治は仕事を早く切り上げ、S精機から新富士駅に向かった。出がけに東京に行くとだけ社長秘書に伝えてタクシーに乗った。新幹線・新富士駅には各駅停車しか停まらないから、「こだま」はいつも空席がある。

冬の空は日暮れが早く、駅を出ると窓外はもう夕闇につつまれた。一時間十五分で東京駅に着く。窓外に見慣れた富士市街の夜景が流れ去る。遠くの富士山は闇の中だ。健治は夜空に眼をやりながら、「授かりました」と知らせてきた佐知子の電話の声が耳に残って離れない。「赤ちゃんが欲しい」と佐知子が海に目をやりながら言ったあの夜の言葉と重なってくる。健治に言い知れぬ感情が込み上げてきた。

人の縁は網の目のようにつながっていると、梅子はテニアンの星座に感動しながら「インドラの網」の話をしてくれた。いま、佐知子が身籠った新しい命も、まさに無限の縁の繋がりによって生まれてくるのだ。僕のエンジェル……と健治は佐知子が身籠ったことが愛おしく、東京駅に着くまでの一時間十五分がもどかしかった。

健治は八重洲北口の改札を出て、デパート地下のフルーツ売り場に降りていった。フレッシュなフルーツ・カクテルを買ってタクシーに乗った。


佐知子はすっかり暮れた隅田川を三十三階から俯瞰している。提灯を連ねた遊覧船が東京湾までつながる暗い冬の河を上り下りしている。屹立する川辺の高層マンションから黄金をまき散らすように川面に光を映している。

佐知子もまた、テニアンの星座を思い浮かべた。人は死んだら星になるというメタファーに、佐知子は加納竜太を見た。時空を超える深い星空に吸い込まれた。あの晩、佐知子にわけもなく受胎願望が高ぶった。それは敬虔ないのちへの憧憬のようなものだった。

健治がマンションのドアを開ける気配がして佐知子は窓辺を離れ、健治を迎えた。

「授かったんだね」

あとは声にならなかった。健治は佐知子を強く抱擁した。健治の頬は冷たい外気のままだった。暖房のきいた部屋で、冷たいフルーツ・カクテルを食べた。佐知子が作った手料理を食べながら、健治は佐知子の瞳を見つめ至福に満たされた。

「夏休みに披露宴をしてはどうだろうか」

「私もそう考えていました。親しい方たちだけでささやかに……」

「うん、そうだね」

「竜太クラブで主催していただきたいわ」

と、佐知子はもう決めているかのように言った。

「竜太クラブね……それはいいね、でも、ご両親の考えも聞かないとね」

「父に相談するわ、健治さんのご両親はどう?」

「うちのほうはぼく任せ、全く問題ない」

出産前に結婚式、時期は夏休み、式場はホテルの小宴会場、案内状は竜太クラブから発送してもらうなど、二人は親しい知人だけの披露宴の計画を話し合った。

「加納のお母さんに電話をしてみようかな」

時刻は八時を回ったところだった。明日の土曜日に梅子、節子を昼食に誘って相談し、その後、富士に帰って佐知子の両親に打ち明けることにしたかった。二人は同じ気持ちで、健治から節子に電話を入れた。

「はい、健ちゃん、おめでとう」

待っていたと言わんばかりに節子が受話器をとった。

「ありがとうございます」

健治は相談があるので一緒に昼食をしたいが、都合はどうだろうかと訊ねた。節子が喜んで応じると、健治は入学祝いをしたホテルの割烹料理店を予約し、ロビーで待ち合わせをすることにした。

いのちのリレー

翌日、約束の時間前にホテルのロビーに行くと健治と佐知子が待っていた。梅子が「おめでとう」と、二人にハイタッチしたので、節子もつられてハイタッチした。

「目出度い、目出度い、嬉しや、嬉しや」

梅子は割烹料理店に入っても同じ言葉を繰り返し珍しくはしゃいでみせた。それは佐知子がこれからの学業と出産の両立に不安を持っているのではないかと心配してのことらしく、晴れやかな気分にさせたいという配慮のように見えた。祝福ムード一色で、楽しい昼食が始まった。

「健ちゃん、夢いっぱいね、おめでとう、本当に幸せなこと」

「はい、ありがとうございます」

「早くお嫁さんをもらって、節子に孫を抱かせてやりなさい」と梅子が竜太に言っていたことを、健治が代わりにやってくれた。節子自身も同じことを竜太に言っていたから、健治の照れた様子がわがことのように嬉しかった。

「佐知子さん、本当におめでとう。がんばってね」

「はい、ありがとうございます」

「佐知子さん、夏休みにいろいろ準備ができますね」

節子は佐知子の出産と育児について、昨日から気懸りなことがあれこれ頭をめぐった。今の単身者向きのマンションから、大学近くの広い住まいに移転しなくてはならない、健治は東京から富士に新幹線通勤になるだろう。近くに良い保育園が見つかるといいが、自分もいつでも行って育児の手伝いをしてやりたいなど、いろいろ計画し、夏休みにできることは早めに実行してやりたいと考えた。まるで東京に住む一人娘の医学生が身籠り、学業を続ける苦労を思いやる母親の気持ちになっている。

「まず夏休みにささやかな結婚披露をしたいと思うんです」

と、いきなり健治が切り出した。

「それそれ、まず、結婚披露よね」

梅子がもっともだというように同調した。本当は節子もそのことが一番気になっていた。

「それで竜太クラブにお願いしたいんです」

「それ、どういうこと?」

「まだ佐知子は学生だし、ごく身近な方だけをお招きして、ご披露したいんです。竜太クラブから呼びかけてほしいんです」

健治が佐知子と相談して決めたことを打ち明けた。

「とてもうれしい話だけど、それでご両親は納得されるかしら」

竜太の縁で結ばれ、子供を授かったのだから、その縁に因んでという気持ちだろう。しかし、S精機社長という漆畑一郎の肩書なら、世間への体裁もあるだろうし、なにより自慢の娘夫婦を披露する待ちに待った機会ではなかろうかと節子は心配した。

「きっと賛成してくれます」

「結婚披露宴なんて、形式的なものでなく、気楽なお祝いパーティにしたいんです」

「そうかもしれないわね。華やかなお披露目は佐知子さんの医師国家試験合格後の楽しみに取っておきましょうよ。取りあえず、報告の祝宴会ということにしてはどうですか」

梅子が言った。

「報告の祝宴会ならとても自然な感じがしますわ」

佐知子は、受胎というやがて分かることを前もって知ってもらうには、祝宴会がいいと思った。

「祝宴の〝えん〟はご縁の〝えん〟でもいいですね」

健治が機転を利かせて祝縁会と掛詞（かけことば）にして笑った。健治が「祝縁会」と捩《もじ》ったことに、梅子は思わず深い意味を感じたのだった。これまで梅子はことあるごとに『縁』を語ってきた。

健治が祝縁会と咄嗟に言い換えたのは、梅子の影響に違いなかった。

「『祝縁会』の主催ということなら竜太クラブでいいかもね」

梅子は何のこだわりもなく引き受けた。確かに竜太クラブ主宰の「祝縁会」なら、竜太クラブからの案内状の発送も理にかなっているなと節子も思った。招待客の人数や場所、日時など、およその内容を纏めながら楽しい食事会になった。

「竜太クラブには櫻井順子など子育てのベテランが揃っていますからね」

あと八か月経てば佐知子は出産する。佐知子には医学生として出産までに、心配事や乗り越えなければならないことがいろいろ起こるだろう。櫻井順子は東都大学医学部の庶務課に勤めながら二人の子供を育てた経験もある。医学生と事務職とは違うかも知れないが、大学内部の事情もよく知っているはずだ。きっと力になってくれるだろう。節子はみんなで協力して佐知子をサポートしたかった。相談がまとまったところで、佐知子と健治はお互いの両親に了解を取ることにした。話したいことは尽きなかったが、二人はその足で富士に向かうことになり席を立った。

食後、二人を見送って節子が梅子に囁いた。

「さぞかしご両親はお喜びでしょうね」

「いいカップルだわね。三十五歳のパパと二十五歳のママになるのね、佐知子さんは大変かもしれないけど、子供を授かる適齢期というものは、昔からかわらないのよ。二十五歳までに初産というのは、生理的にも自然なことだと言いますからね」

梅子は最近の少子高齢化問題に強い不快感を抱いている。女性の高学歴化は歓迎すべきことだが、キャリアウーマン、高齢出産が当たり前になっていく社会はどこか狂っていないか。わが身を振り返っても、女子師範学校を出て教員になり、すぐに結婚して子供をもうけた。産めよ増やせよの時代だったと言われるかも知れないが、それが女としての幸せで、自然な生き方だと思っていた。核家族化が進み育児環境が変わったとしても、妊娠・出産には適齢期というものがあるのだから、それを支える制度を整えなければ、いずれ二進《にっち》も三進《さっち》もいかない高齢者ばかりの世の中になってしまう。梅子は佐知子の積極的な姿勢がこれからの子育ての模範になればいいと思った。

テニアンのコウノトリ

岡部健治と一緒に実家に帰った漆畑佐知子は、すこし儀式ばっていたが、両親に応接間に来てもらった。何事が起こったのかと、両親は二人そろってソファーに座った。健治が改まって漆畑夫妻に佐知子の受胎を報告した。

「そうか、おめでとう」と漆畑が嬉しさをこらえて静かに言った。「健治さんおめでとうございます。佐知子、おめでとう」と玲子がいった。両親はいつかこの日が来ることを待ち望んでいたが、その日が早く来たのだった。

「それにしても、テニアンにコウノトリがいたようだね」

少し間を取ってから、漆畑は目をぱちぱちしばたたかせながら嬉しさを抑えきれないのだった。テニアンにコウノトリと言った父親の言葉に、佐知子はあの夜の不思議な体験を思い出した。

生前、加納竜太が梅子をテニアン慰霊行に連れていきたいと言っていたことを叶えるために、あの日、健治は懸命にハンドルを握った。南国の涼しい風が渡っていた。梅子がインドラの網と縁起の法を熱く説いて、みんなは深遠な宇宙のきらめきに誘い込まれていった。自分たちの部屋に戻っても、竜太への哀惜と健治の愛情が交錯した。佐知子に静かな高ぶりの潮が寄せてきた。佐知子は赤ちゃんが欲しいと呟いた。星に引き寄せられるように、受胎願望が佐知子の胸に押し寄せたのだ。満天の星座は、崇高ないのちの煌めきだった。

健治に強く優しく抱かれて、やがて訪れた法悦からの解放感のなかにどうしたことか竜太が現れて、佐知子ははっきりと受胎願望が満たされたのを感じた。

車椅子を押して、母が祖母を連れてきた。「佐知子ちゃん、おめでとう」と祖母が佐知子に手を差し伸べ、佐知子は「おばあちゃん、ありがとう」と祖母の手を掌に包んだ。

漆畑家に感動的な夜が訪れた。

「夏休みに、ささやかな披露宴をしたいと思います」

と健治が漆畑に了解を求めた。

「そうだね、私も先ずそれを急いでほしい。式場をどこにするかな、富士にするか、東京にするか……」

「お父さん、わたしまだ学生だし、大袈裟な披露宴はしたくありません。赤ちゃんを授かったという祝宴会を、竜太クラブの主催でお願いしました」

「今日、加納のおばあちゃんとおかあさんに会って、お願いしたんです」

健治が補足するように言った。

「そうか、そうか、それで？」

「お父様に相談してください。竜太クラブでよければ喜んでと言っていただきました」

「玲子、どうかな？」

漆畑はそれも悪くないなと考えて、妻に振り向いた。

「すべては加納竜太先生のご縁から始まったことですし、ご迷惑でなければそれが一番いいと思います。健治さんのご両親はどうでしょうかね」

「うちはすべて僕任せです。問題ありません」

「竜太先生にも喜んでもらえるかな」

漆畑一郎も竜太を忘れることはないから、結論は早かった。

竜太クラブに祝宴会を取り仕切ってもらうことに決めて、後は新郎新婦の自由な発想に任せることになり、漆畑はそれに対して最大限のサポートをする約束をした。

「とにかく最高の気分だ、まずは乾杯しよう」

玲子と佐知子は料理支度にキッチンに入っていった。

「健治さん、早めに家族懇親会はどうだろうか」

「そういえば、僕の家族との顔合わせがまだでした。すみません。祝宴会の前に家族懇親会ですね、わかりました」

「お仲人ということで、久しぶりに加納のおばあちゃんとおかあさんにもお会いしたいし、健治さんのご両親にも正式にご挨拶をしたいしね」

漆畑はこれまで健治の両親に正式な挨拶をしていないことも気になっていた。結納なんて堅苦しいことはしないにしても、懇親会で了解だけは取っておきたい気持ちがあったようだ。

「急いでセッティングします。東京のホテルでいいですか」

健治は即座に反応した。

「いいとも、早速、お願いするよ」

卓上に料理が運ばれてきた。漆畑は自ら立って自慢の白ワインを下げてきて、健治のワイングラスに注いだ。

「予定日は十月か、忙しいな……、まず、今の単身マンションから広いところに引っ越しをしなければならないな。子育てに便利のいい大学近くにマンションを探してはどうかね」

話は次第に具体的になっていった。住環境の条件としては子育てと通学の両立ができることが望ましく、近くに保育所があればなおベターである。佐知子は四月から三回生になる。新学期が始まる前の春休みに佐知子の住まい探しも急いですることになった。

定期健診

佐知子の週一回の定期検診は放課後にきめられた。通常の外来ではゆっくり話す時間が取れないので、堂本聖子医師が特別の計らいをしたのだった。堂本は基本的な検診を済ませると、現在の胎児の成長状態とそれを育む母体の変化など、細かく説明し、優しく問診をしてくれる。

佐知子は堂本の説明により、自分の体内に起こっている生理的な変化などを理解し安心感を深める。佐知子にとっては、まるで産婦人科の専門医師から教育実習を受けているみたいだ。

定期健診にはクラスメートの矢島啓子もついてくるようになった。

帰国子女の矢島啓子は、教育大学付属の名門校から現役で入学した。啓子は入学式のとき、ふと口をきいたことが切っ掛けで、二歳年上の佐知子の人柄に魅かれ、親近感を抱いた。どうして医学部を志望したのかと身の上を語り合ったとき、啓子は発展途上国での子供たちの不幸を目にしたことから小児科医を志したことを語り、佐知子は加納竜太を愛して東都大学医学部を目指したことを話した。そして不慮の交通事故で竜太と死別したことを知った啓子は、佐知子の悲しみを悼み、佐知子に寄り添うようになった。

互いに一人っ娘だったこともあり、二人は姉妹のように隠し事をせず心を開く仲になっていった。佐知子は竜太クラブを手伝っていることも、一年が過ぎて、竜太の高校同期の岡部健治と恋仲になり、正月休みにテニアン慰霊行に行ったことも打ち明けた。啓子は心から佐知子を祝福し、親密感を深めた。それでも、佐知子が身籠ったことを打ち明けた時は、さすがに啓子は驚いた。

「出産予定は十月だけど、私、休学しないで就学を続けるつもりよ」

佐知子は啓子の心配そうな顔に笑みを返した。

「すごい、ぜひそうして」

啓子は佐知子の芯の強さに感動し、自分も役に立ちたいと思った。

「堂本聖子先生という立派な先輩医師に出会って、休学しないで出産したいと相談したの。すると先生は〝そうしてください〟と励ましてくださいました」

「良い先生に出会えてよかったわね。私にできることがあれば何でも言ってください。私、佐知子さんの定期健診についていっていいかしら」

「一緒に行ってくれると私も心強いわ」

その時から佐知子の定期健診に啓子も付いてくるようになり、堂本もそれを歓迎してくれたのである。

今日も診断が終わって、いつものように堂本の教育実習が始まった。

「マタニティ・ウエアはお腹が膨らみ始める妊娠五か月を目安に着始める妊婦さんが多いのですが、ウエア自体は体形変化がはじまらない妊娠初期から着用するのもいいです」

堂本がこんなアドバイスをすると、啓子は目を輝かせた。帰国子女らしい垢抜けた欧米のファッション感覚を持っている啓子は、佐知子の艶やかなマタニティ姿を想像した。

「佐知子さん、ファッショナブルなマタニティで周囲を驚かせましょうよ。佐知子さんは脚線が綺麗だし、体形もしまっているから、お腹が目立たない春先は上品なカジュアル風のマタニティが魅力的だと思うわ」

「マタニティ・インナーはまだまだ先だと思っても、すぐに普段使用しているインナーに違和感を覚えるようになります。ゆったり目のブラジャーとショーツを体形が変化する前からつけたらどうですか」

「そうなんですね。インナーをつけるころは暖かくなるから、艶やかな風合いのお洒落を取り入れたいわ。私に佐知子さんのマタニティ・スタイリストをやらせてください」

季節感をたっぷり取り入れて、体形の変化に合わせてマタニティも少しずつ変えていくといいだろうと啓子は考える。

放課後に行われる堂本聖子の定期健診では、回を重ねるごとに、お互い身の上話も語るようになり、診断の後、そのまま食事会になることもあった。

男女児を持つ二児の母である堂本は、出産、育児の経験もあり、年の離れた長姉のようだ。

自ら佐知子のマタニティ・スタイリストを名乗り出た矢島啓子が、青山で洋装店を経営している久保田美和というファッション・デザイナーを佐知子に引き合わせることになった。彼女はパリの著名なデザイン工房で学んだキャリアがあり、マタニティ・ウエアにも精通している。啓子の母とは昵懇の仲であるから、啓子も世話になっている。初対面の久保田美和は佐知子のプロポーションを巧みにデッサンしながら、啓子の話を聞いてくれた。

「体形が変化する前にカジュアルなマタニティ風のウエアから始めて、季節感を取り入れながらマタニティ・ウエアに変化させるという啓子ちゃんの考えは、私も賛成よ。ワンピースとブラジャーをアレンジして、いろいろアンサンブルが楽しめるようにしましょう」

「佐知子さんのご要望はございますか」

「私、まだ学生ですから、派手さを抑えていただきたいです」

「そうですね、シックで艶やかな感じですね。教室という雰囲気、それと実習などもあるでしょうから、いろいろアンサンブルを考えましょう。私も、女優さんのマタニティはたくさん経験がありますが、医学生のマタニティ・ファッションにはとても興味があります」

佐知子は人に恵まれて、不安やストレスから解放され、胎児を抱いて幸せを感じる毎日である。

NPO設立へ

佐知子は多忙の中で「新春胃ろうフォーラム」のレポートを書き終えた。節子は佐知子の体調を気遣って無理をしないように言ったが、それでも佐知子は微笑を返してやり遂げた。

「よくできてるわ」

梅子はレポートの完成を楽しみに待っていた。

佐知子のレポートは、一部、二部をわかりやすくまとめ、同時に時代背景を示すために、戦後五十余年の人口動態である年次別の出生率、死亡者数の推移、病院と在宅の死亡者数の変遷、男女別平均寿命の推移などの表やグラフも調べてレポートに織り込んでいる。今後急激に伸長する少子高齢化社会における医療制度などの諸問題が図表でもわかるようになっている。梅子は胃ろうという一つの医療の背景にある問題点を洞察しようとする佐知子の聡明さに感心した。

レポートの完成を待って、早速、竜太クラブで会議が行われた。当日、みんなが顔を揃えて待っているところに神野と羽田が一緒にやってきた。

「テレビと新聞の反響は期待外れだったね」

神野修一はテーブルに着くなり残念がった。フォーラムにはマスコミ取材も多かったから、反響を楽しみに待ったが、目立った報道がなかった。

「そうですね。会場の反響は良かったのに、主催した竜太クラブの知名度がなかったからでしょうか」

「いやいや、胃ろうはまだまだこれからの医療ですからねえ」

節子も神野の口惜しい気持ちが分かった。

「テレビは視聴率、新聞雑誌は発行部数ですからね、胃ろうの適用、高齢者の終末期医療なんて、まだ一般読者には興味がないのでしょう」

梅子は事件が起こらなければマスコミは記事にしないと、それとなくマスコミの反応の鈍さを口にした。梅子の判断はいつも社会に広く目を向ける。神野はそうした梅子の厳しい視点に一目置いている。

「このレポート、凄くうまくまとめてありますね」

「そうですね、沢山の人に読んでほしいですね、これも冊子にしましょうか」

節子が神野に訊ねた。

「是非、そうしたいです。いつも竜太クラブに負担をかけるばかりで申し訳ないですが……」

神野は竜太クラブという場所の提供だけでも仕事に弾みがついたのに、これ以上の負担をかけることはできないと思っている。

「竜太の遺り残したことを手伝っているだけです。竜太も喜んでくれております」

節子は竜太クラブでビデオ制作や印刷物の出版を増やすことも生き甲斐になっている。なかでも、青野周一のビデオ撮影は、節子に特別の感情を抱かせた。それは、神野が「コロンブスの卵」とほめる竜太の研究が、ようやく伊藤教授の頭頸部がん腫瘍のクリニカルパス（診療工程表）作成に取り入れられ、これから継承されることになったからである。

青野周一の治療の記録ビデオの制作が終わるのを待って、節子はさらに患者自身の『治療体験記』の小冊子の作成も提案した。映像と活字は一体となってインパクトがより大きくなる。その治療体験記もすでに冊子となり、いま同じ治療を受ける患者に配布されて役立っている。節子は、神野が「コロンブスの卵」と言ってくれる竜太が遺り残した医療がようやく形になっていくことに勇気をもらうが、いつも佐知子が協力者でいてくれることが二重に嬉しいのだった。

「実は羽田先生にも相談したんですが、ＮＰＯ法人を作りたいと思います。日本ではまだ暗中模索のようですが、アメリカではＮＰＯが政府を補完する大きな役割を担っているそうです」

神野はアメリカの大学から招聘された外国人教授の話を紹介した。ＮＰＯ組織がアメリカのボランティア社会をつくり、国民に大きな利をもたらし、巨大な雇用も創出しているという。日本も少子高齢化、核家族化の到来で、長年の家族制度が崩壊し、新しい地域社会がつくられなければならないが、その支援組織がＮＰＯになるかも知れない。

「胃ろうはこれから様々な問題が出て来るように思います。まだ、一般に胃ろうはほとんど知られていないし、医者でさえ知らないものが多いです。一方で胃ろうは急激に普及しています。レポートにもあるように、まず正しい適用は早急に啓蒙する必要があります」

「心配は胃ろう適用のモラル・ハザード（moral hazard）です。中心静脈栄養や鼻のチューブで病人を長くベッドに寝かせて金儲けをするという噂も出てきました。優れた胃ろうの栄養法がそのように利用されてはイメージ・ダウンを招きかねません」

羽田が付け加えた。

「お話を伺っておりますと、胃ろうは問題山積のようですね。モラルのない医療・介護・福祉で税金の無駄遣いは困りますよね」

「そうです。胃ろうの問題点を洗い出して、先手必勝の対応をしなくてはなりません」

「非営利活動法人の設立はいまがタイムリーのようですね。まだ先だと思っても、高齢化社会はもうそこまで来ました。来年は介護保険も施行されますし、まずは急いで設立して身近にできることから行動に着手されることでしょうね」

と、梅子は高齢化社会に向けて、様々な気懸りを感じているようだ。

「ＮＰＯ設立に賛同してくれる理事を全国から集めます」

神野は人望と行動力のある医師の顔を北から南へと思い描いていた。

節子はＮＰＯがどういうものか漠然としか想像できなかったが、「竜太クラブ」から、さらに新しい局面が拓かれていくような気がした。節子はこれからも竜太クラブは事務所提供など、最大限のサポートをしたいと思った。

神野修一は胃ろうのオピニオン・リーダーとして、急激に普及する胃ろうの正しい舵取りの役割を担う立場になってきた。ビデオ制作やセミナー・シンポジウムの開催などを、今後も継続的に実施していかなければならない。そのために竜太クラブにいつまでも負担をかけることもできないから、それを事業化できるＮＰＯの設立が必要だと思っているようだ。

「聞くところによると、胃ろうの医療事故も起きています。実際に、カテーテルの交換ミスでの死亡事故も起きています。レポートは、胃ろうの正しい適用、安全な手術と交換、地域連携という三つのキーワードでまとめられていますが、これはなかなか的確な捉え方です」

「胃ろうのＮＰＯ法人ですか。私、お友達のＮＰＯ設立を手伝ったことがあるんです」

話を聞いていた櫻井順子が話に割って入った。

「まずは身近なところから始められてはいかがですか」

と梅子の前向きな姿勢でＮＰＯ法人設立の話はまとまった。

両家の家族懇親会

三月初めの休日、健治がホテルの一室をとり懇親会の段取りを決めた。

岡部家と漆畑家の正式な会合はこれが初めてだった。去年の秋、健治は佐知子を実家に連れて行き、はじめて「フィアンセの佐知子さん、医学部二回生です」と紹介した。その後も健治は佐知子を連れて来たが、両家の紹介までは至っていなかった。加納竜太と佐知子の関係や、竜太の死により佐知子との愛が生まれたということなど、とても話すことはできなかった。いずれ佐知子の卒業を待って式を挙げるつもりだとだけ言っていた。

漆畑が両家懇親会を呼びかけてはどうかと言ってくれたのは、そうした健治の戸惑いに道筋をつけてはどうかという示唆かもしれない。漆畑もいつ健治の両親に会わせてくれるのかと待っていたから、懇親会をすべてを打ち明けるいい機会にしようと健治は段取りをとった。

休日に吉日が重なったのか、Oホテルは婚礼衣装の人波で賑わっていた。健治・佐知子の両親と梅子・節子は約束の時間にロビーで待ち合わせて、それぞれに初対面やら再会やらの挨拶を交わし、節子と梅子は両家へのお祝いを述べた。特に漆畑の喜びようは見ていて可笑しいほどだった。

予約した部屋に案内してもらった。健治が考えたとおりに窓際に梅子と節子、左右に漆畑夫妻、岡部夫妻、手前に健治と佐知子が座った。お目出度い話だから、自然に雰囲気が盛り上がった。健治は両家の正式な出会いが今日まで延び延びになったことも詫びた。

ウェイターが上座から順に日本茶を置いていった。銘々に雑談がはずみ、気心も通じ合った頃合いを見計らって、「ちょっと、いいでしょうか」と健治が断り、おもむろに佐知子と二人で立った。

「加納竜太君が亡くなってもう二年が経ちました。いつまでも彼の死は忘れることができません。あんないい奴には、もう二度と会えないのが悲しいです。でも、今日は竜太が遺してくれた縁で、僕たちはうれしい発表をさせてもらいます。竜太、ありがとう。僕たち、子供を授かったんだよ、〝竜太、ありがとう、竜太ごめんね〟。竜太を思い出すたびに、ごめんねというのは、今日でおしまいにするけど、最後にもう一度だけ〝ごめんね〟と言わせてくれ。佐知子さんは大切に預かったからね」

健治はいつの間にか亡き竜太に語りかけていた。

いきなりの健治の挨拶に、みんなが目頭を熱くした。そして今度は佐知子が、涙をポロポロ落としながらしっかりした口調でいった。

「加納竜太先生、ありがとうございます。みなさん、ありがとうございます。竜太先生が遺してくださった尊いご縁によって、私たちは愛を誓いあいました。とても幸せです。竜太先生から授かったご縁を大切に育てます。良き母になります。私は竜太先生のような立派な医師を目指します。見守っていてください」

健治にならって佐知子も竜太に語りかけた。みんなしばらく目頭を押さえて、深く息をのんだ。二人が座って涙もおさまったころ、テーブルに、昼食の幕の内が運ばれてきて、ビールで乾杯になった。

漆畑一郎が雰囲気を変えるように言った。

「本当に縁というものは摩訶不思議なものです。私ががんにならなかったら、このようなご縁はいただけなかったんですからね」

漆畑は二年余前の加納竜太との出会いをまた言った。

「確かに、縁というものは不思議ですね。これからも、何が起こるか楽しみです」

健治の父、岡部誠司が相槌を打った。

「テニアンで、インドラの網のお話をされたそうですね。わたしたちにも聞かせてください」

と漆畑が梅子に水を向けた。佐知子から聞いたテニアンの星空の感動的な話を、みんなに聞かせてほしかった。

「あら、私にインドラの網のお話をさせていただけるのですか。少し長くなってもいいですか」

梅子は健治と佐知子の挨拶に続いてあのテニアンでの感動を話したかったのだ。

「あれは衝動的に込み上げてきた感動でした。私はテニアンの満天の星空がインドラの網に見えたんです。先程からみなさんが口にされている『ご縁』はインドラの網のようにつながっているということです。そうしてインドラの網の目の一つひとつの結び目には宝珠（ジュエル）が煌めいていて互いに照らしあい、響きあっているというお話です。お釈迦様はこれを『縁起の法』として悟られました。『縁起の法』というのは、因縁生起といって、この世のすべてのものは直接的、間接的な原因によって生まれてくるというお釈迦様が悟られた仏教の根本思想です。お話、難しいですか？」と梅子はここでひと呼吸して問いかけた。

「いえいえ、いいお話です。宝珠の輝くインドラの網とテニアンの星座が目に見えるようです。ご縁の話の先が聞きたくなります」

岡部誠司がうなずいていった。

「では、あと少し続けます。縁起の法は、東大寺に納められた華厳経の中に、インドラの網にたとえられて紹介されています。

これあるに縁《よ》りてこれあり。
これ生ずれば、これ生ず。
これなきによりてこれなし。
これ滅すればこれ滅す。

縁起の法はこのように教えられます。

健治さんと佐知子さんのご縁は、竜太が遺しただけでなく、ご両親のご縁、そのまたご先祖様のご縁がみーんなつながっているということです。

人は死んだら星になるといわれますが、私、テニアンの夜空の星座を仰いだとき、あっ、インドラの網だと感動したんです。夜空の星に、テニアンで戦没した夫の俊輔を仰ぎ、不慮の事故に遭った孫の竜太を仰ぎました。そうだ、私たち生きている者も、亡き人とのつながりがあるのだって、感動したんです。みなさま、ご縁を大切にしましょう。今日の出会いに感謝いたします」

みんなが拍手をした。

「そうですよね、私たちって、亡くなった人ともつながっているということですね。いのちのリレーよね」

健治の母、岡部美智子が感動をこめて言った。節子も、〝いのちのリレー〟といった岡部美智子の言葉に、あの夜の星座を特別の感情で思い出した。

「いいお話です。感動のあまり、私に込み上げた歌があります。歌っていいですか」

岡部誠司は、与謝野鉄幹「人を恋ふる歌」と言って声を張り上げた。

妻をめとらば才たけて、みめ美わしく情ある
友をえらばば書を読みて、六分の侠気四分の熱
恋の命をたずぬれば、名を惜しむかな男ゆえ
友のなさけをたずぬれば、義のあるところ火をも踏む

「佐知子さんのあまりの美しさに、つい昔のことを思い出しまして、歌が零《こぼ》れました。失礼いたしました」

いいタイミングで歌が出て、懇親会は盛り上がった。

食事をしながら、健治が言った。

「七月終わりから佐知子さんは夏休みなので、ホテルの空き具合を調べてみました。うまいこと日曜日に五十人くらいのいい部屋が空いていました。一応キープしました。身近な方だけで慎ましく、しかし内容の濃い祝宴会を竜太クラブの主催で致します」

健治が両家の了解を取り、祝宴会の日取りが決まって、後は楽しい雑談になった。女同士は早速出産と育児の具体的な話を始めた。

「東都大学には保育施設はないのかしら。看護師さんや女生徒も多いことだし、子育てしながら就学も復学もできないと困るわね」

「ええ。ないようです」

「あらま、それは困りましたね。私の出た津田塾には保育園がありましたよ。子育てしながら就学も復学もできました。でも、なければ仕方ないわね、保育士の代わりくらい、私お手伝いできますよ。三人の子育て実績がありますからね」

「ありがとうございます」

佐知子の母・玲子が頭を下げた。岡部美智子はざっくばらんな性格で、末っ子の健治を含め、手のかかる男の子ばかり三人を育て孫の面倒も見てきた経験を自慢げに話した。

「竜太クラブは大学にも近いし、保育所のように使ってください」

節子も子育ての話に加わって意気投合である。

男同士も話が弾んでいる。岡部誠司は漆畑より一回り以上も年長で、経済に明るい経産省ＯＢであるが、いまも民間企業の顧問をたのまれているという。漆畑の会社のことは健治から聞いているらしく良く理解していた。

「企業の海外移転が盛んですが、S精機も影響がありますか」

「全くです。うちの会社でも、メーカーから海外進出の要請がありましてね」

「そうでしょうね、それにしても、日本の経済はどうなっていくんでしょうね。プラザ合意以来、一九八九年の株価の最高値と急落、そして、土地神話と不動産バブル崩壊、まさかの山一證券の倒産と、めまぐるしいですね。工場の海外移転、産業の空洞化には、ますます拍車がかかってきそうですね」

岡部は安価な人件費をあて込んで工場が海外に出て行く動きを止めることができないと嘆いた。

「うちみたいな零細企業ではとても海外進出の余裕はありませんし、国内で踏ん張るしかありませんよ。幸い、うちは健治さんという名参謀がおりますから」

「ハハハ、いいポストに就けていただいてありがとうございます。ＦＡ産業の海外移転は、日本の損失です。モノづくりの技術だけは死守していただかないと、日本の将来はありません」

和気藹々の両家の懇親会は予定の時間も過ぎようとしている。喫茶室にまで場所を移し、話は夕方まで続いて散会となった。岡部夫妻は上機嫌で帰って行った。

竜太クラブの存在感と使命

竜太クラブは、つくってまだ一年もたたないのに、多くの人々が出入りするようになった。「仕事をするには場所がいる。場所ができれば人が集まる。人が集まれば知恵が出る」。竜太クラブは梅子が言ったとおりになってきた。これこそ梅子の言うご縁を繋ぐ「縁起の法」なのだと信じて、節子は日々のいとなみに丹精を込める。

「忙しくなると、ご縁も増えて嬉しいわ」

節子にとって、竜太クラブに頼まれた祝宴会とNPO法人の設立はどちらも大切な仕事である。こうしたことを積み重ねていくことで竜太クラブの組織が自然に育っていくことが、いまは節子の生き甲斐なのである。

「竜太クラブ主催の祝宴会だと、どんな招待状にしたらいいのかしら」

「ありのままに書けばいいですよ。素案を作ってみようかね」

梅子は何ごとも難しく考えない性質で鷹揚に請け負った。すでに頭の中には、筋書きができていた。竜太クラブができた由来、新郎の岡部健治と加納竜太は高校時代の親友、竜太が遺した縁で、岡部健治と漆畑佐知子の縁が芽生えたことなどをつないで結婚に至る背景を語り、竜太クラブで祝宴会の主催を受け持った理由を明かすという簡潔な文面である。招待状には、ご祝儀無用、平服着用、当日は全員に三〜五分のスピーチをお願いするなども書き添えた。

「こんなところでどうですか」

手書きの原稿を節子と櫻井に見せた。

「梅子先生、とっても素敵です。楽しい祝宴会が目に浮かぶようです」

櫻井順子は梅子のことを竜太クラブでは梅子先生と呼ぶようになった。

「招待状には健治さんと佐知子さんの写真とプロフィールを挿入したらどうかしら」

梅子が付け加えた。

「それはいいアイデアですね。竜太クラブらしい招待状になりますね」

櫻井は即座に招待状の原稿を書いた梅子の手早さに驚いている。

「早速、健治さんと佐知子さんにみせてみます」

節子も気に入って、次の手はずを頭に描いている。間もなく招待客の名簿が揃うはずだ。招待客は、健治・佐知子の両家の血族関係、竜太クラブと御縁の深い神野修一、羽田信克、笠原遥希、佐知子の主治医・堂本聖子、級友の矢島啓子などなど竜太クラブに出入りする関係者、佐知子と健治の級友などど加えて、三十名という制限枠におさめるようにきめている。

「梅子先生、もう一つお願いできませんか。NPO法人の設立趣意書……」

櫻井が遠慮がちに言った。

「おやまあ、NPOの設立趣意書ですか。これは難しそうですね」

「実は、神野先生にお願いしたのですが、素案を作ってくれないかと言われました」

「そうでしょうね、神野先生は特別お忙しい方ですからね。私は書くことと喋ることは長くやって来ましたから、書いてみましょうかね」

梅子は櫻井の申し出にも快く応じた。

櫻井は東京都庁で手に入れたNPO法人設立の手引書を持ってきて、テーブルに広げた。梅子は分厚い手引書の説明を聞きながら、うんうんと頷いた。

手引書の初めに、NPO設立の目的というのがあり、二十項目が並んでいる。その最初に「保健、医療または福祉の増進を図る活動」がある。国がNPO法人を推進する主目的はここにあるようだ。来年四月からは介護保険制度も施行される。

「はい、わかりました。佐知子さんのレポートを参考にして書いてみましょう。お役所文書にならないように簡潔にね」

梅子は佐知子がまとめた「新春胃ろうフォーラム」のレポートに沿って書けばいいと咄嗟に考えた。佐知子はフォーラムの一部始終を見事にまとめている。レポートにはこれから訪れる高齢化社会の医療と介護問題、在宅医療の促進、国として取り組む課題、胃ろうに求められる問題などが網羅され、佐知子はこれを三つのキーワードで簡潔に要約している。「正しい胃ろうの適用、安全な手術と交換、病人を孤立させないための地域連携」だ。これは胃ろうだけでなく、今後の高齢者医療全般を象徴し、示唆に富むものになっている。

胃ろうのNPO設立は、単に胃ろうだけの問題解決を問うものではなく、高齢化社会の今後の医療・介護の在り方全般を問う大きな使命を課せられることになるだろう。

「ところで、ＮＰＯって、申請してどのくらいで認可されるんですか」

「おおよそ三か月だそうです」

「みんな運営はうまくいっているのかしら」

「まだ数は少ないようです。設立は容易でも、運営は大変だから、頑張ってくださいと、都庁の窓口で励まされました」

「そうでしょうね、日本にボランティア文化が根付くのは時間がかかるかもしれませんね」

戦前・戦中・戦後を生きてきた梅子は、日本社会は一口に言って大家族制度で成り立ってきたと考える。いま、日本は、都市化、核家族化の到来で、長年の大家族制度が崩壊し、新しい地域社会の創出が求められているが、容易にそうした社会への移行は進むとは考えられない。高度経済成長で産業が大きく発展したとはいえ、企業体質は親方日の丸の大家族経営のタテ割り構造と言われる。

ＮＰＯ組織がアメリカのボランティア社会をつくり、国民に多大な利便をもたらし、巨大な雇用も創出しているとはいえ、アメリカと日本ではボランティア文化は同じではなく、持続可能なＮＰＯ組織の運営には相当の覚悟が必要であろう。口には出さないが、梅子は節子が大きな負担を抱えることになりはしないかという心配もあるのだった。


その日の夕刻、佐知子と矢島啓子が大きな袋を下げて竜太クラブを訪れた。

「佐知子さんのマタニティ・ドレスができたんです。最初に竜太クラブの皆さんにお見せしたくて持ってきました」

自ら佐知子のマタニティ・スタイリストをかってでた啓子は、いかにも自信たっぷりの表情である。テーブルの上に包みを並べ、佐知子は少し照れながら二人で包装を解いた。マタニティは着替えができるように三着そろっていた。

「佐知子さんは背が高く体形もきれいだし、特に顔から首筋の線がきれいだから、首周りを大きく開いたデザインにしました。この三着はとりあえず新学期に着るものです」

啓子はまだお腹の目立たない四月初めから着て、五月になってマタニティ・インナーをつけるようになったら、少しずつ変化をつけていくのだと解説した。

マタニティ・ドレスの新学期

佐知子の三回生の新学期が始まった。

佐知子はマタニティ・ドレスに装いを変えて新学期の授業に出た。首回りが大きく開いたカジュアル風のマタニティ・ドレスで、誰も佐知子の妊娠に気づかなかったが、急に佐知子の雰囲気が華麗で艶やかになったように感じた。佐知子は周囲の視線にも臆することがなく自分のペースを保っている。それは矢島啓子の意図を巧みに反映させたものになった。いまはそのカムフラージュの期間である。やがて五月になると佐知子はマタニティ・ガードもつけ、体形も妊婦になる。身籠った女性は、マリアのように美しくなければならない。佐知子をマドンナにしなければならない。そのとき佐知子の妊娠は、クラスメートに自然に伝えられる。佐知子に寄り添う矢島啓子は、二人で一人のような一体感を感じさせるようになった。啓子は佐知子に、みんなの目が注がれるのを感じて誇らしかった。

岡部健治が堂本聖子医師と啓子をホテルのフランス料理店に招いて夕食会を持つことになった。彼は佐知子が堂本医師と啓子に大事にされていることにお礼を言いたくて、佐知子に機会をつくってもらったのだ。その日、健治が先に来て待っていると三人が現れた。

「岡部健治さんです」と佐知子が紹介した。

「岡部健治です。佐知子がお世話になりまして、ありがとうございます。堂本先生と矢島さんには感謝の気持ちをお伝えしたく思っておりました。どうぞよろしくお願いします」

「お似合いのカップルですこと」

堂本は初対面の印象をざっくばらんに口にした。掛け値なしの堂本の賛辞だった。啓子も羨望の眼差しを二人に向けた。

「今日はお二人の馴れ初めから問診をしますよ。主治医としてね」

雰囲気に推されて堂本は医者らしい口調で言った。

「いきなりですか、困りましたね」

と、健治は佐知子を振り返った。矢島啓子は佐知子から加納竜太のことを聞いていたから、健治の口からどんな言葉が飛び出すかと息をのんだ。佐知子はただ微笑んでいる。

冗談で言った堂本の言葉に健治はまともに反応した。

「僕と佐知子の出会いを話すと長くなります。どうしても加納竜太という僕の親友と佐知子の悲恋から話さなければならないからです」

健治は話してもいいかね、というように佐知子の顔色を窺った。佐知子はにこやかに笑っている。

「佐知子は僕の高校の親友、加納竜太を慕って医学部に入りました」

「あれっ！　お正月に交通事故で亡くなった、耳鼻咽喉科の加納竜太先生!?」

二年前、富士での竜太の事故死は大学で大きなニュースになった。主治医として問診しますと言った堂本の冗談から佐知子と竜太の関係を知ることになって堂本は驚きを隠せなかった。

健治は、竜太と佐知子の出会い、惜別の悲嘆、自分のかかわりなども説明する破目になった。堂本の医局に竜太の級友もいたので、不慮の輪禍のニュースを聞いていて、記憶に残っていた。

「竜太に申し訳ないが、竜太の恋人を僕が奪うことになりました」

この気持ちはいつまでも健治の心から消えないらしく、つい自嘲的な言葉が出てしまった。

「何を仰るんです。竜太さんも喜んでいますよ。悲しい思い出をお聞きすることになってごめんなさい。そんなつもりではなかったのにね。でも、これもまた、竜太さんの引き合わせかもしれませんね。加納竜太さんのためにも、私の責任は重大だわ」

「竜太さんが健治さんに託したのよ」

黙っていた啓子が感極まって口を開いた。会食は人の繋がりの不思議さで話はもりあがり、時間が過ぎていった。

「私は職業柄、いろいろな妊婦に出会います。女子大生も高校生もいます。休学の相談もあります。中絶の相談もあります。私は中絶の相談には一切応じません。休学の相談なら応じる場合もあります。でも、佐知子さんは休学しないで出産をしたいと最初から決めていました。私はその一言で、佐知子さんに特別の想いを持ちました。お腹のお子さんは私に任せてね」

「大学に託児所があるといいんですがね、そうした対応は大学にないのでしょうか」

「残念ですが、病院としての対応はありません。時代の変化に大学は遅れています」

「外部施設との提携はどうなんでしょうか」

「出産までには私が個人的に信頼できる保健師と託児所をご紹介します。ご安心ください」

堂本は大学病院の産婦人科医として勤務する一方で、地域医療にも関わっている。すでに佐知子が出産後もスムーズに学業を続けられるように大学近くの保育施設を紹介するつもりだった。

「よろしくお願いします」

「私は一九四八年の団塊世代の生まれです。団塊世代の出産数は、一九四七年から一九四九年の三年間、毎年二六〇万人が誕生しました。ところが五十年経った昨年は一二〇万人です。やがて一〇〇万人を割るとさえ言われています。社会の変化に遅れると将来に禍根を残すことになるでしょう。少子高齢化社会に備える体制をつくるべきです。すでに、企業内の保育施設や、ミッション系の女子大では保育園があり、育児をしながら学ぶ学園もあります」

「豊富な人材、ブランドイメージという面でも、大学医学部は条件が揃っていますから、保育所、託児所運営は事業としても成り立ちそうですね」

元商社マンらしい健治の発言に堂本も頷いた。

「その通りです。日本は遅れているんです。私は外国の視察にも行きましたが、台湾や韓国にもこういうフォローアップ体制があります。男女雇用機会均等法ができたのは、一九八六年ですよ。十年も経つというのに、大学医学部に保育室がないなんて困ったものです」

堂本には二人の子供がいるが、堂本自身、研修医の時、ハードな勤務が続いたのが原因で死産の苦い経験も持っている。佐知子に同じ悲しみをさせないために、定期健診に気を遣っている。

大学病院は周産期医療の拠点になり、子育てをしながら勉学、研究、仕事に励む学生、教職員にとって安心な産後ケア施設であるべきだ。堂本医師は大学当局にそのことをアピールしているが産婦人科医の少数意見など取り上げてくれない。堂本の積年の思いに皆が同調して話は尽きない。

青葉若葉の爽やかな五月、佐知子は胎動を感じるようになり、用意していたマタニティ・ショーツも着けた。もう誰の目にも佐知子の妊娠ははっきり分かり、佐知子と啓子はクラスメートに事実を伝えた。周囲から体形が目立つようになったが、佐知子は少しも動じない態度を保って、動き始めた胎児との対話をしながら学業も手を抜かなかった。

梅子は佐知子が胎児を育む様子を冷静に観察していた。胎児を育みながら学業を組み立てていく佐知子の知的な判断に感心する。梅子には昔、女は仕事と育児をうまく両立させてきたという思いがある。それを支えたのは日本古来の大家族制度であった。しかし、いまは夫婦とその子から成る核家族化が進み社会環境も一転している。こうした社会で大切なのは、女性自身の考え方を変えていくしかない。佐知子はその模範を示している。

祝縁会――スピーチ・佐知子と節子

七月の最後の日曜日、今日はいよいよ祝縁会の日である。招待状を出した親しい顔ぶれが揃い、それぞれ自分の席に着いた。会場の真ん中に健治と佐知子の席が設けられ、出席者が二人をとり囲むようにテーブルが配置されている。真ん中の健治と佐知子のテーブルは明るく、周囲は少し明かりを落とし、和やかな雰囲気を醸し出している。

前面に大スクリーン、脇にスピーチの演題が設けられている。見慣れた結婚披露宴の風景とは変わった会場レイアウトであった。

細かい光の調整ができるように宴の進行に合わせて照明を切り替えるプロのライトマン、それに移動式のビデオカメラが二台用意され、スクリーンにライブの映像を上映する仕組みである。映像会社の「コーマス社」が手伝っている。

時間になって司会の櫻井順子が脇に現れた。

「司会をさせていただきます竜太クラブの櫻井順子です。お手元に幕の内と飲み物が揃いましたので祝縁会を始めたいと思います。では、まずは乾杯の音頭を東都大学外科助教授の羽田信克先生にお願いいたします」

「では、皆さん、岡部健治、漆畑佐知子、そしてお腹の中の小さな生命《いのち》に乾杯しましょう。乾杯！」

「乾杯！」「乾杯！」……

お腹の小さな生命《いのち》と言ったことで、佐知子の清楚なマタニティ・ドレスにみんなの笑みが向けられた。ゆったりしたワンピースは下腹部のふくらみが艶やかであった。乾杯を終わって、羽田が言った。

「続いて、今日の『祝縁会』の主催者である天国の加納竜太君に献杯をしましょう」

正面のスクリーンに羽田と竜太が肩を組んだ写真が映された。

「いま、私は竜太が力を入れていたチーム医療に大学で取り組んでおります。竜太がいてくれると勇気がもらえたろうなと思うことがあります」

「竜太に献杯！」

「献杯！」「献杯！」……

竜太に献杯は、節子も梅子も知らない計らいであったが、ごく自然に行われ、節子は胸が熱くなり、思わず目頭に涙がこみ上げた。

「羽田先生、乾杯と献杯をあわせてご発声いただきまして、ありがとうございました。皆様、それではごゆっくりお飲み物とお食事を召し上がりながらご歓談ください」

櫻井の司会で、会場がふわっと明るくなり賑やかな空気になった。会場にモーツァルトのメロディが流れ、しばらく食事をしながらの歓談が続いた。席を立って佐知子と健治にお祝いの声をかける場面も続いた。

「皆様、これからお食事をしながら、スピーチをいただきたいと思います。最初に竜太クラブの大渕梅子様から、祝縁会に相応しいお話をしていただきます。スライドを使いますので少し照明を落とします」

少し間があって、櫻井が梅子のスピーチの案内をした。照明が淡く暗転し、正面のスクリーンに美しい満天の星座を背景に「インドラの網」のタイトルが浮かんだ。

演台のスポットライトの中に大渕梅子が立ち、ゆっくり話を始めた。

「佐知子さんは、いま、お腹に新しい生命を抱いております。十月には産婦人科の堂本聖子先生のもとで出産の予定です。

たいへん僭越でございますが、健治さんと佐知子さんからご要望がございましたので、『インドラの網』に例えられる『縁起の法』、平たく言えば、『ご縁（因縁）』のお話をさせていただきます。健治さんと佐知子さんの出会いのお話として聴いていただければ嬉しゅうございます。

今日ご出席くださいました、イラストレーターの木佐森達夫さんに手伝っていただいてスライドを作ってまいりました」

スクリーンいっぱいに、南溟《なんめい》の夜空に浮かぶサザーン・クロスが映された。そして、クリスタルな色彩の『インドラの網と縁起の法』の二行のタイトルが輝いた。

「『インドラの網』は、日本に伝わった最古のお経と言われる『華厳経』の中にございます。この日本最古といわれる華厳経は、奈良の東大寺に奉納されているそうです」

画面がめくられて、星座に「華厳」の文字が浮かんだ。

「華厳経の『華厳』という文字は華《はな》で厳《かざ》ると読み、その意味は次のように説かれています。

どのような存在も
そのままでひとつの華であり
世界を厳《かざ》っている
すべての存在が結びついて、
あらゆるものが等しく尊い

私が華厳という文字の意味に出会い感銘したのは全く偶然のことでございました。竜太クラブの近くを歩いているとき、ふと如来寺というお寺の入り口に、この五行が目に留まったのです」

梅子は、このお話をすると長くなりますので割愛しますと断って、スライドの画面をめくった。画面にはテニアン島の美しい海の風景が現れた。

「私事になり恐縮でございますが、私の夫は太平洋戦争において、テニアン島の玉砕で戦死しました。私はその時、子供を二人抱えた小学校の教師でございました。

去年の十二月、私は健治さんと佐知子さんにテニアン島に連れて行っていただきました。戦後五十五年目の慰霊行でございました。そして戦跡を訪ねたその夜、満天の星座を仰いで、私は思わず『インドラの網』と叫んだのです。澄みわたった夜空の星座はまさにインドラの網に見えたのです」

画面はテニアンの満天の星座に変わった。そして「縁起の法」の文字が浮かんだ。

「ご存知の方もおられると思いますが、華厳経に『縁起の法』の比喩として、『インドラの網』が説かれています。『縁起の法』は、お釈迦様が彼《か》の菩提樹のもとで悟られた仏教の根本思想です。

これあるに縁《よ》りてこれあり。
これ生ずれば、これ生ず。
これなきによりてこれなし。
これ滅すればこれ滅す。

『縁起』は広辞苑を引いてみますと、『一切の物事は固定的な実体を持たず、さまざまな原因（因）や条件（縁）が寄り集まって成立していること』と解説されています」

梅子は星に思いを込めるように、スクリーンに掲げた四行をゆっくりと読み、分かりやすく説明した。画面はめくられて星空に変わり、インドラの網の文字が再び浮かび上がった。

「インドラの網は、存在するあらゆるものは網の目のように結ばれ、その網の目の結び目のすべてに宝珠（ジュエル）が輝いております。宝珠は、時空を超えて、映り合い、重なり合い、響きあって一つに結ばれています。私は夜空の満天の星座の輝きは、『縁起の法』であり、インドラの網だと感嘆しました」

スクリーンには、コンピュータ・グラフィックスで描いたきれいな網の目に、具象的な無数の宝珠がキラキラ輝いている。その輝きは音楽にのせられてしばらく煌めいた。その色彩の美しさにもみんなは感動した。そして、スクリーンの宝珠の輝きに重なって、会場のカメラで撮影したライブの健治と佐知子の画像に変わった。

「岡部健治さんは孫の加納竜太の高校の親友です。漆畑佐知子さんはお父様のご病気に付き添われ、加納竜太に出会いました。私どもが佐知子さんにお会いしたのは、竜太の告別式でございました。なんて素晴らしいお嬢様であろうかと、一目で魅了されました。口には出しませんでしたが、時が経つにつれ、秘かにお二人が結ばれることを願っておりました。願いが叶いご縁が繋がりました。これほど嬉しいことはございません。健治さんも、佐知子さんも、お腹の赤ちゃんも、そしてここにお集まりのすべての皆様は、時空を超えたご縁で一つにつながっております。

これで『インドラの網』のお話を終わります。ご清聴、ありがとうございました」

梅子のスピーチは祝縁に集まったそれぞれの心に滲み渡った。そして、各自がそれぞれに健治と佐知子を祝福し、静かな拍手がいつまでも続いた。

「大渕梅子様、ありがとうございました。岡部健治さんと漆畑佐知子さんのご縁にもう一度拍手をしましょう」

櫻井順子は拍手が終わるのを待って言った。

「今日は竜太クラブの祝縁会でございますが、新郎・新婦の結婚披露宴でもございます。それでは、岡部家と漆畑家のご親族を代表しまして、岡部誠司様のスピーチを賜わりたいと思います」

❖　岡部誠司のスピーチ

「健治の父親、岡部誠司でございます。大渕梅子様の『インドラの網』の話は、ご主人が戦死されたテニアン島に慰霊に行かれた後、一度お伺いしたことがありましたが今日はそれを視覚的に見せていただいて、はっきりイメージとして受け止めることができました。改めて深く感銘いたしました。

私は定年まで通商産業省に勤めておりましたが、これまでの人生を振り返り、多くの人との出会いがあり、生かされてきました。私もインドラの網に吊るされた小さな宝珠でありたいと、いまつくづく感じております。

健治は私の転勤と共に、小学校、中学校、高校と転校が続きましたが、高校のとき加納竜太君に出会いました。彼は一人っ子で、健治とは仲のいいルームメートでございました。健治は末っ子で、気ままに過ごしてきました。いつ結婚してくれるのかと、家族が気をもんでおりましたところ、加納竜太君のご縁で、素晴らしいお嬢さんと出会うことが出来ました。まるで、佐知子さんのお腹の子供は、竜太さんが生まれ変わったように思うのです。

私はこのようなお祝いの宴で感動すると、どうしても歌いたい歌があります。伴奏はいりませんので歌わせてもらいます」

岡部誠司は両家の懇親会で歌った『与謝野鉄幹　人を恋ふる歌』をまた歌った。とくに「妻をめとらば才たけて　みめ美わしく情ある」のところに情感を込めた。

祝縁会は参加者がそれぞれに宝珠であり、一つに結ばれているような雰囲気になって盛り上がってきた。

「それではこれから、順次、スピーチをお願いしたいと思います。まず、堂本先生お願いします」

❖　堂本聖子のスピーチ

「佐知子さんが私の外来に来られたのは、今年二月でした。大学の附属病院では看護師さんや大学の女性職員の出産の相談が多くあります。少数ではございますが、女子医学生の相談もございます。佐知子さんは受胎をお喜びになり、静かに受け止め、少しの躊躇《ためら》いもありませんでした。佐知子さんは休学しないで出産・育児を続けたいと言いました。

いつものことですが、私は大学に保育・育児の環境がないことに申し訳ない気持ちでした。

女子医学生の大学生活は六年間、恋もあれば子供を授かることもあります。身籠る女性は強く、身籠ることは神聖で、美しくなければなりません。子供を授かることは女性だけに与えられた幸せです。

私は仕事や学習に支障のない出産と育児の環境を整えてほしいと大学当局にアピールしております

が、うちの病院だけでなく大学病院はほとんどそういう施設はございません。そのため妊娠した学生はほとんど一年の休学です。このようなことでいいのでしょうか。私は産婦人科医として将来を危惧しております。

私は一九四八年の団塊世代の生まれです。団塊世代の出産数は、一九四七年から一九四九年の三年間、毎年二六〇万人が誕生しました。ところが五十年経った昨年は一二〇万人です。やがて一〇〇万人を割るとさえ言われています。社会の変化に遅れると将来に禍根を残すことになるでしょう。大学は率先して少子高齢化社会に備える体制をつくるべきです。すでに、企業内の保育施設や、ミッション系の女子大では保育園があり、育児をしながら学ぶ学園もあります。

私は研修医のとき流産の経験があり、大変口惜しい思いをした経験がございます。私は可能な限りの力を尽くして、佐知子さんのサポートをさせていただくつもりです。皆様も応援してください」

❖　漆畑一郎のスピーチ

「佐知子の父親、漆畑一郎です。本日、竜太クラブで、このように感動的な祝縁会を持っていただきまして感謝にたえません。振り返れば、二年余り前、私は中咽頭がんを患い、大きな挫折感に陥りました。丁度その時、うちの会社は株式公開の準備をしており、私は目標に邁進していたのです。好事魔多しと言いますが、このとき私は病気に加えて、さらに経営のピンチにも見舞われたのです。

この窮地に突然現れたのが、富士市立中央病院に勤務されていた加納竜太先生と岡部健治さんでした。私の中咽頭がんの治療は、放射線療法と化学療法の併用で、副作用はとても辛いものでしたが、加納先生が研究開発された術前の胃ろう造設による栄養管理とチーム医療で乗り越え、治癒することができました。

佐知子は当時、S大学の二年生でしたが休学して、私の看病に付き添ってくれました。そして、佐知子は加納先生に恋心を抱き、大学を中退し東都大学医学部を目指すことになりました。

岡部健治さんは加納先生の親友で、S精機の株式公開の窮地に、シリコンバレーの会社との技術提携にご尽力いただき、株式公開を成功に導き、現在のS精機の発展の礎を築いてくれました。

私は加納先生によって命を助けられ、健治さんに経営のピンチを救っていただいたのです。私の人生にとって、もし加納竜太先生との出会いがなかったら、果たして、いまのS精機と私があったでしょうか。二年前、不運な交通事故で亡くなられた加納竜太先生のご縁を私は忘れません。私は天国の加納竜太先生に感謝するとともに、大きな使命をいただきました」

漆畑一郎は涙を堪えて、やっとここまでかみしめるように語り、あとは言葉にならなかった。

❖　岡部健治のスピーチ

「僕は父親の転勤で転校を繰り返しました。友達が出来ず、少年時代は閉じこもりがちでした。そんな僕が高校に入ってしょんぼりしていた時、最初に声をかけてくれたのが加納竜太でした。竜太は一人っ子で、ご両親が映像の会社をされていましたから、昼間は、いわゆる鍵っ子で寂しがりやでした。だからでしょうか、竜太は人懐っこく、友達をたくさん作りました。彼がいると、いつも周りが楽しくなりました。なかでも彼と僕は、まるで兄弟のように親しくなりました。

竜太のおかげで、内向的だった僕は、次第に性格も明るくなったように思います。一緒にサッカー部に入り、三年間、サッカーをしました。同じ大学を目指し、将来は総合商社に入り、世界に羽ばたこうと夢を語りました。ところが卒業を前にして、竜太は急に医学部に転向したのです。お父さんががんで急逝されたのが原因だったと思います。

私は商社マンになり、竜太は一浪して医者になりました。

僕は竜太のことを『おまえは触媒だ』と言ったことがあります。触媒は、そのもの自体は反応しなくても、周囲の分子が活性化して化学反応を起こし、新しい物質を作り出します。いま竜太を思い出すとき、彼は人が困ったときに、いつも現れました。それが彼の優しさだったと思うのです。

竜太はＳ精機に、僕のポストを作ってくれました。しかも、佐知子との縁を結んでくれました。

僕はいつまでも竜太を忘れず、Ｓ精機を発展させ、佐知子を幸せにすることを誓います」

❖　木佐森達夫のスピーチ

「イラストレーターの木佐森達夫です。竜太クラブでイラストレーションのお手伝いをしております。私は加納竜太君のお父様である加納英爾君の仕事仲間でございました関係で、彼が亡くなった後、竜太クラブのお仕事のお手伝いをしております。今日は、生前の竜太君の闊達な人柄に触れた多くの方々が、竜太君が天に昇った後も、それぞれのご縁の輪を広げられてゆくさまを、私は目の当たりにしました。

先程、ご覧いただいた梅子さんお手製の映像『インドラの網』を拝見いたしまして、私は作成にかかわった者として少しおこがましい気も致しますが、いたく感動しております。

人と人を繋ぎ、生者と死者を繋ぎ、ご縁の網の目には宝珠が煌めいている……宝珠は互いにその光を映しあい、照らし合って、この人間世界、大宇宙を華で厳《かざ》る。華厳の教えを象徴するインドラの網の壮大なビジョンに感動しました。

梅子さん、節子さんのお二人に差し上げた本間日臣博士の小冊子が機縁となりまして、テニアン慰霊行がかない、今日梅子おばあちゃんにインドラの網のお話を拝聴できたというのも、これもまた不思議なご縁というほかありません。

梅子さん、節子さん、運命としての因果をすべて受け容れたお二人と共に、竜太君もまた広大無辺の仏心につつまれたインドラの網の宝珠の一つとなって、華厳の空に耀きつづけることと思います」

❖ 神野修一のスピーチ

「東都大学の耳鼻科講座には大御所が二人おられました。鼻の大御所と耳の大御所です。竜太は二人の大御所に可愛がられ、大御所の優れた技を習得しました。そのため、彼の耳鼻科領域の手術の技量の高さは周囲の認めるところとなりました。あれだけの腕があれば開業すれば専門病院として成功するだろうと誰もが思っていました。しかし、彼は頭頸部腫瘍の道を究めたかったのです。

医学は限りなく進歩し、専門分化が進みます。そして、専門分化が進めば進むほど患者中心のチーム医療が重要になります。それを一番わかっていたのが加納竜太でした。彼は、医学の専門分化が患者中心の医療から離れていくことをとても憂慮しておりました。そのため竜太は頭頸部腫瘍の治療の分野において、いち早くチーム医療に取り組みました。

先程、新郎の岡部健治さんが、竜太は触媒だと言われました。私も全く同感です。竜太のようなキャラクターは、チーム医療を行う上で最も大切な役割を担います。大学という縦割りの医局講座では、彼は貴重な役割を担うはずでした。

竜太の性格を三つ挙げるとすれば、好奇心、集中力、無邪気さだと思います。彼が頭頸部がんの栄養管理で、術前、術中、術後の栄養管理に胃ろうの適用を思いついたのは、副作用に苦しむ患者の苦しみをとるための素直な発想でした。

われわれは誠に惜しい人材を失ったというほかありません」

❖　矢島啓子のスピーチ

「佐知子さんのクラスメート・矢島啓子です。

佐知子さんは身籠ったことを、最初に私に打ち明けてくれました。その時、私は咄嗟に佐知子さん、一年休学かと思いました。でも、佐知子さんは、普通に授業を受けながら出産したいのだと言いました。佐知子さんは頭がよく、優しさがあり、勇気があり、私が最も尊敬するフレンドです。

佐知子さんは体形がスリムでマタニティ姿は素敵だろうと想像し、私に佐知子さんのマタニティ・スタイリストをやらせてくださいと頼みました。私は佐知子さんに教室の花になってほしかったんです。

佐知子さんは、女子医学生のお手本です。医学生の憧れになってもらいたいです。マタニティ・ファッションは、妊婦の尊厳と主体性を表現できるものだと思います。佐知子さん、健治さん、立っていただけますか。今日の佐知子さんのマタニティ・ファッションはなんて素敵なのでしょう」

スクリーンに二人が並んで立ち、カメラがツーショットを映した。拍手が起こった。

❖ 沢田寿子のスピーチ

「佐知子とは高校時代のクラスメートです。私たちは二年前の大晦日、山梨県の石和温泉におりました。

佐知子と私は進んだ大学は違いましたが、お互いに積もる話を聞いてもらいました。

佐知子からは加納竜太先生に恋をした話を聞かされました。とても冷静で聡明な佐知子をそこまで一途に惹きつける医師ってどんな人だろうかと心配になったくらいでした。大学で逢おうねと加納先生と約束したと聞いて、佐知子は理系に強いのでやり遂げるだろうと思いました。

夜更けまで話し、朝、遅く起きました。朝風呂に入り、遅い朝食をしている時でした。テレビで加納先生の悲惨な交通事故のニュースを見たのです。その時の佐知子の悲しみを私は忘れることはできません。

佐知子がその後、加納先生のいない医学部に入学したことを知りました。これから医学部は六年だし、研修期間もあるから大変だなと思っておりましたが、この度、祝縁会の案内をもらって驚きました。

愛する加納先生のご親友と結ばれたことは、これ以上のご縁はないと思います。

私は運命の不思議を思わずにはいられません。佐知子さん、私は女として結婚も、受胎も先を越されました。負けないようについていきますからね」

櫻井の司会で、次々にスピーチがリレーされ、涙と感動と笑いが絶えない祝縁会になっていった。

そして最後に、櫻井が笠原にスピーチを頼んだ。

❖　笠原遥希のスピーチ

「私は、大渕様が最初に話してくださった『インドラの網』を頭に描きながら皆様のお話を伺っておりました。そして、竜太が遺してくれた人と人をつなぐご縁の不思議さを、しみじみと聞いておりました。私はいま、ふと学生のとき感銘した三木清の『人生論ノート』にある次のような言葉を思い出しております。

人生においては何ごとも偶然である。
しかしまた、人生においては何ごとも必然である。
このような人生を我々は運命と称している。

人生は運命であるように、人生は希望である。
運命的な存在である人間にとって
生きていることは希望をもっていることである。

われわれは竜太からもらった運命という人生に、希望を持ちつづけて、生きてゆかなければなりません。竜太クラブのミッションがいつまでも希望を追求し、継承されることを願っております。
竜太！　よく頑張った！　十年後に人の知るところとなる筈だった君の偉大さは、われわれ仲間の一人ひとりが証人だ。努力を続けることを習慣とした君の夢（希望）は、君がそれを達成することを誰もが心待ちにしていた。遠い夢は目標となり、目標は達成され、かつての夢は手の中に入り、次の夢への出発点になると私は信じた。不断の努力で報われない話を私は信じない。今、君のいる所で、君のやり方で、心おきなく活躍してくれ」

❖漆畑佐知子のスピーチ

「笠原先生、ありがとうございました。笠原先生には加納竜太先生の後を継いで、父の主治医をしていただき、お世話になっております。

私は二人の男性を愛しました。でも、私にとって二人は一人なのです。健治さんはそのことを理解し、乗り越えてくれました。

笠原先生は、人生は偶然と必然である、運命的な存在に希望を持てと、三木清の『人生論ノート』の言葉をくださいました。私にとってとても励みになる言葉です。今日、私がいただいた皆様のご祝辞はすべて私に希望を与えてくださいました」

❖加納節子のスピーチ

「佐知子さんの医学部入学、そして健治さんと佐知子さんが結ばれました。竜太の遺したコロンブスの卵は、竜太クラブの設立、ＮＰＯ法人の設立へとつながりました。本間日臣博士の追悼記に導かれ、玉砕の島・テニアンに慰霊に行き、星降る空にインドラの網を仰ぎました。

竜太が逝って、三年目の暮れが巡りました。私は振り返って、多くの出会いに恵まれたことに深い感懐を覚えております。告別式の境内で、私は『竜太は死んだのではない、竜太と共に生きていく』と叫びました。私は竜太と共に生きてきた、生きているという実感が少しずつ湧いてきました。それは皆様とのご縁のおかげでございます。そして、これからもこの歩みを止めることはありません。私のいのちのある限り、竜太は生き続けます。

佐知子さんは健治さんと竜太は二人にして一人だと言ってくださいました。新郎、新婦、生まれてくるお子様の幸せをお祈りします。そして、ご出席くださいました皆様のご健勝をお祈り致します」

（スピーチは要約）

佐知子の出産

堂本医師は佐知子が出産後もスムーズに学業を続けられるように大学近くの保育施設を紹介してくれた。堂本は大学病院の産婦人科医として勤務する一方で、地域医療にも関わってきた。佐知子を紹介した保育所には、保母と言われた時代からの堂本と付き合いのあるベテラン保育士が所属している。

九月初め、佐知子はその保育所近くのマンションに引っ越した。この時も、健治は竜太クラブの事務所探しで世話になったM商事の友人に力を借りた。保育所は竜太クラブからも歩いて行ける距離だった。

健治の実家から、早速ベビーベッドが送られてきた。世話好きの健治の母は、来月に迫った孫の誕生を待ち構えている。あれこれと子育ての経験を生かしてベビー用品なども揃えてくれた。

佐知子は健治の母美智子ともすっかり打ち解けてきた。健治の母はおおらかで、しかも繊細な心配りがあった。すでに佐知子と美智子との間は信頼感で満たされていた。竜太クラブから節子もマンションに気楽にやって来た。節子と美智子の意気もぴったり合って、佐知子は、もういつ出産を迎えても安心な環境が整った。大きなお腹を抱えて、佐知子は前期の授業に出ている。

佐知子は予定日より数日早く、放課後に陣痛が始まった。矢島啓子が医局にいた堂本医師に連絡を取り、すぐに受診して病室をとってもらった。佐知子と啓子は入院の用意をするためマンションに戻り夕方病室に入った。その間、啓子が出産の連絡役を受け持った。連絡をもらった岡部美智子と加納節子が駆けつけた。美智子は佐知子の母玲子に連絡を取り、手は十分に足りているから上京は不要だと伝えた。

健治は富士にいたが、急いで東京に引き返してきた。夕刻、健治が産婦人科の入院病室に入ると、啓子、健治の母美智子、加納節子が佐知子に寄り添っていた。

「堂本先生は医局におられます。度々、回診してもらっています」

まず、啓子が健治を安心させるために報告した。健治はみんなにお礼を言って、ベッドに座っている佐知子の手を取り「いよいよだね」と微笑みかけた。「なにか僕にできることはない？」と健治が訊ねると佐知子は顔を横に振った。

このとき堂本が回診に来て「出産は夜半でしょう。私が胎児をとりあげます」と、皆にベテランらしく挨拶した。堂本がこのまま大学に留まって出産を担当してくれることを知って、みんなは心強く感じた。

堂本は佐知子に聴診器を当て、いろいろ問診して、何かあったら医局に連絡してくださいと言って出て行った。

陣痛はおよそ十分間隔にあった。時刻はいつの間にか九時をまわった。啓子と美智子はこのまま出産まで病室に残ることにして、節子は帰ることになった。

やがて十時を過ぎて出産が迫り、堂本が健治を促して佐知子を分娩室に移した。堂本は健治に出産に立ち会う際の心得も教えていた。健治は堂本から教えられたように腰や背中の痛みを和らげようと、祈りを込めて撫でた。長い時間、同じ労わりを続けた。堂本もそばに付き添ってくれた。

分娩室に入って二時間が過ぎて、いよいよ出産のときを迎えた。佐知子の強い呻きのあと、堂本が「五体満足、男児誕生！」と言うや、呱呱《ここ》の声が分娩室の空気を一変させた。健治はこの瞬間、佐知子の感動と美しい安らぎの微笑みを見た。それはまぎれもなく、母親になった佐知子の優しい微笑だった。健治は言い知れない感動を覚え「ありがとう！　佐知子」と、涙声で言った。

堂本が臍帯を切り、佐知子に産児を見せた。時計は夜中の一時前だった。産湯にいれるため産児は助産婦の手に渡され、堂本は佐知子の後産《あとざん》の処置をした。

一時間も経たずにきれいになった産児が、新生児用ベッドに寝かされて戻ってきた。佐知子は少し身を起こしてわが子を眺めた。健治もベッドに身を乗り出してわが子を見た。また喜びの感動で涙がこみ上げた。

佐知子と健治が産児を連れて病室に帰ってきた。待ち構えていたのは美智子と啓子だった。二人は母子を代わる代わる見て、いのちの誕生を祝福した。

堂本医師は、佐知子の入院は六日を予定していた。後は、保育所の助産師にバトンタッチの予定である。

日本古来の大家族制度では、出産後の床上げまでは「産婦は水も触るな」と肥立ちを大切にする風習があった。いま核家族化と晩婚化が進み、妊婦にそんな恵まれた環境は望めなくなった。妊婦は産《さん》褥《じょく》期をゆっくり過ごす余裕を失わざるを得ない。今後は出産直後から自力で育児を担う母親が増えていくだろう。

産後約八週間の産褥期の母親が無理なく育児できるよう病院と日常生活を橋渡しする制度は、少子高齢社会の基盤でなければならない。それは堂本医師が早くから提唱していることである。女性の職場であり学園でもある大学病院は、周産期医療の拠点として、またモデル事業としてもこれに取り組むべきではないか。産後のケア施設がないなんてこれからは大学病院の恥になる。

入院五日後、佐知子はマンションに帰ってきた。五日のうち土・日が挟まっていたから佐知子は三日授業を休んだだけで授業に出た。

啓子に伴われて、細身になって授業に出た佐知子をクラスメートは温かく迎えた。佐知子がこれからどのように育児と授業を両立させていくかは学友の関心の的であり、今後、妊娠した女子医学生のモデルになるだろうと、密かに啓子は思うのだった。

佐知子自身も、堂本医師に強い影響を受け、自分の行為が女子医学生の出産の参考になればと考えている。彼女はすでに一冊のノートに、日記風の記録を書きためている。記述は初めて堂本医師を受診した時から始まり、入院、出産に加えて、これからの育児体験も書き留めていくつもりだ。完成したら堂本医師と啓子に渡すつもりである。

NPO設立成る

十月下旬、竜太クラブに東京都からNPO法人認定の通知が来た。

昨年の五月、竜太クラブが出来て一年半が経ち、いま、竜太クラブは新たにNPO法人PDN(Patient Doctors Network)として生まれ変わることになった。PDNの設立にあたって、神野修一は国の行政区分に添って、九州、中国・四国、近畿、東海、東京首都圏、関東、北陸、東北、北海道の九地区から地域の医療活動に積極的に取り組む理事の顔ぶれをそろえた。また、節子はPDNのロゴマークを作成して商標登録も済ませている。ロゴマークはこれから長期に使用する法人のシンボルマークであり、あらゆる媒体に使われてブランドイメージの向上につながることから、長い付き合いのある著名なデザイナーに作成してもらった。

節子は事務局長の大役を担うことに高揚感も不安もあった。NPO法人といえども長期に運営していくとなると、収支バランスの健全性と事業の持続可能性が求められる。引き続き、投入資金は竜太が遺してくれた保険金を使わせてもらうことになるだろう。節子は竜太もそれを喜んでくれると信じている。資金面では思いがけない幸運もあった。岡部健治にすすめられてS精機の株式公開に投資した資金が、大きな利益を生み出してくれたのだ。

Ｓ精機は世界規模の工場のＦＡ化の波に乗り、業績が急伸し、研究開発、製造設備を拡張、増資と株価の急伸で投資家に利益の還元をもたらした。健治が中心となって推進したシリコンバレーの会社との技術提携が功を奏したのだった。バブル崩壊で産業界は不景気の試練を強いられているが、Ｓ精機は設備投資が続いている。

節子は壁にかかった九行の格言を感慨深く眺めた。

働き一両
考え五両
知恵借り十両
骨知り五十両
ひらめき百両
人知り三百両
歴史に学ぶ五百両
見切り千両
無欲万両

梅子は竜太クラブを作った時、働き一両から無欲万両まで九行の格言を壁に掲げてくれた。梅子には何事も自然に振る舞いながら、ひょいと機転をはたらかせる当意即妙の知恵がある。節子はいつも思うことだが、この九行は目標を立てて仕事を進めるためのプロセスを言いあてているようだ。神野修一のひらめきでNPO法人が立ち上がった。全国組織が出来て、これから多くの人との出会いが生まれ、活動の規模が拡大していくだろう。

この日も梅子は如来寺で用を済ませ、午後、竜太クラブにやって来た。テニアン慰霊行から帰ってからは以前にも増して、梅子は足繁く如来寺の門をくぐるようになり、すっかり門下生になりきっている。住職の町村清栄に本間日臣博士の戦争体験記の本を見せ、彼が博士の「不昧因果　不落因果」に気付き、梅子も共感したことから、互いに信頼を深めている。梅子は清栄から渡された増谷文雄の『業と宿業』を新たに座右の書として持ち歩き、清栄に問いかけ思索を深めるようになった。節子もこの本を覗いてみたが、とても難しくて歯が立たなかった。それでも、梅子が本間博士の生きざまに傾倒する意味が分かり、節子は節子なりに、梅子の言う「縁起の法」や「不昧因果　不落因果」の意味を感覚的にとらえているのだった。

櫻井と節子がNPO法人の認定書を梅子に見せた。

「申請してもう三か月経ちましたか。時の過ぎるのは早いものね」

梅子はNPO法人の認定には三か月かかると櫻井が言ったことを覚えていた。

「私に事務局長が務まるかしら……」

節子はこれから背負う責任の重さについて不安をもらした。組織が大きくなると、仕事も増えるし、人も増える。法人組織の設立は容易であっても維持することが難しい。夫の英爾と映像会社「コーマス社」を立ち上げた当時の苦労は並大抵ではなかった。英爾は経営に身を削り、死を早めたのではなかったか。

「あなたの他に適任者はいないでしょ。使命感、時間、お金、三拍子が揃っているのは節子だけですからね」

節子の思っていた通りの返事が梅子から返ってきた。

ＮＰＯ法人ＰＤＮの活動の目的は、「正しい胃ろうの適用」「安全な手術とカテーテルの交換」「責任ある地域の多職種との連携」である。この目的の遂行に、三つの媒体「季刊誌の発行と図書の出版」「研修会の開催」「Ｗｅｂサイトの開設と運営」を用いて、活動の相乗効果をあげていく計画である。すでに計画は神野の指揮のもとに製作物の作成が始まっている。

具体的には竜太クラブがこれまで行ってきたビデオ制作や出版物の編集などを集大成し、新たに情報化社会では必須のＷｅｂサイトを立ち上げ、二〇〇〇年四月から実施される介護保険制度までにサイトの運営を軌道に乗せておきたいのだ。こうしたすべての仕事は、竜太クラブの立ち上げを手伝ってくれた「コーマス社」にアウトソーシング（外注）した。とりわけ木佐森達夫の医学イラストが好評で、三媒体を使って、医療の啓発活動に活用され、反響が大きい。

「全国組織が出来たのだから、全国各地から、役に立つ情報収集もできるし、それをいち早く発信することもできますね」

節子はＰＤＮの三つの媒体の相乗効果を頭に描いて言った。

「そうね、焦らず、休まず、初心を忘れず、一歩一歩ですね。でもね、非営利活動法人だって収益をあげないことには継続できませんからね。いつまでも個人の資産に頼るわけにはいかないのだから、組織で収益を上げることも大切よ」

「神野先生も熱心に企業に協賛を呼びかけ、いい感触があると言っておられます」

「そうですね。高い理念と使命の実現を掲げて、協賛を呼びかけていただくことも大切ですね。これ、渋沢栄一という経営の神様の『論語と算盤《そろばん》』という本にある言葉だけど、理念と収益は車の両輪です。胃ろうという小さな医療の中にも解決すべき問題はたくさんありますからね。企業にミッションを共有していただければ、道は自ずから開けるでしょうね」

「人知り三百両の組織ができたから、次は歴史に学ぶ五百両ですね」

「歴史に学ぶは先人に教えを乞うということかしら」

と梅子はすらりと言った。梅子が先人に学べと言うのは、梅子自身の体験を語っているのだと節子は思った。

飯郷隆夫の朗報

十二月も押し迫ったある日、飯郷隆夫から竜太クラブに電話がかかってきて、ひょっこり梅子を訪ねてきた。東都大学・呼吸器内科の教授に就任することになったというのである。長野県松本で、小学校六年生の飯郷のクラスを担任したのは梅子が四十歳の頃だった。それから有名大学の医学部に進んだ飯郷が、五十歳を越えて教授になるという話だけならよくある話だろう。しかし、偶然、今年の「新春胃ろうフォーラム」で医者になった飯郷に再会、楠田満寿夫と三人で会食し、話が弾んで一期一会に感動、それから一年も経たず、竜太の母校の医学部教授に就任するというのは不思議な因縁を感じてしまう。

「お久しぶりです。お元気そうですね」

「おかげさまでね。それにしても、飯郷君が東都大学の呼吸器内科の教授就任とは、不思議なご縁ですね」

「ルーツをたどると、ここに本間先生が関係されているんです」

飯郷の説明によると、本間先生と東都大学の学長は古くから親交があり、東都大学の呼吸器内科初代教授は、本間日臣先生の門下生をもらい受けたという遠因があって、来春退官されるその教授の後任に、飯郷が推薦されたのだった。こんな話をしながら、飯郷が『本間日臣教授業績集』をバッグから取り出した。

「必要があって、この本間博士の業績集を読んでいましたら、博士のエッセイや追憶などが後ろに収載されているのを見つけましてね、追悼記の『サザーン・クロス』も載っています。これも何かの引き合わせかと思って持ってきました」

飯郷は梅子が本間博士の本を読みたがっていたことを思い出してくれたのだ。

「古代ギリシャの哲学者・ヒポクラテスが遺した言葉に『医師にして哲学者たるは神なり』という言葉があるそうですね。本間先生はまさにその人だと言う人もおられます。確かに、本間先生が書かれたものを読みますと、簡潔で分かりやすく、しかも格調が高い、深い哲学的な思索に満ちています」

「あら、嬉しい」

飯郷はハードケースから本を取り出して中を開き、前半が「主要学術論文」で、後半が「随筆、旅行記など」となっていることを説明した。

「しばらくお借りしていいかしら」

「どうぞごゆっくりご覧ください。来年四月から東都大学に勤務します。近くなりますので、これからはちょいちょい顔を出させていただきます」

飯郷は本をハードケースに収めて梅子に手渡した。

「大歓迎です。ここには東都大学の先生方もよく来られますので、ぜひ、そうしてください」

節子がコーヒーを入れた。飯郷が竜太の出身校の教授に就任したことは節子にとっても嬉しいことだった。いまは医学部の教授選のシーズンなのか、教授選はどのように進められるのか、羽田先生の教授選はどうなっているのだろうかなど気になった。

飯郷はしばらく話し込んで、次の予定があるからと席を立った。梅子と節子はエレベーターまで送って行った。

「なんて不思議なご縁でしょうね。東都大学の医学部教授に、お母さんの教え子が就任するなんて」

「気が付かないだけで、人はみんな見えない糸で繋がっているのかもしれませんね」

飯郷が帰り、間もなくしてチャイムが鳴り神野修一が入ってきた。

「一階のロビーで、飯郷先生にお会いしました。竜太クラブに来られたそうですね」

神野が部屋に入って来るなり言った。

「あら、飯郷先生をご存知でしたか」

「ええ、来春から、うちの大学の呼吸器内科の教授で来られます」

「飯郷先生は母が松本小学校で六年生の担任をした時の教え子だったんです。今年初めの『新春胃ろうフォーラム』で再会したんです」

「そうでしたか。梅子先生の教え子ですか。それで竜太クラブに来られた訳ですね」

「人間、長く生きていればいろんなことがありますね。ところで羽田教授の誕生はまだですか」

梅子は節子が気にかけていることをさらりと訊ねた。

「すぐに決まるはずの外科講座が一番難航しております。教授選は各講座の主任教授の選挙によって決まります。表向きは公募の形をとりますが、その裏に大学当局の派閥闘争や権力争いがうごめいているという噂です。羽田先生は融和と研鑽のチーム医療をキーワードに掲げて、医局の刷新を目指していますが、それを嫌う人がいます」

神野は医局長の立場であるから、真偽の疑わしい情報も集まってくるらしい。このまま教授選が長引くと羽田助教授は潰されてしまうと神野は心配している。

「医局講座制のヒエラルキーはマスコミでも批判されていますが、なかなか改革は難しいんですね」

「全くです。うちの大学はいち早く第一と第二外科が統合され、そのために羽田先生を呼び戻したというのに、困ったものです」

神野は不快感をあらわにした。彼は連日ハードなスケジュールをこなしている。医局長、外来診療、手術、出張診療、学会発表など時間はいくらあっても足りない。これに加えてNPO法人PDN理事長であり、いまは外科講座の教授選挙にも巻き込まれている。よく体が続くものだと節子は心配になる。神野が竜太クラブに来るのは大抵昼食時か夕刻になる。

「櫻井さんお待たせしました。では始めましょうか」

櫻井順子が呼ばれ、櫻井が製作物の進捗状況をテーブルに広げた。

NPO法人の設立登記も済ませ、企業に呼びかけた胃ろうの研修が来年から一斉に始まることになった。セミナーのテキスト・ブックや解説ビデオの制作も、神野の陣頭指揮で進められている。仕事を手伝う「コーマス社」も忙しい。イラストレーターの木佐森達夫はその中心的な役割を担ってくれる。今日の仕事はセミナーに用いるテキスト・ブックのイラストのチェックである。神野は十数枚のイラストに入念に目を通した。

「うまいなあ、プロの描くイラストは違いますね」

神野は一転して嬉しい顔をした。彼は木佐森の医療イラストがお気に入りで、テキストの出来栄えに満足している。

木佐森はレパートリーが広く、人物画、風景画だけでなく医学的な臓器などのイラストも器用に描けるから、医学関係の編集者に重宝されている。木佐森の協力を得られるのも、遡れば亡き夫が遺した古いご縁の復活だった。

「木佐森さんはイラストのプロですが、文章のほうもお上手なのですよ」

「そうですか、竜太クラブの製作スタッフは相当レベルが高いですよ」

「ありがとうございます。皆さんボランティア精神で手伝ってくださいますので助かります」

ほめられて節子のモチベーションも高められる。

「来年はＰＤＮの運営も軌道に乗せなければなりません。協賛企業もやる気が出てきました。情報誌の発行やホームページの開設も提供スポンサーの申し出があります」

Ｗｅｂサイトの開設も情報誌の発刊も介護保険の施行前に立ち上げる準備を進めている。そのスポンサーの申し込みもあるというのは幸先の良い話であった。

最近、わが国ではＮＰＯ法人の設立は盛んであるが、運営はなかなかうまくいかないという。仕事はいくらでも広げることができるが、資金と人材の投入に見合う収益が伴わなければ続かない。当面は個人的な資金でやりくりできても、継続的な運営には収益が不可欠だ。

「道徳なき経済は罪悪であり、経済なき道徳は寝言である」と、梅子は二宮金次郎の言葉（『二宮翁夜話』）をさらりと引用した。

ロダンの構図

翌朝、朝食をすませて梅子はソファーに背をもたれて飯郷に借りた『本間日臣教授業績集』を開いた。業績集はハードケースに入った立派なもので、一九八二年、順天堂大学医学部教授を退任されるにあたり、門下生が膨大な先生の業績をまとめたものである。B5版二七〇頁のうち一七〇頁が「主要学術論文」、これに収まり切れない業績目録も四〇頁に及ぶ。他に六〇頁余に「医学エッセイ、随筆、旅行記など」があり、その中に「サザーン・クロス」も含まれていた。全体を俯瞰すると、博士の初心は世界の国民病であった肺結核の撲滅に対する強い意思であったことを、梅子は容易に理解できる。戦後はサナトリウムもなくなったように、民衆を苦しめたこの感染症も克服されたが、戦前までは医学・医療の最大の課題であったのだ。本間先生は、ある意味では最大の目標をなくしたということも言えるだろうが、それでも博士の医学・医療への取り組む姿勢は揺るぎなかった。

業績集の巻頭のはしがきでは、若い医師が日本の呼吸器病学の歴史を認識するために、博士は欠かすことができない存在であり、高踏、精美、重厚な内容とその人柄が讃えられている。先生は現在も、先端の呼吸器病学の歩みを牽引されている。

本間博士は昭和四十六年に創刊された医学専門誌『日本胸部臨床』の編集委員長を三十年にわたって務めておられた。梅子は博士の本誌編集後記から読み始めた。すると最初の一篇『医学会総会が終わって』にいきなり圧倒されたのだった。「まるで昭和・平成の緒方洪庵ではないか」と、梅子はつぶやいた。

『医学会総会が終わって』

今は、春未だ浅く、沈丁花の香の漂う三月末である。日本の医学は、一時期に比して専門化への指向をためらっているかのごとくみえる。専門化が実現しなければ医学のレベルの向上は望めない。

医学の目標達成への一つの拠点として発足した専門分科の学はしかし、前進と共にそれ自体の自律性の支配するところとなって、時に医学の体系から逸脱しかねない。機会を捉えて、医学の原点にたちもどり、われわれの使命を再認識することは必要であり、医学会総会はその機会として最もふさわしいと思う。

病める人を前にしてロダンの「考える人」がおかれた構図、それが医学の原型を端的に示す構図と思う。生命の学としての医学を出発点に立ってみなおすこと。それからわれわれの使命の再確認がはじまる。生命の深い理解なくしては、医学はよこしまな、または有害な術に堕落するおそれがあることを反省したい。

貴重な講演や研究報告のおのおのが、医学という生命の科学の体系のいかなる部分にいかように止揚され活用されるかの自覚がなければならないと思う。医学会総会が真に有意義であり、存続するためには、この点に関して総会が唯一無二の存在でなければならないだろう。

医学の進歩の歴史のなかで第十八回日本医学会総会はどのような道程標を立てたのであろうか。そこで全会員の得たものが、やがて日本の医学の進路の上に投げかける影の大きさによって評価がなされるためには、暫く時間の経過を俟つことが必要であろう。

（一九七一年四月）

梅子は憑かれたように読み耽り頁をめくった。感動の大きなエッセイやフレーズに色分けしながら付箋をつけた。後で繰り返し目を通すためだった。面識こそないが、本間日臣博士との縁の深さを感じた。テニアンの満天の星座、楠田満寿夫と飯郷隆夫との一期一会、如来寺の法話などいろいろな事象が蘇って繋がり、梅子の想像力が広がっていった。

「おかあさん、コーヒーを入れました」

「あら、もうお昼だわね」

梅子は時計を見て驚いた。今日は本郷に墓参りに出かけ、年越しそばを食べることになっている。竜太は正月が命日だから大晦日の墓参りは毎年変わることはない。節子の淹れてくれたコーヒーを飲みながら梅子はつぶやくように言った。

「飯郷君の言った通りね、〝医師にして哲学者たるは神なり〟。ここを読んでごらんなさい」

梅子は付箋をつけた「ロダンの構図」を節子に見せた。

「病める人を前にしてロダンの『考える人』がおかれた構図、それが医学の原型を端的に示す構図と思う。生命の学としての医学を出発点に立ってみなおすこと。それからわれわれの使命の再確認がはじまる。生命の深い理解なくしては、医学はよこしまな、または有害な術に堕落するおそれがあることを反省したい」

節子は声に出して読んだ。梅子は節子がどんな感想を持っただろうかと問うような目を向けている。節子の脳裏に夭折した竜太が浮かび、竜太が生きていたら、このエッセイをどのように読むだろうかと想像した。

「考える人のブロンズにこんな意味があることを知らなかったわ」

「そうね、私もはっとしました。これが本間先生の医学・医療の原点なのね」

梅子は節子の共感に納得するように本を閉じ、二人は本郷の寺に出かける用意を始めた。

西葛西駅まで十分の道を並んで歩いた。店先を門松で飾っている。明日は正月、二十世紀も今日で終わりである。

寺の近くの花屋で顔見知りの主人と暮れの挨拶を交わし、献花を一対求めた。寺町のこの界隈は年の瀬の墓参客が多い。境内には墓掃除の人影が彼方此方に見られた。

去年はテニアン慰霊行で来られなかったが、振り返れば今年はいろんなことがあった。年始めの「新春胃ろうフォーラム」、佐知子の受胎と出産、NPO法人の設立、墓に向かうと殊更に一年の出来事が走馬灯のように巡る。節子は合掌してこれらを竜太に報告した。

「健太郎はどうしているでしょうね」

今年一番うれしかったことは岡部健太郎の誕生だった。生まれた息子の名前は健治と竜太から一字ずつもらって健太郎と名付けられた。健太郎は岡部健治の実家で晦日と正月、二日と三日が佐知子の実家、四日には東京に戻ってくる。元気な様子を見るのが楽しみだ。

寺を出て本郷通りに沿ってしばらく行くと顔なじみの蕎麦屋がある。人通りは少ないが、中は混み合っている。しばらく待って席に案内された。

「今年もいろいろなことがあったわ。節子もよく頑張ったね。竜太を尋ねる旅もすでに三年がおわったわね」

「あっという間の三年、お母さんに助けられました」

「持ちつ持たれつ、お互いさま」

「来年はどんなご縁が生まれるか楽しみだわ」

梅子は「そうね」と肯いた。梅子はこんなことが自然に言えるようになった節子をみて、節子はもう大丈夫だと思った。そばが運ばれてきた。

ひとりの正月

今年の正月、梅子は長野・松本の大渕俊樹の家に出かけて行った。俊樹の子供たちもすでに所帯を持ち、それぞれ立派な社会人に育っている。やがて俊樹にも孫が生まれることだろう。節子は初めて一人でわが家に籠ることになった。この年になって、母の不在は節子を淡い孤独感に包み込む。

夫の英爾に先立たれてから、節子と竜太は梅子に同居してもらった。竜太が医者になり、節子が生き甲斐とする竜太が不慮の交通事故に遇い、節子は生きる気力を喪失した。このとき梅子がそばにいてくれなかったら、いまの節子はどうなっていたことだろう。梅子は「現実はありのままに受容するしかない」と、自分の体験を通して辛抱強く諭してくれた。梅子は決して性急にならず、いつも自然に振る舞って節子の自立を見守ってくれた。もちろんそれに気づかない節子でもなかった。

正月の数日ではあるが梅子と離れると、あらためて梅子の存在の大きさを感じ、節子はそこはかとない寂寥感がこみ上げてきた。

竜太が逝ってから梅子は竜太の部屋を書斎に使っている。梅子は社会問題などにも関心の高い勉強家である。竜太の本棚に遺された医学書をすぐには片づけず、そこに自分の蔵書を少しずつ増やして並べた。節子は梅子の部屋に入り、母がいつも机に座るように、椅子を引いて腰をおろした。

机上にはまるで読んでごらんとでもいうように、本間博士の業績集が置かれていた。節子は自分もじっくり目を通してみようと思った。梅子が付箋をつけた頁をめくると「医学界総会が終わって」の「ロダンの構図」が最初に現れた。ロダンの構図の感動が蘇り、さらに感銘が深まった。節子は同じ付箋の付いた頁を探してめくりながら読み耽った。そして、『医よ、おごるなかれ』のエッセイに強い衝撃が走り、二度読んだ。二度目は朗読になり、節子は竜太に読み聞かせていたのだった。

『医よ、おごるなかれ』

戦後の医学も、特に二十世紀後半に入ってからの四半世紀間の変貌は、科学のめざましい進歩を背景としてすさまじいものがある。新進の学徒はその流れの速さに瞠目し、これに追いつき追い越そうとする。

しかし新を競うことが極端に走ると瞬時のうちに現われては消えさる泡沫のような表面的事象にとらわれて永続性のない研究に右往左往することになる。功を争うこともまた同じである。

功を争うのあまり、医学ののりを越え、生命の尊厳を忘れ、病める人々に逆に損害を与えた事例は引用に事欠かない。ひとりわが国のみでなく、一見はなばなしく世界をリードしている国々においてそれは顕著である。

まして、医と利とを混同するばかりか、利のために医を手段にしようとするに至っては、言うべき言葉がない。筆者が前段において医学の「進歩」といわず「変貌」としたのはこの故である。進歩に伴なう必要悪としてもそれを批判し最小にとどめる規範となる医道はしっかりと保持されなければならない。

「医学よ、また医師よ、おごるなかれ」である。医師糾弾の矢が一斉に世界的な規模でみられるようになったのは、過去二十年の間に鬱積された反撥心がようやく起爆力を得て蜂起しはじめたのだと筆者は感じる。

人類の福祉に奉仕しようとして医の道をえらんだ真摯な学徒にとっては誠にはがゆく堪えがた

い。学は、時に医学は、学の名において生命を冒瀆することをいささかも赦さないはずである。

医師は生命の尊厳への奉仕者であってもそれを裁く権利は寸毫も与えられていない。自らの分際をわきまえなければならない。特権には常に仮借ない責任と義務を伴う。過去三十年間を静かにふり返って医学が何をどれ程益し、何をどれ程損なったかを省みる必要があると思う。


（一九七五年九月）


節子は目をつむり、深いため息をついた。ふと本棚に目を向けると、いつも梅子が大切にしているノートが三冊並んでいた。節子は三冊を取り出して机上に並べた。それぞれに表題があり、ナンバーが振られていた。

一冊目は『悲しみの受容』で、副題は「夫・大渕俊輔の戦死」「大隅秀道の言葉」「銃後の女教師」などだった。

二冊目は『竜太の夭折』で、副題は「竜太を尋ねる」「佐知子の入学」「早瀬夫妻の最期」「竜太クラブ」「新春胃ろうフォーラム」「本間博士の追悼記」などだった。

三冊目は『華厳・因陀羅網』で、「テニアン慰霊行」「如来寺の法話」「不昧因果・不落因果」「健太郎誕生」「ＮＰＯ法人設立」などだった。

節子は母の書き物など、これまで黙って読むことはなかったが、この三冊には引き込まれてしまった。この実録は梅子の人生記録であると同時に、節子が母と共に歩んだ自分の足跡とも読み取れた。

母は娘のために綴っているのではないかと思えるほどだった。

節子は三冊のノートを読んで、また本間日臣博士の本に戻って読み返した。梅子のノートと博士の本の章句は互いに繋がっていることにさらに深い感動を覚えた。

節子はまるで天の啓示を授かったように「天国の竜太に届ける本を本間先生にお願いしたい！」という強い衝動に突き動かされた。そして、その本は、そのまま梅子に贈る本であり、自分が生きていくための糧にしたいと思った。

梅子が帰ってくるまでに手紙を書きあげて、読んでもらおうと、節子は直ぐにペンを執った。このように積極的な心境になるのは初めてのことだった。これは梅子の無言の慫慂《しょうよう》なのかもしれないとも感じた。

節子はこみ上げる気持ちが上手くまとまらず、どのように整理しようかと戸惑い、何度も書き直した。ようやく三つの要点でまとめることができた。

まず、木佐森達夫から『テニアンに捧ぐ鎮魂のうた』を渡され、梅子と自分は大きな感銘を受けたこと、大島欣二大尉の追悼記は、そのまま同じテニアンで戦死した大渕俊輔の追悼記ではないかと母は感動し、居ても立っても居られず、一昨年十二月末、気にかかっていたテニアンへの慰霊行を果たしたことを最初にまとめた。

次に三年前に三十二歳のひとり息子・竜太を輪禍で失ったこと、彼は平成二年に東都大学医学部を卒業し耳鼻咽喉科の勤務医として、日々頭頸部がんの医学・医療につとめていたこと、竜太の死は研究テーマの学会発表の直前で、志半ばにしての急死であったこと、竜太が故大島軍医大尉に重なったことなどを書いた。ここには竜太と共に生きることに、強い意志を見出したことを記した。

三つ目に自分は、竜太の遺志を継ぎ、関連する医療の分野で社会のお役に立てるような仕事をしていきたいと願い、ＮＰＯ法人の設立に参画したこと、そしてＮＰＯの仕事として、本間博士に著書を編んでいただき、天国にいる息子竜太に届けたい旨の切なる思いを込めた。

そして最後のまとめに、著書を編んでいただけるなら、広く全国の医学徒に読んでもらうための努力を、自分の使命としたいと結んだ。

翌五日の朝、岡部健治から電話が入った。

「おかあさんですか。おめでとうございます。健治です」

「おめでとう、健太郎君はお元気？」

「母子ともに元気です」

健治は、親子三人で竜太の墓参りに行きたいと言ってきた。暮れから正月にかけて岡部と漆畑の親元に健太郎を連れて行き、昨夜、富士から東京に帰って来たのだという。

「お疲れではないの？」

「いやいや、佐知子もそういっています。おばあちゃんは？」

「お正月は長野です。健太郎君に会いたいですね」

「お昼ご飯、どうですか」

話がまとまって、お寺で会う約束をして電話を切った。

やっと本間先生への手紙を書き終えた後で、節子は正月の街に外出もしたかったし、三人に会えるのが嬉しかった。急いで身支度を整えた。

足取りも軽く寺に着くと、すでに健治親子は墓参りを済ませていた。互いに新年の挨拶を交わし、節子は健治のコートの中に抱かれた健太郎の頬に触れて「健太郎ちゃん」と声をかけた。健太郎が節子を見て笑った。三か月の間に首がすわって、しっかりした顔になっている。

「健太郎は人見知りをせず、誰にでも愛想がいいんですよ」

と佐知子が言った。

「体重はどのくらいになりました？」

「ぼつぼつ六キロです」

「母乳で足りてるの？」

健治が抱っこひもの中に健太郎を抱き、皆で寺の近くの食事処まで歩いた。節子は育児についてあれこれ気になることを訊ねたが、佐知子の育児には何一つ心配はなかった。健治の母親・美智子は佐知子の入院、出産のときからずっと付き添って世話をしているし、その甲斐甲斐しく、睦まじい嫁と姑の関係は、周囲を驚かせるほどだった。その他、堂本聖子医師や保育園の保育士の指導や支援にも助けられている。もちろんマタニティ・スタイリストをかって出た矢島啓子のサポートも佐知子には心強い存在である。

寺の近くのすし屋に入った。健太郎がお腹を空かしたらしく泣き始め、佐知子は健太郎を抱えて上手に授乳をした。佐知子もすっかり母親らしくなっている。

「お正月は、一人で何をしていたんですか」

健治が節子に訊ねた。

「本間先生にお手紙を書いていました」

「本間先生に手紙を？」

健治が聞き返した。節子は何でも話せる健治に熱い胸の内を聞いてほしくなり、天国の竜太に届ける本を思いついたことを話した。すると健治は節子の発想に驚嘆し、ぜひ実現してほしい、自分も協力したいと言ってくれた。話を聞いていた佐知子も同感だった。

「僕たちの幸せは、何もかも竜太がつくってくれたんです。ぼくたち、こんなに幸せをもらっていいんだろうかと竜太に申し訳ない気持ちなんです」

「何をおっしゃるの、竜太も喜んでいます」

「この気持ちは漆畑社長も同じで、竜太基金を作ってはどうだろうかと僕に相談されました」

「そう言っていただけるだけで嬉しいです。竜太も喜んでいるわ」

日本の産業は海外進出で中小企業は苦境にあると言われながら、S精機は急成長を遂げている。その推進力となっているのは、健治が取り組んだシリコンバレーとの技術提携の成功だった。間接的ではあるが、S精機の成功に竜太がかかわったことに報いるために、基金を設けたいという話である。節子には想像できない次元のことであったが、健治の説明によると、学術や慈善事業の振興のために地方自治体が、持続的な活動のため、一般社団法人に特典を与える制度だという。節子はみんなで竜太クラブを支えてくださる気持ちが嬉しかった。

天国の竜太に届ける本

梅子が七日に長野から帰ってきた。梅子は今年、誕生日が来ると八十四歳になる。長野では昔懐かしい親友とも会ってきたが、すでに施設に入所している人や亡くなった友も少なくなかったという。梅子は少子高齢化社会が及ぼす地方都市の過疎化の現状を目の当たりにしてきた。団塊の世代もやがて六十歳になり、ぼつぼつ定年後の心配をすることになる。こうした梅子の感想を聞きながら、話が弾んだ。節子は早く本間日臣先生に書いた手紙を見せたくなって話の切っ掛けを探した。

「机の上の本間博士の業績集を読ましてもらいました。『ロダンの構図』も、もう一度ゆっくり読み、感動が強まりました」

節子はまずこのように切り出した。

「そうでしょうね、あの感動は治まりませんね」

「それと、『医よ、おごるなかれ』にも……」

「読みましたか。私もあれは凄いと思いました。医と利を混同するな、医を利の手段にするな、本間先生は医学・医療から倫理・哲学が抜け落ちていくことを心配されていますね」

梅子が「医よ、おごるなかれ」も、きっちり読み込んで記憶にとどめていることに節子は感心した。

「竜太にも読んであげました」

「竜太に読んであげたの？」

「それから、ごめんなさい。お母さんの『ノート』三冊も読みました」

梅子はちょっと意表を突かれたような顔をした。

「私のノートを？　読んでくれたのね」

「何回も読みました。頭がいっぱいになりました。そして私、本間先生にお手紙を書いたんです」

「あら、どんなお手紙？」

「天国の竜太に届ける本を書いていただきたいと……」

「天国に届ける本？　素晴らしいわね」

梅子は一方的に話を進めてくる節子に少し当惑しながらも、自分も同じような願望があったので共感を示した。

「上手く書けなかったんだけど」

節子はそっと手紙を差し出した。梅子はいつも節子の自由意思を尊重することを心掛けてきた。気になることがあっても余計な口出しを避けて見守ってきた。梅子は、急に積極的な行動を起こした節子に驚かされた。

梅子は節子の思いを辿るように節子が書いた手紙を読み進んだ。よく書けていると思った。節子は天国の竜太に届ける本だというが、節子の思いの中にはいろいろな願望が込められているのが分かった。それにしても出版経験もない節子がよいところに気が付いたと梅子は思った。それと同時に、梅子も同じ願望があったので、思いが通じ合ったことに不思議な気がした。

梅子はこの正月、長野の往復の電車で、本間日臣博士の『テニアンに捧ぐ鎮魂のうた』の中の『追悼記のあと・さき』を読み返してきたのだが、『戦後半世紀　今世紀を振り返る』という章句に特別の思いを抱いていたのだった。今年から新しい世紀が始まる。戦争の世紀と言われた二十世紀が終わり、二十一世紀はどのような年になるのだろうかという思いを強く抱かせる章句だった。梅子は本を持ってきてその頁を開き、節子に読ませた。

『戦後半世紀をかく生きて二十世紀をふり返る』

「良き時代であり、あしき時代であった。知恵の時代であり、暗愚の時代だった。信仰の時代であり、不信の時代だった。光の時節であり、闇の時節だった。希望の春であり、絶望の冬であった。前途洋々であり、お先真っ暗だった。」

Charles Dickens の Pickwick club については呼吸器専門医の誰もが知るところであるが、われわれが生きた二十世紀の特徴をぴったり表現するこのような記述が、百年以上前の一八五九年の彼の著書、“A talk of two cities”の冒頭に書かれていることは、筆者寡聞にして最近まで知らなかった。

こうしてみると前世紀も同じような印象を人々に与えた世紀だったのか。あるいは人類の生きる歴史はどの世紀も同じようなものであるのか。

しかし一方で史家は言う。二十世紀のような悲劇的な世紀は、人口の激減をもたらしたペスト禍の十四世紀と、三十年戦争の十七世紀しかないと。戦争、革命、民主化の三語をキーワードとする二十世紀の前半は大戦、後半は冷戦で占められる。この間を縫って朝鮮戦争がありベトナム戦争があったし、第三世界の戦乱はまだ終息しない。

一八九一年、レールム・ノバルム（教皇の回勅）の中でレオ十三世は「資本主義の弊害と社会主義の幻想」を説いた。百年後の一九九一年五月、レールム・ノバルム第二でヨハネパウロ二世は「社会主義の弊害と資本主義の幻想」を説いた。百年前には原始資本主義制度の下で富が偏在し、貧困と搾取の中で、公正かつ人間的な社会主義的世界を夢に見、百年後には、「独裁者による管理社会の下での人間的尊厳の喪失から再び修正資本主義への回帰」を試みることになる。

しかし今度はもとへ戻るわけにはいかない。資本主義と社会主義とを超えてリベラリズムの立場を貫く制度主義への希求である。

一九一七年のロシア革命に始まり一九九一年のソ連崩壊に至る七十年間にわたる壮大なマルクス主義の実験が無数の犠牲者を出して無残な結末を迎えた現場をわれわれは目撃した。次の世紀が同じことの繰り返しでよい筈がない。

すべての国民が人間的尊厳を保ち市民的な自由を守ることができるような制度の下で、教育・医療をはじめとする重要な社会的共通資本が安定的に維持・管理され、そのサービスが社会正義に適った形で国民の各人に供給されるようなシステムの実現が求められている。

遺伝子操作の技術を手にした分子医学の前途もまた厳しいものがある。一九九七年も押しつまり、世紀の移り変わりを意識することの多いこの頃である。

（一九九七年一月）

節子もこの章句は記憶にあったが、改めて梅子に促されて読み返し感銘を深めた。

「手紙、よくまとめてあるわね、実は私も本間先生の本が欲しいなと、同じことを考えていたのよ。希望を叶えられるといいわね」

「もし、叶えられたら、PDNから出版したいと思うんです。一昨日、健ちゃん家族が墓参りに来てくれて、健ちゃんにも相談してみたんだけど、協力させてくれと、励ましてくれました」

節子は健治が〝竜太基金〟を作りたいと、漆畑社長と相談しているということも伝えた。すると、梅子はこれにも感動してくれた。今年から二十一世紀だ。梅子は新年早々の希望に胸が膨らむ思いだった。

これから節子はNPO法人の事務局長という責務を担う立場になった。しっかりした運営理念を持つことは何よりも重要なことだ。本間博士の著書の出版は、そんな気持ちも働いているのではないだろうかと想像した。天国の竜太に届ける本という気持ちは、そのまま竜太と共に生きると誓う節子にとって、必要な著書になるだろう。健治はそんな広い視野で激励したのだろうと梅子は思った。

「ところで健太郎君はどうでした?」

「とても元気でした、佐知子さんもいいママになりました」

『若い医学徒への伝言』

節子は手紙に添えて、竜太の追悼文集『蒼竜は天に昇った。』を同封して、虎の門病院の本間博士宛に発送した。すると、旬日を経ずして、本間博士から封書が届いた。投函してからは今日か今日かと待ち遠しい日々であったが、博士の多忙な日常を思うと、これほど早く返事をもらえるとは思わなかった。

拝復
貴書簡と追悼文集を拝受致しました。
後輩に向ってお申し越しのような高いレベルの論考など望外のことのように感ぜられます。ただ過ぎた半世紀をふり返ると、医学誌の編集後記、折々の随想、旅想、留学の印象、恩師・先輩の追憶、研究報告の序、逝去された患者さんの病状報告などの記録がありますので、これらを通じてその背後にある小生の人間観なり世界観なり、等身大の小生を感じ取って頂くようなことが可能ならば、一考の余地があるかも知れません。御高見を伺いたく存じます。

小生、木曜午前虎の門病院外来に出ておりますので、学会出張以外の木曜の昼休みを御利用賜れば幸いです。

以上とりあえず御返事まで　草々

三月十九日　本間日臣

加納節子様

竜太クラブの節子はとても手の届かない存在と思っていた方から手紙をもらい興奮した。そして一呼吸おくと本間博士への願いが叶ったら手伝ってもらおうと考えていた泉澤渡に電話をかけた。

「おや、加納君の奥様ですか、おめずらしい。すっかりご無沙汰いたしております」

元気そうな泉澤の声が電話に出た。

「突然、お電話を致しまして申し訳ございません。実は本の出版のことで、急いでご相談したいことがございまして……」と、節子は単刀直入に要件を切り出した。

「本の出版ですか？」

泉澤は亡き学友の妻からの電話が、いきなり本の出版の相談で、いったい誰の本だろうかと思った。

「急な話で申し訳ありませんが、すぐにでもお目に掛かりたいのです。ご都合いかがでしょうか」

「急がれる本とは、どなたの本でしょう」

節子は本間博士に出した手紙の内容と博士からの返事について、かいつまんで説明した。しばらく応答が続いた。

「ご趣旨はわかりました。本間先生の新著の編集ですね。ところで私、寡聞にして、本間日臣先生のお名前は存じ上げないのですが、どんなお方でしょうか」

と泉澤は訊ねた。節子は知っている範囲の本間博士のプロフィールを話し、中山義秀の『テニヤンの末日』という小説をご存知でしょうかと聞いた。

「よく知っています。中山義秀の唯一の戦争を扱った作品ですね」

「本間先生はその本のモデルになっておられる方で、先生が書かれた学友の大島欣二の追悼文を基に『テニヤンの末日』は書かれたのだそうです」

「そうですか、その話は初めて知りました」

中山義秀は泉澤の好きな作家である。興味深い話だった。

「手元に本間先生の小冊子がございますので、今日にでもお送り致します。その上でお目に掛かってご相談したいと思います」

「いえいえ、それには及びません。お急ぎのようですから、明日にでも、お伺いしましょう。何せ浪人の身ですから時間だけはたっぷりあります」

節子の思い詰めたような電話の声に泉澤は淡々と答えた。

「ありがとうございます」

「いえ、お役に立てるかどうかわかりませんが……。ところで竜太クラブの場所を教えてください。私はＪＲの鶴見駅からです」

鶴見駅なら新橋まで京浜東北線で直通なので、節子は新橋駅から竜太クラブへの道順を教えた。

「新橋界隈は結構くわしいんです。では三時では如何でしょう」

「お待ちしております」

「迷ったら電話をします。ではでは……」

泉澤は道順と電話番号を確認して電話を切った。

夫が生きていれば六十六歳だから、泉澤もその年になっている。

泉澤は夫の葬儀では友人代表として弔辞を読んだほどの特別の親友である。節子が迷わず本の出版を泉澤に頼みたいと思ったのは、彼は学者、文化人との広い交流があり、編集者としての優れた才能があると夫から聞いていたからである。また、竜太の追悼文集の編集制作を彼に頼んだ経緯もあった。

途中で迷うこともなく、泉澤が竜太クラブにやって来た。少し頭に霜をいただいた風貌になっても、おおらかな印象は昔のままだった。節子は泉澤にお茶を出し、竜太クラブとＰＤＮの設立の経緯と今の仕事の内容などを説明した。

「看板が二つ出ている意味がよくわかりました。きっと亡くなられた竜太君もお喜びでしょう。それにしてもここは、なかなか仕事をしたくなるような雰囲気ですね」

「ありがとうございます」と言ってから、節子はそばに『テニアンに捧ぐ鎮魂のうた』を置いて、用意していた自分の手紙のコピーと本間博士からの返事の両方を見せた。

「少しお時間をいただいてゆっくり読ませてください。私は読むのがおそいものですから、奥さんはお仕事をお続けください」

「それではどうぞ、こちらのソファーをお使いください」

節子が窓際のソファーをすすめ、泉澤はそちらに移った。

泉澤は節子と本間博士の手紙を読み終えてから、おもむろに『テニアンに捧ぐ鎮魂のうた』を手に取った。彼は腕を組んだまま時々瞠目し、また活字に目を戻したりした。節子は遠くからそのような泉澤の姿・仕草に気づいていた。読み終わると彼は立ち上がり節子のそばにやって来た。

「すみません、『追悼記のあと・さき』のこちらの頁をコピーしていただけませんか」と、節子に頼んだ。

「いいえ、この本はお持ちいただいて結構です」

と節子が言った。

「そうですか。これほど格調高い文章をお書きになった方と接点ができるのは編集者冥利です」

「よかったわ。実は、母もこれを読んで、居ても立っても居られず、テニアンの慰霊に行きました」

「そうですか。加納さんのお父様もテニアンで戦死されたのでしたね。お母さんはいまおいくつになられますか」

「八十三歳です。本間先生と同じ一九一六年生まれです」

「竜太さんはみなさんに素晴らしいご縁をつくってくれましたね。私にとっても同じことで、いい筆者との出会いが生き甲斐といいますか、自分を高められる時です」

泉澤は久々に昔の編集者に戻っていた。

木曜日、本間博士と面識のある木佐森達夫の案内で泉澤、節子の三人は虎の門病院の本間博士を訪ねることになった。

約束の時間、少し早めに三人は着いた。ナースに博士の個室に案内された。院内放送が医師の呼び出しをしたり、患者の名を呼んだりしている。泉澤はこうして命をめぐり病院の一日はあるのだなあと、この有名病院の空気を読みながら座っていた。そこに柔和な表情の本間博士が現われた。初対面の博士の印象は泉澤の想像した通りの品格のある穏やかな方であった。

泉澤が受けた博士の印象も同じで、人格も学識も何もかもが備わり、それでいて堅苦しさを微塵も感じさせないものだった。泉澤はすぐ〝いい本が出来る〟と予感した。

「先生の恩師にあたる方はどなたですか?」と訊ねると、それは冲中重雄博士だと言われ、冲中先生は「目前の症例の中に医学がある」をしばしば口にされて臨床・研究の基本を説き、また「コンセントレイト（集中する）」を信条に実行されたと話された。

泉澤はベテランの編集者らしく、博士からいろいろなエピソードを聞き出し、質問を返したりして、和やかな雰囲気になった。

本間博士が軍医大尉として勤務したテニアンは、マリアナ諸島のサイパン、グアムの二島と同じく玉砕の島である。本間大尉は九死に一生を得て捕虜となり、ハワイを経由してテキサス州ヒューストン収容所で捕虜生活を送られた。収容所内では同胞の診察に従事し、戦後、昭和二十一年に復員された。戦争のことはあまり進んで話されなかったが、訊ねると、痩せ細っていた日本人捕虜は米軍と同じ食事を与えられ、みるみる肥り体力を取り戻したこと、また収容所内では進んだアメリカ医学の文献を自由に読むことができ、アメリカ医学の進歩に驚かされたことなどを話された。こうした雑談を木佐森と節子も一緒に興味深く聞いた。

泉澤が今後の打ち合わせ予定を博士と済ませると、三人は病院を引き上げることにした。博士はエレベーターホールまで送って来られて、三人はすっかり恐縮して別れた。

出版への作業は、こうして博士と泉澤にそっくり委ねられることになった。

介護保険の施行を目前にして

本間博士の著書出版の仕事を泉澤に任せたことで、節子は少し心のゆとりが出来て事務局長の役割に専念できるようになった。

介護保険の施行を前にして、ＮＰＯ法人ＰＤＮは急に忙しくなってきた。介護保険は介護が必要になった人を社会全体で支える仕組みである。これまで介護は嫁のつとめ、女性の役割というのが常識化されてきた。家族構成のかたちが変化し、少子高齢化、都市化、核家族化が進み、高齢者の孤立、老々介護が増えてきた。介護保険はこうした社会構造の変化へ、これから国が取り組む重要な施策である。

介護保険が胃ろうに与える影響は、主として在宅医療の促進である。口から食事の困難な胃ろう留置者がリハビリによって再び食べられるようになり、胃ろうは在宅介護に大きな道を拓く。経鼻チューブや高カロリー輸液の中心静脈栄養では在宅介護は不可能だ。その他にも胃ろうには様々なメリットがあり、介護保険の施行で胃ろう適用者が増えるのは確実で、すでにそうした兆候が顕著に現れてきた。

去年の十月にPDNが設立されて以来、神野理事長の陣頭指揮で、きめ細かい組織づくりに取り組み、地域での多職種が共に学び、スキルを高めるPDNセミナー開催の体制を整えてきた。また組織づくりと併せて、PDNはセミナー担当とテキストなど印刷物の編集者を採用して内部の企画・制作機能の充実を図ってきた。

非営利活動法人が、胃ろうの全国的な啓蒙活動に取り組むことは初めてのことで、PDNには、医療器具や栄養剤の関係企業から積極的な協力の申し出があった。いよいよ胃ろうの全国的な啓蒙活動の船出であるから、節子はNPO法人設立の目的が叶えられた達成感で気持ちが高ぶってくる。

幕を開けたPDNセミナーの参加者は看護師、介護職などのコ・メディカル（チーム医療）が圧倒的に多く、胃ろうに携わる人材の裾野の広さに驚かされた。節子はこれは胃ろうのクリニカルパス（clinical pathways 入院診療計画書）の研修会であり多職種連携のチーム医療のネットワークづくりだと思った。

毎日のように企業のＭＲ（医療情報担当者）がつめかけて、自社製品の販売促進の打ち合わせが行われている。企業は僅かな協賛金で、セミナー会場で製品展示やＰＲができるから、こぞって共催を申し組む。しかし、困ったことにＰＤＮセミナーは開催する度に赤字になってしまうのだった。主宰するＰＤＮの出費が、企業の協賛金やテキストなどの販売費では賄えないという事態になったのである。

「おかあさんが、論語とソロバン（渋沢栄一『論語と算盤』のこと）と言いましたけど、ソロバンはとても難しいわ」

節子は珍しく弱音を吐いた。

「我慢ですよ、ソロバンの上達は時間がかかるのよ」

梅子は節子の心配を見越していたかのように受け流した。しかし、梅子も内心は収支バランスが気懸りだった。節子は夫と会社を立ち上げた経験もあるから、周囲の協力を受けて程々に事業をやり遂げるだろうと見ていたが、このままだと行き詰まってしまうという不安があるのだった。

非営利活動法人はボランティア組織であるが、日本のボランティア文化と長い歴史のある欧米のボランティア文化とは本質的な違いがあることに梅子はすでに気づいていた。日本は大家族制度の下に強固な家父長制を作ってきた。この父権的なヒエラルキーこそ、日本独特の縦割り意識の根源かも知れない。国、自治体、学校、学会、医師会など、およそ組織、団体、協会と言われるものに共通して染みわたっている。

中央集権的なタテ割りの組織構造は企業も例外ではない。ＰＤＮセミナーが取り組む地域ネットワークの構築のような事業は予算を持たない支店や出張所の管轄であり、本社体制でＰＤＮとのコラボレーションを期待することには無理があった。

ＰＤＮ設立の理念は、中立・公正な立場で医療者、患者・家族、企業の三位一体の親和的な関係を作り、信頼される組織として、社会に益をもたらすことである。節子は竜太クラブ設立の当初から、資金は潤沢にあるから心配しないでくれと見栄を切ったのだから、胃ろうの啓蒙活動の旗印に掲げた以上は、もはや弱音も撤退も許されない。ＰＤＮが医師の指導の下に、全国規模で裾野の広いコ・メディカルの多職種ネットワークの活動を継続していくためには、余程知恵を絞らなければ存続が不可能となる。収益は活動を継続していくための必要な条件であることに、梅子はすでに気づいていたし、梅子は何かいいアドバイスを節子にしてやりたかった。

「『道徳なき経済は罪悪であり、経済なき道徳は寝言である』と二宮尊徳は言いました」

梅子は二宮尊徳の言葉を思い出して言った。昔、小学校の校庭に薪を背負って本を読む二宮金次郎の銅像があった。銅像は節約、勤勉、努力の鑑として立っていたが、二宮尊徳の本当の顔は社会改革者であった。

「あら、それって、『論語とソロバン』に似ているわね」

節子が頷いた。節子も梅子が言いたいことが痛いほどわかった。

二週間ほどして原稿が送られてきた。その内容は、第一章から第八章にわたり構成されており、章ごとに分けた既発表のコピー類と書き下ろし原稿が、書類袋にきちんと収められていた。泉澤はその手際の良さと構成力に感嘆した。

全八章は「自己紹介」「戦争体験記」「呼吸器病学展望」「教育・研修・研究の場としての臨床」「旅想」「折り折りの随想」「追想と追憶」「読後感一、二、三」だった。

中でも「折り折りの随想」は五十三篇に及ぶエッセイ群で、一篇一篇が深い感銘を残す掌編ばかりに思えた。名医にして優れた文学者、哲学者、宗教家、歴史家、科学者という多くの顔が調和され、すべての文脈の底流は、崇高な倫理と哲学で形作られている。

泉澤は『若い医学徒への伝言』の編集のため、博士とは約半年のあいだに十回程度お目にかかった。時には加納節子も同席した。毎回、約一時間の打ち合わせのうち、半分は編集に関し、半分は雑談をして帰ったが、この雑談が楽しみだった。

長い診療歴を持つ名医ともなれば、著名人の患者も中にはあるだろう。それを泉澤が訊ねると、一時期住んでいた鎌倉では、近所の縁だったとして中山義秀、中村光夫、吉田健一などの名が挙がった。泉澤がさらに訊ねると、虎の門病院部長、順天堂大学教授時代に診た患者に詩人室生犀星、作家中村真一郎、女優田中絹代、水谷八重子などの名が挙がり、興味深いエピソードが聴けた。

フルブライト留学生として昭和二十六年にかつての捕虜から、今度は米国留学を実現し、コロンビア大学でノーベル生理学・医学賞受賞者（一九五六年度）のクールナン、リチャーズ両博士の下で二年間研究して帰国されたという話も、アメリカの医学について見識を深めることができた。

帰りに博士はいつも自室のドアの前に立ち、ていねいにお辞儀をなさるお姿には恐縮した。

こうした一連の訪問も終盤にきて、いよいよ本のタイトルを決めなければならない時がきた。博士の胸の中にタイトルは決まっているのか、多種多様の内容を含むこの本のタイトルを何と命名されるのか関心は大きかった。泉澤がそのことを博士に伺うと、すでに博士の胸中であたためられていたらしく、「『若い医学徒への伝言』にしようかと思います」と、博士の口からタイトル名が飛び出した時、「ああ、何といいタイトルだ」と、泉澤と節子は顔を見合わせた。輪禍で若くして急逝し、志半ばの竜太への供養の発想に始まった企画だっただけに、泉澤は「竜太君への献本の意味を兼ねた立派なタイトルだと思います」と言うと、博士は「そうですか、それならこれでいきましょう」とにこやかな表情をされた。

「序文のところはどなたにされますか」と泉澤が問うと博士は、「中村真一郎君が生きていたら彼に頼みたかったところですが……」と言われたが、すぐに「去年の一高の同期会で宇佐見英治君が脇に座っていて、久しぶりにいろいろな話が弾んだ」という話を聞かされていたのを覚えていた泉澤が、「宇佐見先生にお願いされては」というと、「そうしましょうか、早速彼に頼んでみます」と博士は一気にその気になられた。

宇佐見氏のすばらしい文章が竜太クラブ宛てで泉澤に送られてきた。高著の巻頭にふさわしい名文であった。泉澤は早速、博士にファックスで送ると「少し過分ながら、いい文章を書いてくれましたね」と満足そうな声が電話から伝わってきた。

郷愁──『サザーン・クロス』頌　宇佐見英治

この本には本間日臣君の手記、「玉砕の島テニアンから生き延びて──『サザーン・クロス』──「大島欣二追悼録より」」が収められている。私はこの一篇が好きなので、まずそれがうれしい。六年前、本間君が或る雑誌に掲載されたこの『サザーン・クロス』の抜刷りコピーを送ってくれた。それは副題にあるとおり追悼録のために書かれたものだが、それが四十七年ぶりに機関誌「あさひ」に再録されたのだ。

私は本間君が中山義秀の小説『テニヤンの末日』のモデルで、彼がテニアンで米軍の捕虜となりアメリカにつれてゆかれ、戦後帰国したという噂を遠いむかし耳にしたことがある。

しかし私はその小説を読まず、また『テニヤンの末日』が彼の追悼記にもとづいて書かれたものだということを知らなかった。第一そのコピーを読むまで本間君がこんな見事な記録を書き残していることを全く知らずにいた。

一読して驚歎、衝撃とともに深い感動をおぼえた。しばらくして再読したが、感動は強まるばかり、こんなことは滅多にないことだ。

私は中山義秀の前記小説を捜しだして読んでみた。小説はよく書けており、誠実で、よい作品だと思った。しかし何といっても感動の質そのものがちがう。桜の木という概念といま私が眼前に見ている桜の木がちがうように、ちがう。貴重な友の戦死を悼み、玉砕した無数の戦死者や人々を思ってやむにやまれず書かれたものと、それをもとにいわば誰の口にもあうように物語として小説的に書き直されたものとは当然ちがう。

昭和十九年二月、本間君はそれまで平穏であったマリアナの小島テニアンに海軍軍医大尉として着任する。三月、一高で同級、ともに東大医学部で学んだ親友大島欣二が同じ軍医大尉として、同島にやってきた。それから五か月、二人はほぼ行動、起居を共にしたが、その間次第に空爆が激しくなり、やがて米軍艦隊が海に現れ、隣島サイパンに米兵が上陸する。

やまない空襲と同島からの砲撃に追いつめられ、七月末、テニアンもついに玉砕壊滅する。最後の日、彼は大島大尉が壕で戦車砲に撃たれて戦死したことを知る。追悼記の末文には《静かな湖面のように澄み切った科学者の姿勢で壕によりかかっている彼が見える気がした》と記されている。紙数が限られているので、追悼記の梗概についてはこれだけのことしか書けない。

私はその後も『サザーン・クロス』を三度、四度読み返した。そのたびに興奮をおぼえ、とりわけ作者の心の優しさがわが身に伝わってくるのをおぼえた。それ以後も私は多分七、八回はこの手記を読み返したろうが、どうしてそんなにこの手記が気に入ったのかと思うことがある。

以下に記すことはドグマティックな書き方になるが、その感想の一端である。

まず、これは格調の高い名文だ。これほど一人の人間の死が崇高に書かれた記録は珍しい。先にもふれたが、最後の日、彼は大島軍医大尉の戦死を知る。これを聞いたあとの──手記の末節の十数行、これは何度読んでも、すごい。

一人の生命の重さが全アメリカ軍、全戦争、全世界の狂気と正気に匹敵する。死が日常事となっている戦場で、生命はなお稀有のものなのだ。毎日毎日が稀有なのだ。

第二に私の心をとらえるのは臨床医学者としての優しさと厳しさ、冷静さが、手記に描かれた二人の行動、日常の会話、起居のはしばしに常に感じられることだ。どんな情況下にあっても二人は真理をつきとめようと努力する。全滅の日が目前に迫っているのに大島大尉は瓦斯壊疽《えそ》の病兵を見舞おうとする。

私の心をとらえるのは、二人の若い科学者の精神の純粋さが、いかなる絶望下にあっても常に生き生きと感じられるからだ。

本間君は別の論叢の中でわれわれが一高にいたころ共に願ったロマンティック・アイディアリズム（romantic idealism）のことを語っているが、くり返し読むうち、私はまさにそれがこの手記の主題になっているのを感じた。ロマンティック・アイディアリズムを敗滅の戦場で一人はそれを胸に抱いて死に、一人は生き残って老躯のいまもその途を究めつつある。私は改めて、そう思った。いい忘れたが、本間君も大島君も私も昭和十三年に一高を卒業した。

戦前旧制高校を出た人ならロマンティック・アイディアリズムが若き日に一度は胸をかすめたことを思い出されるのではあるまいか。

私がまたこの追悼記をくり返し読んで飽きないのは、ロマンティック・アイディアリズムへの真の意味での郷愁（Heimweh）のためかもしれない。

平成十三年十月五日

宇佐見英治

いよいよ本の帯を考えるところまできた。帯は編集者の仕事であり、力の見せどころでもある。泉澤は帯の文案をこう書いて博士に見せた。

「慧眼と慈眼に貫かれた著者の文体を、『テニヤンの末日』の中山義秀は〝医と文を両立させて森鷗外になれる資質〟とかつて讃えた。著者は同作品のモデルでもあり、玉砕の島からの奇跡の生還者。呼吸器内科の泰斗で日本肺癌学会名誉会長の著者が、傘寿を過ぎて患者を診る今、過去半世紀の随想・所感を集めた滋味深い文化論である」

「誉め過ぎですね」と遠慮する博士を泉澤は押し切って了承を得た。

装丁も博士の気に入り、刊行への段取りはすべて整った。一か月余もすれば本は出来上がってくるだろう。

「伝言」の継承

印刷会社から本の届く日、泉澤はいつもより早く竜太クラブに来た。

「いよいよですね」

節子は泉澤を労うように言った。

「子供の誕生を待つような気分です。すべて確認しているとはいえ、やはりわくわくします。この一冊が、これからどのように独り歩きして行くか楽しみです。映画の試写会や封切も当事者は同じ気分でしょう」

十時前、完成本の包みが届いた。泉澤が手に取り、節子に渡した。

「今日は、本間先生は財団におられます。お届けに行きましょうか」

本間先生の虎の門病院の外来診療は週一回だけで、いつもは病院近くの喫煙科学研究財団の理事長室におられる。節子は急いで用意を整えて泉澤に同行してタクシーでそちらに向かった。

二人が理事長室に案内されると、博士は英文の分厚い文献を開いて調べものをされていた。学会を目前にしての勉強中だと笑いながら、机を立って迎えてくださった。

泉澤と節子は勧められてソファに座った。

「著者贈呈分は明日お届けしますが、とりあえず今日は十冊だけお持ちしました」

泉澤が出来たばかりの新著をテーブルに積み、一冊を博士に手渡した。先生はしばらく自著に目を通された。そして本を持ったままソファを離れ自分の机に戻って行かれた。油性のサインペンを執って自著に何やら書いておられる。

ソファに戻って来て「これを加納竜太先生に」と言って博士は節子に本を渡された。見ると、年月日、著者名、加納竜太先生　としっかりした楷書の達筆で書かれていた。

「お母様にもお書きしましょうか」

と、博士は控え目に言われた。節子は急いで大渕梅子の名前を書いてお渡しした。お願いしたかったことを配慮していただいて節子は感激した。博士はもう一冊をもって机に戻り、同じようにペンを走らせてから戻って来られた。今度は〝感謝をこめて〟と添えられており、大渕梅子様　加納節子様と並べて書いてくださった。節子の目に涙が溢れた。

「立派な本にして頂き、ありがとうございました」

と、博士が泉澤に言われた。

「お手伝いできて、光栄です」

泉澤と節子はテーブルに手をついて頭を下げた。

「宇佐見君に五部送っていただけますか」

と博士が言われた。

「承知いたしました。その他にも著者献本がございましたらおっしゃってください」

「そうですか、実は週末に、東大戦没者慰霊碑の建立の打ち合わせがあります。一高の同窓の集まりがありますので間に合えばと思っていたところです」

「ちょうどよかったですね。大学の戦没者慰霊碑の建立の話を最近耳にしますが、東大の戦没者は二四〇〇名に及ぶそうですね」

「そうです。我々一高組も、二割が戦死しました」

「建立の場所は東大構内ですか」

「それが、ちょっと難しくて、正門の前に場所を提供してくださる方がおられまして、そちらに決まりました」

博士の話によると、正門の前に古いモンテベルデというレストランがあり、そこは旧制第一高等学校の同窓生が集う場所に使われてきた。ここで戦没した学友を偲ぶ建碑計画の打ち合わせの会を重ね、計画がまとまり、碑銘は「天上大風」と決まったという。「石碑は東大の構内に建てたいと思ったのですがね、正門前のモンテベルデの敷地の提供を受けました」

亡き御霊の碑を母校にという構内建立の悲願が、大戦の戦没者を構内におくことはできないという反戦思想で退けられた口惜しさを、本間先生は淋しく笑いながら話された。

「よろしければ、私がご本をお届けいたします」

節子が申し出て、博士は恐縮された。

初版本の出来栄えを博士に喜んでいただいて、二人が竜太クラブに戻ってくると、梅子は熱心に『若い医学徒への伝言』を読んでいるところだった。泉澤の顔を見るなり「医師にして哲学者たるは神に等しい」と梅子は感想を一言でこう評した。

「ヒポクラテスの言葉ですね」と泉澤が返した。

「本間先生は神様だから、言葉はそのまま、哲学を含んだ格調の高い文章になりますね。この本は若い医学徒だけでなく医学・医療を志す人のバイブルです」

梅子は誉め続ける。梅子は博士と同年生まれで、男と女の立場は違っても不条理な戦争の体験者である。天国の竜太に届ける本はそっくり自分に戦争の宿運を追憶させるものだから梅子の喜びようは節子が想像した通りだった。

「本間先生が書いてくださいました」

節子は博士に一筆書いてもらった著書二冊をテーブルに広げて見せた。

「あら、嬉しい、サインしてくださったのね」

梅子は、しみじみと眺め、博士の人柄に感動した。

その日の午後、本間博士から頼まれた二十冊を、節子は十冊ずつ二つの袋に分けて両手に下げ、タクシーに乗った。十冊ずつに分けても、本の重さは相当のものだった。本郷通りを東大の方向に進み、赤門の前を通って正門前のモンテベルデに着いた。店の人に事情を話すと、話は直ぐに通じ、本を預かってもらえた。店内には、学生らしい客が数組いた。こうした学生達にも読んでもらいたいと節子は思った。

節子は石碑建立の場所を確認して、本郷通りを地下鉄駅に向けて引き返した。左側に延々と続く広い大学の構内を眺めながら、二四〇〇人もの失われた生命とその戦没碑を受け入れない大学の考えが節子にはどうしても理解できなかった。それでも博士の本を届けたことに、何かしらいいことをしたという実感がわいた。

さて、これからどのように本の配布をすればいいのかと節子は思いを廻らせた。表向き定価をつけて市販の形をとったが、それは利のためではなく不特定多数の読者に行き渡らせるためであった。節子の使命は授かった博士の本を一人でも多くの人に読んでもらうことである。歩きながら、何処にどのような方法で本の配布をしようかと思案する節子であった。

出版して間もなく、新聞に書評も出て、ＮＨＫの「ラジオ深夜便」のディレクターからＮＰＯ法人ＰＤＮに電話が入った。本間先生へのラジオ出演の相談だった。

話は成立し、録音は病院の個室で行われ、「聴診器と60年」と題し、二日に分けて放送されることになった。

ところが博士の身の上に、ＮＨＫはもとより周囲にとっても予想し得なかったことが起きた。博士が急逝されたのである。二〇〇二年十一月七日、虎の門病院での外来診察を終えられた直後に、胸部大動脈瘤破裂により急逝された。あまりにも劇的な博士らしい最期であった。博士の死は新聞の訃報欄に出て、人々の知るところとなった。享年八十六。

だが、放送は博士が突然亡くなられた断りを番組の冒頭に入れて予定通り放送された。さらに好評に応えてアンコール放送となった。

葬送に憶う

敬虔なクリスチャンである本間博士の葬儀は、東京・芝公園の聖アンデレ教会で執り行われた。およそ三百席もあろうかと思われる広い礼拝堂の席はぎっちり埋まり、補助椅子が並べられても足りなかった。参列者には著名な医療関係者が多く、博士の功績の大きさと人望の偉大さを偲ばせた。

早く来た節子、梅子、泉澤の三人は棺の置かれた祭壇に近い席に並んで座った。

教会の外で鐘がカーン、カーン、カーン……と故人の年齢の数だけ鳴るのが聞こえてきた。中の礼拝堂ではオルガンの奏楽になり、やがてカンカンカン、カンカンカン、カンカンカン、と九つの鐘に先導されて司祭が入場、厳かに葬儀が始まった。司祭は壇に上がり、棺の横に立った。

入口で渡されていた聖歌の指定されたページを開き聖歌を斉唱、最初の聖歌が終わると、「この本は本間日臣先生より、私が最近頂いた本であります」と司祭は一冊の本を両手で捧げ持って示した。三人は突然の著書の紹介に司祭と博士の親交の深さを知った。

司祭は本を手元に置いて先生の経歴のあるページを開き、おもむろに読み始めた。三人にとってはよく承知している経歴であったが、初めて知るように一つ一つが新鮮に伝わってきた。

司祭の話の区切りに次の聖歌が斉唱され、それが終わると、また司祭は博士の足跡を語り続ける。こうして葬儀は荘厳のうちに進行されてゆき、先生の人柄、希有な経歴、偉大な業績が年代を区切って語られた。博士の経歴紹介も最後に差し掛かり、節子、梅子、泉澤は、三者三様の深い哀惜と感懐に打たれ、さまざまな思いが心に去来した。三人に通底するものは博士とお近づきになったご縁の不思議だった。

「天国の竜太に届ける本」を書いてほしいと、あたかも天の啓示に突き動かされたように手紙を書いたことが、節子にはつい昨日のように思い出された。節子は『若い医学徒への伝言』を授かった幸運に、言い知れない感謝の気持ちがこみ上げてくる。

「わが命ある限り亡き友人たちは共に生き続けており、それ故に生かされている限り何らかの使命が与えられているのだという信念の源となってきました。老齢の域に達した今も、この使命感は悠々自適の誘惑を拒否しています」と、博士は不条理な戦争に殉じた無辜《むこ》の友を偲び、実際に終生その使命を全うされた。厳かな雰囲気の中、節子は博士の真摯な生涯を想い浮かべながら、亡き竜太を尋ね、自身の歩む使命を問い続けようと心に誓った。

梅子は生前に博士の謦咳に接することが叶わなかったが、葬儀に出席できただけでも心を洗われるような清冽な感慨を抱いた。凄絶なテニアン玉砕で、死線を越えて生還された博士も、いま安息の時を迎えられた。

博士が戦争体験記としてまとめられたものは、夫の追悼記であり、梅子自身が生きた女の戦争体験記であった。テニアン玉砕から五十五年、博士の生涯は強靭な精神力によって亡き友への使命感を全うされた。とても真似のできない生き方だ。博士は良き規範を示してくださった。老い先短い梅子も、自分も悔いを残さない人生を歩まねばならないと教えられる。

泉澤は棺を前にして、編集者として後世に残る高著の編集に携わることができたことを誇りに思った。「仕事のさなかに倒れることがこの上なく望ましい人生」(ヒルティ)を好きな言葉とされた博士であった。まさに信念を貫き通した聖人のようなお方だった。

先生には、文学者、哲学者、宗教者、歴史家、科学者のそのどれもが当てはまる滋味深い文化論を遺していただいた。著者と編集者との出会いも縁というものだ。編集者の仕事は出版で終わりではない。本間博士との出会いを無駄にしてはならないと、泉澤は哀惜を噛みしめた。

司祭の語りと聖歌の斉唱が終わり、いよいよ博士の棺が外に待つ霊柩車に運ばれて行く。博士は柩の中に静かに眠っておられる。献花の順番がまわってきて三人は生花を添えて御霊に祈りを捧げ博士を見送った。

棺が入り口から出て行くと、また鐘がカーン、カーンと棺が霊柩車に納められるまで鳴り続いた。そして、いよいよ霊柩車が動き始めると、鐘は、カン・カン・カン・カンと早く、長く打たれた。鐘の余韻の中にしばし人々は旅立っていかれた博士を偲んだ。

節子は天国に旅立たれた博士は、竜太に『若い医学徒への伝言』を読み聞かせてくださるに違いないと思った。

（完）

あとがき
―前著『ジュエル・ネット』の再生版にあたって―

一九九七年元旦の早暁、息子の竜太は例年通り初日の出を拝むために、勤務地から近い田子の浦に車で向かっていました。その途上で不慮の交通事故に遭い、まだ三十二歳という若さで急逝、医師になってわずか七年の生涯を終えました。

この悲惨な現実を受容するしかなかった私たち夫婦は、「亡き竜太を尋ね、共に生きる」と決め、竜太が遺していったこの世でのご縁をひたすら尋ね、それによって亡き竜太と共に生きるための「拠りどころ」としてきました。

ご縁の繋がりは、彼が生前に取り組んだ頭頸部がん患者への胃ろうの適用で蒔いた種から始まりました。その縁はまた次の縁へと新たな縁を結びました。

そうしたご縁を紡ぐ歳月が十五年に至った節目に、私はいただいたご縁に感謝して、〝ご縁物語〟を上梓することを思い立ちました。そして〝ご縁物語〟を編みながら、常に仏教の根本思想である「縁起の法」を問い続けました。竜太の遺した縁を辿るという切なる思いそのものが、そのまま「縁起の法」というお釈迦様の悟りであることもいつの間にか私なりに感得できました。

また、作業の途中で華厳経にある因陀羅網《いんだらもう》（ジュエル・ネット）の世界に触れ、〝ご縁物語〟に相応しい言葉だと納得し考え、本のタイトルを『ジュエル・ネット』として、これを自ら関係するＮＰＯ

法人CIMネットから出版しました。

この本では藤谷聖和先生（龍谷大学名誉教授・アメリカ文学専攻、明照寺住職）から、次のような嬉しい書評をいただきました。

本書は華厳経の思想が背景にある。華厳とは華で厳《かざ》るという意味で、どのような存在も、そのままでひとつの華であり、世界を厳っているとされる。すべての存在が結びついていて、あらゆるものが等しく尊いのだ。

人は人生の不条理にどのように臨んできたのだろうか。本書の主人公加納竜太のモデルは二宮竜太、著者二宮英温の愛息である…　（以下省略）

この出版から三年が経ち、私は『ジュエル・ネット』をここで大幅に書き直したい衝動を止められず、実行することにしました。

振り返ると多くのご縁に恵まれましたが、特に二十年前、ご縁が重なって、日本医学会の泰斗、本間日臣博士との天の啓示ともいえる出遇いがありました。そして私は博士から『若い医学徒への伝言』の出版を託され、これこそ竜太がつくった縁の最たるものとなりました。私は本間博士が遺してくださった『若い医学徒への伝言』（NPO法人PDN）という高著に邂逅し得た幸運を無駄にすることなく、これを継承し先生の付託にお応えすることこそ、竜太と共に生きることだと固く信じております。

「医師にして哲学者たるは神なり」とは、医聖ヒポクラテスの言葉と聞きますが、故本間博士はまさにその人でした。

博士は、世界史上の国家至上主義の終焉期に生まれ合わせ、これに殉死しなければならない運命の自覚のもと、人間の存在とはなにか、実在とはなにか、真実とはなにかを自問自答されました。博士は玉砕の島テニアンで人事不省、九死に一生の戦争体験をされ、戦後は医療・医学の専門分野で、慈愛の臨床医師である一方、グループを率いて多くの世界的な研究業績を遺されました。

『若い医学徒への伝言』には、医療・医学・研究の記述の行間に、広く哲学、倫理、歴史、文学にわたる深遠な哲学的思考が通底しています。散りばめられた章句は「本間日臣」という主語をもつ一人称体の体験の言葉であり、ここには博士の実存があります。

ご縁を繋ぐ人はご縁を生きる人、伝承を託された人は、伝承に生きる人でなければならず、何事においても傍観者でなく常に当事者の識を忘れてはならない。そこのところが、いまだ私は思慮が浅く、求道の気魂も足りなかったと反省し、これが書き直しの主な動機となりました。

とはいえ、この再生版に、そうした思いをどれほど込めることができたか、まだまだこころもとない限りです。本書を手にしてくださる各位に対し、私の力不足をご寛恕賜りたいと存じます。

書き直しに際し、題名を『おーい、竜太ァ！ ごらん、インドラの網を。』と改めました。「インドラの網」と「ジュエル・ネット」は、華厳経の「因陀羅網《いんだらもう》」と同意語ですが、『ごらん、インドラの網を。』は、宮沢賢治の童話から借りております。

再生版にあたり、安野光雅先生にご縁を頂けたことは思いがけない幸運でした。粗削りの〝ご縁物語〟は、安野先生の装幀により、夢のあるメルヘンの世界に包みこんでいただき、見違えるような趣となりました。安野先生とのご縁をつくっていただき、編集をも煩わせた人文書館代表の道川文夫氏、同編集部の多賀谷典子氏に深く感謝いたしております。

執筆中、激励とアドバイスをもらった畏友・木佐森達夫氏、青木周二氏、学友の深沢真理子氏には「持つべきは友」の感にさせられ、永いご縁を振り返りました。

また印刷・製本に当たっては、私の本でいつもながらキタジマ印刷の北島豊社長と同社デジタルシステム部の清野聡氏、青木好晴氏に大変お世話になりました。

最後に、この本の進行を辛抱強く見守ってくれた妻きよ子にも、一言お礼を添えておきたいと思います。

平成三十年十二月

二宮英温

【カバー装画協力】
島根県津和野町立 安野光雅美術館
（館　長）大矢鞆音
（学芸部）廣石 修

協力　道川龍太郎　荒田秀也

二宮英温…にのみや・ひではる…

1935年生れ、山口県田布施出身。早稲田大学卒業。
広告代理店勤務の後、1975年（株）コーマスを設立。
1997年ＮＰＯ法人ＰＥＧドクターズネットワークの設立に参画。現在、相談役。
出版事業として、本間日臣著『若い医学徒への伝言』、
大田満夫著『高齢者の医学と尊厳死』などを刊行。
2010年NPO法人CIMネットを設立し、理事長。
小説作品『悪戯』が、第17回（1971年）小説現代新人賞候補作となる。
『ワルツとヘリコプター』で、「NHK銀の雫文芸賞2011」優秀賞
（NHK厚生文化事業団主催）を受賞。

著書
『未完の抄録　六二歳からの事始め』（CIMネット）
『ジュエル・ネット　珠玉の網』（CIMネット）
編著書
『蒼竜は天に昇った。―医師二宮竜太・32歳の生涯―』（私家版）
『リレー・エッセイ　医学の道―本間日臣（ひおみ）の復活』［図書新聞との共編］（彩流社）

おーい、竜太ァ！　ごらん、インドラの網を。

発行　2019年3月20日　初版第1刷発行
著者　二宮英温
発行者　二宮きよ子
発行所　特定非営利活動法人CIMネット
〒104-0032
東京都中央区八丁堀3-28-14　飯田ビル2F
Tel 03-6280-3811　Fax 03-3553-0757
htttp://cimnet.org/

編集・制作　有限会社 人文書館
印刷・製本　株式会社 キタジマ

乱丁・落丁本は、ご面倒ですが小社読者係宛にお送り下さい。
送料は小社負担にてお取替えいたします。

ISBN 978-4-905355-06-9 C0036